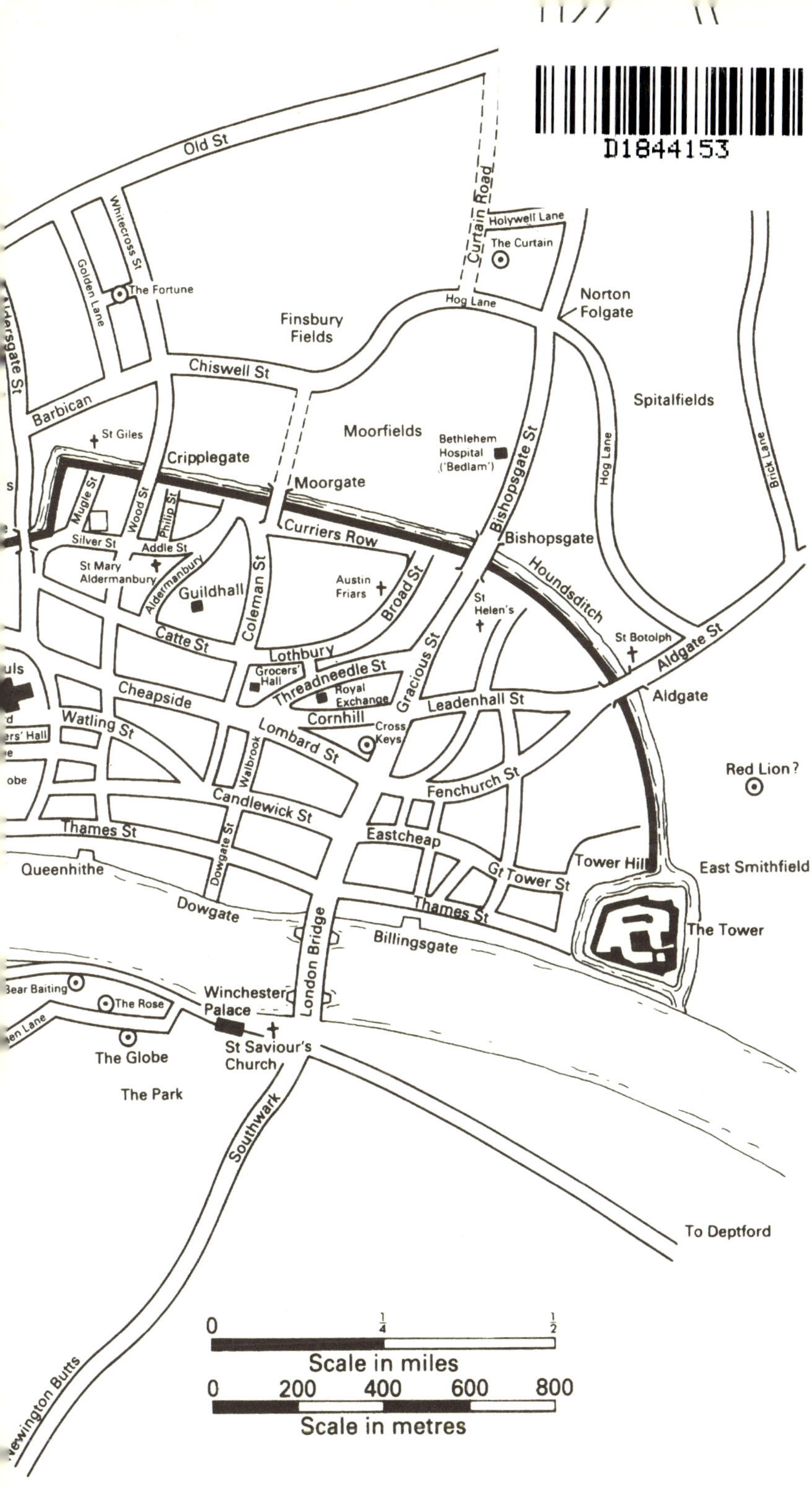

Old St
Curtain Road
Holywell Lane
The Curtain
Whitecross St
Golden Lane
The Fortune
Hog Lane
Norton Folgate
Finsbury Fields
Chiswell St
Spitalfields
Barbican
Moorfields
Bethlehem Hospital ('Bedlam')
St Giles
Cripplegate
Moorgate
Bishopsgate St
Hog Lane
Brick Lane
Mugle St
Wood St
Philip St
Curriers Row
Bishopsgate
Silver St
Addle St
Houndsditch
St Mary Aldermanbury
Aldermanbury
Coleman St
Austin Friars
Broad St
St Helen's
Guildhall
Catte St
St Botolph
Aldgate St
Lothbury
Grocers' Hall
Threadneedle St
Gracious St
Royal Exchange
Aldgate
Cheapside
Leadenhall St
Cornhill
Watling St
Cross Keys
Lombard St
Walbrook
Red Lion?
Fenchurch St
Candlewick St
Thames St
Eastcheap
Dowgate St
Tower Hill
East Smithfield
Queenhithe
Gt Tower St
Thames St
Dowgate
The Tower
London Bridge
Billingsgate
Bear Baiting
Winchester Palace
The Rose
The Globe
St Saviour's Church
The Park
Southwark
To Deptford
Newington Butts
0 1/4 1/2
Scale in miles
0 200 400 600 800
Scale in metres

Anne Cuneo
Dark Lady

Anne Cuneo

Dark Lady

Ein Roman um Shakespeares große Liebe

Aus dem Französischen von Peter Sidler

Limmat Verlag
Zürich

Der Verlag dankt der Kulturstiftung Pro Helvetia
für den Beitrag an die Übersetzungskosten.

Auf Internet
Informationen zu Autorinnen und Autoren
Materialien zu Büchern
Hinweise auf Veranstaltungen
Schreiben Sie uns Ihre Meinung zu diesem Buch
http://www.limmatverlag.ch

Die Übersetzungen der Texte von William Shakespeare stammen von Therese Robinson *(Sonette)* und Wilhelm Jordan *(Venus und Adonis)* und sind dem Band *William Shakespeare, Sonette. Einer Liebenden Klage, Venus und Adonis,* Winkler Weltliteratur, Kleine Bibliothek, 1997, entnommen. Wir danken dem Artemis & Winkler Verlag, Düsseldorf und Zürich, für die Abdruckgenehmigung.

Umschlagbild von François Clouet, «Diane de Poitiers», 1571 (Ausschnitt). Samuel H. Kress Collection, © 1998 Board of Trustees, National Gallery of Art, Washington.
Umschlaggestaltung von Urs Berger-Pecora

Titel der Originalausgabe «Objets de Splendeur»

2. Auflage 1998

Unionsverlag ISBN 3 293 00258 7
Limmat Verlag ISBN 3 85791 319 3

Dieses Buch ist Alfred Leslie Rowse gewidmet,
dem Freund, Historiker und Spezialisten
des elisabethanischen Englands,
der auf Emilias Spuren gestoßen ist
und dem ich die Idee zu dieser Geschichte verdanke.

Einleitende Bemerkungen

Daten: Alle hier erwähnten Daten folgen den Angaben des Julianischen Kalenders. Der von Julius Caesar 46 v. Chr. eingeführte Kalender hatte Ende des 19. Jahrhunderts zehn Tage Verspätung (18 Stunden und 40 Minuten pro Jahrhundert). Der Gregorianische Kalender wurde 1582 von Papst Gregor XIII. eingeführt: Auf den Donnerstag, den 4. Oktober 1582, folgte per Dekret der Freitag, 15. Oktober. Während die katholischen Länder den Gregorianischen Kalender schon bald annahmen (Italien und Frankreich ab 1582, die katholische Schweiz beispielsweise 1584), sah es in den protestantischen Ländern anders aus. England nahm ihn erst 1752 an, die reformierte Schweiz 1753. Bis 1752 begann übrigens in England das neue Jahr am 25. März. Die «Neujahrsfeier» fiel also in die Zeit der Fasnacht.

Geldwert: Bis vor rund zwanzig Jahren unterteilte sich das englische Pfund (£) in 20 Shillings; jeder Shilling war in 12 Pence und jeder Penny in 4 Farthings unterteilt. Um einen Begriff des damaligen Geldwerts in heutiger Schweizer Währung zu erhalten, muß nach Ansicht der meisten Wirtschaftshistoriker ein Multiplikationsfaktor von etwa 2500 eingesetzt werden. Ein damaliger Farthing entspricht somit einem heutigen Wert von 2 Franken 60 Rappen, ein Penny wäre 10 Franken und 40 Rappen wert, ein Shilling 125 Franken, ein Pfund 2500 Franken. Auf dem Lande, wo der Tauschhandel sehr verbreitet war, konnte eine Familie mit zwei Pfund jährlich auskommen. In der Stadt brauchte eine Handwerkerfamilie mit einem Einkommen von 20 Pfund pro Jahr keinen Mangel leiden. Aber die Vergleiche sind relativ, denn das Bargeld war rarer und wurde auf ganz andere Weise ausgegeben; man produzierte so viel wie möglich zu Hause, selbst in der Stadt. Ein Kleidungsstück beispielsweise, das zu Hause aus selbst gesponnener und gewobener Wolle angefertigt wurde, hatte eine Lebensdauer von vielen Jahren und überdauerte manchmal sogar mehrere Generationen: In den Testamenten werden immer wieder Kleider als Erbgegenstände aufgeführt. Schließlich sei noch hervorgehoben, daß die Eintrittspreise pro Vorstellung für einen Stehplatz einen Penny, für einen Sitzplatz auf einer Bank zwei und für einen bequemen, geschützten Sitzplatz zwischen drei und sechs Penny betrugen – also ein stattlicher Betrag.

My love is as a fever, longing still
For that which longer nurseth the disease,
Feeding on that which doth preserve the ill,
The uncertain sickly appetite to please.
My reason, the physician to my love,
Angry that his prescriptions are not kept,
Hath left me, and I desperate now approve
Desire is death, which physic did except.
Past cure I am, now reason is past care,
And frantic-mad with evermore unrest;
My thoughts and my discourse as madmen's are,
At random from the truth vainly express'd;
For I have sworn thee fair and thought thee bright,
Who art as black as hell, as dark as night.

William Shakespeare
Sonnet CXLVII

Wie Fieber ist mein Lieben, sich verzehrend
Nach dem, was Fieberhitze steigern muß,
Sich stets das giftige Naschwerk selbst gewährend,
Die kranke Gier zu stillen im Genuß.
Verstand, der meiner Liebe Arzt gewesen,
Er ging, weil ich verachtet sein Gebot,
Verzweifelnd fühl ich's, nie werd ich genesen,
Kein Mittel hilft, Begierde ist der Tod.
Verloren, da ich die Vernunft verlor,
Und toll gemacht von wilder Unrast Qual,
Denk ich und sprech ich wie ein irrer Tor,
Sinnlose Worte, lügenhaft und schal,
Und schwör auf deiner Schönheit lichte Pracht,
Die schwarz wie Hölle, finster wie die Nacht.

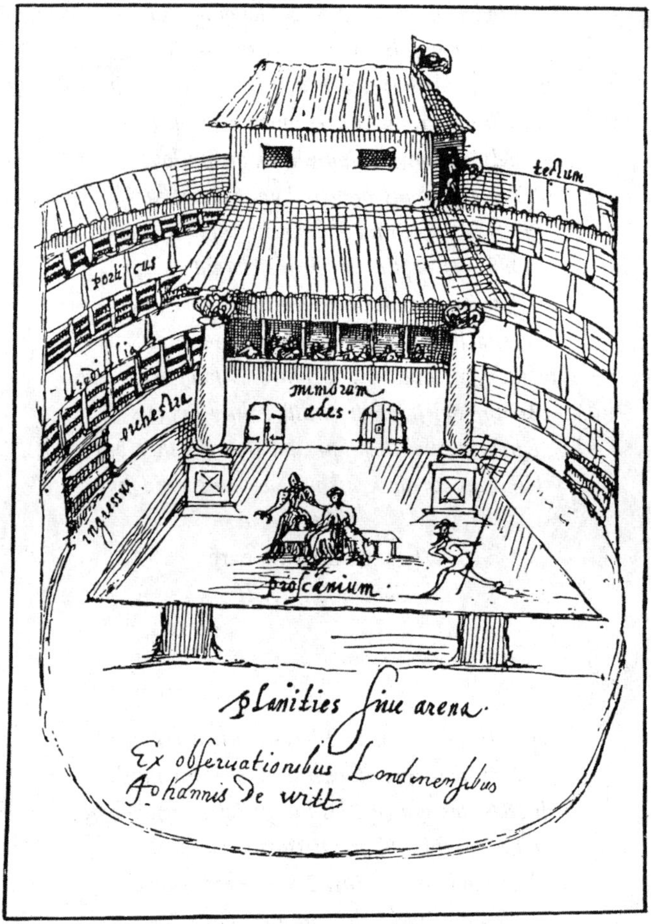

Die Innenansicht eines elisabethanischen Theaters

The Sunne grew weake, his beames no comfort gave,
While all green things did make the earth their grave;
Each briar, each bramble, when you went away,
Caught fast our clothes, thinking to make you stay:
Delightfull Echo wanted to reply
To our last words, did now for sorrow die:
The house cast off each garment that might grace it,
Putting on dust and cobwebs to deface it.
All desoltaion then there did appear,
When you were going whom they held so dear.

Emilia Bassano Lanier
The Description of Cooke-ham

Die Sonn' war schwach, die Strahlen ohne Kraft;
Und alles Grün auf Erden ohne Saft;
Buschros' und Ranken hemmten euren Schritt,
Verhakten sich am Kleid bei jedem Tritt:
Das Echo unsrer Worte köstlich schallt,
In Gram und Kummer ist es bald verhallt:
Das Haus legt ab, was es an Zierde hat,
Spinnweb' und Staub an ihre Stelle trat.
Trostlos war alles nun an diesem Ort,
Ihr wart geliebt, und dennoch geht ihr fort.

Die Herberge zu den Drei Tauben

Im Jahre des Herrn 1654
gelange ich zufällig nach Brentford,
begegne dort Master John Lowin
und sehe mich völlig unerwartet
zum Bleiben genötigt

Die Nacht war schwarz und kalt, ich war durchnäßt, und mein Pferd hinkte.

Im strömenden Regen hatte ich meinen Reisegefährten und unsere Eskorte verloren. Oder hatten sie mich absichtlich versetzt? Nicht ganz so naiv, wie mein bartloses Gesicht den Anschein machte, hatte ich sie glauben lassen, mein kostbarster Besitz sei in ihrer Obhut. In Wirklichkeit war alles von Wert in meinen Kleidersack eingenäht, den ich nie aus den Augen ließ. Bald würde der Morgen anbrechen, und dann würde es mir sicher gelingen, das Haus meines Verwandten zu finden.

Dann würde man ja sehen …

Mir schien, daß ich schon seit Stunden galoppierte. Ich hatte jeden Orientierungssinn verloren. Zu meiner Linken war ein Fluß zu erahnen. Aber in der Dunkelheit war sein Lauf nicht auszumachen. Ich war allein – allein und verloren, dem erstbesten Wegelagerer ausgeliefert, und das war nicht eben beruhigend.

Schließlich sah ich ein Licht, auf das ich zuritt, so schnell es meinem erschöpften Gaul möglich war. Dort stand ein imposanter Bau, dessen Umrisse an eine Kirche erinnerten, daneben ein bescheideneres Häuschen. Durch die Fensterscheiben sah ich im erhellten Raum einen in Rauch eingehüllten Kopf, der sich über ein Buch beugte.

Ich klopfte ans Fenster.

Der Mann erhob sich, nahm die Pfeife aus dem Mund, griff zu seiner Öllampe und öffnete mir die Türe.

«Guten Abend, mein Herr. Verzeihen Sie die Störung, ich habe mich verirrt.»

«Wohin wollten Sie denn?»

«Nach London, nach Cripplegate.»

«Hier durch? Aber da sind Sie weit weg von London.»

«…»

«Hören Sie, ich würde Sie gerne hereinbitten, doch meine Frau ist krank, die Kinder schlafen, und das Haus ist so klein, daß wir sie alle wecken würden. Wenn Sie eine halbe Meile geradeaus reiten, kommen Sie nach Brentford. Nach etwa zwei Dritteln der Hauptstraße sehen Sie linkerhand an der Ecke des Marktplatzes das Schild der Drei Tauben. Sagen Sie dem Gastwirt, Sie kämen von Reverend Creggs. Er wird Sie freundlich aufnehmen. Sie finden dort alles, was Sie brauchen: ein sauberes Bett, eine behagliche Atmosphäre, eine gute Küche und ein hervorragendes Ale.»

Die Drei Tauben hatte ich rasch gefunden. Alle Fenster im Erdgeschoß waren erhellt, und vor dem Pferdestall hielt ein

Bursche Wache. Ich schätzte, daß es zwischen acht und neun Uhr abends war.

«Suchen Sie eine gute Unterkunft, ein leckeres Mahl und vorzüglichen Hafer für Ihr Pferd, mein Herr?» fragte er im Ton eines Marktschreiers.

«Genau. Und einen Hufschmied, um es frisch zu beschlagen.»

«Wir haben alles, was Sie brauchen. Geben Sie mir Ihr Pferd, und treten Sie ein.»

Ich überließ ihm die Zügel, ergriff meinen Kleidersack trotz der Proteste eines aus dem Nichts aufgetauchten Dieners, stieß die Tür auf und hastete ans Feuer. Ich war steif vor Kälte.

Mein stürmischer Auftritt hatte die Gespräche etwas leiser werden lassen, aber nur für kurze Zeit. Ein schmutzstarrender Reisender in einer Novembernacht war nichts Außergewöhnliches. Ich bestellte einen Glühwein und wollte eben meine Lippen damit benetzen, als aus dem Schatten der Kaminecke eine tiefe Stimme ertönte.

«An Ihrer Stelle würde ich zuerst etwas essen. Wenn man mit leerem Magen aus der Kälte kommt, steigt einem der Alkohol zu Kopf.»

Die Gestalt erhob sich und trat einen Schritt vor. Im Licht der Flammen sah ich einen Mann, an dem mir als erstes die unglaublich breiten Schultern auffielen. Noch nie hatte ich einen so großen und breitschultrigen Mann gesehen. Ein Riese. Ich schätzte sein Alter auf etwa sechzig Jahre: Sein rotes Haar war schon etwas grau, aber üppig und lockig. Trotz seines Alters und seiner massigen Gestalt war ihm nichts von greisenhafter Steife anzumerken. Er schien im Gegenteil sehr gelenkig zu sein. Und sein Gesicht war überaus einnehmend: eine hohe Stirn, eine wohlgeformte Nase, ein Schnurrbart, kräftige Hautfarbe, ein strahlendes Lächeln und ein so wohlwollender Blick aus grauen Augen, daß mir dieser Unbekannte auf der Stelle wie ein Freund vorkam.

«Danke für den Ratschlag, mein Herr. Sie haben recht, ich werde etwas zu essen bestellen.»

«Was darf es sein?»

«Sind Sie der Gastwirt?»

«Der bin ich, mein Herr, wenn Sie gestatten.»

Ich hätte ihn eher für einen Handwerker gehalten. Doch es wäre unziemlich gewesen, mein Erstaunen zu zeigen.

«Reverend Creggs hat mir empfohlen, Ihre Herberge aufzusuchen.»

«Seien Sie willkommen, mein Herr. Würde Ihnen ein Hasenpfeffer mit Rüben und gedämpften Äpfeln behagen?»

«Durchaus.»

Er wurde lauter.

«Jonas!» Er bestellte mein Mahl und ließ neben dem Feuer für mich aufdecken. Auch seine Stimme erstaunte mich. Sie besaß den tiefen, harmonischen Klang eines Redners. Wahrlich, ein merkwürdiger Gastwirt.

«Erweisen Sie mir die Ehre, ein Krüglein mit mir zu trinken», schlug ich vor. Er ließ sich nicht zweimal bitten.

«Woher haben Sie Ihren Akzent, mein Herr?» fragte er, als ich mich gesättigt und etwas erholt hatte. Offen gestanden war mir immer noch kalt, und ich wurde regelmäßig von einem Frösteln geschüttelt.

«Ich heiße Baptiste Bordier und komme aus Genf. Meine Mutter ist Engländerin. Und Sie, mein Herr?»

«John Lowin, wenn Sie gestatten, ein Londoner reinsten Blutes.»

Wir verbeugten uns im Sitzen voreinander. Neugierig musterte ich den Mann, der in dieser Umgebung so fehl am Platz schien.

«Ich möchte wetten», bemerkte er schließlich, «daß Sie sich sagen: Dieser Mann sieht nicht wie ein Gastwirt aus.»

Ich errötete. Er hatte meine Gedanken erraten.

«Das kommt daher, daß ich nur zufällig Gastwirt bin, ich

bin etwas fremd auf diesem Gebiet.» Er senkte die Stimme, schaute sich vorsichtig um und rückte näher. «Die Kriege und der Tod des Königs, in dessen Diensten ich stand, haben mich um meinen eigentlichen Beruf gebracht: Ich bin Schauspieler.»

«Sie, mein Herr?»

«Verblüfft Sie das?»

Im Gesprächston fuhr er fort: *«Eure Exzellenz, ich kenne den Mann. Aber ich sehe an ihm nicht mehr Fehler als an mir selbst. Wenn er so alt ist, wie sein weißes Haar es bezeugt, ist er nur um so mehr zu bedauern. Dennoch (mit Verlaub) leugne ich vehement, daß er ein Schurke ist. Gott sei den Ungläubigen gnädig, wenn Weißwein und Zucker ein Verbrechen sein sollen! Wenn es eine Sünde ist, alt und fröhlich zu sein, wird mehr als einer aus meinem Bekanntenkreis verdammt sein; wenn Fettleibigkeit hassenswert ist, bleibt uns nur noch, die mageren Kühe des Pharaos zu lieben. Nein, guter Herr: verbannt sei Peto, verbannt sei Bardolph, verbannt sei Poins. Doch was den liebenswerten Jack Falstaff betrifft, den treuen Jack Falstaff, den wackeren Jack Falstaff – um so wackerer, als er ein alter Jack Falstaff ist –, so verbanne ihn nicht aus der Gesellschaft deines Harry! Den wohlbeleibten Jack verbannen? Da kann man gleich die ganze Welt zum Teufel jagen.* Wie finden Sie das?»

«Nun, trefflich vorgetragen. Und trefflich gedacht.»

«Aber nicht von mir. Mein seliger Kollege und Freund William Shakespeare hat diese unvergeßlichen Zeilen geschrieben und dazu noch tausend andere, vor langer Zeit, als ich in Ihrem Alter war. Sie sind zu jung, um William Shakespeare zu kennen, und außerdem sind Sie Ausländer.»

«Gewiß. Und trotzdem ... Meine Erinnerungen sind ungenau, das stimmt, aber mir scheint, mein Onkel hat mir von ihm erzählt. Er lebt in London, wo ich selbst zur Welt kam, und war vor den Kriegen einer der Goldschmiede und Emailleure Seiner Majestät König Charles'. Ich habe lange in Paris gelebt, wo ein anderer meiner Onkel im Dienste Seiner Majestät König Ludwig steht.

«Sie sind also Goldschmied?»

«Eines Tages werde ich Goldschmied und Emailleur sein, so Gott will.»

«Genf ... Von dort geht dieser große Haß auf das Theater aus.»

«Von dort ist er ausgegangen, das stimmt. Doch ich kann Sie beruhigen. Ich habe vor allem in Paris gelebt, und nicht weit von unserer Familienwerkstätte gibt es zwei Theater: das Hôtel de Bourgogne und das Petit-Bourbon. Am Hôtel de Bourgogne geht es sehr feierlich und tragisch zu, aber im Petit-Bourbon haben uns die Italiener oft zum Lachen gebracht. Sganarell ...»

Lowin erhob sich flink, machte einen Buckel, stellte ein Bein vor, lüftete einen imaginären Hut und verbeugte sich: *«Sior Padron, signorsí ...»,* sagte er in einem sehr englisch gefärbten Venezianisch, und bevor ich Zeit hatte zu lachen, saß er bereits wieder, Sganarell war verschwunden, und der leutselige Alte zog an seiner Pfeife. Die Illusion hielt nur einen Augenblick an, aber sie war vollkommen.

«Sie müssen ein großer Schauspieler gewesen sein, mein Herr.»

«Das hat man mir oft gesagt, aber leider ist es zu nichts nütze, es gibt keine Theater mehr.»

«Kein einziges mehr?»

«Keines. Bleibt der Rote Ochsen, der sich von den anderen etwas unterschied. Aber alle Theater und vor allem sämtliche Truppen, die Londons Ruhm ausmachten, haben sich in Staub aufgelöst. Vor einigen Wochen ist sogar der letzte Saal geschlossen worden. Blackfriars: Haben Sie schon von Blackfriars gehört?»

«Nicht, daß ich mich erinnere, nein. Mein Onkel erzählte oft die Geschichte des Perikles, die ich mit Herrn Shakespeare in Verbindung bringe.»

«Sie haben recht. Das Stück ist ein großer Erfolg geblieben, selbst nach dem Tod des Dichters. Wir haben es oft gespielt. Doch um auf Blackfriars zurückzukommen: Dort waren wir unter Dach, was den Vorteil hatte, daß wir das ganze Jahr hindurch spielen konnten. Es wurde unsere hauptsächliche Spielstätte. Dennoch muß ich einräumen, daß sie nicht den Zauber der wirklichen Freilichttheater besaß – des Globe, der Rose, der Fortune. Sie sind alle schon vor zehn Jahren abgebrochen worden. Wir haben gehofft, Blackfriars würde überleben, aber all unsere Bemühungen haben nichts gefruchtet. Man redet davon, es zu zerstören. Wenn ich, was selten genug vorkommt, nach London gehe, vermeide ich es jedenfalls, dort vorbeizugehen. Der Anblick des Gebäudes ohne ein einziges Plakat, der leeren Straße ohne Kutschen und ohne am Eingang festgebundene Pferde ist trostlos. Das Fehlen des Kassierers in seiner kleinen Loge kommt mir vor wie ein lächelnder Mund, dem ein Vorderzahn fehlt. Nun bleibt mir», sagte er leise, «nur noch der Herbergshof. Hier spielen wir Szenenausschnitte, die wir als Jahrmarktsunterhaltung, als Possen tarnen; wir nennen sie *Drolls,* verpassen ihnen Titel wie *John der Killer* oder *Der einfältige Schmied* und führen sie an Weihnachten, am Sankt-Bartholomäus-Tag oder zur Sommersonnenwende auf. Und selbst da muß man aufpassen und so tun, als ginge es nur um Seiltänzer und Jongleure. Erst vor kurzem hat einer meiner Freunde ein sehr unerfreuliches Erlebnis gehabt, obwohl er nur eine Posse spielte. Die Soldaten sind mitten in die kleine Vorstellung hereingeplatzt und haben jedem Zuschauer eine Buße von fünf Shilling abgenommen. Mein armer Freund mußte ins Gefängnis und wurde hinterher ausgepeitscht.»

«Haben Sie denn ein Publikum an diesen ‹kleinen Vorstellungen›?»

«Ob wir ein Publikum haben?» Unwirsch stürzte er einen kräftigen Schluck Bier hinunter. «Wir haben gar nicht genug Platz für das Publikum. In der warmen Jahreszeit kamen jeden Tag zwei- bis dreitausend Zuschauer pro Aufführung. Im

Sommer spielten wir gelegentlich zweimal am Tag. Und diese Leute haben sich nicht einfach in Luft aufgelöst, um den Puritanern eine Freude zu machen. Wo immer diese sogenannten Possen gespielt werden, drängen sich die Massen. Ich habe mit eigenen Augen gesehen, daß man die Menge am Betreten des Roten Ochsen hindern mußte, weil der stattliche Hof bereits zum Bersten voll war und man befürchtete, die Balkone könnten einstürzen. Die Schauspieler sammeln unter den Zuschauern Geld, und einige verdienen nicht weniger als zu den Glanzzeiten der Theater. Unser Hof ist kleiner, aber wenn ich *Die Farce von John dem Prahlhans* oder sonst eine Posse ankündige, weiß ich selbst in unserem bescheidenen Städtchen nicht, wo ich all die Zuschauer unterbringen soll.»

«Und wer sind die Schauspieler?»

«Robert Cox, von dessen Mißgeschick ich Ihnen erzählt habe, ist meist der Verfasser der *Drolls*. Den andern hatten die Theater einst ihren guten Ruf zu verdanken. Da gibt es die Bettertons, Master Shakespeares Neffen William Davenant ... Es hat keinen Zweck, sie alle aufzuzählen, die Namen werden Ihnen doch nichts sagen.»

«Und Sie selbst?»

«Ich trete auch auf. Angesichts der Umstände ist es uns gleichgültig, was wir spielen. Die Hauptsache ist, daß wir spielen.»

Er lächelte wehmütig.

«Jedesmal, wenn ich vor dem Publikum stehe, sage ich mir, daß dies vielleicht die letzte Vorstellung ist. Aber ich bin vorsichtig geworden, das muß ich zugeben. Ich werde bald achtzig Jahre alt und habe keine Lust, von hier weggejagt zu werden und im Gefängnis zu landen.»

Um meine grenzenlose Verblüffung über sein hohes Alter zu verbergen, das man ihm nie gegeben hätte, fragte ich ihn: «Haben Sie denn auch schon Scherereien gehabt?»

«Nicht wegen der Possen. Aber damals, als wir uns noch

nicht damit abfinden konnten, daß es aus war mit dem Theater, gerieten wir in arge Schwierigkeiten. Im Jahr vor der Hinrichtung unseres Königs und Meisters haben wir versucht, die versprengten Mitglieder aller Truppen, die sich zu Beginn der Unruhen aufgelöst hatten, zu einer einzigen Truppe zusammenzuschmelzen. Mit größter Vorsicht haben wir im Cockpit-Theater, das noch bespielbar war, Aufführungen von *Rollo oder der blutbefleckte Bruder* veranstaltet.»

Er verstummte. Sein Gesicht widerspiegelte die offenkundig glückliche Erinnerung an dieses Abenteuer. Ich hätte es mir übelgenommen, ihn zu stören und um Erklärungen über dieses Stück und die mir unbekannten Namen zu bitten.

Plötzlich verdüsterte sich seine Miene.

«Wir haben drei oder vier Tage durchgehalten. Dann hat uns eine Soldatenpatrouille mitten in einer Vorstellung überrascht, und wir wurden auf offener Bühne verhaftet. Sie haben uns eingesperrt und uns die Kostüme und alles, was wir sonst noch besaßen, abgenommen. Man hat uns schließlich wieder auf freien Fuß gesetzt, aber erst nach zwei oder drei Wochen. Wir haben kaum gegessen und geschlafen, wir waren halb nackt in der Kälte, und sie verprügelten uns hemmungslos. Dann sind wir barfuß und bloß mit einem Hemd auf dem Leib auf die Straße gestellt worden. So etwas möchte ich nicht wieder erleben.»

Er lächelte.

«Hätte ich mehr Mut, wäre ich bald ein reicher Mann, wissen Sie. Die Leute hungern nach Theateraufführungen. Sie fehlen ihnen nicht weniger als die Hunde und die Bären, und jetzt sind gar die Hahnenkämpfe verboten worden. Musik ist verpönt, Tanzveranstaltungen werden selbst auf dem Land nicht geduldet. Ich verstehe nicht, warum sie das gemacht haben. Das Theater war eine ehrbare Zerstreuung, die meisten Stücke waren lehrreich und voller Moral. Es kann nicht im Interesse der Obrigkeit sein, die Vergnügungen zu untersagen.

Wenn die Menschen untätig sind und sich nicht zerstreuen können, sind sie unzufrieden, sie trinken und werden gewalttätig. Sie können sagen, was Sie wollen, und ich maße mir kein Urteil an, aber es wird sich gegen sie wenden.»

Mein Kopf war allmählich schwer geworden, aber was dieser Mann erzählte, interessierte mich. Ich kämpfte gegen die Müdigkeit an.

«Ihr Alter ist Ihnen nicht anzusehen», wagte ich schließlich zu bemerken.

«Ich habe immer jünger ausgesehen. Noch mit fünfzig Jahren spielte ich einen tollkühnen Seeräuber, ohne daß sich einer daran gestört hätte.»

«Haben Sie viele Rollen verkörpert?»

Er lachte lauthals.

«Wo immer ein Schauspieler von hünenhafter Gestalt gefragt war, hatte ich meinen Platz. Benötigte man einen Prahlhans oder Haudegen, war ich zur Stelle. Ich habe den Falstaff gespielt, von dem ich Ihnen gerade einige Zeilen vorgetragen habe, den guten König Harry, Volpone, Memnon, Andrucho.»

Einen Augenblick lang versank er in seinen Träumen.

«Einige Einzelheiten habe ich vielleicht vergessen, aber ich könnte Ihnen noch heute meine erste Rolle bei den Schauspielern des Königs beibringen. Das ist beinahe fünfzig Jahre her.»

«Wurden diese Stücke alle für Sie geschrieben?»

«Für unser Theater zumindest. Heute, nach der Zerstörung der Theater, sind die Texte in alle Winde zerstreut. Manchmal frage ich mich, wozu ich noch da bin. Das Leben ohne Theater ist wie Fleisch ohne Salz.»

«Sind Sie immer am Theater gewesen?»

Ich hörte mich die Frage stellen, aber es war plötzlich, als käme sie aus einem anderen Mund. Mir war, als würde ich schwimmen.

«Immer. Das erste Mal, als ich einem Schauspieler begegnete, war ich vierzehn Jahre alt. Sehen Sie, mein Vater war Zimmermann und wollte mich zu James Burbage in die Lehre schicken, der selber Zimmermann war, aber ausschließlich für sein Theater arbeitete. Und bei Herrn Burbage traf ich zum ersten Mal Master Will, zu einer Zeit, als er noch völlig unbekannt war; er arbeitete wie ein Besessener: Fechten, Akrobatik, Stimme und Haltung. Es war, als müßte alles auf der Stelle ...»

Er hielt inne und musterte mich.

«Mein Herr, das ist eine lange Geschichte, und Ihre Miene beunruhigt mich allmählich. Sind Sie wirklich wohlauf?»

Nun schwindelte mir der Kopf. Ich fror nicht mehr, mir war zu heiß.

«Ich möchte die Fortsetzung Ihrer Geschichte hören ... Sie haben Volpone gespielt, sagten Sie?»

Aber die Worte kamen nur noch mit Mühe über meine Lippen.

«Jonas, Bardolph! Helft dem Herrn die Treppe hinauf, und bringt ihn ins Eckzimmer.»

«Nein, ich versichere Ihnen, ich brauche keine Hilfe.»

Im nächsten Augenblick mußte ich verwirrt feststellen, daß ich die Treppe tatsächlich nicht mehr allein hochkam. Kaum aufgestanden, drehte sich alles um mich. Ich griff nach meinem Kleidersack, den ich keinem überlassen mochte.

«Laßt ihm sein Gepäck, ihr seht ja, daß er darauf besteht. Tragt ihn mitsamt seinem Sack, ihr seid doch keine Schwächlinge, zum Teufel!»

Ich kann mich nicht mehr daran erinnern, wie ich die Treppe hinaufkam und in mein Zimmer gelangte.

Mir schien, als würde ich durch einen endlosen Tunnel gehen, behängt mit feuchten Tüchern, die sich auf meine Stirne legten. Gelegentlich drangen unkenntliche Stimmen an mein Ohr: Master Lowin ... blutbefleckter Bruder ... Volpone ... Memnon ... Ich kämpfe mich durch einen endlosen Traum, mein Körper ist zerschlagen, mein Kopf schmerzt. Ruhig Blut, mein Junge. Wo ist mein Kleidersack, wo sind all die Musterstücke meines Onkels, die Emaillepulver wo ist mein Kleidersack Baptiste sei doch vernünftig ich bin's Pierre ich bringe die Pigmente in Sicherheit! Da ist er, Ihr Kleidersack, wir haben ihn nicht weggenommen. Ich tauche in die Dunkelheit ein, in eine Nacht ohne Ende, Licht, Licht. Ich will Licht. Der Schlaf legt sich über mich wie eine schwere Decke.

Als ich wieder erwachte, befand ich mich in einem gemütlichen Zimmer in einem sauberen Bett. Der Kleidersack lag am Kopfende meines Bettes, trübes Tageslicht drang durch das kleine Fenster.

Die Türe öffnete sich, und im Spalt zeigte sich der Kopf einer Frau. Jung, pfirsichfarbene Haut, braune Locken unter ihrem Häubchen.

«Guten Tag!» Meine Stimme klang überraschend schwach.

Mit runden Augen starrte sie mich einen Moment lang wortlos an, dann verschwand sie wieder.

«Mein Herr, mein Herr, er ist aufgewacht!» rief sie aufgeregt durchs Treppenhaus. Aus ihrem Tonfall sprach Verwunderung, als wäre es außergewöhnlich, daß ich bei Tagesanbruch die Augen öffnete und ans Aufstehen dachte. Bald darauf knarrte die Treppe unter schweren Tritten, und die massige Gestalt des Gastwirts füllte den Türrahmen.

«Guten Tag, Herr Lowin.»

«Guten Tag, Herr Bordier. Sie sind also wirklich erwacht!»

«Aber ja ... Was gibt es denn Besonderes daran? Schließlich ist es Morgen.»

Die hünenhafte Gestalt wurde von einem herzhaften Lachen geschüttelt. Er kam näher, setzte sich ans Bett und griff nach meiner Hand.

«Zudem wirken Sie ganz munter. Wissen Sie, seit wann Sie in diesem Bett liegen?»

«Seit gestern abend.»

«Aber nein! Es ist nun schon über eine Woche her, und wir hatten schon geglaubt, wir würden Sie verlieren.»

«Mich verlieren?»

«Ja, um ein Haar. Fast eine Woche lang schwebten Sie zwischen Leben und Tod.»

Wir schauen uns schweigend an. Sein Blick ist prüfend, und ich versuche mir meine verworrenen Träume ins Gedächtnis zu rufen.

«Ich kann mich an nichts erinnern.»

«Das hat der Arzt vorausgesagt. Er hat allerdings auch vorausgesagt, Sie würden sterben, und ohne den Kräutertrank von Mistress Joy hätte sich seine Prophezeiung wohl bewahrheitet.»

Eine Woche! Mein Onkel mußte glauben, ich sei wirklich gestorben.

Das liebreizende Mädchen von eben stieß mit dem Fuß die Türe auf und trug ein Tablett mit Geschirr und Speisen herein.

«Aber ich hätte doch aufstehen können!»

«Das kommt nicht in Frage. Mistress Joy hat strenge Anweisungen erteilt. Wenn Sie sich jetzt erkälten, ist es vielleicht wirklich um Ihr Leben geschehen. Nehmen Sie erst einmal diesen Imbiß zu sich. Später können Sie sich ein wenig erheben, aber es wird noch eine ganze Weile dauern, bis Sie imstande sind, das Haus zu verlassen.»

Ich fühlte mich zu müde, um zu widersprechen. Wortlos trank ich die Bouillon und aß den Porridge. Master Lowin, der mit gekreuzten Armen aufrecht auf der Stuhlkante saß, sah mir schweigend zu.

Als ich mit Essen fertig war, sagte er mit seiner tiefen Stimme, die zweifellos bis ans andere Ende des Hauses zu hören war, ohne daß er den Ton zu heben brauchte: «Jane! Das Gedeck.»

Das Mädchen kam hereingestürzt, nahm das Tablett und zog sich mit einem kleinen Kopfnicken zurück.

«Mein Onkel muß denken, mir sei etwas zugestoßen.»

«Ihr Onkel denkt nichts dergleichen. Vielleicht schaut er heute wieder vorbei, aber schon am Tag, als Ihr Fieber zu sinken begann, hat Mistress Joy ihm gesagt, Sie würden davonkommen.»

«Mein Onkel hat mich also gefunden?»

«Als Sie zu delirieren begannen, wurde mir klar, daß Ihr Zustand ernst war; ich schickte nach Reverend Creggs. Da er Sie hergesandt hatte, nahm ich an, Sie würden einander kennen. Er hat mich eines Besseren belehrt, aber zufällig hatten Sie ihm gesagt, Sie seien auf dem Weg nach Cripplegate. Mir hatten Sie anvertraut, daß Ihr Onkel Goldschmied und Emailleur ist. Ich habe den findigsten Bengel nach Cripplegate geschickt und ihm den Auftrag gegeben, er solle nach einem Herrn Bordier suchen, einem Genfer aus Paris, Goldschmied und Emailleur. Er brauchte keine zwei Tage, um ihn ausfindig zu machen und herzubringen.»

«Mein Onkel ist hierher gekommen?»

«Ja. Und sein Sohn, Ihr Vetter, kam sogar noch zweimal. Bevor Sie sich unnötig aufregen, lassen Sie es mich sogleich sagen: Er hat Ihren Kleidersack geöffnet und all die Schätze, die Sie ihm bringen wollten, die Zeichnungen, Pigmente und Werkzeuge, an sich genommen.»

So begann die sonderbare Zeit, in der ich meine hellsten Augenblicke am Kaminfeuer in der großen Gaststube der Herberge verbrachte. Anfänglich war ich ein bißchen verdrossen. Dafür war ich nicht nach England gekommen. Aber ich mußte mich wohl oder übel fügen. Ich war sehr schwach, das Gehen bereitete mir Mühe, und draußen herrschte eine vorzeitige, fürchterliche Kälte. Die Kunden der Herberge sagten, daß die Themse – die wenige Schritte vom Haus entfernt vorbeifloß – zufrieren würde, wenn es so weiterginge.

Ich weiß nicht mehr, wie sich meine Stimmung aufheiterte, aber nach und nach begann ich mich wohlzufühlen, und das war in erster Linie das Verdienst von Herrn Lowin, den ich bald wie alle anderen Master John nannte. Dabei ist zu sagen, daß mir in meinen neunzehn Lebensjahren noch kein Mann wie er begegnet war. Er ging gegen die Achtzig, aber nicht nur war ihm sein Alter nicht anzusehen, er war ganz einfach unermüdlich: Er stand als erster auf, als letzter ging er zu Bett. Ohne je aufzubrausen, ohne je schroff zu sein, führte er sein Haus mit straffen Zügeln. Alles schien reibungslos zu funktionieren, alle wirkten zufrieden, und Master John selbst verlor nie sein freundliches Lächeln und seine Ruhe.

Die Herberge war nicht luxuriös, im Gegenteil. Da und dort waren die Mauern beschädigt und hastig überpflastert worden. Mobiliar und Bettwäsche waren tadellos sauber, zeigten jedoch deutliche Abnützungsspuren. Das vergaß man allerdings bald ob dem Geist der Zufriedenheit, der im Hause herrschte.

«Der Meister leitete die ganze Truppe mit der Autorität eines Generals, als wir die Schauspieler des Königs waren», bemerkte der Mann, der am Morgen das Feuer anzuzünden hatte; es war noch sehr früh, und für einmal waren wir wohl die ersten, die aufgestanden waren.

«Sie waren schon damals bei ihm?»

«Ich bin schon seit vierzig Jahren bei ihm, er hat mich aufgenommen, als ich noch ein kleines Bürschchen war. Im Theater von Blackfriars kümmerte ich mich um die Beleuchtung. Das ist eine heikle Angelegenheit, mit all diesen Kerzen muß man höllisch aufpassen, daß kein Brand entsteht. Master John hat es stets geschafft, daß im gewünschten Augenblick alles an seinem Platz und jeder zur Stelle war. Ich habe ihn kein einziges Mal wütend gesehen.»

«Und es gab keine Schwierigkeiten?»

«Nun, mein Herr, wenn jemand eine Probe oder Aufführung verpaßte oder wenn er betrunken war, kam ihn das so teuer zu stehen, daß er es bestimmt kein zweites Mal tat.

Master Lowin selbst kam niemals unpünktlich, und er spielte selbst dann, wenn er krank war. Auf der Bühne war ihm nichts anzumerken. Übrigens war er nur selten krank. Andere beleibte Männer sind kurzatmig, haben Beinbeschwerden. Er nicht.»

«Sie haben ihn wohl gern?»

«Niemals hätten wir einen besseren Meister finden können. Jetzt kann er uns nicht mehr besonders gut entlöhnen, denn die Herberge bringt nicht viel ein, aber wir sind alle bei ihm geblieben.»

Mein Vetter, der mit Vorname Pierre heißt wie sein Vater, ist wiedergekommen, um mich im Namen der Familie willkommen zu heißen und um meine Pension zu bezahlen.

«Du bist hier bestens aufgehoben. Dieser Mann ist phantastisch. Nicht jeder hätte uns suchen lassen und einen Unbekannten mit solcher Hingabe gepflegt wie er.»

Beruhigt reiste er nach London zurück, in sein Atelier und zu seinen Pigmenten.

Meine Genesung zog sich über lange Wochen dahin. Am Anfang war ich schon nach ein paar Schritten erschöpft. Zwischen zwei Gehversuchen setzte ich mich ans Feuer und unterhielt mich oft mit meinem Gastgeber. Er wollte alles wissen über Genf und Paris. Ich stillte seine Neugier, so gut ich es vermochte.

Er liebte die Geschichte des erzkatholischen Herzogs von Savoyen, der den Versuch unternommen hatte, das protestantische Genf zu erobern, um «die Ketzerei auszurotten». In Genf nennt man diese Episode «l'Escalade», denn die Savoyer erkletterten die Mauern und versuchten sich der Stadt zu bemächtigen. Wie jeder Genfer, der etwas auf sich hält, kannte ich diese Geschichte bis in alle Einzelheiten. Um den bewaffneten Männern bei der Verteidigung der Stadt zu helfen, hatte die Heldin des Abenteuers, die berühmte Dame Royaume, ihren Kochtopf voller Suppe über den Köpfen der Angreifer ausgegossen, und die anderen Genfer Frauen – darunter meine eigene Großmutter – hatten es ihr gleichgetan. Die Savoyer ließen es sich gesagt sein und ergriffen die Flucht.

«Haben Sie das gehört», sagte Master John und schlug sich auf die Schenkel, «wie die Genfer die Katholiken in die Flucht geschlagen haben? Mit Suppe!» Er lachte, bis ihm die Tränen kamen, und nie versäumte er abschließend zu bemerken, während er sich die Augen trocknete: «Wie auch immer: Gott muß wirklich auf ihrer Seite gestanden haben, die Suppe allein hätte wohl kaum ausgereicht.» Und wieder lachte er aus voller Kehle. «Sehen Sie, ich kann es den Genfern beinahe verzeihen, daß sie so fanatische Theatergegner sind.»

Als Erzähler konnte ich ihm das Wasser nicht reichen. Er besaß die Gabe, aus dem kleinsten Zwischenfall eine Geschichte zu machen. Und auch wenn man die Pointe zum voraus kannte, hing man doch jedesmal an seinen Lippen.

Zuerst weigerte er sich entschieden, über das Theater zu sprechen, wenn ich ihn darum bat.

«Das sind bloß Faseleien eines alten Mannes! Die meisten meiner Freunde sind verschwunden, ich würde Sie langweilen mit meinen Erinnerungen.»

All meine Proteste fruchteten nichts.

Doch eines Morgens öffnete ich, ohne es zu wollen, die Schleusen seiner Erinnerung. Den Anstoß gab eine Frage, die mit dem Theater nichts zu tun hatte.

«Woher rühren all diese schlecht und recht geflickten Löcher in Ihren Mauern?»

«Das Flickwerk geht auf meinen Vorgänger zurück, und das Geld zur Vollendung der Arbeit ist immer noch nicht eingetroffen – wenn es überhaupt je eintrifft. Im Augenblick haben wir nur gerade das Nötigste, um den Betrieb am laufen zu halten, und solange wir vor Regen und Kälte geschützt sind … Die Löcher stammen aus der Zeit der Schlacht von Brentford.»

«Eine Schlacht? In Brentford?»

«Man müßte eher von einem Massaker sprechen, denn die Leute von hier haben sich kaum verteidigt. Es war zu Beginn der großen Unruhen von 42. Die Royalisten und die Rundköpfe, wie man die Anhänger des puritanischen Parlamentes nannte, haben sich rund um Brentford geschlagen, und zwar an einem Tag wie heute, einem 12. November. Zu Hunderten haben sie sich abgeschlachtet. Damals gewannen die Royalisten, angeführt von Prinz Rupert. Zur Strafe dafür, daß Brentford ihm zufällig in die Quere gekommen war, ordnete Prinz Rupert, der Neffe des verstorbenen Königs und einer seiner Generäle, die Plünderung des Städtchens an.»

«Waren Sie dabei?»

«Nein, ich war noch in London. Die Theater waren noch nicht endgültig geschlossen, und wir spielten.»

Er zog bedächtig an seiner Pfeife.

«Aber ich kannte die Drei Tauben und ihren Wirt gut. In meiner Jugend war ich oft unterwegs und trat mehr als einmal hier auf. Wir fuhren auf dem Fluß hierher, das war angenehmer. Im Sommer wird ein großer Markt abgehalten, der viele Leute anlockt. Die Herberge war für ihre Gastlichkeit berühmt, und als ich nicht mehr Schauspieler war und die Vorsehung mir die Möglichkeit gab, hier zu leben ... Doch das ist eine andere Geschichte. Als Brentford geplündert wurde, war ich noch in London, aber der Gastwirt zählte zu meinen Freunden.»

Obwohl kein Augenzeuge, erzählte er die verhängnisvollen Ereignisse, als wäre er selbst dabeigewesen.

«Sie fesselten die Männer zu dritt oder zu viert aneinander und ließen sie stundenlang im eiskalten Fluß stehen. Um sie aufzuwärmen, ließen die Plünderer verlauten, verbrannten sie die Kähne und die Netze der Fischer. Auch der Gastwirt war im Fluß und rechnete damit, ertränkt oder erschlagen zu werden, wenn er nicht schon vorher erfroren sein sollte. Ich bin Royalist, mein Herr, aber man muß zu den Irrtümern der Seinen stehen können. Die Plünderung von Brentford war eine üble Tat und Prinz Rupert ein herzloser Mann.»

«Sie reden darüber, als hätten Sie es selbst erlebt.»

«Noch heute erzählen die Leute Abend für Abend, was sie, ihre Eltern, ihre Familie und ihre Freunde erdulden mußten. Zwölf Jahre danach haben sie alles noch in frischer Erinnerung. Wenn man ihnen zuhört, sieht und fühlt man die Ereignisse schließlich, als wäre man selbst dabeigewesen. Wissen Sie, was der Gastwirt getan hat, als ihm klar wurde, daß sein Haus daran glauben mußte? Hat er seinen Wein versteckt? Mitnichten. Oder sein Geld vergraben? Keineswegs, übrigens besaß er auch nichts. Nein, er brachte seine Bibel in Sicherheit, seinen *Magistratenspiegel* und die gesammelten Stücke seiner Freunde Jonson und Shakespeare, die sein ganzer Stolz waren. Ich finde das bewundernswert.»

«Ist er im Fluß ums Leben gekommen?»

«Nein. Viele sind hinterher an einer Infektion gestorben, wie Sie eine hatten, denn es war nichts mehr da, um sie zu pflegen und zu wärmen. Alle Fenster waren zerbrochen. Kleider, Decken und Lebensmittel – alles war weg. Es herrschte eine grimmige Kälte, viele Häuser waren durchlöchert. Aber er ist davongekommen, trotz seines beträchtlichen Alters. Er ist erst sechs Jahre später gestorben, kurz bevor ich die Herberge übernahm. Als ich nach der unerfreulichen Geschichte mit dem Cockpit-Theater frierend im Gefängnis saß, dachte ich oft an Master Jones, den Gastwirt. Nach der Freilassung habe ich ihn dann besucht. Er hat mich gefragt, ob ich seine Herberge übernehmen wolle, und ich habe sogleich eingewilligt. Es läßt sich hier ganz angenehm leben. Jedenfalls begegnet man Tag für Tag Leuten. Und mit etwas Geschick kann man gar so etwas wie ein Theater betreiben. Sie können wohl erahnen, wie wichtig das ist für einen Mann, der es gewohnt war, vor großem Publikum aufzutreten.»

«Haben die Stücke die Plünderung überlebt?»

«Gewiß, und sie sind in meinem Besitz. Das freut mich übrigens sehr, denn die meinen sind in den Wirren der letzten zehn Jahre verlorengegangen.»

«Würden Sie mir die Stücke zeigen?»

«Selbstverständlich. Jonas!»

Flink wie ein Windhund eilte Jonas herbei.

«Jonas, in einer Nische in meiner Mauer befinden sich zwei Bücher, beschriftet mit Shakespeare und Jonson. Bring sie doch bitte her.»

Noch ehe Master John den Satz beendet hatte, war Jonas schon auf der Treppe. Und einen Augenblick später kam er mit einem Stoß Bücher zurück.

«Nanu, du bringst ja meine ganze Bibliothek!»

«Ich war mir nicht ganz sicher. Darum habe ich alle Bücher hergebracht, auf denen Shakespeare oder Jonson steht.»

Er legte sie uns zu Füßen. Die beiden Bände mit Stücken unterschieden sich durch ihren Umfang von den übrigen Büchern, die sich ausnahmen wie Küken neben der Glucke.

Ich ließ Jonson beiseite, einen Autor, von dem ich zugegebenermaßen noch kaum etwas gehört hatte. Meine Kindheit war eher von den Herren Shakespeare und Fletcher geprägt gewesen, und mit dem Instinkt, der uns oft Dinge bevorzugen läßt, von denen wir bereits eine Ahnung haben, griff ich zu Shakespeare und begann laut zu lesen, was mir als erstes unter die Augen kam.

«Wenn Schwarz die Stirne meiner Liebsten schmückt,
So trauert sie, daß Schminke, falsches Haar
Verliebte reizt trotz ihrer Künstlichkeit;
Das Schwarz ward Schönheit, als sie kam zur Welt,
Ihr Anblick läßt die Moden ganz vergessen.»

«Ah! *Verlorene Liebesmüh'!* Ich hatte die Gelegenheit, als Biron aufzutreten. Master Shakespeare selbst hat mir die von ihm verfaßte Rolle beigebracht.»

Er lächelte.

«Zu den Zeilen, die Sie eben gelesen haben, soll Shakespeare von einer Frau inspiriert worden sein, die er sehr geliebt hat, jedenfalls behauptet man das.»

«Und Sie? Was glauben Sie?»

«Oh, ich war damals noch ein kleiner Junge, für den außerhalb des Theaters nichts existierte. Als mein Vater merkte, daß ich als Lehrling von Master Burbage, dem Besitzer des Theaters, an dem Master Shakespeare und viele andere ihre Anfänge erlebt haben, möglicherweise als ‹Gaukler› enden würde, wie er es stirnrunzelnd ausdrückte, zwang er mich, für den Fall der Fälle ein anderes Handwerk zu erlernen. Ich machte also eine Lehre als Goldschmied, genau wie Sie, und bin Mitglied der Goldschmiedezunft.»

Er wurde von einem dröhnenden Lachen geschüttelt.

«Sie sehen ja», sagte er darauf und wies mit großer Gebärde auf den Raum, «wie nützlich das war. Heute schwimme ich im Gold, es ist herrlich.»

Ich stimmte in sein Gelächter ein.

«Ich hatte einen Freund, Thomas Vincent», fuhr er schließlich fort, «wir waren Nachbarn und besuchten gemeinsam die Schule der Schneiderzunft. Später ist er bei Burbage in die Zimmermannslehre gegangen. Aber die Liebe zum Theater haben wir unserem Schuldirektor Richard Mulcaster zu verdanken: Er war ein Theaternarr. Hätte seine Arbeit ihm genügend Zeit gelassen, wäre er jeden Tag ins Theater geeilt. Er schrieb Stücke für uns, und einmal im Jahr kam es zu einer Aufführung. Mulcaster sagte, das Theater bringe uns Haltung und Redekunst bei. Wir haben sogar vor der Königin Elisabeth gespielt, wissen Sie.»

Er legte eine Pause ein.

«Ich kann mich gut erinnern, wie Tom mich anläßlich der immer seltener werdenden Besuche bei seinen Eltern zum Träumen brachte.»

Er begann an seiner Pfeife zu ziehen. Seine Mimik besaß diese besondere Fähigkeit, Erinnerungen und Gefühlen Ausdruck zu verleihen, die ich nur an großen Schauspielern kenne. Aus dem unvermittelt glatt gewordenen Gesicht von Master John sprach die ganze Lust und Bezauberung, die er mit fünfzehn Jahren empfunden hatte.

«Man hatte ihn in Master Shakespeares Obhut gegeben, der war zwar selbst eine Art Lehrling, nahm aber, weil er schrieb, eine Sonderstellung ein. Er hielt Tom Tag und Nacht auf Trab. Master Shakespeare schlief nicht viel, und der arme Tom Vincent auch nicht. Man kann wohl sagen, daß wir Schauspieler des Königs viel Glück gehabt haben. Wir haben vom Talent der größten Bühnenautoren profitieren können: Thomas Kyd, Thomas Nashe, Philip Massinger, Francis Beaumont, John Fletcher, John Webster, Ben Jonson und vielen anderen. Aber keiner übertraf William Shakespeares Genie und seine ungekünstelte Ausstrahlung. Er war nicht schön, er war eher klein, hatte eine leise Stimme, war unauffällig gekleidet und drängte sich nie auf Kosten anderer in den Mittelpunkt. Doch sobald er die Bühne betrat, veränderte sich etwas. Seine körperliche Gewandtheit grenzte an ein Wunder. Sie hätten sehen sollen, wie er sich vom Podest fallen ließ; das machte ihm nicht mehr aus, als wenn ich eine Stufe hinabsteige. Er brauchte einen Text nur einmal zu lesen, dann konnte er ihn auswendig. Er schrieb in unglaublichem Tempo. Ich habe erlebt, wie er im Handumdrehen einen Monolog verfaßte, der uns notwendig erschien, den er aber nicht vorgesehen hatte. Kein Zögern, keine Streichung. Und wenn man ihn dann vortrug, war er aus einem Guß. Das hielt ihn allerdings nicht davon ab, seine Stücke ständig umzuschreiben. Er war stets pünktlich, stets höflich und dabei sehr geschäftstüchtig, was auch nicht schaden konnte. Wenn man mit ihm arbeitete, fühlte man sich … wie soll ich sagen? Man fühlte sich besser.»

«Sie hatten ihn sehr gern?»

«Während langem habe ich ihn nur von ferne gekannt. Doch was ich von Tom hörte, weckte in mir den Wunsch, den Schauspielern des Königs beizutreten. Master Williams spielte nie große Rollen, dafür war er zu beschäftigt. Außerdem pflegte er zu sagen, daß Richard Burbage, der einer der größten Schauspieler der Zeit war, die von ihm verfaßten Rollen besser verkörpere als er selbst.»

Abwesend griff er zum Schürhaken und stocherte in der Glut. Er war tief in seine Gedanken versunken.

«Er hat mehr als einmal mit mir geprobt. Wenn er wirklich gewollt hätte, wäre er besser gewesen als alle anderen zusammen. William Shakespeare war ganz einfach hervorragend in allem, was er anpackte. Seine Krankheit war für uns ein großes Unglück.»

«Ist er früh gestorben?»

«Männer wie er sterben immer zu früh. Aber Master Will hatte das Unglück, vom Krampf befallen zu werden. Er schrieb ungeheuer viel und schnell, ohne sich je zu schonen. Und so kam es zu einer Entzündung der Hand, dann des Armes. Schließlich war es ihm unmöglich, die Feder zu führen, er konnte nicht einmal mehr einen Löffel halten.»

«Und es ist nicht mehr besser geworden?»

«Der Schreibkrampf ist fast immer unheilbar. Als er darunter zu leiden begann, war Master Will nicht mehr bei bester Gesundheit, und er hatte vom Theater allmählich genug. Es ist ein mühseliges Leben, nie hat man eine Minute für sich allein. Und bei ihm brannte die Kerze an beiden Enden.»

«Was meinen Sie damit?»

Ein undefinierbares Lächeln kräuselte seine Lippen.

«Sie sind vielleicht zu jung und haben es nicht gemerkt, aber meine Beschreibung der Person müßte Ihnen den Gegenstand nahelegen, über den ich mich ausgeschwiegen habe.»

Die Art und Weise, wie er dies sagte, ließ mich die Antwort erraten.

«Die Damen?»

«Ja, die Damen. Sein Verhalten ihnen gegenüber war außerordentlich zurückhaltend. Er hatte jung geheiratet, mit zwanzig Jahren war er bereits Familienvater, und meiner Meinung nach war seine Gemahlin eine sehr unangenehme Person. Zwischen ihnen mußte es zu einem Bruch gekommen sein. Sonst hätte er sie kaum in Stratford im heimatlichen Warwickshire zurückgelassen. Ich muß allerdings zugeben, daß das nur mein persönlicher Eindruck ist. Ein einziges Mal, bei der Geburt meines Sohnes, erwähnte er seine Familie, und auch da sprach er nur über seine Kinder. Ich habe immer gedacht, daß er früh im Leben eine schlechte Erfahrung gemacht haben muß, die zu seiner Verschlossenheit führte. Und je abweisender er sich gab, desto größer war seine Anziehungskraft auf das andere Geschlecht. Ich habe Baroninnen und Gräfinnen gesehen, die ihm schmachtende Blicke zuwarfen. Und weil er stets heiter und von auserlesener Höflichkeit und Liebenswürdigkeit war, machten sie sich alle Hoffnungen. So kam es, daß an den Vorstellungen manch prächtige Stoffe zu bestaunen waren.»

«Und er? Ging er auf ihre Avancen ein?»

«Nun, er lebte jedenfalls nicht wie ein Mönch, das weiß ich bestimmt, denn er hat es mir selbst gesagt. Man hat mir auch erzählt, daß er in jungen Jahren ein großer Schürzenjäger gewesen war. Aber verliebt hat er sich nur einmal. Und das war ein solches Desaster, daß er für den Rest seines Lebens genug hatte.»

«Weshalb?»

«Männern wie ihm passiert das oft. Trotz aller Prahlerei, trotz aller Eskapaden sind sie sehr empfindsam und schüchtern. Innerlich bewahren sie eine Art Unschuld, ein ideales Frauenbild. Wenn sie schließlich glauben, sie seien auf die Verkörperung ihres Ideals gestoßen, rennen sie in neun von zehn Fällen ins Verderben und sehen sich auf der ganzen Linie getäuscht.»

«Aber hat er – warten Sie, ich habe es doch soeben gelesen – hat er denn nicht geschrieben:

Aus Frauenaugen zieh' ich meine Lehre:
Sie sind der Grund, das Buch, die hohe Schule,
Aus ihnen sprüht das Feuer von Prometheus?»

«Schon, aber als er das schrieb, war er über beide Ohren verliebt und noch nicht aus seinem Traum erwacht. Zudem gab es noch ein anderes Problem mit dieser Frau.»

«Nämlich?»

«Als er ihre Bekanntschaft machte, war sie die Mätresse des Schatzkanzlers von Henry Carey, Lord Hundson. Er war kein Geringerer als der Vetter der Königin und einer der einflußreichsten Männer des Königreichs. Verstehen Sie die delikate Situation?»

«Ja, ich kann verstehen, daß sich die Schauspieler Sorgen machten, wenn die ganze Stadt über diese Eroberung Bescheid wußte.»

«Keineswegs. Fast niemand war auf dem laufenden, und auf Geheiß von Master James Burbage redete auch niemand darüber.»

Ich sah ihm an, daß er für einen Augenblick die Gestalt dieser Frau vor Augen hatte.

«Sie hieß Emilia. Eine wahre Circe. Sie konnte alle Männer um den kleinen Finger wickeln, aber sobald einer in sie verliebt war, erlosch ihr Interesse an ihm. Ich habe mich oft beglückwünscht, daß sie nicht mein Fall war.»

«Aber ... Sie waren doch noch ein junger Bursche.»

«Wenn man mit sechzehn Jahren verliebt ist, liebt man um so leidenschaftlicher. Abgesehen davon hat die Dame ihre Anziehungskraft über Jahrzehnte beibehalten, und selbst das Alter konnte ihrer Vornehmheit und Hoffart nichts anhaben.»

«Pflegten Sie Umgang mit ihr?»

«Wenn ich ihr begegnete, grüßten wir einander. Es muß etwa zehn Jahre her sein, als sich unsere Wege zum letztenmal kreuzten. In normalen Zeiten wüßte ich, was aus ihr geworden ist. Sie kam aus Kreisen, mit denen wir oft Kontakt hatten. Ihr Vater war aus einer langen Reihe von Musikern hervorgegangen, den Bassanos, desgleichen ihre Mutter, eine Johnson, und ihr Mann war ein Lanier, stammte also ebenfalls aus einer Virtuosenfamilie. Wir hatten enge Beziehungen zu den Musikern. Ihr Sohn hat für uns gespielt, daran kann ich mich gut erinnern. Doch in den Wirren der letzten Jahre habe ich sie aus den Augen verloren.»

Nach einer kurzen Pause fährt er fort.

«Sie war eine außergewöhnlich schöne Frau. Schwarze Augen, schwarzes Haar, sehr grazil, groß und schlank, vielleicht etwas mager. Genau das Gegenteil unserer blassen, blonden Schönheiten.

Das Schwarz ward Schönheit, als sie kam zur Welt,
Ihr Anblick läßt die Moden ganz vergessen.

In ihren Augen brannte ein Feuer.»

Ich wollte eine Frage stellen, aber er war ganz in Gedanken an diese Frau versunken. Sie war ihm vielleicht doch nicht so gleichgültig gewesen, wie er vorgab.

«Richard Burbage sagte, außer der Pest und den Puritanern sei sie für unsere Truppe die größte Gefahr gewesen. Ihretwegen hätte uns der Schatzkanzler seine Protektion in einem entscheidenden Augenblick entziehen können, ihretwegen hätten wir einen unserer größten Autoren verlieren können.»

Ein langes Schweigen folgte, während dessen Lowin mich durchdringend ansah, als wollte er mich einer Prüfung unterziehen. Allmählich kannte ich ihn ein wenig.

«Was gibt es denn, mein Herr? Sie zögern, mir etwas zu sagen.»

Er lächelte.

«Ihre Geistesgegenwart verrät mir, daß es Ihnen wieder besser geht. Ja, ich zögerte.»

Er beugte sich über den Bücherstoß zu unseren Füßen und

griff nach einem schäbigen, fleckigen Band im Quartformat, aus dem Blätter unterschiedlicher Größe hervorsahen. Er schlug ihn auf und blätterte darin, ohne hinzusehen.

«Merkwürdig, ich habe gar nicht mehr daran gedacht, was Emilia Lanier vor … nun ja, sagen wir vor gut zwanzig Jahren für die Schauspieler des Königs bedeutet hat. Selbst wenn wir uns begegneten, dachte ich nicht mehr daran. Dabei habe ich sie weiß Gott gehaßt für das, was sie Tom angetan hat.»

«Tom? Ich dachte, es gehe um Herrn Shakespeare …»

«Jaja, gewiß, aber Tom war Shakespeare ergeben, er war jung und gutaussehend. Er hat sich die Flügel verbrannt. Er hätte ein großer Schauspieler werden können, statt dessen … Sie hätten Tom als Kate in *Der Widerspenstigen Zähmung* sehen sollen. So wie er hat nach ihm keiner mehr diese Rolle gespielt. Selbst er nicht, denn eines Tages bekam er den Stimmbruch und trat überhaupt nicht mehr auf.»

«Spielte er denn keine Männerrollen?»

«Nein. Dabei war sein Gedächtnis vorzüglich. Er konnte sämtliche Stücke auswendig und wußte Bescheid über die Bewegungen jedes einzelnen, über jede Gebärde, jedes Lächeln, jede Träne, über alle Kostüme und Requisiten. Er war einer unserer Zimmermeister, unser Regisseur und unser Souffleur. Wenn Sie wüßten, welche Maschinen er für uns erfunden hat! Sie haben uns nicht minder berühmt gemacht als unsere besten Stücke. Dank ihm verschob sich alles auf der Bühne wie von Zauberhand. Wir waren so sehr auf ihn angewiesen, daß wir nach seinem Tod einige Wochen lang völlig verloren waren.»

Er verstummte und strich über die aufgeschlagenen Seiten des schäbigen Büchleins.

«Ich habe bis an sein Ende bei ihm gewacht. Er war mein Freund, sehen Sie. Er war ein oder zwei Jahre älter als ich, und ich verdankte ihm zahllose Entdeckungen und Freuden der Jugend. Wir waren einander sehr nahe. Wenn ich wußte, daß er bei meinem Auftritt hinter den Kulissen stand, fühlte ich mich besser; ich war überzeugt, daß mir nichts passieren würde. Denn es gab jemanden, der in Gedanken bei mir war.»

Er machte eine Pause.

«Als er im Sterben lag, war er einen Moment lang bei klarem Bewußtsein. ‹Unter meinem Strohsack findest du ein Register und zwei kleine Bücher, die ich längst hätte vernichten sollen›, sagte er mit schwacher Stimme. ‹Wirf sie bitte ins Feuer.› Kurz darauf verschied er. Ich zog das Register und die zwei schmalen Bände hervor, nahm sie mit und vergaß sie für eine Weile aus Trauer über seinen Tod und weil ich nun plötzlich ohne Toms Unterstützung spielen mußte. Anfänglich hatte ich das Gefühl, ich beherrsche meine Rollen nicht mehr.»

Langes Schweigen. Sein Gesicht verrät Bestürzung, Qual, Zorn und die Widerwärtigkeit jener schlimmen Tage.

«Eines Tages habe ich dann die Bücher zur Hand genommen. Das eine war ein Sonettband von Master Shakespeare, den ich noch nie gesehen hatte, das andere enthielt ein langes Gedicht der Dame Lanier, von dessen Existenz ich ebenfalls nichts gewußt hatte. Das Register stammte aus der Hand von Tom Vincent, und ich konnte nicht widerstehen, es zu überfliegen. Ich habe es gelesen, als wäre es ein neues Stück aus der Feder eines Dramatikers. Übrigens wäre da genug Stoff für ein Stück. Und ich habe nie den Mut gehabt, die Anweisungen meines verstorbenen Freundes zu befolgen; ich habe die Bücher nicht vernichtet.»

«Würden Sie mir gestatten, sie zu lesen?»

«Ich fragte mich eben, ob ich … Aber ich glaube, daß alle Protagonisten gestorben sind. Auch die Dame Emilia, nehme ich an. Sie war schon sehr alt, als ich sie zum letztenmal sah. Heute müßte sie um die Achtzig sein.»

Das Register, das er mir reichte, bestand aus mehreren am Rücken zusammengebundenen Heften. Es würde mich wohl etliche Mühe kosten, die enge Schrift in der Mitte der Blätter zu entziffern.

«Das Lesen wird mich ablenken, auch wenn es seine Zeit braucht. Und Sie haben selbstverständlich mein Wort, daß ich nichts ausplaudern werde.»

«Oh! Die Geschichte ist nicht besonders neu, und Sie können alles erzählen, solange Sie keine Namen nennen.»

«Das versteht sich von selbst.»

An jenem Abend ließ ich im Kamin meines Zimmers ein Feuer anzünden und begann mit der Geschichte von Tom, dem Zimmermann, Souffleur und Regisseur der Schauspieler des Königs.

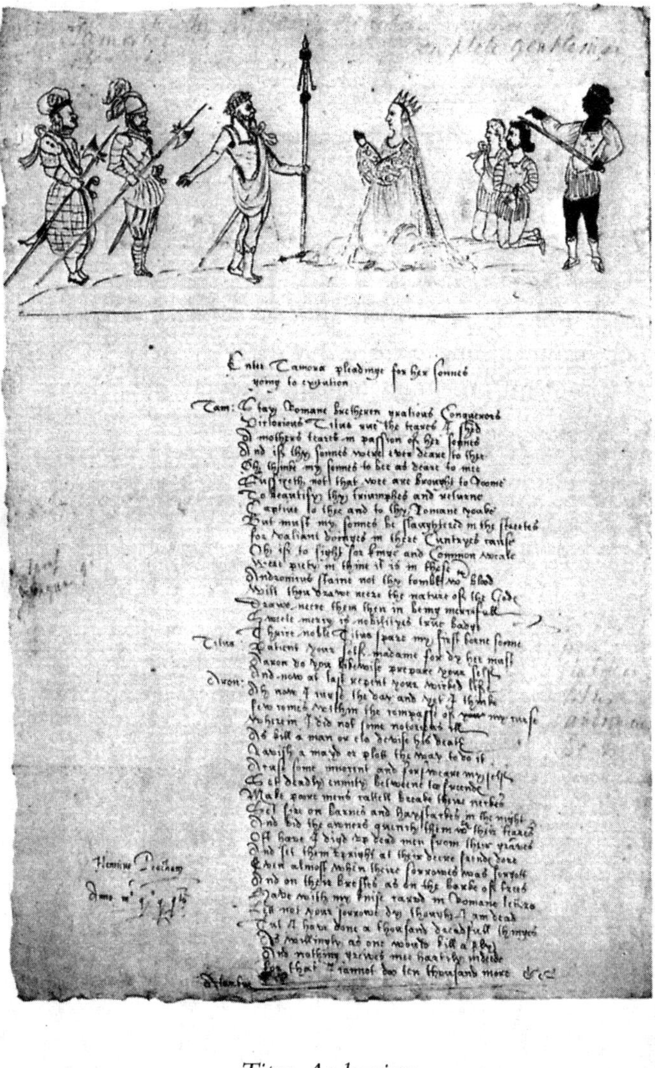

Titus Andronicus

Um mir die Zeit zu vertreiben,
beginne ich mit dem Lesen, dann mit dem Übersetzen
des Lebens von Thomas Vincent,
Zimmermann, Souffleur und Regisseur
der Schauspieler des Königs

Samstag, 16. Mai 1601, 43. Jahr der Regentschaft von Elisabeth

Ich bin ihr begegnet!

In gewohnter Eile ging sie durch die Straße, ihren Diener im Schlepptau. Schon seit langem hatte ich sie nicht mehr gesehen, und mit der Zeit hatte ich mir vorgegaukelt, ich sei geheilt. Ein Blick genügte, jegliche Abwehr schwand dahin, und ich war ebenso aufgewühlt wie am Tag, als ich mich von ihr in der Hoffnung verabschiedet hatte, sie nie mehr zu sehen, um unser Leben nicht unnötig zu erschweren. Glücklicherweise hatte sie wohl im selben Moment einen ähnlichen Entschluß gefaßt. Von einem Tag auf den andern verschwand sie aus unserem Blickfeld: Sie kam nicht mehr ins Theater, ich traf sie nicht mehr. Ich hätte mir nie gestattet, über die Gründe ihres Verschwindens zu sprechen. Master Shakespeare und ich waren damals, als ich sozusagen sein Lehrling war, noch nicht so vertraut miteinander wie heute.

Und nun, nach so vielen Jahren …

Ich zitterte an allen Gliedern, als ich ins Theater kam, und während der Aufführung vergaß ich, Master Richard Burbage (von seinen Freunden Dick genannt) vor dem Duell im fünften Akt den Degen zu reichen. Zum Glück war er so geistesgegenwärtig, ihn hinter den Kulissen holen zu kommen.

«Was ist los, Tom, bist du verliebt?» scherzte er nach der Vorstellung. Da fiel es mir wie Schuppen von den Augen. Ein solcher Zwischenfall durfte sich nicht wiederholen; etwas mußte getan werden. Ich konnte nicht zulassen, daß meine tiefen Gefühle für Emilia den Verstand ausschalteten.

Ich dachte den ganzen Abend nach, und schließlich fiel mir eine Bemerkung ein, die ich vor langer Zeit in einer dieser Tavernen gehört hatte, in die Master Shakespeare mich schickte, damit ich ihm über die Gespräche berichte, die er dann in seine Stücke einbaute. Einer in der Runde hatte angemerkt, er sei vom Würfelspiel besessen und leide darunter.

«Ich möchte aufhören, aber die Spielsucht ist stärker als mein Verstand.»

«Das Rezept dagegen läßt sich in einem Wort zusammenfassen: Katharsis oder Purgatio, wenn Sie lieber wollen. Das rieten die Griechen in solchen Fällen», erwiderte sein Gegenüber, ein Mann des Gesetzes, wie mir schien. «Durchleben Sic Ihre Leidenschaft ein letztes Mal, und denken Sie dabei, daß Sie sie an der Wurzel packen wollen. Unsere Ärzte treiben die Gemütskrankheiten mit einem guten Brechmittel aus. Aristoteles und nach ihm die Römer hielten das Theater für ein taugliches Heilmittel.» Und er fügte bei: «Aber das für Sie passende Stück kann kein anderer für Sie schreiben. Einige wenige Blätter, die Sie hinterher in den Kamin werfen, oder eine ausschweifende Nacht, in der Sie sich zum Darsteller Ihrer eigenen Leidenschaft machen – mehr braucht es nicht.»

Einige wenige Blätter … Purgatio. Ich hatte meine Arznei gefunden.

So beschloß ich an diesem Abend, das für die Niederschrift der am Vortag geprobten und abgeänderten Szenen gedachte Papier zu verwenden, um mir die Geschichte dieser Begegnung, dieser Leidenschaft zu erzählen, um ihre Anfänge und Umstände nochmals zu durchleben; die Liebe, die ich für diese Frau empfunden habe, war so schön, so umfassend, so erfüllend, daß ich danach keine andere mehr lieben konnte. Ich hatte geglaubt, die Frauen seien mir danach gleichgültig geworden, selbst sie. Doch das Fieber, das mich gepackt hat, zeigt mir, daß ich noch nicht geheilt bin.

Ich könnte nicht sagen, woher unsere große Liebe zum Theater kommt. Mir scheint, als wäre sie schon immer dagewesen. John Lowin und ich haben sie schon in früher Jugend geteilt, als wir Nachbarn waren und unsere Väter, alle beide Zimmermeister, miteinander fachsimpelten. Doch wenn ich es mir genau überlege, hatten wir kaum eine Ahnung vom Theater, bevor wir in die Schule der Schneiderzunft gingen. Es war wohl der Schuldirektor Mulcaster, der unsere Begeisterung weckte. Bei diesem sonst so ernsten Mann war diese Leidenschaft auf den ersten Blick erstaunlich. Doch er hatte eine Erklärung dafür.

«Das Theater ist eine viel wirkungsvollere Schule als das Klassenzimmer, auch wenn es dieses nicht ersetzen kann», sagte er und sah uns durchbohrend an. «Aber vieles, was ihr hier *in abstracto* lernt, während ihr auf euren Stühlen sitzt, könnt ihr auf der Bühne in die Praxis umsetzen: Gedächtnis, Aussprache,

Haltung, gute Manieren, Wagemut, Geistesgegenwart, Zungenfertigkeit in unserer schönen englischen Sprache – das alles kann euch das Theater bieten, ohne daß ihr euch auch nur einen Augenblick langweilt.»

Dann gab es unseren Musiklehrer Thomas Morley: Er war nicht bloß ein Bewunderer des Theaters, er komponierte auch häufig dafür. Ganz besonders schätzten wir an ihm seine ungewöhnlichen Unterrichtsmethoden.

«Herr Vincent, Sie singen wie ein Kochtopf», sagte er zu mir. Ich sah ihn ziemlich beleidigt an, worauf er schallend lachte.

«Wie singt ein Kochtopf, Herr Vincent? Keine unbedachte Antwort, wenn ich bitten darf!»

«D… disharmonisch, mein Herr?»

«Aber nein, mein Freund! Mary!»

Eine kleine Magd eilte herbei und wischte sich die Hände an der Schürze ab.

«Was gibt es, mein Herr?»

«Steht ein Wassertopf auf dem Herd?»

«Ja, mein Herr.»

«Ausgezeichnet. Junger Herr Vincent, folgen Sie Mary, beugen Sie sich über den Topf mit kochendem Wasser, und berichten Sie mir dann, was Sie festgestellt haben.»

Bald darauf kam ich zurück. Ich hatte die Lektion begriffen.

«Es ist ein mi, mein Herr.»

«Das lasse ich gelten. Disharmonisch?»

«Nein, mein Herr, aber tief.»

«So ist es, lieber Freund. Ein singender Topf singt zwangsläufig richtig. Aber tief. Suchen Sie Ihre Noten also nicht im Keller. Verstanden?»

«Ja, mein Herr.»

Am schwierigsten war es, später meinen Vater zu überreden, mich bei Master James Burbage, dem Besitzer des Theaters von Shoreditch, in die Lehre zu schicken. Er beschäftigte ständig einige Zimmerleute und Tischler für den Bau der Kulissen. Mein Vater fürchtete, eine Lehre am Theater würde vom Berufsstand nicht akzeptiert, und er hatte Angst, ich könnte in schlechte Gesellschaft geraten. Aber schließlich war Master James ebenfalls ein Zimmermann, und auch wenn er nicht selbst Hand anlegte, sondern nur Befehle erteilte, wurde er in der Zunft meines Vaters nicht weniger geschätzt als ein anderer. Das hat geholfen, daß Vater schließlich nachgab.

Sonntag, 17. Mai

Ich versuche mich an Master Shakespeare zu erinnern, bevor er Mistress Emilia begegnete. Ich versuche mich an *unsere* erste Begegnung zu erinnern. In welchem Jahr war das? Im dreißigsten oder einunddreißigsten der Regentschaft? Mir scheint, daß ich gerade erst meine Lehre begonnen hatte.

Am Theater von Shoreditch, wo Meister James Burbage und seine beiden Söhne Richard (Dick) und Cuthbert im Sommer meist tätig waren, am Courtine-Theater oder in der Herberge der Gekreuzten Schlüssel, wo wir manchmal im Winter spielten, bestand meine Arbeit darin, Kulissen aufzustellen und abzubauen, Bretter zusammenzunageln, Zapfen oder Bolzen anzubringen, Vorhänge aufzuhängen, die Angeln an den Türen und Versenkungen zu schmieren. Diese Tätigkeiten gehörten zum üblichen Rüstzeug einer Zimmermannslehre. Hammer, Säge und Hobel waren schon meine Kinderspielzeuge gewesen, ich habe immer gern mit Holz gearbeitet. Auf diesem Gebiet konnte mir Meister Burbage nicht viel Neues beibringen, dazu hatte er übrigens auch keine Lust – seine Religion war das Theater, dem er sich mit Leib und Seele verschrieben hatte.

Ganz London sprach über die Erfolge von Christopher Marlowe mit seinen Stücken *Tamerlan der Große* und *Der Jude von*

Malta. Doch der Schriftsteller hatte den Ruf, ein ausschweifendes Leben zu führen. Er war unser Nachbar, gelegentlich kreuzten sich unsere Wege. Master Burbages Mißbilligung war ebenso offenkundig wie die spöttische Unverschämtheit von Kit Marlowe.

Zwischen meinem Meister und seinen beiden Söhnen war es deshalb zu einer lebhaften Auseinandersetzung gekommen.

«Wir dürfen nicht tatenlos zuschauen, wie die anderen das Publikum anlocken», hatte Master James gewettert.

«Da seid Ihr selber schuld, denn Ihr weigert Euch, mit Kit Marlowe ins Geschäft zu kommen.»

«Einem Mann seinesgleichen will ich nichts zu verdanken haben. Er würde uns bloß Ärger machen. Der schlechte Ruf eilt ihm voraus; dieser Mann ist eine Gefahr.»

«Gut, dann suchen wir einen anderen. Wie wäre es beispielsweise mit diesem sympathischen Kanzlisten, der für uns *Edmund Ironside* geschrieben hat? Das war ein ganz passables Stück.»

«Der Sohn von John Shakespeare? Ich hatte seinem Vater versprochen, ihn vom Theater fernzuhalten. Ich weiß nicht, ob … Aber vielleicht hast du ja recht. Ich will sehen, was ich tun kann.»

Es dauerte bloß ein paar Tage, wie mir scheint. Plötzlich war Master Shakespeare bei uns, um letzte Hand an einen Text zu legen, und dann begann diese ebenso aufregende wie anstrengende Phase, in der ein neues Stück entstand, während man Tag für Tag ein anderes aufführte.

Zuerst ist mir Master Shakespeare aufgefallen, weil er keinen Bart trug. Er war nicht bartlos wie ich, er mußte sich rasieren. Doch während alle anderen Männer wenigstens ein spitzes Kinnbärtchen trugen, ließ er nur gerade einen schmalen Schnurrbart stehen. Einige von uns sollten ihn später nachahmen, aber zu jener Zeit war sein Aussehen merkwürdig genug, um mir als erstes in den Sinn zu kommen, wenn ich mich an unsere Begegnung zu erinnern versuche. Er war ein Mann von etwa dreiundzwanzig oder vierundzwanzig Jahren, durchaus besonnen, aber auch sehr fröhlich und lebhaft.

Ich habe *Titus Andronicus* nie sonderlich gemocht, aber für die Burbages wurde das Stück zu einem anhaltenden Erfolg. Die Hauptpersonen sind alle blutrünstig. Aus Rache bringen sie sich gegenseitig um, bis fast keiner mehr übrigbleibt, und sie tun es mit einer sprachlichen Eleganz und Delikatesse, die alles nur noch schrecklicher macht.

«Wo haben Sie ein solches Genie aufgetrieben?» fragte Lord Strange, der Protektor der Burbages, als er sich eine Durchlaufprobe des *Titus* ansah.

«John Shakespeare, sein Vater, ist vom Theater besessen. Er war Bürgermeister von Stratford im Warwickshire, wo wir auf unseren Tourneen aufgetreten sind, Eure Exzellenz. Er kümmerte sich persönlich um uns und bereitete uns einen großzügigen Empfang. Seinen Sohn, den jungen William, kannte ich bereits, als er noch ein kleiner Junge war. Er hat schon immer einen Hang zu hochtrabenden Worten gehabt.»

Der «junge William», so habe ich erfahren, wollte sich unbedingt der Truppe anschließen, aber erst war er noch ein Kind und später nützte ihm alles Drängen nichts, denn Master James hielt ihn für einen dieser vielen jungen Menschen, die alles tun würden, um von zu Hause wegzukommen. Er dachte nicht mehr an ihn, bis er ihm einige Jahre später in einer Londoner Kneipe begegnete.

«Nun, da ich erwachsen bin und fern von zu Hause, haben Sie vielleicht die Güte, mich anzuhören. Mir geht es wie den anderen jungen Leuten, die ihr Glück in der großen Welt suchen, weitab vom häuslichen Herd, wo sie kaum Erfahrungen sammeln können. Ich möchte bei Ihnen arbeiten.»

Master James äußerte seine Bedenken.

«Master Burbage, ich habe Ihre Aufführungen gesehen und versichere Ihnen, daß ich der Mann bin, den Sie brauchen. Sie behandeln mich wie einen Vogel, der noch nicht flügge ist, aber meine Abreise aus Stratford geschah keineswegs unüberlegt», sagte Master Shakespeare. «Ich habe eine Frau und bin Vater dreier Kinder. Sicher wäre es für alle einfacher gewesen, wenn ich Handschuhmacher geworden wäre wie mein Vater. Leider bin ich ein miserabler Handschuhmacher. Dagegen rühmen alle mein Redegewandtheit. Ich habe mit einigen Ihrer Schauspieler gesprochen. Es ist nicht unmöglich, sein Leben mit dem Theater zu verdienen. Ich versichere Ihnen, daß ich für Sie schreiben und spielen kann, was immer Sie wollen. Sagen Sie mir, was Sie wünschen, und Sie bekommen es.»

Wie ich vernommen habe, hat Master Burbage ihn aufgefordert, etwas zu schreiben, und daß er dabei an ein Sonett oder einen kleinen Text gedacht hat. Master Shakespeare jedoch hat ihn beim Wort genommen und binnen weniger Tage ein ganzes Stück verfaßt. Es war kein Meisterwerk, aber es wurde eine Weile lang aufgeführt und kam gut an.

Dennoch blieb der Autor bloß einer in der Schar derjenigen, die mehr oder weniger anonym für die Truppen produzierten. Erst nach dem *Titus* gehörte Master Will wirklich zu uns. Eine Zeitlang führte er ein Doppelleben: tagsüber als Kanzleischreiber, nachts als Bühnenautor. Schon bald zog er von Westminster, wo er arbeitete, nach Blackfriars in die Nähe der Theater um. Schließlich verließ er die Kanzlei, um sich neben dem Schreiben zum Schauspieler auszubilden.

Das erste Gespräch zwischen Master Shakespeare und mir fand an einem Tag statt, an dem ich den Burschen ablöste, der die Pferde am Theatereingang bewachte. Ich hatte viel zu tun, denn es herrschte großer Andrang. Plötzlich stürmte jemand im Laufschritt herbei, warf sich buchstäblich zwischen die Beine der Pferde und stellte sich bei den Ringen auf, so daß die Pferde zwischen ihm und den Ankommenden waren. Ich wußte bald, warum er das tat.

Zwei kräftige, mit Stöcken bewehrte Männer waren ihm

auf den Fersen, und der eine packte mich am Kragen. «Wo ist er? Schnell, wo ist er?»

«W... wen meinen Sie, m... mein Herr? L... lassen Sie mich g... gefälligst los.»

Er hob mich noch näher an sein purpurrotes Gesicht heran. «Dieser Gauner von Shakeshaft!»

«H... hier gibt es keinen Shakeshaft, w... wir kümmern uns um die Pferde, stören Sie uns bitte nicht bei der Arbeit. Diese Herren sind im Irrtum, nicht wahr, Will?»

Ich hatte meine Geistesgegenwart wieder gewonnen.

«Gewiß, meine Herren, suchen Sie anderswo, und lassen Sie uns unsere Arbeit tun. Guten Abend, mein Herr, überlassen Sie mir getrost Ihr Pferd, bei mir ist es in guten Händen.»

«Wie, Will, kümmern Sie sich jetzt um die Pferde?»

«Ein Theatermann muß alles können. Danke, Eure Exzellenz.»

Er half mir beim Anbinden der Pferde, solange die beiden Hünen in der Nähe weilten und die Ankommenden wütend musterten – ein wahrhaft komischer Anblick.

«Wie heißt du denn, Kleiner?» fragte Master Will.

«Tom, mein Herr. Für gewöhnlich bin ich Bühnenarbeiter, aber heute ersetze ich den Stallburschen. Haben diese beiden Männer nach Ihnen gesucht?»

«Ja. Aber sie kennen mich nicht, wie du wohl erraten hast.» Er lachte. «Sie halten nicht so viel von mir wie ihre Schwester. Deine Geistesgegenwart hat mich gerettet, Kleiner, sonst wäre es mir übel ergangen.»

Ich wußte nichts zu erwidern. Er legte mir die Hand auf die Schulter.

«Ich schulde dir etwas, und das werde ich nicht vergessen. Kannst du lesen?»

«Aber ja, mein Herr! Ich kann lesen, schreiben, zählen, ich habe Lateinisch, Griechisch und Hebräisch gelernt. Jedenfalls einige Brocken Hebräisch.»

«Kurz, du hast die Schule besucht und hättest nach Oxford gehen können.»

«In der Tat, aber ich wollte zum Theater.»

«Man könnte dich für einen kleinen, hilflosen Jungen halten, aber in Wirklichkeit bist du ein entschlossener Kerl, wie ich sehe.» Mit herzhaftem Lachen versetzte er mir einen Hieb, der mir beinahe die Schulter auskugelte, und eilte ins Theater. Auch er war damals unfähig zu einer normalen Gangart, er mußte immer rennen.

In jenem Sommer entsandte der König von Spanien eine Flotte gegen England, von der man sich erzählte, sie bestehe aus hunderttausend bis zu den Zähnen bewaffneten Männern und hundertfünfzig Schiffen. Viel später habe ich ein gekentertes spanisches Wrack zu Gesicht bekommen, ein wahres Ungetüm, und aus meiner genauen Kenntnis der Themseufer bei Billingsgate kann ich versichern, daß England kein einziges Schiff von solchen Ausmaßen hatte. Dennoch hat David Goliath geschlagen. England blieb unbesiegt.

«Ein Ereignis von dieser Tragweite müssen wir gebührend feiern», sagte Master James. «Will, Sie sollten ein Stück über den Vorfall schreiben.»

«Ein Stück mit welchem Thema? Dem Sieg der Protestanten über die Katholiken? Ich weiß nicht, ob ich Lust habe, das zu verherrlichen.»

«William Shakespeare!»

«Was mir dagegen interessant scheint», fuhr dieser ungerührt fort, «ist der Patriotismus der Engländer – sie haben sich erhoben wie ein einziger Mann, und sie hätten bis zum letzten Blutstropfen für ihr Vaterland gekämpft. Das gilt auch für mich.»

«Will hat recht», meinte Master Richard. «Wir sollten der Gegenwart lieber aus dem Weg gehen.»

«Das bringt mich auf eine Idee», sagte Master Will. «Wie wäre es, wenn wir von den Rosenkriegen erzählen würden?

Ich denke an ein großangelegtes Gemälde, das schildern würde, wie unsere Königin und zuvor ihr Großvater König Heinrich VII. auf den Thron gekommen sind.»

«Das läßt sich niemals in einem einzigen Stück unterbringen.»

«Auch Kit Marlowe hat eine Fortsetzung von *Tamerlan* geschrieben. Ich kann mit der Geschichte in einem Stück beginnen und sie in einem zweiten beenden. Oder gar in einem dritten. Wenn wir genug offenlassen, werden die Leute wiederkommen, weil sie auf die Fortsetzung gespannt sind.»

«Aber dann müßten Sie ja Könige auf die Bühne bringen, die uns noch nahestehen.»

«Na und? Wir werden sie ebenso respektvoll darstellen, wie wir die Herrscher unserer Vorfahren, König John oder König Edmund, auf die Bühne gebracht haben. An Ihrer Stelle würde ich mir keine Sorgen machen. Wenn Sie besorgt sind, werde ich ängstlich, und die Angst hemmt den Fluß meiner Gedanken.»

«Das stimmt, Vater, wir sollten ihm freie Hand lassen.»

«Danke, mein guter Dick. Falls Sie sich tatsächlich Sorgen machen, kann ich Ihnen im Laufe des Sommers einige Szenen zum Lesen geben ... Wie es euch gefällt.»

Beim Aufstehen stützte sich Master James entgegen seiner Gewohnheit nur leicht auf meine Schulter, und daran merkte ich, daß er zufrieden war. Man muß sagen, daß Master Will immer eine besondere Fähigkeit gehabt hat, andere zu überzeugen.

Dienstag, 19. Mai

Ich war ein Lehrling, und Master Will war es in gewisser Weise auch. Bei ihm war es natürlich etwas anders. Er war bereits erwachsen, während wir fast noch Kinder waren, und zudem eignete er sich zwei Metiers an, das des Schauspielers und das des Autors.

Ungeachtet dessen, was er Master Burbage erzählt hatte, um von ihm angestellt zu werden, dachte ich schon immer, er sei aus Stratford-upon-Avon geflohen. Jedermann wußte, wo er war. In Stratford war seine Familie sehr geachtet: Sein Vater war lange Amtsvorstand gewesen, in London hätte man ihn als Lord-Mayor bezeichnet. Aber es gab eine dunkle Seite in seinem Leben, um die der sonst so offene, redselige Master Will herumging wie die Katze um den heißen Brei, so daß ich von Anfang an ein Geheimnis dahinter witterte. Manchmal habe ich mich gefragt, ob die Frau, die er in Stratford zurückgelassen hat, eine Frömmlerin sei, die alles verabscheut, was mit Theater zu tun hat. Als sie sich verheiratete (höchst überstürzt, wenn man den Gerüchten glauben will), waren ihr die Ansichten ihres Mannes vielleicht noch nicht bekannt. Am Tag vor Master Wills Abreisen nach Stratford, wo seine Kinder lebten, ließ er regelmäßig Bemerkungen fallen, die mir mit der Zeit zu denken gaben, etwa: «Bringt mich zum Lachen, in nächster Zeit werde ich dazu kaum Gelegenheit haben», oder: «Ich hätte gerne ein Familienleben geführt, aber bei allem, was man mir vorwerfen mag: Die Hölle auf Erden habe ich nicht verdient.» Allerdings ist zu sagen, daß er sich seine Probleme nur selten anmerken läßt; blicke ich auf die ersten Jahre unserer Bekanntschaft zurück, so ist er fast immer in Bewegung, macht allen Frauen in seiner Reichweite den Hof, deklamiert, lacht oder schreibt wie ein Besessener, ohne sich Schlaf und Essen zu gönnen. Wenn es ihn überkam, mußte man ihn rütteln, damit er die Vorstellungen nicht verpaßte. Er spielte seine Rolle – und keiner merkte, daß er mit dem Kopf nicht dabei war –, dann eilte er davon und vergrub sich wieder in seinen Blättern.

Ich lebte bei Master Burbage, und manchmal besuchte ich im Morgengrauen den Schauspielunterricht. Der Meister brachte uns alles bei, was zum Handwerk gehört, denn das Bühnenleben ist ein gefährliches Abenteuer, auf das man sich sorgfältig vorbereiten muß. Anfänglich kam auch Master Will gelegentlich zum Unterricht.

Diese frühmorgendlichen Kurse umfaßten Deklamieren, Jonglieren, Zaubertricks, Fechten und Ringen. Wir begannen alle mit Akrobatik – eine notwendige Voraussetzung, um von einem Podest springen zu können, ohne sich zu verletzen, aber auch für Darbietungen, bei denen wir einander auf die Schultern kletterten. Und wenn man um drei Uhr nachmittags spielt, kann man ein Duell nicht bloß vortäuschen wie im Kerzenschein; man muß nach allen Regeln der Kunst fechten, das Rapier in der einen, den Dolch in der anderen Hand, und man muß aufpassen, seinen Kumpanen dabei nicht zu verletzen oder von ihm verwundet zu werden. Wenn die Rolle vorschreibt, daß man sein Gegenüber tötet, muß man die richtige Stelle anvisieren, wo hinter der mit Blut gefüllten Blase eine Metallplatte angebracht ist, damit die Waffe nur die Blase und nicht den Körper durchbohrt. Das erfordert viel Gewandtheit und muß immer wieder geübt werden. Verlangt ist auch tänzerisches Können, denn neben den obligaten Schlußtänzen gibt es manchmal auch innerhalb der Stücke Tanzeinlagen. Beim Üben der Volten und Kapriolen, bei denen man von den Schultern des einen Schauspielers zum nächsten springt und sich dann elegant auf die Füße fallen läßt, ohne außer Atem zu geraten, den Rhythmus zu verlieren oder den Text zu vernachlässigen, habe ich mir am ganzen Körper blaue Flecken geholt.

Nebst alledem wird den jüngsten der Lehrlinge auch beigebracht, wie man eine Frau spielt.

«Ihr sollt nicht vorgeben, Frauen zu *sein*», erklären ihnen Generationen von Schauspielern, die aus eigener Erfahrung sprechen, «aber ihr sollt ihre Eigenschaften und Besonderheiten zum Ausdruck bringen. Beobachtet sie genau, aber versucht nicht, euch an ihre Stelle zu setzen. Ihr könnt nur ihr Spiegel oder bestenfalls ihr Porträt sein, aber niemals eine Kopie.»

Darauf werden Gesten und Bewegungen geprobt, bis sie alles Zweideutige verloren haben.

Doch das wäre alles noch nichts, wenn man sich nicht so beeilen müßte. Manchmal zieht man sich zehnmal um, schlüpft von einer Rolle in die andere, wechselt falls nötig von einem Geschlecht zum anderen, von einem langen tragischen Monolog zu einem ausgelassenen Tanz, ohne kurzatmig zu werden, ohne die geringste stimmliche Einbuße und ohne etwas zu vergessen, denn da sind zwei-, dreitausend Leute, die bereit sind, alles kurz und klein zu schlagen, wenn sie sich um ihren Penny geprellt fühlen – während ich das schreibe, wird mir klar, wie sehr ich diesen Beruf geliebt habe. Ich habe ihn aus eigenen Stücken aufgegeben, aber manchmal wünsche ich mir, der Herr hätte mir ein leichteres Leben geschenkt. Warum bloß …?

Aber ich will der Reihe nach erzählen.

Eine Truppe wie jene von Master Burbage war auf einen Protektor angewiesen, um nicht in einer Katastrophe zu enden. Damals waren wir die Schauspieler von Sir Ferdinando Stanley, Lord Strange, dem ältesten Sohn und Titelerben des Grafen von Derby. Er war ein sympathischer, großzügiger Edelmann und hatte Verständnis für unseren Beruf und seine Erfordernisse. Er hat uns zahlreiche Genehmigungen verschafft, namentlich die Erlaubnis, bei großer Kälte in der Herberge der Gekreuzten Schlüssel in der Grace Street aufzutreten, wo wir einen leerstehenden Schuppen notdürftig hergerichtet haben. Ständig gab es etwas zu nageln, zu flicken, zu stopfen oder zu graben – aber wenn es schneite oder grimmiger Frost herrschte, war dieser Schuppen ein beachtlicher Fortschritt gegenüber unserem Amphitheater. Das Publikum folgte uns nach, wo immer wir spielten und wie kalt es auch sein mochte.

Dieses Leben machte mich mit der Zeit sehr gewandt: Ich hatte zwar nicht viel an Größe, dafür um so mehr an Kraft zugelegt. Und je gelenkiger ich wurde, desto stärker wurde das Verlangen, Theater zu spielen. So begann ich mich von Zeit zu Zeit unter die Schauspielschüler zu mischen, wenn sie Stimmbildung betrieben. Abgesehen von den wenigen Knaben, die schon von Kind auf eine tiefe Stimme hatten, begannen alle Lehrlinge mit dem Spielen von Frauenrollen.

Eine dieser Ausnahmen war Richard Burbage, Master James' jüngster Sohn. Mit zwölf Jahren hatte er bereits die Statur eines Erwachsenen und eine Grabesstimme. Seine erste Männerrolle spielte er in einem Alter, in dem die anderen Lehrlinge gerade bei ihrer ersten Mädchenrolle angelangt waren.

Freitag, 22. Mai

Als Sandro Cooke sich das Bein brach, war ich siebzehn Jahre alt. Er spielte die Julia in *Die beiden Veroneser,* und einige Tage lang wurde das Stück abgesetzt. Dann bestellte uns der Lordkämmerer Henry Carey, Lord Hunsdon, für eine Abendgesellschaft zu sich, und er wollte unbedingt dieses Stück sehen, dies und kein anderes. Sandro versuchte auf sein verletztes Bein zu stehen, aber da war nichts zu machen.

Man möchte annehmen, daß der Moment, in dem das Leben eines Menschen eine entscheidende Wendung nimmt, ihm unvergeßlich bleibt. Aber nein. Da ist nur ein Durcheinander von Augenblicken, die ich nicht mehr mit Sicherheit einzuordnen weiß – man muß auch sagen, daß ich nicht von allem Anfang an verliebt war. Aus diesem Durcheinander taucht die Erinnerung an Master Wills derben Schlag auf meinen Rücken auf (seine kraftvollen Hiebe werfen einen beinahe zu Boden).

«Dieser Bursche kann doch die Rolle der Julia auswendig!»

Ich war zu schüchtern, um zu gestehen, daß ich fast alle Rollen der *beiden Veroneser* hätte vortragen können. Warum es mir gegeben ist, einen Text zu behalten, den ich ein- oder zweimal gehört habe, kann ich nicht sagen.

An jenem Tag jedenfalls trat ich in *Die beiden Veroneser* als Julia auf.

Ich erinnere mich noch deutlich an das überwältigende Gefühl, als ich zusammen mit Dick Cowley, der meine Dienerin Lucette spielte, die Bühne betrat und die ersten vorahnungsvollen Sätze sprach:

«Sag mir, Lucette, ganz unter uns: Würdest du mir raten, mich zu verlieben?»

«Aber ja, gnädige Frau. Das erspart Ihnen einen ungelegenen Fehltritt.»

An besagtem Abend spielten wir in einem großen Saal im Lichte unzähliger Kerzen, die uns der Lordkämmerer zur Verfügung gestellt hatte. Er hatte uns kommen lassen, weil er «einer Person, der er verpflichtet war», eine Überraschung bereiten wollte. Wir nahmen an, daß wir auf dem Ehrenplatz einen ausländischen Prinzen oder einen Botschafter erblicken würden ... Da er sich höchstpersönlich um die kleinsten Einzelheiten gekümmert hatte, fragten wir uns sogar, ob er etwa Ihre Majestät eingeladen habe. Kurz, wir waren auf alles gefaßt, nur nicht auf dies: Lord Hunsdon hatte uns herbestellt, um seine Mätresse zu ergötzen.

Wie soll man den Eindruck beschreiben, den sie an jenem Abend auf uns machte?

Sie war einfach anders. Groß, schlank, fast mager, von mattem Teint – sie besaß keinerlei Ähnlichkeit mit den milchgesichtigen, rothaarigen Engländerinnen, denen man an jeder Straßenecke begegnet. Doch ihre Haut wirkte nicht weniger weiß, denn ihr Haar war so schwarz, wie ich es noch nie gesehen hatte, ebenso ihre großen Augen. In einem prunkvollen weißen Gewand, das mit goldenen Pailletten bestickt war und die Brust freiließ, hielt sie sich aufrecht in einem mächtigen Sessel – eine erhabene, majestätische Erscheinung.

Ich muß zugeben, daß ich sie zuerst gar nicht wahrgenommen habe. Die Kerzen, die die Bühne fast taghell erleuchteten, verbreiteten im Saal nur ein dämmeriges Licht, und meine neue Aufgabe ließ mir keine Zeit, mich umzusehen. Ohne Master Shakespeare hätte ich ihr an diesem Abend nicht mehr Aufmerksamkeit geschenkt als einem anderen Zuschauer, und mein Herz schlug ihretwegen nicht schneller.

«Wer ist das?» fragte Master Will mit sonderbar rauher Stimme, so daß ich unwillkürlich die Augen hob. In den tanzenden Schatten kam er mir sehr bleich vor.

«Das sehen Sie doch selber», sagte John Heminges, der neben ihm stand. «Es ist die Mätresse des Lordkämmerers.»

«Aber sie könnte seine Enkelin sein!»

«Darum macht er auch so viel Aufhebens um sie. Anscheinend prahlt er gerne mit ihr.»

«Und sie?»

«Sie ist immer sehr reserviert. Man sagt, sie lächle fast nie.»

«Ich kenne sie», mischte sich ein Musiker ein, der auf seinen Einsatz wartete. «Sie ist die Tochter des verstorbenen Battista Bassano, eines ehemaligen Flötisten Ihrer Majestät. Sie kennen doch unseren kleinen Lehrling Robert Johnson, den Lautenspieler? Er ist ihr Vetter. Ich kenne sie seit ihrer Kindheit, wir sind gleich alt. Schon damals war sie eine glänzende Musikerin.»

«Aber … sie stammt doch aus einer achtbaren Familie?»

«Gewiß, doch ihr Vater starb, als sie noch klein war. Vor zwei, drei Jahren ist auch ihre Mutter gestorben, und das arme Kind …»

«Thomas! Dick! Die Reihe ist an euch! Was gibt es da in den Kulissen zu schwatzen? Ihr stört alle Leute. Seid ihr bereit? Dann los!»

Später, auf dem Heimweg, begann Master Will erneut von

ihr zu sprechen. «Wie lautet schon wieder ihr Name?» Sein Tonfall war ungewöhnlich eindringlich.

«Emilia Bassano.»

«Emilia … eine Italienerin?»

«Ohne Zweifel, genau wie ihre Onkel. In Italien soll es eine Stadt namens Bassano geben.»

«Emilia …»

Master Wills Stimme vibrierte durch die Nacht.

«Emilia», wiederholte er nochmals. Der unendlich zärtliche Tonfall ließ Master James Burbage aufhorchen. Sein Gesicht konnte ich nicht sehen, aber seine Stimme klang alarmiert.

«Will! Sie ist die Mätresse des SCHATZKANZLERS, der übrigens auch der Vetter IHRER MAJESTÄT ist!»

«Er könnte ihr Großvater sein.»

«Vielleicht. Aber das geht uns nichts an.»

«Ich bin sicher, daß man sie gezwungen hat. Während des ganzen Abends hat sie nicht ein einziges Mal gelächelt.»

«Und ich bin sicher, daß sie sich affektiert benimmt. Schließlich ist sie seit über einem Jahr an seiner Seite. Du hast selbst gesehen, daß er sie mit Gold überhäuft. Sie ist arrogant geworden und läßt sich nicht mehr dazu herab, über Späße von Leuten aus ihren früheren Kreisen zu lächeln. Will, du wirst dich doch nicht wieder Hals über Kopf verlieben! Nicht in diese Frau!»

«Hat einer je geliebt, der Liebe auf den ersten Blick nicht kennt?»

«Mehr hast du mir nicht zu sagen?»

«Nicht ich habe diese hübsche Maxime erfunden, sondern einer, den Sie nicht besonders schätzen: Kit Marlowe.»

«Ich beglückwünsche dich nicht zu deinem Umgang.»

«Man kann Kit vielerlei vorwerfen, aber er ist der größte Dichter, den ich kenne, und ich bilde mir etwas darauf ein, daß wir ab und zu miteinander bechern.»

Später, als ich im Zimmer lag, das ich mit drei anderen Burschen teilte, auch mit Richard Burbage, obwohl er nur noch dem Namen nach ein Lehrling war, fragte ich: «Weshalb war dein Vater so streng mit Master Will?»

«Oh! Mein Vater kennt ihn gut. Will neigte schon immer zu übereilten Handlungen. Er muß sich von Zeit zu Zeit verlieben, das liegt in seiner Natur. Aber seine Liebschaften enden ebenso jäh, wie sie begonnen haben. Vater weiß schon, was er bei solchen Gelegenheiten zu sagen hat.»

Samstag, 23. Mai

In den folgenden Tagen war von Emilia nicht mehr die Rede. Dagegen sprach man häufig über mich.

«Dieser Bursche ist ein geborener Schauspieler», sagte Master Will.

«Vielleicht», erwiderte Master James Burbage in seiner schroffen Art, «aber ich habe der Zunft mein Wort gegeben, daß ich aus ihm einen Zimmermann mache.»

«Oh, Master James! Schon morgen könnte ich die Gesellenprüfung ablegen. Die Zimmerei wurde mir in die Wiege gelegt. Lassen Sie mich spielen.»

«Spielen ... spielen ... So einfach ist das nicht. Auch das will gelernt sein.»

«Offensichtlich lernt er», warf Master Will ein, «und sogar mit Blitzesschnelle, denn während die anderen spielen, baut er die Kulissen auf. Und doch genügten ihm einige wenige Proben, um sich zurechtzufinden.»

«Aber es gibt noch tausenderlei Dinge, die er wissen muß.»

«Das stimmt. Ich werde mich darum kümmern, wenn Sie ihn mir anvertrauen. Er braucht eine Schnellbleiche, und die kann ich ihm geben.»

«Er hat nie Musik gemacht. Ich weiß nicht, wo er die Zeit hernehmen soll, um zu Master Morley oder sonst einem Musiklehrer zu gehen.»

«Ich spiele Viola ...», protestierte ich.

«Das tun viele andere auch. Aber hier geht es darum, zweitausend Leute zu fesseln, verstehst du. Das ist etwas ganz anderes. Außerdem muß dein Vater einverstanden sein. Und die Zunft.»

«Ich kann die Meisterprüfung jederzeit ablegen.»

«Kein Selbstlob, wenn ich bitten darf. Auch wenn du jetzt so weit wärst, bist du doch erst siebzehn Jahre alt. In drei Jahren, wenn du zur Meisterprüfung zugelassen bist, hast du alles verlernt und vergessen.»

«Er wird viel Theater machen, ohne das Zimmern ganz aufzugeben.»

«Ja, Master James! Sprechen Sie mit meinem Vater! Sprechen Sie mit den Zunftmeistern!»

Gewöhnlich war ich ein schüchterner Mensch, jetzt kannte ich mich selbst nicht mehr. Plötzlich hatte mich eine Ungeduld gepackt, wie sie ein Pferd auf dem Weg zum Stall befällt.

«Ich gebe zu, daß du für einen Anfänger eine bemerkenswerte Julia abgegeben hast», seufzte schließlich Master James. «Aber ich kann mich nicht noch um einen weiteren Schauspielerlehrling kümmern.»

«Lassen Sie das meine Sorge sein», erwiderte Master Will ohne Zögern. «Er hat etwas an sich ... eine Unbändigkeit, die mich inspiriert.»

«Nun ja, zugegeben ...»

«Ihr habt ja auch Euer ganzes Leben auf der Bühne verbracht, Vater. Und doch seid Ihr ein guter Zimmermann geblieben», bekräftigte Dick Burbage.

«Ohne den regelmäßigen Kontakt mit meinen Kollegen, die mich beraten, hätte ich von meinem ursprünglichen Beruf keinen blassen Dunst mehr, das könnt ihr mir glauben.»

«Ich werde musizieren, das verspreche ich Ihnen. Ich kann ...»

«Schon gut, mein Kleiner, einverstanden. Du spielst die

Julia, bis Sandro wieder auf den Beinen ist. Nachher werden wir einen Lehrling zuviel haben.»

«Nein, Master James. Sollten wir wirklich einen Lehrling zuviel haben, werde ich ein Stück mit einer zusätzlichen Frauenrolle schreiben.»

«Gut, gut, ich gebe nach. Unter der Bedingung, daß dein Vater einwilligt.»

Ich will nicht behaupten, daß ich keinen Hammer mehr angerührt habe. Aber ich erledigte die Aufträge des Zimmermeisters in einem Tempo, das ich selbst nicht für möglich gehalten hätte. Und es kam auch je länger, je weniger zu solchen Arbeiten. Ich hatte keine Angst, das Handwerk zu vergessen: Die Zimmerei liegt mir im Blut.

Ich wohnte weiterhin bei den Burbages, denn Master Shakespeare hatte keine Verwandten in London. Das hinderte mich nicht daran, sein Lehrling zu werden, und als er nach einer gewissen Zeit in unsere Gemeinde umzog, wurde alles noch viel einfacher. Er holte mich um fünf Uhr aus dem Bett und ließ mich noch vor dem Frühstück halsbrecherische Übungen vollführen. Mit Begeisterung ging ich dreimal in der Woche zu Master Morley, oft in Begleitung von Master Will. Er spielt ganz ausgezeichnet Laute und Viola, aber wenn er mich zum Unterricht begleitete, war er vollauf damit beschäftigt, sich eifrig Notizen zu machen.

«Ich bereichere mein musikalisches Vokabular», bemerkte er. Die Worte sind schon immer seine große Leidenschaft gewesen.

Danach oder anstelle der Musikstunden probten wir.

Ich bildete mir ein, meine Rolle zu beherrschen, aber Master Will belehrte mich bald eines Besseren. Er, der sonst so umgänglich und gutmütig war, zeigte sich unnachsichtig – und das galt für alle, nicht nur für mich –, wenn die Interpretation nicht seinen Vorstellungen entsprach.

«Achte auf eine ungezwungene Aussprache. Hör auf, mit

den Armen herumzufuchteln. Der Körper darf deine Anstrengung nicht verraten, Tom. Fang nochmals von vorne an.»

«Muß ich wirklich eine Männerrolle proben? Auf der Bühne soll ich doch junge Frauen spielen.»

«Ein Schauspieler muß alles spielen können. Auf ein bestimmtes Fach wirst du dich erst später festlegen, wenn du in meinem Alter bist. In der Mädchenrolle trittst du ohnehin nur provisorisch auf. Also, ich höre.»

«Edle Patrizier, Wahrer meines Rechts,
Verteidigt meinen Anspruch mit dem Schwert;
Und ihr, Mitbürger, meine treuen Freunde,
Werbt mit den Waffen um mein erblich Recht.»

«Tom, Tom! Wenn du so deklamierst, können wir gleich einen Marktschreier engagieren. Das Geheimnis des Schauspielers ist die Zurückhaltung in allem. Du sollst den Zuschauern nicht ins Ohr brüllen, du mußt sie zwingen, dir zuzuhören.»

«Aber es ist die erste Gegenrede im Stück.»

«Darum geht es ja! Sie sind noch aufmerksam. Die Trompeten haben sie für einen Augenblick zum Schweigen gebracht. Wenn du dann in dieser Lautstärke loslegst, haben sie den Eindruck, daß du ihnen kein Vertrauen schenkst. Und statt zu tuscheln, werden sie bald zu schreien beginnen und unsere Stimmen übertönen. Gut. Saturninius hat als Erstgeborener sein Anrecht auf die Nachfolge des Kaisers proklamiert. Wenn du schreist, muß ich noch lauter schreien. Hältst du jedoch deine Gegenrede in einem maßvollen, sanften Ton, muß meine Erwiderung noch sanfter ausfallen. Und wenn wir die gefährliche Ruhe erzeugen, die den großen Stürmen vorausgeht, ist die Vorstellung zur Hälfte gewonnen. Ich bin also Bassanius und entgegne:

Römer, Gefährten, Beschützer meines Rechts,
Wenn je zuvor Bassanius, Cäsars Sohn,
Roms königlichem Auge wohlgefiel,
Besetzt den Zugang hier zum Kapitol;

Und duldet nicht, daß Unehr dürfe nahn
Dem Kaisersitz, der Tugend stets geweiht,
Dem Recht, der Weisheit und dem Edelmut,
Gebt eure Stimme der gerechten Sach,
Und kämpft, ihr Römer, für die freie Wahl.»

Er sprach verhalten, und als er beim Wort «kämpft» angelangt war, klang seine Stimme wie zärtliches Liebesgeflüster. Es war beängstigend.

«Verstehst du?»

«Ja, Master Will.»

«Gut, beginnen wir nochmals. Diesmal bin ich Saturninius. Und passe gut auf. Laß dich von deinem gesunden Empfinden leiten. Stimme die Gesten auf die Worte und die Worte auf die Gesten ab, bleib in den Grenzen des Natürlichen. Übertreibungen auf diesem Gebiet schaden dem Theater.

Edle Patrizier, Wahrer meines Rechts,
Verteidigt meinen Anspruch mit dem Schwert ...»

So ging es stundenlang weiter, manchmal mit Rollen, die ich am Nachmittag spielen mußte, manchmal mit Passagen, die Master Will besonders geeignet hielt für meine Schauspielerausbildung.

Auch am Abend kamen wir nicht zur Ruhe. Hin und wieder gaben wir eine Privatvorstellung in vornehmen Häusern. Sonst gingen wir in die Schenken, um den Gesprächen zu lauschen.

«Siehst du, Tom, man soll ein Ohr für die Sprache der gewöhnlichen Leute haben. Schöngeister, die sich gewählt ausdrücken können, gibt es zuhauf. Ich ziehe es vor, die Umgangssprache zu erforschen, denn eines habe ich gemerkt: Die Leute schätzen es, wenn man sie ganz direkt anspricht. Sie möchten den Klang deiner Stimme hören und nicht das Kratzen deiner Feder.»

Und wenn wir nichts von alledem taten, lasen wir. Wo auch immer Master Shakespeare sich aufhielt, stets hatte er ein

Buch, ein Heft, ein Pamphlet, kurz: etwas zu lesen dabei. Und er bestand darauf, daß sein Diener und ich seinem Beispiel folgten. Eines seiner Lieblingsworte war: «Die Unwissenheit ist der Fluch Gottes, während das Wissen uns Flügel verleiht, auf denen wir zum Paradies fliegen. Je mehr wir wissen, um so besser.»

Ich muß gestehen, daß all diese neuen Erfahrungen die schöne Mätresse von Lord Henry Carey eine Zeitlang in den Hintergrund rücken ließen. Ich glaube auch nicht, daß Master Will sie wiedergesehen hat. Wir waren ja fast immer zusammen.

Dienstag, 26. Mai

In der Zeit, von der ich spreche, war Master Wills Diener ein gewisser Ned; ich habe ihn stets nur unter diesem Namen gekannt. Ich weiß nicht, wo Master Will ihn aufgelesen hat, und die einzige Bemerkung, die Ned in meiner Gegenwart jemals über seine Vergangenheit machte, lautete: «Ohne ihn wäre ich vielleicht nicht mehr auf der Welt.»

Ned war meist ein fröhlicher Kerl mit einem Hang zur Philosophie, und er liebte es, mit tiefer Stimme markige Sätze von sich zu geben, die bei näherer Überlegung sehr komisch waren. Sein trockener Witz war einmalig. Er las kaum weniger als Master Shakespeare, und auch er hatte stets ein Buch oder ein Pamphlet in der Tasche.

«Wenn er sich nicht mehr erinnert, wo er etwas Bestimmtes gelesen hat, wendet er sich mit der gleichen Selbstverständlichkeit an mich, als verlange er nach einem sauberen Wams, einem Kaminfeuer oder einer wohlgeschnitzten Feder. ‹Wo habe ich schon wieder die Geschichte von Theseus und den beiden Vettern gelesen, die sich um die Liebe einer Dame streiten, Ned?› – ‹Bei Boccaccio, mein Herr.› – ‹Freilich! Es ist die Geschichte des Ritters in den *Canterbury-Geschichten* von Herrn Chaucer.› Sie sehen, daß ich ihm von größtem Nutzen bin. Ohne mich wäre alles Wissen wertlos.»

Es konnten zwei Wochen verstreichen, ohne daß von Ned ein Ton zu hören war. Er besaß die Gabe, die Wünsche seines Meisters an dessen Gesten und Mimik abzulesen. Sie lebten beide im gleichen schnellen Rhythmus.

«Aus Master Shakespeare hätte ein Edelmann werden können», bemerkte er eines Tages.

«Meinen Sie?»

«Ich bin überzeugt, daß er nicht für dieses unsichere Leben in untergeordneter Stellung geschaffen ist. Er hat das Zeug zu einem großen Herrn, und ich sage dir, daß er darunter leidet, im Kostüm eines Schauspielers herumzulaufen.»

Damals glaubte ich Ned nur halbwegs. Aber es ist wahr, daß Master Will in einer Pause zwischen zwei Trainings alles unternommen hatte, um mich zu entmutigen.

«Tom, du solltest deine Zimmermannslehre nicht vernachlässigen. Später wirst du es bereuen, bloß ein Schauspieler zu sein, das kann ich dir versichern.»

«Aber Sie selbst, Master Will ...»

«Wahrscheinlich war es falsch von mir, alles über Bord zu werfen. Im Alter von sechzehn Jahren hatte ich den Kopf derart voll von Worten, daß ich ihrem Ansturm nachgeben mußte, um nicht den Verstand zu verlieren. Mein Sprachtalent wurde allgemein gelobt. Ich verfügte über das, was man in Stratford als ‹gewandte Feder› bezeichnete. Dazu kamen mein impulsiver Charakter ... mein Vater ... meine Frau ... Kurz, eines Tages kam ich nach London und begegnete Master Burbage. Ich war zwanzig Jahre alt, hatte keinen richtigen Beruf, brauchte Geld, meine Geschichten gefielen ...»

«Warum bringen Sie mir dann die Kniffe des Schauspielermetiers bei?»

«Zunächst einmal tue ich es nur unter der Bedingung, daß

du deine Meisterprüfung als Zimmermann ablegst. Zweitens sehe ich in deinen Augen das Feuer des wahren Histrionen, dasselbe Feuer, das in den Augen eines Ed Alleyn oder eines Dick Burbage lodert, die Ausnahmetalente sind. Wenn man dich jetzt nicht die Bühne betreten läßt, wird dich das Feuer von innen auffressen, und es gibt nichts Schlimmeres als die Reue über versäumte Gelegenheiten. Und schließlich gebe ich deinem Drängen nur deshalb nach, weil du als Schauspieler in einer Truppe wie der unseren die Chance hast, dein Leben zu verdienen. Hättest du die Absicht geäußert, für das Theater schreiben zu wollen, hätte ich mich widersetzt. Das Handwerk des Bühnenautors hat keine Zukunft.»

«Was ist denn mit Ihnen, Master Will?»

«Ich hoffe, eines Tages ein echter Dichter zu werden. Inzwischen übe ich mich an diesen – wie soll ich sagen? –, an diesen Texten, die lediglich dem Broterwerb dienen. Hätte ich mich mit dem Schreiben zufriedengegeben, wäre ich Kanzlist geblieben. Oder ich wäre nach Stratford zurückgekehrt. Jedenfalls könnte ich es mir nicht erlauben, in London zu leben. Ich habe Glück gehabt. Lord Strange hat mich unter seine Fittiche genommen, meine Stücke bereichern das Theater. Sogar meine Komödien finden Gefallen, und ich bin darüber entzückt, denn die schreibe ich am liebsten. Doch wenn ich nicht spielen würde, wäre ich ebenso bedürftig wie viele andere Schriftsteller, oder ich wäre in zwielichtige Geschichten verstrickt wie Kit Marlowe, der seine ganze Energie darauf verschwendet, sich aus den unglaublichsten Affären herauszuwinden. Dabei hat er das Zeug zu einem wirklich überragenden Dichter.»

Danach probten wir wieder bis zum Umfallen eine Kapriole, eine Geste oder eine Tirade. Und Master Will stellte an mich ebenso hohe Ansprüche wie der Zimmermeister, der meine Zapfen, Bolzen und Keile inspizierte.

Es war zu jener Zeit, glaube ich, als Ned einen auf dem

Fischmarkt herumstreunenenden Hund aufgetrieben hatte, den er «Crab» taufte – wegen seiner Herkunft und seines rötlichen Fells, aber auch weil er, zweifellos infolge von Mißhandlungen, dazu neigte, rückwärts zu gehen.

Ned wandelte sich völlig. Sein Hund mochte stehlen, beißen und bellen, soviel er wollte: Ned verteidigte ihn und behandelte ihn mit einer Nachsicht, die er Master Will gegenüber nicht unbedingt an den Tag legte. Crab ließ sich nicht vom Beißen und Stehlen abbringen und tauchte in den dümmsten Momenten auf.

«Dieses Tier ist vollkommen gefühllos», pflegte Ned zu sagen. «Sein Herz ist aus Stein.»

Doch wehe dem, der es wagte, das sonderbare Biest mit seinen hängenden Ohren und den grünen, schrägstehenden Augen lauthals zu beschimpfen! Dann geriet Ned in Rage.

«Wenn einer meinem Hund etwas antut, kann ich für nichts mehr garantieren. Sollte ich ihn verlieren, würden meine Tränen ein ausgetrocknetes Flußbett füllen, und meine Seufzer wären imstande, den Wind zu ersetzen und die Segel zu blähen.»

Das einzig wirklich Gute, was ich je an Crab entdecken konnte, war sein Eifer als Rattenjäger, so daß sich diese abscheulichen Nager schließlich nicht mehr in seine Nähe wagten.

Das alles belustigte Master Will aufs höchste. In seiner Unterkunft hatte der Hund nichts zu suchen, aber er fand sogleich Eingang in *Die beiden Veroneser.*

Ned hatte die Gelegenheit ergriffen, um zu einer seiner bekannten Reden anzuheben:

«Wenn man meinen Hund vor die Tür stellt, ist es, als werfe man mich selbst hinaus. Für meinen Hund würde ich alles tun. Als er einen Hühnerschenkel stahl, habe ich mich für ihn auspeitschen lassen. Als er mit seiner Pfote nach dem Rock einer Dame grabschte, habe ich die Prügel eingesteckt.

Weil er einen Mann biß, bin ich zwei Tage am Pranger gestanden. Ganz zu schweigen vom Tag, als wir bei Lord Strange waren und alle sich über meinen stinkenden Hund beschwerten. ‹Hinaus mit dem Hund›, sagte einer. ‹Verjagt ihn mit der Peitsche!› wetterte ein anderer. ‹Hängt ihn auf›, sagte ein dritter. Natürlich wußte ich, daß es um Crab ging, ich kenne ja seinen Geruch. Ich ging zum Mann, der die Hunde beaufsichtigte, und sagte: ‹Ihr glaubt, es sei mein Hund, der stinkt. Aber Ihr täuscht euch. Ich selbst bin verantwortlich für das, was euch so sehr empört.› Darauf wurde ich mit Knüppelhieben vertrieben. Welcher Meister würde solches für seinen Diener tun?»

Master Will, der Ned nie ein Haar gekrümmt hat, lachte Tränen.

«Erlaubst du, daß ich dich zitiere?»

Ned nahm mich beiseite und stieß augenrollend einen tiefen Seufzer aus: «Ich kleide, ernähre, hätschle und umsorge ihn, ich putze ihm das Licht und schneide seine Federn zurecht, aber damit nicht genug: Jetzt pickt er noch meine Gedanken auf, als wäre ich ein ganz gewöhnlicher Ovid.»

Master Shakespeare konnte sich vor Lachen nicht mehr halten, und Neds Tirade findet sich – in etwas abgeänderter Form – noch heute in *Die beiden Veroneser.*

Vorführungen mit Hunden hatten bis anhin nur im Bärengraben stattgefunden, und die Burbages lehnten die Idee zuerst kategorisch ab. Master Will bestand nicht darauf, aber eines Tages, als das Stück auf dem Spielplan stand, trat der Clown Will Kempe mit einem Hund auf, den er selbst dressiert hatte, und erntete so viel Gelächter und Beifall, daß der Hund trotz Dick Burbages Abscheu und des unartikulierten Grollens seines Vaters im Stück blieb: Die Zuschauer stürmten das Theater, um «Crab» zu sehen. Der Hund war ein anderer, aber Master Will hatte sich den Namen bei Ned ausgeliehen. Niemand von uns war vor solchen Anleihen sicher: Unsere Worte und

Erlebnisse tauchten in seinen Stücken Seite an Seite mit Anleihen bei Ovid oder Plautus auf.

Ich habe mich so lange bei Ned und seinem Hund aufgehalten – beide sind sie inzwischen tot –, weil meine zweite Begegnung mit Mistress Emilia ihretwegen zustande gekommen ist.

Seit er Crab adoptiert hatte, kümmerte sich Ned mehr um sein Tier als um seinen Meister. Und nach unserer Probe an jenem Morgen konnte Master Will ihn nirgends finden. Der Theaterportier deutete vage in die Landschaft hinaus: «Ich habe gesehen, wie er mit Crab in diese Richtung gegangen ist.»

Master Will seufzte und kratzte sich ratlos an der Stirn.

«Ich muß zu Lord Strange und möchte nicht allein vor seiner Türe auftauchen.»

«Soll ich Sie als Ihr Diener begleiten?»

«Gute Idee. So kannst du dir etwas Bewegung verschaffen.»

Pflichteifrig stellte ich mich in seinen Dienst, wobei zu sagen ist, daß mir Master Will um so lieber wurde, je besser ich ihn kannte. Trotz allem, was ich seither über die geziemenden Beziehungen eines Zimmermanns zur Dichtung gehört habe, haben mich ein schöner Text und sein Autor nie kalt gelassen.

Aber genug der Abschweifungen.

Die Begegnung.

Wir kamen von Lord Strange zurück und befanden uns in der Tower Street. Ich ging meinem Gefährten voran und bahnte ihm mit lauten Rufen einen Weg durch die Menge, wie ich es bei Ned gesehen hatte. Mit einem belustigten Lachen bemerkte Master Will: «Du erweckst den Eindruck, als hättest du dein ganzes Leben lang nichts anderes getan.»

«Wie Sie an jenem Abend, als Sie die Pferde anbanden», murmelte ich zwischen zwei Rufen.

Er lachte noch herzhafter. Kein Zweifel, wir amüsierten uns alle beide.

Plötzlich war ein Gebrüll zu vernehmen, das die ganze Tower Street in Aufregung versetzte.

«Geht aus dem Weg! Platz da, Platz da!»

Aber diesmal war es nicht die helle Stimme eines Halbwüchsigen, sondern der donnernde Chor von vier Dienern zu Pferd, die in prächtig blauen, mit Silberlitzen umsäumten Livreen steckten. Sie ritten einer goldglänzenden, mit Seidenstoffen ausgekleideten Kutsche voraus, die von zwei makellos weißen Pferden gezogen wurde. Ein traumhaftes Bild.

Heutzutage sind wir den Anblick von Equipagen gewöhnt, die im Gefolge von livrierten Dienern, welche sich rücksichtslos einen Weg durch die Menge bahnen, in höllischem Tempo durch die dichtbevölkerten Straßen fahren. Vor zehn Jahren aber war das noch selten, und die Leute in der Tower Street blieben stehen, denn niemand wollte sich das Schauspiel entgehen lassen. Als das Gefährt auf unserer Höhe anlangte, verwandelte sich Master Wills Gesichtsausdruck. Er wurde außerordentlich blaß, der starre Blick verriet seine Erregung, und mit der Zunge leckte er sich immer wieder über seine ausgetrockneten Lippen. Ich folgte seinem Blick und erkannte Mistress Emilia. Sie war ebenso prunkvoll gewandet wie bei der ersten Begegnung, ruhte auf einem Berg Kissen und stellte sich – man kann es nicht anders sagen – mit solcher Arroganz zur Schau, daß sie in meinen Augen fast häßlich wirkte.

Auf Master Will machte sie einen ganz anderen Eindruck.

Sie sah ihn, erkannte ihn und nickte ihm herablassend zu. Er zog seinen Hut und verbeugte sich, ohne sie aus den Augen zu lassen. Als sie schon lange verschwunden war, saß er noch immer gesenkten Hauptes reglos auf seinem Pferd, und ich mußte ihm mehrmals zurufen, bis er reagierte.

«Hast du das gesehen?»

«Ja. Es war Mistress Bassano, die Mätresse von Lord Hunsdon.»

«Sie ist wirklich bezaubernd.»

Ich gab dazu keinen Kommentar ab, worauf er mich mit einem ironischen Blick bedachte.

«Findest du nicht?»

«Ich, mein Herr? Ein Urteil steht mir nicht zu. Ich finde wie Sie, daß die Dame sehr schöne Augen hat.»

Er lachte auf und entblößte dabei seine weißen Zähne, und ich erinnere mich, daß ich dachte, sie funkelten vor Glück. Er sah in die Richtung, in der die Equipage verschwunden war, und bemerkte mit leiser Stimme: «Dieser Frühling der Liebe erinnert mich an den unbeständigen Glanz eines Apriltages. Für einen Augenblick enthüllt die Sonne ihre Pracht; im nächsten Moment löscht eine Wolke alles aus.»

Er unterstrich seine Worte mit einem dieser Hiebe, an die sich meine Schultern schließlich gewöhnt hatten, und wir gaben unseren Pferden die Sporen.

Etwas Bedeutsames hatte sich ereignet. Ich fühlte es, und deshalb ist mir diese Begegnung bis in die kleinsten Einzelheiten im Gedächtnis geblieben.

Donnerstag, 28. Mai

Im Rückblick kommt es mir so vor, als wäre alles gleichzeitig passiert. Das ist sicher nur ein Eindruck. Aber es trifft zu, daß sich die Ereignisse plötzlich überstürzten.

Da war *Der Disput zwischen York und Lancaster,* in der Folge umbenannt in *König Heinrich VI.* Wir begannen mit dem Spielen eines ersten Teils und dachten nicht an eine Fortführung. Der Erfolg kam für uns völlig überraschend.

Ganz London widerhallte von Sätzen wie: *Der Tag hebt an, die Nacht ist in nichts zerronnen. Sie, deren schwarzer Mantel die ganze Welt verdüstert,* oder *Oh! Tigerherz, ausstaffiert mit einer Frauenhaut.* Der Tod des alten Talbot, die hinreißenden Reden der Edelmänner, die prächtigen Kostüme, von denen Master

James Burbage in aller Öffentlichkeit behauptete, sie hätten ihn ruiniert (in Tat und Wahrheit stammten die meisten aus dem Fundus des Zeremonienmeisters Ihrer Majestät, der den Burbages immer äußerst wohlgesinnt war) – das alles machte Furore. Jeden Tag mußten Leute abgewiesen werden.

Zu jener Zeit war Master Will noch nicht festangestellter Theaterdichter, obwohl er eigentlich mit uns lebte, von Master James wie ein Sohn behandelt wurde und oft in unseren Stücken spielte. Die einzelnen Truppen grenzten sich noch nicht so klar voneinander ab wie heute. Wir waren häufig mit den Schauspielern des Admirals zusammen. Für den ersten Teil von *König Heinrich VI.* brauchte es so viele Darsteller, daß es sogar unumgänglich war, Schauspieler von ihnen auszuleihen. Ihr hauptsächlicher Trumpf war Edward Alleyn, ein großer Schauspieler, auch wenn er vielleicht etwas zu selbstgefällig war. Bei den Burbages war keiner so eitel wie er, nicht einmal Dick Burbage oder Will Kempe, die es nicht nötig hatten, privat über ihre öffentlichen Erfolge zu sprechen.

Ed Alleyn stand damals kurz vor der Heirat mit der Tochter von Master Philip Henslowe, einem zu Geld gekommenen Färber (Gerüchten zufolge soll er sein Vermögen dem Betrieb einiger Bordelle verdanken), der auch der Verwalter der Schauspieler des Admirals und der Besitzer des Theaters der Rose war. An ihn gelangten die Ensemblemitglieder der beiden Truppen, wenn sie in finanzieller Not waren. Master Will, der ein sparsamer und solider Mensch war, der nicht über seine Verhältnisse lebte und kein Geld aufzunehmen brauchte, konnte sich eine ironische Bemerkung leisten: «Diese Leute geben sich vornehm, dabei haben sie ihr Geld den Freudenmädchen zu verdanken. Und wenn Ed Alleyn damit prahlt, er könnte einen überwältigenden Herkules spielen oder mit unübertrefflich hoher Stimme sprechen oder ein so überzeugendes Gebrüll ausstoßen, daß man ihn um eine Wiederholung bitten würde» – er mimte das Gesagte –, «kann er dennoch nicht darüber hinwegtäuschen, daß das kleine Mäuschen (so nannte Ed Alleyn seine zukünftige Gemahlin) eine Zuhälterin reinsten Wassers und sein Schwiegervater ein Bordellwirt ist – mögen die anwesenden Damen mir diese Worte verzeihen.» Dabei wandte er sich mit einer übertriebenen Verbeugung den Lehrlingen zu.

Angesichts des Erfolges von *König Heinrich VI.* verfaßte Master Shakespeare eine zweite Episode. Master James Burbage war skeptisch: «Solche Triumphe lassen sich nicht nach Belieben wiederholen.»

Zudem war unsere Truppe zu klein, um alle Rollen besetzen zu können. In Unkenntnis der schlechten Meinung, die Master Will von ihm hatte, kaufte Master Henslowe diesen zweiten Teil und brachte ihn am Theater der Rose zur Aufführung. Der Erfolg war noch phänomenaler als bei der ersten Episode, und Master Burbage erklärte: «Will, ich muß zugeben, daß ich dich bislang unterschätzt habe. Mir gefällt nicht alles, was du schreibst, aber das Publikum ist begeistert, und allein darauf kommt es an. Mach weiter.»

Ich weiß nicht, ob Master Will sich überhaupt Zeit zum Schlafen nahm. Er las ungeheuer viel, und seit er entdeckt hatte, daß ich die lateinische Sprache beherrschte, nahm er gelegentlich meine Dienste in Anspruch.

«Du hast Glück gehabt, daß du von so ausgezeichneten Lehrern unterrichtet wurdest. Das ist nicht jedem gegeben», sagte er mir. «In meiner Provinzschule wurden uns die Klassiker förmlich eingeprügelt, viel davon ist mir nicht geblieben.» Und er bat mich, eine bestimmte Stelle bei Ovid oder Terenz für ihn herauszusuchen.

Wir lasen also lateinische Texte, aber auch englische Bücher, von denen ich ohne Master Wills leidenschaftliche Neugier nie Notiz genommen hätte. Alles wurde verschlungen, von einer Geometrieabhandlung namens *Pantometria* über Werke wie *Die Organisation der Russen, Opus Paramirum, Vita*

Longa und andere mehr bis zu *Archaionomia*. Er versicherte mir, ich sei ihm bei seiner Lektüre von großer Hilfe, aber mir schien, er brauche nicht mehr Zeit für ein ganzes Buch als ich für drei Sätze.

Er schrieb einen dritten Teil von *König Heinrich VI.* und noch vor der Pest sogar einen vierten, dem er den Namen *König Richard III.* gab. Daneben trat er auf. Und während der Proben wachte er darüber, daß wir die von ihm verfaßten Rollen nach seinen Vorstellungen rezitierten. Er war überall zugleich.

Freitag, 29. Mai

Eines Herbstnachmittags – es war einer dieser Nachmittage, an denen die Luft plötzlich so lau wird, daß es scheint, als kehrte der Sommer mit einem letzten Lächeln zurück – waren wir gerade im Begriff, vor einem übervollen Theater aufzutreten, als ein großer Lärm das Gelächter und die Rufe der wartenden Menge übertönte. In heller Aufregung eilte ein Platzanweiser herbei.

«Meine Herren, Lord Essex und sein Gefolge wollen der Aufführung beiwohnen. Sie haben mir zwei Pfund gegeben, aber ich weiß nicht, wo ich sie plazieren soll.»

Lord Essex war der Günstling Ihrer Majestät und einer der mächtigsten Männer im Königreich.

«Setzt sie auf die Bühne», ordnete Master James Burbage an.

«Das kommt nicht in Frage», beschied Master Will in energischem Ton. «Wir brauchen die ganze Bühne. Wo sollen wir denn die Schlachten aufführen, wenn die Zuschauer uns den Platz wegnehmen? Für *König Heinrich* dulde ich kein Publikum auf der Bühne, punktum!»

«Aber Lord Essex …»

«Und zwei Pfund …»

Schließlich wiesen wir ihnen Plätze im Türmchen an, wo sie zwar für alle sichtbar waren, selbst aber nicht viel sahen. Und wenn die Szene einen Dialog auf den Mauern der Festungswerke erforderte, stiegen wir hinauf und taten so, als wären sie nicht vorhanden. Wir traten ihnen rücksichtslos auf die vornehmen Füße, wenn diese uns unglücklicherweise den Weg verstellten. Sie regten sich darüber nicht im geringsten auf, im Gegenteil.

Nach der Aufführung ließen sie sich Tranksame und Speisen hinaufbringen und verlangten den Autor zu sehen. Ned war gerade nicht verfügbar, und Master Will schien beunruhigt.

«Möchten Sie, daß ich Ihnen als Diener zur Seite stehe, Master Will?» Er sagte nichts, aber sein Blick sprach Bände.

Ich schlüpfte in ein geeignetes Wams. Er überprüfte mein Aussehen, und ich inspizierte meinerseits «meinen Meister», der wie stets ohne jegliche Angeberei gekleidet war.

«Ich glaube, wir können uns sehen lassen.»

«Gut, gehen wir. Danke, Tom.»

Wir stiegen hinauf. Ich öffnete die Türe für Master Will. Er verbeugte sich ohne Unterwürfigkeit.

«Gnädige Herren, meine Damen ...»

«Wir bewundern die Art, wie Sie unsere Könige wiederaufleben lassen», sagte Lord Essex anstelle einer Begrüßung. Master Will verneigte sich wortlos. «Es ist, als hätten Sie Ihr ganzes Leben an ihrem Hof und auf den Schlachtfeldern verbracht. Wo zum Teufel nehmen Sie das alles her?»

«Eure Exzellenz, die Empfindungen eines Mannes gegenüber dem Leben, dem Ruhm, der Liebe und dem Tod bleiben sich immer gleich, ungeachtet der Epoche. Wenn man diese Regel begriffen hat und anwendet, tauchen die Personen vor dem geistigen Auge als höchst lebendige Wesen auf, und das hier ...» – dabei hob er die rechte Hand – «ist nur noch ihr Instrument. Sie sind es, die die Worte diktieren.»

«Allerdings lassen Sie diese mit einer Stimmgewalt zu Wort

kommen, die nicht allen gegeben ist», sagte ein junger Mann, der etwas abseits saß.

«Das ist Lord Southampton», sagte Lord Essex mit einer Handbewegung, die sehr an Dick Burbage erinnerte. «Er träumt von Unsterblichkeit, und nach seiner Überzeugung gibt es nur zwei Wege, sie zu erlangen: den Krieg und die Literatur. Er sucht nach einem Schützling, dessen Feder seiner würdig ist. Aus seiner entzückten Miene schließe ich, daß er ihn gefunden hat.»

«Ich hatte noch nicht bemerkt, welch vorzüglicher Dichter Sie sind, Shakespeare. Wann schreiben Sie etwas für uns?»

«Ich habe ein Sache in Vorbereitung, Eure Exzellenz, und es wird mir eine Ehre sein, Ihnen das Werk zu widmen, sobald ich neben meiner Arbeit genügend Zeit zu seiner Vollendung finde.»

«Ich rechne damit, daß das in Bälde der Fall sein wird.»

«Ich werde mein Bestes tun, um Ihren Wünschen nachzukommen, Eure Exzellenz.»

«Man läßt kein gutes Haar an Ihnen oder vielmehr an Ihrem Theater, Herr Shakespeare.»

«Bei allem Respekt, Eure Exzellenz, da tut man uns unrecht. Wir sind alle rechtschaffene Leute und gottesfürchtige Untertanen Ihrer Majestät, der Himmel möge sie beschützen. Gäbe es uns nicht, würde das Volk bald andere Zerstreuungen finden. Wir unterhalten die Leute nicht bloß, es liegt uns auch am Herzen, sie zu belehren.»

«Das ist wahr», sagte ein anderer junger Herr. «Wie man hört, haben Sie es verstanden, Plautus dem Zeitgeschmack anzupassen, und selbst Analphabeten kennen heute die Geschichte der Zwillinge von Epidaurus.»

Erneut verbeugte sich Master Will wortlos. Er, der sonst immer zu Späßen aufgelegt war, verkörperte in diesem Moment die Würde in Person. Ich meinte zu ahnen, weshalb. Er wollte nicht, daß diese Edelmänner in ihm einen Narr sahen.

«Würden Sie Ihre Komödie in Southampton House spielen?» fragte Lord Southampton. Henry Wriothesley, der Graf von Southampton, war damals ein ziemlich großgewachsener junger Mann, hager und muskulös, der mit gespielter Lässigkeit jene, die nicht auf seinen Blick achteten, über sein energisches Wesen hinwegtäuschte. Selbst wenn er lachte, blieben seine grauen Augen kalt und berechnend.

Zu jener Zeit hatte er noch die Allüren eines verwöhnten Jünglings. Das empfand ich um so deutlicher, als ich, obwohl gleich alt wie er, trotz meiner kindlichen Gestalt und meiner noch ungebrochenen Stimme bereits wie ein Mann arbeitete und mit größter Selbstverständlichkeit zwei Berufe nebeneinander ausübte.

Hier, in meiner *Purgatio,* kann ich es ja zugeben: Ich liebe Lord Southampton nicht; ich habe ihn auch nie geliebt und war stets der Meinung, er sei gefährlich. Auch aus diesem Grund suchte ich Master Wills Nähe, wenn er sich von seinem freizügigen Naturell hinreißen ließ. An jenem Tag hatte ich zum erstenmal das Gefühl, daß unsere Rollen in gewisser Hinsicht vertauscht waren: Ich war der Beschützer und Master Will mein Schützling.

Von meinen Beobachtungen ganz in Anspruch genommen, war mir seine Antwort entgangen. Aber es gab ohnehin keine Wahl. Wir waren immer bereit, in den vornehmen Häusern aufzutreten.

«Wir können es uns nicht leisten, die Einladung eines vornehmen Herrn abzulehnen», sagte Master James, «wir sind auf jede Protektion angewiesen, die wir erhalten können. Es gibt schon genügend Leute, die uns der Schmach preisgeben. Zwischen ihnen und uns gilt es eine feste Mauer königlichen Wohlwollens zu errichten.»

Sandro Cooke war längst wieder auf die Bühne zurückgekehrt, sein gebrochenes Bein war nur noch Erinnerung, aber er war so beschäftigt mit seiner Rolle der berühmten Königin

Margaret, dem *Tigerherz, ausstaffiert mit einer Frauenhaut,* daß Master James mir in mürrischem Ton befahl, die Luciana zu spielen.

«Sandro hatte solche Mühe, eine gute Margaret abzugeben, daß wir es im Augenblick dabei belassen wollen.»

«Ich weiß ohnehin nicht recht, ob wir überhaupt spielen werden», sagte mir Master Will, sobald wir allein waren.

«Weshalb?»

«Weil ich bezweifle, daß die Gräfin diesen Tumult in ihrem Haus duldet.»

«Warum? Ist sie eine griesgrämige, puritanische alte Dame?»

«Wer? Die Gräfin von Southampton?» Er brach in schallendes Gelächter aus. «Nein, so ist es nicht. Wenn du sie kennenlernst, wirst du sehen, daß diese Dame eher wie die Schwester als wie die Mutter des Grafen aussieht. Sie ist eine bezaubernde junge Frau, die das Pech hatte, einen niederträchtigen Gatten zu haben, dessen Wahnsinn sie noch zehn Jahre nach seinem Tod verfolgt. Daher rühren meine Zweifel. Ich weiß nicht, ob sie die Extravaganzen ihres Sohnes schätzt.»

Doch die Gräfin, von Master James um ihre Meinung gebeten, zeigte sich entzückt.

Einige Tage darauf traten wir im Hof von Southampton House, den wir für unsere Zwecke eingerichtet hatten, vor einem vornehmen jungen Publikum auf. Obwohl ich zu den Schauspielern gehörte, war ich nach wie vor auch Zimmermann. Während ich meinen Text repetierte, nagelte, sägte und hobelte ich. Heute frage ich mich, wie ich das schaffte. Damals schien es mir selbstverständlich.

Wir spielten im Hof des Hauses, unsere Zuschauer saßen auf den Balkonen. Für die Ehrengäste, unter ihnen die Gräfin von Southampton, deren jugendliche Schönheit ganz der Beschreibung von Master Will entsprach, hatte man einige Fauteuils auf einer Estrade im Hof selbst aufgestellt.

Der Graf hatte seine Freunde eingeladen, die ihrerseits ihre

Freunde mitbrachten. Die Damen waren alle maskiert, wie es sich für Leute ihres Ranges geziemt, und erst nach einiger Zeit entdeckte ich auf dem Balkon im ersten Stock das pechschwarze Haar, die dichten Augenbrauen, die hellen Wangen und die glutvollen Augen von Emilia Bassano.

Auch diesmal erstrahlte sie im Glanz ihrer Pailletten und Juwelen, und die smaragdfarbene Maske brachte ihr tiefschwarzes Haar zur Geltung. Sie und ihre Gesellschaftsdame waren von zwei oder drei nicht minder prunkvoll gekleideten Herren umgeben. Lord Henry Carey befand sich nicht unter ihnen. Es war keineswegs warm, eher im Gegenteil, dennoch wedelte ihr ein kleiner Negerjunge mit dem Fächer frische Luft zu.

Master Will spielte den Herzog in diesem Stück, das er in *Die Komödie der Irrungen* umbenannt hatte, weil ihm der ursprüngliche Titel *Menechmes* zu prätentiös vorkam.

«Gebt Plautus, was des Plautus' ist, und Shakespeare, was des Shakespeares ist», fügte er hinzu. «Ich habe mir erlaubt, die Zahl der Zwillinge zu verdoppeln – bei mir gibt es deren vier anstelle von zwei, und im übrigen ist es so, wie es gerade kommt. Der Meister ist vielleicht nicht einverstanden.»

Wir hatten Plautus in der Schule gelesen, und ich fand (und finde noch heute) Master Wills Stück komischer und gelungener als dasjenige seines Vorbildes. Meine Rolle war nicht sehr lang und nahm mich nicht gänzlich in Anspruch. Ich hatte also genügend Zeit, um mich etwas beklommen zu fragen, ob ich ihn vor seinem Auftritt von Mistress Emilias Anwesenheit unterrichten solle oder ob es gescheiter wäre, den Mund zu halten. Ich fürchtete, Master Will könnte vor diesem äußerst kritischen Publikum den Kopf verlieren. Vielleicht, so dachte ich schließlich, wäre es ihm unangenehm zu merken, daß ich über seine Gefühle Bescheid wußte (mittlerweile war ich nämlich zur Überzeugung gelangt, daß er in diese Dame verliebt war). Ich vertraute auf seine Geistesgegenwart.

Unter Trompetengeschmetter traten wir von links kommend auf die Bühne (in der ersten Szene war ich ein Page im Gefolge des Herzogs). Master John Heminges spielte Egeon, den Vater der Zwillinge. Er trat von rechts auf, begleitet von Wächtern und Kerkermeistern.

Während Egeon seine ersten Worte sprach:

«Kommt schon, Solinus, ruiniert mich gänzlich,
und setzt durch meinen Tod der Sach ein Ende»,

sah Master Will in die Runde. Ängstlich folgte ich seinem Blick, und ich sah, daß er SIE sah.

Ich könnte schwören, daß die Pause nach Master Johns Replik etwas länger dauerte als vorgesehen. Doch dann entgegnete der Herzog mit ruhiger, fester und majestätischer Stimme:

«Kaufmann von Syrakus, hör auf zu rechten,
Ich bin nicht willens, das Gesetz zu brechen.»

Als wir wieder hinter die Kulissen verschwanden, konnte ich mich nicht um den armen Master Will kümmern, der mir etwas blaß schien. Die folgende Szene (Rahmen der ersten Verwechslung) ließ Nick Tooley und mir gerade genug Zeit, um uns in Luciana und Adriana zu verwandeln.

Das Stück ist nur dann unterhaltend, wenn es mit viel Schwung gespielt wird. Hinter den Kulissen war höchste Eile geboten, und ich vergaß Master Will.

Am Ende kam es zum gewohnten Durcheinander bei Privatvorstellungen: Alle stürzten auf die Bühne, wo Zuschauer und Schauspieler einander umarmten, auf die Schulter klopften und sich die Hände schüttelten.

Ich hielt mich etwas abseits des Geschehens auf, weil ich ein loses Brett bemerkt hatte, das ich wieder befestigen wollte, damit niemand darüber stolperte.

Über mir flüsterte eine Stimme: «Psst!»

Ich hob den Kopf. Es war der kleine Negerjunge. Und meine Augen kreuzten den unergründlichen Blick von Mistress Emilia. Sie machte eine energische Kopfbewegung. War ich damit gemeint? Ich schaute hinter mich, um mich zu vergewissern, ob das Nicken wirklich mir galt. Dann sah ich sie nochmals an. Kein Zweifel: Sie bedeutete mir diskret, aber unmißverständlich, ich solle zu ihr hinaufkommen. Die Edelmänner an ihrer Seite waren weggegangen, aber wohl nicht für lange. Ich eilte zu ihr, so schnell ich konnte.

Fast ohne die Lippen zu bewegen, den Blick starr geradeaus gerichtet, murmelte sie: «Du bist Herrn Shakespeares Diener, nicht wahr?» Sie verströmte einen paradiesischen Duft.

«Ja, gnädige Frau.» Es war nicht der Augenblick für weitschweifige Erklärungen.

Ein Briefchen fiel vor meine Füße.

«Achte darauf, daß er allein ist, wenn du es ihm aushändigst.»

«Gut, gnädige Frau.»

Ich nahm das Briefchen diskret an mich und verschwand wie der Blitz.

Ich hatte bereits wieder meine Arbeitshose angezogen, als Master Will herbeistürzte.

«Master Peter», sagte er zum Zimmermeister, «Sie müssen mir Tom überlassen. Ich habe Ned nach einem Buch geschickt, das ich heute abend unbedingt brauche, und soeben bin ich eingeladen worden, die Frau Gräfin zu besuchen. Ich kann nicht allein zu ihr gehen, das wäre ungut.»

«Ungut, ungut», brummte Master Peter, «schlecht ist, daß dieser Bursche mit allem beschäftigt ist, nur nicht mit seiner Zimmermannslehre.»

«Sie haben recht, und es tut mir leid, aber mir bleibt keine andere Wahl. Schnell, Tom, zieh dich um. Ich kann die Gräfin nicht warten lassen.»

Ich zog mich hastig um und steckte Frau Emilias Briefchen in die tiefste Tasche meines Rockschoßes, nachdem ich entschieden hatte, daß dies nicht der Moment war, um es Master Will zu geben. Ich würde es ihm später überreichen.

Im kleinen Salon befand sich nebst der Gräfin und ihrem Gefolge ein Mann, dessen Namen ich nicht kannte. Sein Anblick jedoch war mir vertraut, denn er verpaßte keine neue Aufführung und pflegte in den vordersten Reihen zu sitzen. Er fiel nicht so sehr auf, weil er nahe an der Bühne saß, sondern seiner Augen wegen. Sie waren – ich finde kein anderes Wort dafür – glühend. Er schaute einen nicht an: Er nahm Besitz von einem.

«Herr Shakespeare, wie liebenswürdig von Ihnen, daß Sie sich Zeit genommen haben … Ich weiß, jede Ihrer Minuten ist kostbar.»

«Meine Dame, es ist mir eine Ehre, Ihnen zu Diensten zu stehen.»

«Gestatten Sie, Herr Shakespeare, daß ich Ihnen Herrn John Florio vorstelle. Seit mein Sohn von Cambridge zurückgekehrt ist, unterrichtet er ihn in Italienisch und Französisch und bemüht sich sogar, ihn von seinem Leichtsinn zu kurieren. Doch das ist eine schwierige Aufgabe, nicht wahr, Herr Florio?»

Er verbeugte sich ohne Unterwürfigkeit.

«Ja, gnädige Frau, das trifft zu. Es ist sehr schwierig.»

Trotz seines Namens, seines Aussehens und der Sprachen, die er unterrichtete, sprach Herr Florio Englisch wie Sie und ich. Wir hatten kurz zuvor zwei von ihm verfaßte Bücher gelesen, die das Erlernen des Italienischen erleichtern sollten: *Erste Früchte* hieß das eine Werk und das andere, soeben erschienene trug den Titel *Zweite Früchte.*

«Herr Florio hatte eine Idee, die ich Ihnen unterbreiten möchte», fuhr die Gräfin fort, nachdem sie Master Will aufgefordert hatte, Platz zu nehmen. Sie seufzte tief, und es war ihr anzumerken, daß das, was sie zu sagen hatte, ihr schwer auf dem Herzen lag.

«Sie wissen wohl, Herr Shakespeare, daß nach dem Tode meines Mannes der Lordkämmerer Lord Burghley zum Vormund meines Sohnes wurde.»

«Ja, gnädige Frau, das ist mir bekannt.»

«Sie wissen, wie sehr wir auf das Wohlwollen von Lord Burghley angewiesen sind, der einer der bedeutenden Persönlichkeiten des Königreichs ist.»

Master Will nickte stumm.

«Lord Burghley hat im Interesse meines Sohnes beschlossen, ihn zu verheiraten, und er hat ihm eine Frau ausgesucht. Henry ist achtzehn Jahre alt, die junge Dame siebzehn, sie sind im heiratsfähigen Alter.» Sie machte eine Pause. Bei jedem Wort, das sie sprach, wurde sie zusehends bleicher. «Herr Shakespeare, als alleinstehende Frau bin ich verantwortlich für den guten Ruf unseres Hauses. Ich bin zu allem bereit, damit diese Hochzeit stattfinden kann.»

«Das verstehe ich vollkommen, gnädige Frau. Und Sie können über mich verfügen. Aber … inwiefern kann ich Ihnen denn nützlich sein?»

«Herr Shakespeare, mein leichtsinniger Sohn hat sich in eine unmögliche Lage gebracht. Mit der Unbekümmertheit der Jugend hat er letztes Jahr versprochen, das Mädchen zu heiraten, das sein einflußreicher Vormund für ihn bestimmt hat. Und das Mädchen ist nicht irgendwer: Es handelt sich um Lady Elisabeth Vere, die Enkelin des Lordkämmerers selbst. Lord Burghley macht man keine Versprechungen, wenn man nicht sicher ist, daß man sie auch hält.» Die Gräfin sprach mit tränenerstickter Stimme und verzweifelter Miene. «Und jetzt, Herr Shakespeare, weigert sich dieses Kind, Lady Elisabeth zu ehelichen.»

In der folgenden Stille vergegenwärtigte sich jeder das Ausmaß der Katastrophe. Herr Florio fixierte Master Will mit dem Blick einer Eule.

«Wenn Sie wünschen, gnädige Frau, daß ich ihn überzeuge,

kann ich es versuchen. Doch weshalb sollten meine Argumente besser sein als diejenigen Lord Burghleys oder Eurer Gnaden selbst? Für den Herrn Grafen bin ich ein Unbekannter.»

«Keineswegs, dem ist nicht so. Nicht wahr, Herr Florio?»

«Ihre Argumente wären besser», warf Florio ein, «wenn sie in literarischer Form verabreicht würden.»

«Sehen Sie, Herr Shakespeare», beteuerte auch die Gräfin, «Ihre Verse sind wundervoll, mein Sohn ist völlig verrückt nach ihnen und spricht von nichts anderem mehr. Wie oft habe ich von ihm zu hören bekommen, daß Sie schreiben wie ein Gott, und auch ich bewundere Ihre gewandte Feder. Tun Sie es, Herr Shakespeare, verfassen Sie einen Text, der ihn zur Heirat ermutigt. Tun Sie es im Namen der Verwandtschaft, die uns verbindet. Tun Sie es aus Liebe zu mir.»

Master Will ist nur auf der Bühne ein guter Schauspieler; im Leben hat er seine Gefühle nie verbergen können. Sein Gesicht widerspiegelte eine Mischung aus Mitleid, Verblüffung, Fassungslosigkeit und Freude. Diese Aufforderung war nicht nur ein erbetener Gefallen, sondern vor allem auch eine gewährte Gunst. Wenn Lady Southampton Master Will ihr Vertrauen schenkte, bedeutete das, daß sie ihn reichlich entlöhnen würde, daß seine Verse Berühmtheit erlangten und daß er Zugang zu einem großen Haus hätte – im übrigen war Master James Burbage diesbezüglich unnachgiebig: Man durfte es nicht ablehnen, für einflußreiche Leute zu arbeiten, die dem Theater wohlgesinnt waren, denn damit hielt man sich jene vom Hals, die es am liebsten abgeschafft hätten.

«Gnädige Frau», antwortete er nach einigem Zögern, «ich fühle mich außerordentlich geschmeichelt über die Ehre, die Sie mir erweisen. Ich habe tatsächlich ein Werk in Arbeit, und es wird mir ein Vergnügen sein, es Lord Southampton zu widmen. Aber ich glaube, der Text ist schon zu weit gediehen, um ihm einen anderen Sinn zu geben, jedoch zu wenig weit, um rechtzeitig fertig zu werden.»

«Worum handelt es sich denn, Herr Shakespeare?»

«Um ein großes erzählendes Gedicht, das ich mir schon seit langem vorgenommen habe, gnädige Frau. Und dabei gelten andere Gesetze als beim Stückeschreiben. Es erfordert Studien, Lektüren, Zeit zum Nachdenken. Ich habe nicht den Eindruck, daß dies das Richtige ist, gnädige Frau. Aber ...»

«Ja, Herr Shakespeare?»

«Was sich machen ließe ... nun ja, ich könnte dafür die Form von Sonetten wählen. Sonette, in denen ich für die Heirat plädiere und die Ihren Sohn auf den Geschmack bringen könnten.»

«Sonette! Was für eine glänzende Idee, Herr Shakespeare!»

«Von Zeit zu Zeit würde er morgens beim Aufstehen eines vorfinden, und das über zwei, drei Monate hinweg.»

«Herr Shakespeare, ob mein Sohn nach dieser Zeit nun heiratet oder nicht: Wenn Sie es versuchen, wenn Sie die Güte haben, uns ein wenig Zeit zu widmen, werde ich das nie vergessen, darauf können Sie sich verlassen.»

«Gnädige Frau, Sie erweisen mir eine große Ehre. Schon morgen werde ich Ihnen ein Sonett zukommen lassen. Mein hier anwesender Lehrling Thomas wird es Ihnen überbringen, er ist vertrauenswürdig und diskret. Sie können das Sonett lesen und hinterher damit machen, was Sie wollen.»

Sie stand rasch auf und streckte Master Will, der sich ebenfalls erhob, beide Hände entgegen. Er verbeugte sich tief und küßte ihre Rechte.

«Den Erfolg kann ich Ihnen nicht garantieren, gnädige Frau, aber ich werde alles tun, was in meiner Macht steht.»

«Danke, Herr Shakespeare. Ich weiß, daß ich mich auf Sie verlassen kann. Herr Florio, begleiten Sie Herrn Shakespeare hinaus. Das Ganze war Ihr Einfall, und vielleicht haben Sie ihm noch etwas zu sagen.»

Sie zog sich zurück.

Wir gingen bis zur Gray's Inn Road. Unsere Gefährten

waren bereits weg und hatten alles Bühnenmaterial mitgenommen. Keiner sprach ein Wort, bis Florio plötzlich stillstand und Master Will im Licht des Sonnenuntergangs durchdringend ansah: «Wissen Sie, was Lord Burghley tun wird, wenn der junge Southampton seine Enkelin nicht heiratet?»

«Nein.»

«Er wird ihm eine Buße auferlegen. Die Rede ist von mehreren tausend Pfund. Die Southamptons mögen zwar reich sein, aber eine solche Summe übersteigt ihre Möglichkeiten. Schreiben Sie also, was Ihnen beliebt, sei es Prosa, seien es Gedichte, auf Lateinisch, Englisch oder Hebräisch, wenn Ihnen danach ist, aber seien Sie überzeugend. Es wird nicht allein Ihr Glück sein, sondern auch meines und dasjenige der Southamptons.»

Er machte kehrt und verschwand grußlos um die nächste Straßenecke.

Die Herbstnacht brach herein. Es roch nach vermoderten Blättern und verbranntem Holz. Im Rot der Abenddämmerung umgab ein leichter Nebel die Häuser wie eine Aureole und ließ die meisten von ihnen stattlicher aussehen als bei Tag. Master Wills Gesicht war kaum auszumachen; nur sein Lächeln, das Weiß in seinen Augen und den hellen Kragen konnte ich deutlich sehen.

Ich wußte nicht recht, ob ich Mistress Emilias Briefchen zücken oder, wie es meine Rolle als Diener vorschrieb, mit lauten «Platz da!»-Rufen Master Will voraneilen solle, doch da faßte er mich an der Schulter.

«Laß das. Ich möchte lieber wissen, was du von diesem Gespräch hältst.»

«Kann sein, daß wir seine Bücher schätzten, aber Herrn Florio mag ich nicht», sagte ich, denn für mich stand dieses Gefühl im Vordergrund.

Er lachte laut auf.

«Bravo! Er ist ein sehr gebildeter Mann, aber man sagt ihm

nur Schlechtes nach. Augustin zum Beispiel ist davon überzeugt, daß er nur deshalb so häufig an unseren Aufführungen zugegen ist, weil er den Auftrag hat, allfällige subversive Gedanken zu notieren. Ich bin sicher, daß Lord Burghley ihn beauftragt hat, sich beim jungen Grafen einzuschmeicheln, um in sein Gefolge aufgenommen zu werden. Ich würde wetten, daß er gerade in diesem Moment Bericht erstattet. Ich stecke ganz schön in der Klemme.»

«Sind Sie wirklich mit der Gräfin verwandt, Master Will?»

«Ziemlich entfernt, auf der Seite meiner Mutter; sie ist mit der Hälfte des Kleinadels von Warwickshire verwandt. Ich wäre dir allerdings dankbar, wenn du das nicht in alle Welt hinausposaunst.»

«Darauf können Sie sich verlassen, Master Will. Und was werden Sie nun tun?»

«Sonette schreiben, was bleibt mir anderes übrig? Doch wenn die Falter der Kerze zu nahe kommen, verbrennen sie sich die Flügel. Und ich fühle mich plötzlich der Flamme bedrohlich nahe.»

Wir trennten uns an der Holywell Street, und er machte sich ans Schreiben.

Wir waren gerade dabei, unser Abendessen im großen Saal der Burbages zu beenden, als er hereinkam und ein Blatt Papier schwenkte.

«Hier ist mein erstes Sonett. Von mir aus müßte es nicht sein, aber ich tue es für das Theater.»

«Mein lieber Will, einem vornehmen Herrn schlägt man keine Bitte ab ...»

«Ich weiß, ich weiß. Hätte jemand die Güte, mir zuzuhören?»

Es wurde plötzlich so still, daß man das Feuer im Kamin knistern hörte.

«Wir wünschen, daß, was lieblich, sich vermehrt,
Damit nie stirbt der Schönheit rosige Blüte,

Damit, wenn Zeit und Alter sie versehrt,
Ein Erbe zärtlich ihr Gedächtnis hüte.
Doch du, von eigner Augen Glanz verblendet,
Nährst an der eignen Flamme nur die Glut,
Schaffst Hungersnot, wo die Natur verschwendet,
Dein eigner Feind, zu hart zu deinem Blut.
Du, dieser Erde frischste Zier,
Des bunten Frühlings einziger Verkünder,
Erstickst dein Blühen in der Knospe schier,
Aus Geiz verschwendest du, mein schöner Sünder.
Verschlemme nicht der Erde Teil. Erbarmen!
Sie muß durch dich und durch dein Grab verarmen.»

«Ich weiß nicht», sagte Master James, «ob der junge Lord das verstehen wird, aber es klingt ganz gut. *Aus Geiz verschwendest du, mein schöner Sünder* ... Hübsch.»

«Ich finde es etwas umständlich formuliert», sagte Dick Burbage mit großer Gebärde, «aber ein Versuch kann nicht schaden. Schließlich hast du schon immer Dichter werden wollen, Will. Nun wird dir eine Gelegenheit geboten, und ich habe sogar das Gefühl, daß du damit noch Geld verdienen wirst. Man sagt, der Graf sei sehr kultiviert und habe in Kunstdingen einen guten Geschmack. Wenn er dich unter seine Fittiche nähme, wäre dies nicht nur eine Ehre für dich, sondern auch eine Anerkennung deines wie auch unseres Talents. Man sagt ...»

«Man sagt ... man sagt ...»

«Ja, zugegeben, das sind bloß Gerüchte.»

«Ich für meinen Teil glaube nur, was ich mit eigenen Augen sehe, und ich sehe, daß Lord Southampton vertraulichen Umgang mit dem Grafen von Essex pflegt, der seinerseits ein Günstling Ihrer Majestät ist.»

«Vater, Ihr solltet nicht immer alles daran messen, was für das Theater gut oder weniger gut ist.»

«Spätestens am Tag, an dem der Lord-Mayor oder einer der

Bischöfe uns verbieten will, werdet ihr merken, wer von uns recht gehabt hat.»

Mit diesen Worten erhob er sich und ging schlafen, bald gefolgt von den übrigen Hausbewohnern. Master Will plauderte noch einen Augenblick mit Dick vor dem Feuer, dann machte er mir ein Zeichen.

«Hier das Sonett. Du wirst es der Gräfin persönlich aushändigen, wie abgemacht. Zeig es niemandem außer ihr, ist das klar?»

«Ja, Master Will.»

«Ich erwarte dich um sieben Uhr zum Training. Gute Nacht, Kleiner.»

«Master Will?»

«Was gibt es noch?»

Ich steckte die Hand in meine Tasche. Wir waren ganz allein. Der Moment schien mir günstig.

«Heute nachmittag, als Sie mit den Herren beschäftigt waren, hat Mistress Bassano mir dies hier für Sie gegeben.»

Ich streckte ihm das Briefchen hin. Master Will schaute es mit weit aufgerissenen Augen an, ohne es zu berühren.

«Für mich?» stieß er heraus.

«Ja, für Sie. Sie fragte mich, ob ich Ihr Diener sei, ein Irrtum ist ausgeschlossen. Sie hat mich um Diskretion gebeten. Nehmen Sie es schon, Master Will.»

Endlich nahm er das Briefchen mit einer beinah feierlichen Geste entgegen. Er drehte und wendete es, ohne es zu öffnen.

«Wie kann sie sich bloß erlauben ...? Sie, die Mätresse des Lordkämmerers ...»

«Sie ist wohl nicht besonders glücklich, wie Sie sagten. Vielleicht erhofft sie sich vom Theater eine Ablenkung.»

«Vielleicht. Aber trotzdem ...»

Er mochte sich nicht entschließen, das Briefchen zu öffnen. Ich nahm an, daß meine Anwesenheit ihn daran hinderte, und verzog mich.

Beim Hinausgehen warf ich einen letzten Blick zurück. Draußen ertönten Glocke und Stimme des Nachtwächters:

«Mitternacht, Mitternacht, bedeckt die Glut,
Mädchen, ins Bett,
Laßt die Mäuschen tanzen.
Die Grillen zirpen im Kamin,
Prüft eure Schlösser, schneuzt eure Kerzen
Und nun, schlaft wohl!»

Wegen dieses Briefchens war für Master Will wohl kaum an einen ruhigen Schlaf zu denken. Er stützte sich auf den Kaminsims und sah im Schimmer der Glut auf den immer noch geschlossenen Umschlag. Mir ging durch den Kopf, daß ich diese Botschaft vielleicht hätte «verlieren» sollen, statt sie ihm auszuhändigen.

Sonntag, 31. Mai

Ich erinnere mich an meine Neugier in den folgenden Tagen. Um keinen Preis hätte ich jemandem von diesem Briefchen erzählt, aber ich hätte nur zu gern gewußt, was los war. Ich versuchte Ned in ein Gespräch zu verwickeln, aber er, der sonst so beredt war, ließ sich kein Wort entlocken, wenn es um die Angelegenheiten seines Meisters ging.

Morgens probten wir wie immer. Doch seit diesem Briefchen machte mir Master Will oft einen abwesenden Eindruck. Mitten in einem Gespräch verriet plötzlich ein glückliches Lächeln, daß er mit den Gedanken anderswo war.

Ein- oder zweimal wöchentlich überreichte er mir ein Sonett und erinnerte mich daran, daß ich es nur der Gräfin von Southampton und niemandem sonst aushändigen dürfe. Schlag sieben Uhr brach ich nach Southampton House auf. Um diese Zeit sind in London noch mehr Leute unterwegs als sonst.

Der Weg nach Southampton House führte mich an dem für die Qualität seines Angebots berühmten Markt von Leadenhall vorbei: wohlgenährtes Geflügel, feines Leder, solide oder geschmeidige Stoffe und so weiter. Auf dem Rückweg machte ich oft einen kleinen Abstecher nach Saint-Paul, um einen Blick auf die Auslagen der Buchhändler zu werfen.

Am Morgen ist der Lärm in der Stadt besonders ohrenbetäubend, und vor bestimmten Läden hielt ich gerne inne – und tue es noch heute –, um den Lehrlingen zuzuhören, wenn sie mit ihrer munteren Stimme die Waren der Händler anpriesen.

Fischhändlerinnen packen die Leute am Ärmel, um sie zu ihren Booten am Flußufer zu locken und ihren Fang anzubieten: «Esprots! Esprots! Esprots! Sieben Penny der Scheffel! An der Treppe von Milford, mein Herr!»

Am liebsten waren mir jene, die singend die Aufmerksamkeit auf sich zogen, etwa der Rattenjäger mit seiner tiefen, harmonischen Stimme, dem ich noch heute täglich begegne:

«Rottet sie aus! Rottet sie aus!
Mäuse, Ratten und Frettchen!
Spitzmäuse, Waldmäuse, Marder,
von all diesen lästigen Plagen
kann ich euch befreien!»

Unterwegs las ich das Sonett des Tages. Master Will ermunterte mich dazu, um gewappnet zu sein, falls die Gräfin mir eine Frage stellen würde (sie tat es nie). Ich muß gestehen, daß mir nur einige Bruchstücke geblieben sind. Master Will umkreiste in zahllosen Abwandlungen stets das eine Thema: Verheirate dich, schöner Jüngling, und zeuge Kinder.

«Zum Antlitz, das im Spiegel dir begegnet,
Sprich: ‹Nun ist's Zeit, ich schaffe dich aufs neu,
Sonst laß ich eine Mutter ungesegnet,
Versage dieser Erde Pflicht und Treu.›»

Oder:

«Natur verschenkt kein Erbteil, doch sie leiht,
Und freigiebig leiht sie Freigiebigen nur.
Drum, schöner Geiziger, warum mißbrauchst du
Die Güte, die dir gab, damit du gebest.»

Und weiter:

«Die ungenutzte Schönheit stirbt mit dir,
Genutzt lebt sie, dein Erbvollstrecker, hier.»

Und so weiter. Master Will war unerschöpflich.

Jener Winter bleibt mir als ereignisreiche Periode in Erinnerung. Wir gaben mehrere Privatvorstellungen für den Lordkämmerer.

Mistress Bassano steckte mir kein Briefchen mehr zu für Master Will. Einmal hatte ich einen Blick von ihr erhascht, der mich erschauern ließ, und von da an ging ich ihr aus dem Weg, wann immer es möglich war. Ihre großen, tiefschwarzen Augen ließen mich an eine Hexe denken. Ich fürchtete ihre Zauberkräfte.

Master Will gegenüber verhielt sie sich sehr distanziert und betörend zugleich. Was ihn betraf, schien er sie die meiste Zeit überhaupt nicht zu beachten. Aber gelegentlich überraschte ich die beiden dabei, wie sie einander zulächelten und damit ihre zur Schau getragene Kälte Lügen straften.

Eines Abends waren Augustin Phillips und Dick Burbage Zeugen eines solchen Lächelns. Ihr besorgter Blickwechsel entging mir nicht, und als wir wieder unter uns waren und ich bemerkte, daß Augustin und Dick Anstalten machten, Master Will in die Zange zu nehmen, gewann meine Neugier die Oberhand. Ich näherte mich mit unschuldiger Miene.

«... und das ist kein Spiel, das sich nach Belieben abbrechen oder fortsetzen läßt», sagte Augustin mit mühsam beherrschter Stimme. «Sie kommen dem Lordkämmerer persönlich ins Gehege. Ehe man sich's versieht, könnte die ganze Truppe im Gefängnis landen. Wir sind alle in die Sache verwickelt.»

«Aber ich bitte euch … Ich bin doch nicht blöd. Ich werde nichts tun, was unsere Truppe in Gefahr bringt.»

«Will, Sie sind in diese Frau verliebt, da gibt es nichts zu beschönigen. Wir kennen Sie. Sie sind sogar mehr als verliebt, Sie sind verhext.»

«Mag sein. Aber ich habe mit ihr einzig und allein über die Durchführung dieser Vorstellung gesprochen.»

«Und die vorherige und die nächste. Du hast den Sinn für die Wirklichkeit verloren, mein Freund. Wenn sie möchte, daß wir für sie spielen, müßte sie sich an Lord Henry Carey wenden, der dann an meinen Vater oder an Master Henslowe gelangen würde. Der Lordkämmerer hat sich bislang noch nicht über ihre plötzlichen Gunstbezeugungen dir gegenüber gewundert, vielleicht hat er noch nichts gemerkt, aber wir können nicht damit rechnen, daß es dabei bleibt.»

«Warum macht ihr ein solches Getue? Ist Mistress Bassano nicht ein unabhängiger Mensch? Lord Henry hat anderes zu tun, als sich ständig um sie zu kümmern. Er ermuntert sie, sich zu zerstreuen. Sie hat mich kommen lassen, und …»

«Jetzt nennst du den Lordkämmerer bereits ‹Lord Henry›! Und seine Mätresse ließ dich kommen! Ausgerechnet dich, der in sie verliebt ist.»

«Dick!»

«Er hat recht, Will. Sie können nicht …»

«Meine Herren, ich möchte Sie bitten, mit Ihren Vorhaltungen aufzuhören. Mir reicht es.»

Er verbeugte sich höflich, aber ziemlich kühl, und machte sich aus dem Staub. Seine Wangen waren purpurrot. Augustin und Dick sandten ihm einen mitleidigen Blick nach.

«Dieser Will, sonst die Vernunft in Person, verliert völlig den Verstand, wenn er verliebt ist.»

Sie gingen seufzend auseinander.

In diesen Weihnachtstagen waren wir neben unserem üblichen Programm zu einer Vorstellung am Hof vor Ihrer Majestät eingeladen. Wir, die Schauspieler von Lord Strange, traten häufig mit den Schauspielern des Admirals auf – zu jener Zeit trugen wir uns mit dem Gedanken, unsere beiden Truppen zusammenzulegen. Die Schauspieler des Admirals verdienten ein Vermögen, namentlich mit den Stücken von Kit Marlowe – dem zweiteiligen *Tamerlan,* dem *Blutbad von Paris,* dem *Juden von Malta* oder dem zu jener Zeit entstandenen *Doktor Faustus.* Auch die Stücke von Master Will, die sie gekauft hatten, ließen ihre Kassen klingeln. Wir hatten ebenfalls unsere Erfolge: die *Spanische Tragödie* von Tom Kyd, die verschiedenen Stücke, die Master Shakespeare für uns geschrieben hatte, und vieles andere. Bei unseren gemeinsamen Auftritten waren unsere Theater zum Bersten voll, selbst wenn es Stein und Bein fror. Aber es kam dann doch nicht zur Zusammenlegung der beiden Truppen, und auch wenn noch immer einige freundschaftliche Beziehungen untereinander existieren, könnte man unsere beiden Theater heute als Rivalen bezeichnen – unser Vorteil ist, daß wir immer noch Master Will haben, während sie den Verlust von Kit Marlowe beklagen müssen, den keiner je wirklich ersetzen konnte.

Um auf jenen Winter zurückzukommen: Abgesehen von unseren Tourneen waren wir, so scheint mir, nie so oft unterwegs wie damals; von der Rose ging es nach Shoreditch (wofür man den Fluß überqueren mußte), von Shoreditch zur Courtine, von der Courtine zu den Gekreuzten Schlüsseln. Wir nahmen nur ein Minimum an Kulissen mit, trotzdem hatten die Zimmerleute und Schreiner ständig alle Hände voll zu tun. Ich hätte die ganze Zeit als Zimmermann arbeiten können, aber Master Will ließ es nicht zu. Als sein Lehrling stand ich den Zimmerleuten kaum je zur Verfügung.

Manchmal, wenn ich ihn am Morgen aufsuchte, war er gerade mit dem Sonett des Tages beschäftigt: «Weißt du mir einen Reim auf *increase* (vermehren)?»

«*Decrease* (abnehmen).»

«Nein, daran habe ich auch schon gedacht, aber diesen Reim habe ich bereits einmal verwendet. Ah! Da fällt mir etwas ein:

«Wir wünschen, daß, was lieblich, sich vermehrt,
Damit nie stirbt der Schönheit rosige Blüte,
Damit, wenn Zeit und Alter sie versehrt,
Ein Erbe zärtlich ihr Gedächtnis hüte.»

Die Poesie sprudelte (und sprudelt) aus Master Will hervor wie Wasser aus einer Quelle. Er ist unvergleichlich.

«Ich bin spät dran, Thomas», sagte er, wenn ich ihn beim Schreiben überraschte. «Warum bist du nicht mein Dichterlehrling, statt mein Schauspielschüler zu sein? Du könntest doch mal versuchen, an meiner Stelle ein Sonett zu schreiben.»

Sein Vorschlag brachte mich zum Lachen.

«Master Will! Dazu wäre ich unfähig. Niemand schreibt so gut wie Sie.»

«Glaub das nicht, mein kleiner Tom. Sämtliche Schöngeister, die zehn Jahre lang Rhetorik studiert und während Semestern die Texte der großen lateinischen Dichter zerpflückt haben, sind mir haushoch überlegen. Wenn sie nicht ständig auf mir herumhacken und mich in ihren Gazetten seitenweise beschimpfen würden, wäre ich bereit, öffentlich zu bekennen, daß ich einem Mann wie Kit Marlowe nicht das Wasser reichen kann. Seine Verse sind wie das vom Wind geblähte Großsegel eines Flaggschiffs, die Bilder leuchten auf wie Sternschnuppen in einer Sommernacht. Das kostet ihn nicht die geringste Anstrengung, während ich mir den Kopf zerbrechen und hart arbeiten muß. Neben ihm bin ich bloß ein Schreiberling, und ich halte mich ebenso für seinen Schüler, wie du der meine bist.»

Das sagte er in leidenschaftlichem Ton, und es war offenkundig, daß er damit eine tiefe Überzeugung kundtat. Dann schlug er plötzlich ein anderes Register an und sah mir lächelnd in die Augen: «Du willst mir doch nicht weismachen, Tom, daß du nie versucht hast, einen Reim zu drechseln?»

«Natürlich habe ich es versucht. In der Schule zählte das sogar zum Pflichtstoff, in englischer wie in lateinischer Sprache. Aber meine Verse haben am Ende immer mehr Füße als zuträglich.»

«Darauf soll es nicht ankommen: Die Füße tragen die Verse nur um so besser.»

«Ja, aber es sind Klumpfüße, und darum hinken meine Verse.»

«Mein lieber Tom, wer so geistreich ist wie du, sollte zu Recht als Dichter gelten dürfen.»

Darauf steckte ich das Sonett ein (denn wie durch ein Wunder waren schlag sieben Uhr alle Reime gefunden) und machte mich durch das morgendliche Gedränge auf den Weg nach Southampton House.

Lady Southampton ist Katholikin, wie allgemein bekannt ist, und sie macht auch keinen Hehl daraus. Ich traf stets im Augenblick bei ihr ein, wenn sie aus der Messe kam. Bis heute empfinde ich tiefe Zuneigung für sie, denn diese große Dame mit dem Gesicht eines jungen Mädchens, die stets von einer Schar Bediensteter und Bittsteller umgeben war und mich hätte übersehen können, wie das für einen Theaterdiener üblich ist, hat mich schon am ersten Tag nach meinem Namen gefragt. Und bei jedem meiner Besuche fand sie ein liebenswürdiges Wort. Eines Morgens ließ sie mich sogar an ihrer Seite Platz nehmen und bot mir Gebäck an, denn sie wollte von mir die Beschreibung des Lebens eines Dichterlehrlings hören.

Wenn ich wieder aufbrach, manchmal nach wenigen Minuten, manchmal nach einer Stunde, bat sie mich regelmäßig, Master Shakespeare ihren Dank auszurichten.

Erst nach zehn, fünfzehn Sonetten wurde ich eines Morgens, als ich gerade gehen wollte, von Master Florio aufgehalten. Lord Southampton lebte die meiste Zeit bei seinem Vormund Lord Burghley oder in seiner Wohnung am Strand; doch von Zeit zu Zeit besuchte er seine Mutter. An besagtem Tag wußte ich, daß er sich im Haus aufhielt, denn er war stets mit einem Gefolge von wenigstens dreißig Leuten unterwegs; man konnte ihn gar nicht übersehen.

«Lord Southampton wünscht Sie zu sehen», sagte Florio mit seiner schroffen Stimme.

«Es tut mir wirklich leid, aber ich bin schon verspätet. Ich werde zur Probe erwartet.»

«Sie werden warten müssen. Der Wunsch Seiner Lordschaft ist ein Befehl.»

Ich wollte zu einem wütenden Protest ansetzen, aber Florio umklammerte meinen Arm mit eisernem Griff und führte mich weg. Ich hielt es für besser, stumm zu bleiben.

Der junge Lord frühstückte in Hemdsärmeln, seine Haare waren ungekämmt. In einer Ecke machte sich der Barbier bereit. In einer anderen wurde ein Rock gebürstet. Im großen Kamin prasselte ein Feuer und verlieh dem nebligen Wintermorgen eine heitere Note. Lord Southampton war mitten in einer lebhaften Unterhaltung mit seinem Falkner. Hinter ihm hielt ein Diener einen Hund an der Leine.

«Dieser Herr», sagte Florio mit unüberhörbarer Ironie, als Lord Southampton nach einer Weile in unsere Richtung blickte, «ist in Eile.»

Lord Southamptons Augen blieben auf mir ruhen. Ich war auf eine besonders arrogante Bemerkung gefaßt, aber keineswegs. Seine Stimme wurde sanft, und er lächelte mir freundlich zu: «Herr Shakespeares Diener ist zwangsläufig in Eile; seinen Meister sieht man ja auch den ganzen Tag herumrennen. Er ist Dichter, Bühnenautor, Schauspieler – und wie mir zu Gehör gekommen ist, soll er auch ein hervorragender Regisseur sein. Wie ist er denn als Meister?»

«Ich bin nicht sein Diener, Eure Exzellenz, ich bin einer der

Lehrlinge von Master James Burbage, aber Master Shakespeare hat ein besonderes Auge auf mich.»

«Und … ist er ein guter Lehrer?»

«Ein glänzender, Eure Exzellenz. Bestimmt, klar und interessant.»

«Wie heißen Sie?»

«Thomas Vincent, Eure Exzellenz.»

«Aus London?»

«Ja, Eure Exzellenz.»

«Was macht Ihr Vater?»

«Er ist Zimmermeister.»

«Ich sehe. Sagt mir, wie kommt man auf die Idee, Schauspieler zu werden? Dieser Beruf hat ja nicht gerade den besten Ruf.»

«Mein Herr, Master Shakespeare sagt immer, daß man eines Tages merken wird, daß das Theater ein Zeitkonzentrat und die Schauspieler die Chronik und Zusammenfassung einer Epoche sind. Heute ist man besser Edelmann als Schauspieler, doch Master Shakespeare ist der Ansicht, daß der Tag kommen wird, an dem der Schauspieler als Edelmann gilt. Was mich betrifft, so hätte ich eigentlich bei Master Burbage eine Zimmermannslehre machen sollen. Aber weil ich bei den Proben zugegen war, habe ich alle Rollen gelernt, und als einer meiner Kameraden sich das Bein brach … Gegenwärtig erlerne ich zwei Handwerke aufs Mal.»

«Dann werden Sie möglicherweise nicht zu den Chronisten unserer Epoche gehören?» Die Frage war offenkundig ironisch gemeint.

«Vielleicht werde ich mich damit begnügen, ein Dach über ihren Köpfen zu bauen, Eure Exzellenz. Das ist auch nicht übel. Wenn Sie gestatten, möchte ich mich nun zurückziehen, man erwartet mich zur Probe.»

«Nun gut. Ich ersuche Sie, Herrn Shakespeare auszurichten, daß ich seine dichterische Begabung außerordentlich bewundere und daß ich ihn bitte, sein Talent auf anderes auszurichten, als mich zum Zeugen von Kindern zu ermuntern. Meine fromme Mutter möchte, daß ich heirate, das ist mir klar. Nur läßt sich der Gang der Dinge mit ein paar Sonetten nicht beschleunigen. Dennoch möchte ich keinesfalls auf diese dichterischen Kleinode verzichten, die er mir seit einiger Zeit zukommen läßt. Sagen Sie Herrn Shakespeare, daß ich ihm vorschlage, ein anderes Sujet zu wählen. Sollte ihm ein geeignetes Thema einfallen, kann er mich ruhig aufsuchen, und wir werden darüber reden. Was spielt ihr heute?»

«Orlando Furioso, Eure Exzellenz.»

«Ein ausgezeichnetes Stück.»

Er entließ mich mit einer Handbewegung und bemerkte: «Vergessen Sie es nicht.»

Ich ging hinaus, dicht gefolgt von Florio.

«Ich hoffe, daß Sie in der Lage sind, das eben Gehörte vor Shakespeare *verbatim* zu wiederholen.»

Dieser Mann hatte wirklich die Gabe, mich zu reizen, dabei kann mich doch sonst nichts erschüttern.

«Ich werde Herrn Shakespeare über die Äußerungen Seiner Lordschaft unterrichten, aber wenn Sie es lieber selbst tun, bitte: Sie kennen ja den Weg.» Einen Moment lang glaubte ich, er wolle seinen Stock auf meinem Rücken zerbrechen, aber da kam gerade die Zofe der Gräfin vorbei.

«Immer noch im Haus, Thomas? Sind Sie heute denn nicht in Eile?»

«Doch, gnädige Frau, aber ich wurde aufgehalten. Übrigens bin ich schon weg.»

Und ohne das Weitere abzuwarten, machte ich mich aus dem Staub.

Mein Bericht belustigte Master Will sehr. Er brach in schallendes Gelächter aus.

«Arme Gräfin! Ich wußte, es hat keinen Zweck, aber sie ist so bezaubernd, daß ich es nicht über mich brachte, ihr klaren

Wein einzuschenken. Natürlich kann ich ohne ihre Zustimmung nicht damit aufhören, Sonette über das Heiraten zu schreiben. Würde es dir etwas ausmachen, nochmals zurückzukehren und Ihre Lordschaft zu bitten, mir eine Unterredung zu gewähren?»

«Ehrlich gesagt, ja. Ich habe nicht die geringste Lust, diesem Florio nochmals zu begegnen; er behandelt mich so, wie ich es mir nicht einmal gegenüber dem lumpigsten Bettler herausnehmen würde.»

Natürlich kehrte ich trotzdem noch vor Einbruch der Nacht nach Southampton House zurück und ließ der Gräfin ausrichten, Master Shakespeare wünsche sie zu sehen. Das Treffen wurde auf den nächsten Tag festgelegt. Lord Southampton und sein Gefolge waren, wie man mir sagte, zu irgendeiner seiner Residenzen aufgebrochen.

Nach der Begegnung, bei der ich nicht anwesend war, sagte mir Master Shakespeare, sie hätten eine neue Strategie entwickelt. Vorläufig würden wir keine Sonette mehr vorbeibringen, dafür machte er sich an ein längeres Gedicht.

«Ich werde es dir zeigen», versprach er mir.

Einige Wochen lang war von Lord Southampton nicht mehr die Rede. Dasselbe galt für Mistress Bassano.

Derweilen arbeiteten wir wie Besessene.

Mittwoch, 3. Juni

Ich weiß nicht mehr, wann es zum Streit zwischen Master Will und Rob Greene kam. Es muß zwischen Weihnachten und dem Dreikönigstag oder zwischen dem Dreikönigstag und dem Karneval gewesen sein.

Die Schöngeister (wie sich die Kunstabsolventen von Oxford und Cambridge selber nannten), welche in Theaterkreisen verkehrten, um ihre Stücke zu verkaufen, waren ein sonderbarer Menschenschlag. Wenn man sich in einer Taverne zufällig neben sie setzte, konnte man unmöglich überhören, daß sie sich für weitaus besser hielten als das Publikum im Parkett, das sie als Gesindel bezeichneten, dessen niedere Instinkte sie als Bühnenautoren zu befriedigen hätten. Vom Alkohol entfesselt, stimmten sie ein lautstarkes Gejammer an: «Wir sind Unverstandene. Das Publikum weiß uns nicht zu schätzen. Will man eine Komödie schreiben, muß man die Regeln der großen Tragöden, muß man Plautus und Seneca vergessen und nach dem Beifall des Pöbels schielen. Um bei ihm Gefallen zu finden, muß man schreiben wie ein Ignorant.»

Ich verstand die Frustration der Schöngeister: Sie hatten ein langes, anspruchsvolles und angesehenes Studium absolviert. Doch bei näherer Betrachtung taugten diese Studien wenig für Leute, die über kein persönliches Vermögen verfügten, ihr Leben verdienen mußten und außer Schreiben und Reden nichts gelernt hatten. Davon konnten sie sich nicht ernähren. Die Stücke, die Master Henslowe oder Master Burbage von ihnen verlangten, hatten nichts zu tun mit den Auffassungen von Aristoteles über die Tragödie.

Diese Geister mochten schön sein, aber in den meisten Fällen ging ihnen jeglicher Sinn fürs Praktische ab; sie hatten keine blasse Ahnung vom Theaterbetrieb und seinen wirtschaftlichen Seiten. Natürlich muß es hart sein, wenn man sein Werk ein für allemal für ein paar Shilling verkauft und dann sieht, wie die Schauspieler nach jeder Aufführung ihren Anteil am Erlös erhalten, manchmal über Jahre hinweg, während der Autor nichts mehr bekommt.

Die Frustration der Schöngeister äußerte sich in Feindseligkeiten gegenüber den Schauspielern. Sie wetterten gegen diese «mechanischen Kopierer», die die Unverschämtheit hatten, mehr zu verdienen als jene, welche die Stücke erfunden und aufgeschrieben hatten, während sich diese Dummköpfe damit begnügten, die Worte zu wiederholen.

«Sie schmücken sich mit fremden Federn wie der Rabe in Äsops Fabel. Von sich aus könnten sie keine einzige Idee zu Papier bringen.»

Am unerträglichsten war den Schöngeistern der Gedanke, daß Leute, die niemals an einer Universität gewesen waren und von Latein und Griechisch kaum eine Ahnung hatten, Stücke auf Englisch schreiben konnten, die mindestens so erfolgreich waren wie ihre eigenen. Sie fielen über Thomas Kyd her, dessen *Spanische Tragödie* seit Jahren für volle Theater sorgte, der «nur» die Schule der Schneiderzunft besucht hatte, bevor er Kanzlist wurde. Aber der bestgehaßte Mann war für sie Master Will, der keinen Hehl aus der Kürze seines Studiums und seiner Lehre bei einem Metzger auf dem Lande, dann bei einem Notar von Westminster machte. Kein Schimpfwort konnte stark genug sein, um diesen Versager, diesen Emporkömmling zu vernichten, dessen Stücke die Massen seit Jahren anlockten und der sich auch noch erfrechte, als Schauspieler aufzutreten – er stellte eine unhaltbare Gefahr für eine ihrer wichtigsten Einnahmequellen dar: die öffentlichen Theater, die sie theoretisch zutiefst verachteten.

Man kann sich gut vorstellen, wie wütend der Vielschreiber und Schöngeist Rob Greene wurde, als Master Henslowe, der Direktor des Theaters der Rose, ihm eines Tages mitteilte, er ziehe es vor, anstelle eines Stückes aus seiner Feder Master Wills *König Heinrich VI.* auf den Spielplan zu setzen: Dieser Papagei erlaubte sich doch tatsächlich, Ideen auszudrücken, die erst noch mehr Erfolg hatten als seine eigenen! Und Master Henslowe verschlimmerte die Sache noch, indem er hinzufügte: «Die letzte Aufführung Ihres *Bruder Bacon* hat uns nur sieben Shilling gebracht, während der Erlös für *König Heinrich VI.* fast vier Pfund betrug.»

Master Greene ist vor acht oder neun Jahren gestorben, trotzdem bleibt mir sein Bild unauslöschlich in Erinnerung – und wohl auch allen anderen, die ihm begegnet sind. Er war außergewöhnlich begabt, und wenn andere aus Mangel an Talent verhungerten, so traf das auf ihn nicht zu: Er hungerte nur in Abständen, denn er verstand es, seine Einkünfte bis auf den letzten *Farthing* bei Freß- und Trinkgelagen durchzubringen, von denen ganz London sprach. Er war spindeldürr, seine Haare waren flammend rot, ebenso sein langer Spitzbart; das ganze Jahr hindurch hüllte er sich in einen schreiend grünen Mantel, unter dem grellfarbene Seidenstrümpfe hervorsahen, die meist schmutzig und voller Rümpfe waren. Sein Knecht sah eher aus wie ein Wegelagerer als wie ein Diener und endete übrigens auch am Galgen.

Seine Pamphlete, die sich in kurzen Abständen folgten, fanden reißenden Absatz und wurden gierig verschlungen. Seine Stücke sind interessant, besonders gefällt mir sein *Orlando furioso,* aber größer als seine Theaterbegabung war sein Talent als Polemiker, das ihm bis zu seinem Tod nicht abhanden kam.

Das verkraftete er nicht. Und noch weniger konnte er akzeptieren, daß ein aus dem Nichts aufgetauchter Mann, der weder in Cambridge noch in Oxford gewesen war, plötzlich berühmter und umjubelter war als er selbst, Doktor beider Universitäten.

Eines Morgens trafen sie aufeinander.

Es war grimmig kalt. Wir kamen von der Rose, wo wir geprobt hatten, und waren eilends unterwegs zu einem Teller heißer Suppe: Vor den Auftritten nahmen wir gewöhnlich nur eine leichte Mahlzeit zu uns.

Am Dead Man's Place tauchte vor uns plötzlich die smaragdgrüne Silhouette von Master Greene aus dem Nebel auf. Er versperrte uns den Weg. Offenkundig war er in streitbarer Stimmung, und ich versuchte festzustellen, ob er Waffen trug. Ich konnte nichts entdecken, aber das beruhigte mich nur halbwegs: Vielleicht verbarg er in seinem Ärmel ein Messer.

«Meister Rabe, auf einer Bühne sitzend, ich wünsche Ihnen einen guten Tag», sagte er mit unangenehmer Stimme.

Ich trat einen Schritt zurück, um Master Will nötigenfalls besser verteidigen zu können.

«Guten Tag, Master Greene.»

Es war noch nie leicht gewesen, Master Will zu provozieren. Zwar kann er wie eine Furie kämpfen, doch greift er nur im äußersten Notfall zu diesem Mittel, dafür um so überraschender.

«Wenn man Sie so ansieht, mein Herr, würde man Sie nie für einen Schauspieler halten. Sie tragen das Kleid eines wohlhabenden Edelmannes.»

«Gewiß, mein Herr. In meiner Heimat wissen alle, daß ich schon morgen eine Windmühle bauen könnte, wenn mir der Sinn danach stünde. Das würde mir Ihnen gegenüber einen klaren Vorteil verschaffen, denn Sie sind nur Wind ohne Mühle.»

«Das Glück ist Ihnen also hold. Sie staffieren sich aus wie ein Prinz. Aber Ihre Stimme ist alles andere als wohlklingend. Ihr Akzent ist so schmutzig wie die Provinz, aus der Sie kommen.»

Ich dachte, Master Will würde die Hand gegen Master Greene erheben. Ich war überzeugt, daß der rothaarige Mann nur darauf wartete und daß sein Helfershelfer in Rufweite war. Master Will hatte wohl den gleichen Gedanken und hielt sich zurück. In diesem Augenblick bogen die Brüder Burbage, Dick und Cuthbert, um die Straßenecke im Rücken von Master Greene, der sie nicht kommen sah. Sie machten auf der Stelle halt.

«Ich bin ein Bauernlümmel, das ist allgemein bekannt», sagte Master Will mit süffisantem Unterton, «ein Grünschnabel, der gerade eine siebenjährige Lehre abgeschlossen hat, in der ich nichts anderes war als eine Marionette. Erwarten Sie von mir das Geständnis, teurer Meister, daß ich während dieser ganzen

Zeit nur durch Ihre Texte gelebt habe? Hier haben Sie es. Und jetzt lassen Sie mich vorbei, ich habe keine Zeit zu verlieren.»

Er trat einen Schritt vor. Dick, Cuthbert und ich gaben uns ein Zeichen und setzten zur Umzingelung an.

Der unvermeidliche Diener mit dem Galgengesicht tauchte aus dem Schatten auf und näherte sich mit einem langen Dolch in der Hand. Er hatte noch keine zwei Schritte getan, als Cuthbert ihn von hinten packte und ihm lächelnd ein Messer an die Kehle hielt.

«Haben diese Herren vielleicht jemandem etwas vorzuwerfen?» Seine Stimme war honigsüß.

Zum Glück befanden wir uns auf unserem gewohnten Weg. Wie ein Schauspieler, der auf sein Stichwort gewartet hat, zeigte sich Ned in Begleitung von Crab am Horizont. Ned ließ den Hund von der Leine, der sich mit gefletschten Zähnen auf Greene stürzte und, ohne sich zweimal bitten zu lassen, in den grünen Mantel des Dichters biß. Währenddessen rief Ned aus voller Kehle: «Haltet den Mörder, haltet den Mörder!» Mehr und mehr Leute kamen aus ihren Häusern, und das war für uns alle der beste Schutz.

«Holt die Wache!» schrie eine Frau.

Der arme Robert Greene war ebenso grün im Gesicht wie sein Name und sein Mantel, aber selbst in den schlimmsten Situationen war dieser Kunstgelehrte nie um Worte verlegen: «Halsabschneider! Vielschreiber! Er ist ein Dieb! Es genügt ihm nicht, sein Leben auf unserem Buckel zu verdienen, indem er unsere Stücke spielt und Ideen wiederholt, von denen dieser vermaledeite Nachplapperer nichts versteht. Nein, dieser Räuber hat außerdem die Frechheit, die Dreistigkeit, die Tollkühnheit, die Schamlosigkeit, die Anmaßung zu schreiben und sich des Blankverses zu bedienen, von dem diese ordinäre Ratte keinen blassen Dunst hat. Er bringt uns um unser Brot.»

«Mein lieber, teurer Robert Greene», mischte sich Dick ein,

denn Master Will war beängstigend bleich geworden, und wir alle fürchteten wohl, er könnte den armen Kerl erschlagen, der es zweifellos nicht wert war, daß man seinetwegen im Gefängnis endete, «es stimmt, daß wir wahre Missetäter sind, perükkentragende Spitzbuben und buntgescheckte Diebe. Nun, ob gut oder schlecht, wir treten mit unseren gestohlenen Versen Tag für Tag vor das gemeine Volk, und wenn sie mittelmäßig sind, müssen wir gewärtigen, mit verfaultem Gemüse bombardiert zu werden, und wenn sie so schlecht sind, daß das Publikum dem Theater fernbleibt, riskieren wir den Ruin. Aber wer hindert Sie daran, dieses aufregende Leben mit uns zu teilen?»

«Ich? Ich ein Schauspieler ...?»

«Sehen Sie, geschätzter Meister, da liegt der Hund begraben. Will hat es nie als Schande empfunden, unser Leben zu teilen. Und weil er Schauspieler ist, weiß er beim Schreiben genau, welches unsere Bedürfnisse und Fähigkeiten sind. Sein Beispiel wird schon bald Nachahmer finden, das kann ich Ihnen versichern, selbst unter Ihren schöngeistigen Freunden. Wenn Sie den Versuch wagen wollen, sind Sie uns willkommen.»

Greenes Antwort wurde vom Geklirr der Wache übertönt. Die bewaffneten Männer blieben zwei Schritte vor Greene stehen und schauten ihn kopfschüttelnd an. Schon wieder der, schienen sie zu sagen. Aber sie gaben kein Wort von sich.

Cuthbert ließ den finsteren Gesellen los und rettete sich mit einem Sprung rückwärts – ein Messerstich ist schnell verpaßt. Die Wache führte die beiden Männer nach kurzer Auseinandersetzung ab, und wir gingen alle unsere Suppe essen. Bis zum Auftritt blieb uns nicht mehr viel Zeit.

Außer auf der Bühne machte Master Will während des ganzen Tages den Mund nicht auf.

Nach der Vorstellung trafen wir Kit Marlowe, der uns erwartete. Das Gerücht um den Streit hatte sich in Windeseile verbreitet.

«Komm, Will, ich lade dich zu einem Krug ein. Es schadet, wenn man seinen Ärger nicht loswird.»

Kit Marlowe, ein Schöngeist, war uns zuerst ebenso feindselig gegenübergestanden wie die anderen, aber er war ein Mann von ganz anderem Kaliber und Talent als Rob Greene. Das Publikum sah in ihm weiterhin einen Rivalen von Master Will, aber schon seit langem pflegten die beiden einen regen Gedankenaustausch, und ihre gegenseitige Bewunderung hatte freundschaftliche Züge angenommen, auch wenn sie, obwohl gleich alt, zu verschieden waren, um wirkliche Vertraute zu werden. Jedenfalls kam es uns ganz natürlich vor, daß er an diesem Abend auf seinen Kollegen wartete.

Ned und ich folgten ihnen und sorgten für Rückendeckung – man kann ja nie wissen. Wir überquerten den Fluß mit einer *Wherry,* der Gondel der Londoner. In der Herberge zur Sirene setzten wir uns in eine Ecke und bestellten Bier. Master Wills Miene hatte sich immer noch nicht aufgehellt.

«Los, Will, schlag mich, beschimpfe mich, zerbrich irgend etwas. Aber bleib nicht einfach da sitzen wie ein würdevoller Edelmann, sonst bringst du Greene noch um, wenn du ihm das nächste Mal begegnest, und das ist er nicht wert.»

«Genau das ist es, was mich ärgert. Heute morgen hätte ich ihn um ein Haar niedergestreckt. Mein Zorn ist noch immer nicht verraucht.»

Er wandte uns sein Gesicht zu und lächelte endlich wieder.

«Tom und Ned, ich danke euch, daß ihr mich beschützt habt.»

«Keine Ursache, mein Herr, dafür war Crab verantwortlich.»

«Erzähle mir die Geschichte, ich habe sie nur aus zweiter Hand vernommen», bat Kit.

Master Will berichtete. Kit Marlowes Augen hatten eine merkwürdige Farbe, ein gelbstichiges Braun, die braunen Haare waren stets unordentlich, er hatte ein rundes Gesicht und volle Lippen, sein Blick hatte stets etwas Ironisches.

Einige der seltenen Begegnungen zwischen ihm und Master Will hatte ich miterlebt: Jedesmal gab Master Will seinem Unverständnis Ausdruck.

«Du hast so viel Talent, und trotzdem läßt du dich auf die unglaublichsten Intrigen ein ... Du solltest Walsinghams Dichter sein, nicht sein Agent.»

Lord Walsingham war zu jener Zeit der große Spion des Königreichs und stand einem beachtlichen Nachrichtendienst vor.

«Will, ich wünschte mir dein Talent, aber dem ist nicht so. Wäre ich Alleyn, Henslowe oder Burbage begegnet, als ich völlig mittellos dastand und nicht mehr wußte, wovon ich leben sollte, und hätten sie mich als Schauspielschüler angenommen, hätte ich den Versuch gewagt. Jetzt ist es zu spät, und ich vermute ohnehin, daß ich dafür gänzlich unbegabt bin.»

Er tat einen kräftigen Schluck.

«Und glaube nicht, ich kümmere mich um Fragen der Etikette, wie sie Robert Greene plagen: Wie du bin ich davon überzeugt, daß der geistige Adel eines Tages über das Geblüt siegen wird.»

«Ich habe nie gesagt ...»

«Zweifellos weder gesagt noch gedacht. Aber du schreibst es. Ich könnte dir entsprechende Passagen in deinen Stücken zeigen. Doch um darauf zurückzukommen, wie ich meinen Lebensunterhalt bestreite, so sind mir die nachteiligen Folgen erst vor kurzem aufgegangen. Lange habe ich nur die Vorteile gesehen. Ich bin herumgereist. Ich habe Bücher gelesen, die es in England nicht gibt: Pico della Mirandola, Marsilio Ficino, Nicolas de Cuse, Paracelsus ... Wo kannst du in unserem Land ernsthaft über sie diskutieren, wenn du nicht mit Doktor Dee oder Walter Raleigh befreundet bist? Ich bin Leuten begegnet, von denen man in England nicht einmal den Namen kennt. Ich bin dahintergekommen, wie der Geist eines überzeugten Katholiken funktioniert und welche Intrigen ein

Katholik aus Berechnung ausheckt. Ich habe Juden kennengelernt, die genauso niederträchtig waren, wie sie uns geschildert werden, aber ich habe auch andere kennengelernt, großartige, geniale Menschen, über die man nicht zu sprechen wagt, wenn man auf seinen guten Ruf bedacht ist. Ich habe Leute getroffen, mit denen ich frei über grundlegende Probleme diskutieren konnte. Master Giordano Bruno zum Beispiel, der mehrere Jahre in London gelebt hat. Er ist ein schwieriger Mensch, dennoch hätte man ihn um jeden Preis hierbehalten sollen: Er verwandelt unser Denken von Grund auf. Aber nein! In unserer dumpfen Mittelmäßigkeit waren wir erleichtert, als er uns den Rücken kehrte, und nun ist er in die Hände der Inquisition gefallen. Natürlich kenne ich in England wie du eine ganze Menge von Leuten, mit denen ich mich über dies und jenes unterhalte, über den philosophischen Stein, über die alchimistischen Eigenschaften von Blumen, über okkulte Kräfte … Aber das ist bloß Geschwätz zum Zeitvertreib.» Er unterbrach sich mit einer Geste. «Es ist ja ganz spannend, aber ich komme nicht umhin zu denken, daß wir uns damit über unsere Unwissenheit hinwegtrösten, und über die Grenzen dieser Unwissenheit kann ich in England mit niemandem sprechen.»

Master Will versuchte etwas einzuwerfen, aber gewöhnlich war es unmöglich, Kit Marlowe zu unterbrechen, wenn er in Fahrt war.

«Ich weiß, was du erwidern wirst», fuhr er in leidenschaftlichem Ton fort. «Das sage ich, der Verfasser des *Doktor Faustus*. Ich könnte dir erklären …» Die Erregung erstickte seine Stimme. «Lassen wir das», sagte er abschließend, «Tatsache ist, daß diese unerwarteten Begegnungen in Übersee für mich äußerst anregend waren. Gelegentlich auch quälend, aber vor allem anregend.»

Master Will sah ihn durchdringend an.

«Der Herr hat dir eine außerordentliche Gabe geschenkt,

und manchmal habe ich den Eindruck, daß du diesen Schatz mit nebensächlichen Tätigkeiten verschwendest.»

«Mag sein, daß er mir eine Gabe geschenkt hat, doch bei mir hat er an etwas gespart, womit er dich überhäuft hat: mit Leichtigkeit. Du schreibst, wie du atmest, das habe ich selbst gesehen. Natürlich liest du. Aber nachdem du einmal gelesen hast, tauchen die Bilder ohne das geringste Zögern in dir auf, fraglos sogar. Man spürt, daß sie auf dem direktesten Weg aus deinem tiefsten Inneren kommen. Ich muß wochenlang überlegen, manchmal quäle ich mich eine ganze Nacht lang für eine einzige Zeile. Ich vermittle nur den Anschein von Leichtigkeit, doch jeder der Verse, die du bewunderst, ist der Feder mühsam abgerungen. Wie sollte ich von meinen Stücken leben können, wenn ich jährlich nicht mehr als eines zustandebringe.»

«Kit, versuche nicht, mir einzureden, du habest kein Talent, weil du nicht Nacht für Nacht ein Heft füllst. Du hast dem Theater deinen Stempel aufgedrückt, ich habe alles von dir gelernt. Die Stücke, die ich vor deinem *Tamerlan* hingekritzelt habe, müssen alle neu geschrieben werden.»

«Dabei ist es dein *Edmund Ironside,* der mir die Idee zum *Tamerlan* gegeben hat.»

«Du hast dich von diesem ersten Gestammel inspirieren lassen, wie ich mich anfänglich von den Mysterienspielen inspirieren ließ, die in unserer Kindheit aufgeführt wurden. Aber du hast eine Gattung geschaffen. Wenn eines Tages der Beruf eines Schauspielers oder Bühnenautors nicht minder nobel ist als der Titel eines Barons oder eines Grafen, werden wir es dir zu verdanken haben.»

«Wenn wir eines Tages die Freiheit haben, an den Papst, die Königin von England, den Großmogul oder Mohammed zu glauben, wenn wir eines Tages frei sind zu lieben, wen wir wollen, ob Mann oder Frau, vornehm oder bürgerlich, jung oder alt ... Dieses ‹wir› ist höchst zweifelhaft, denn zu unseren

Lebzeiten wird nichts dergleichen eintreffen. Ich möchte, daß man mich als einen Mann in Erinnerung behält, der in einer Zeit nach solchen Zielen strebte, in der Leute verbrannt und gehängt werden, weil sie ihre Gottheit nicht mit den richtigen Worten anbeteten, dabei hätten die Unterschiede zwischen den Religionen in einer Nußschale Platz. Hast du je etwas Niederträchtigeres gesehen als die Verfolgung eines Gläubigen, bloß weil er einen anderen Gott verehrt?»

Kit Marlowe war so überzeugt von dem, was er sagte, daß man gerührt war. Es war die reine Blasphemie, aber das konnte man ihm nicht übelnehmen, weil es seinem tiefen, aufrichtigen Glauben entsprach.

«Ich hoffe, daß dich deine Überzeugungen nicht geradewegs an den Galgen im Diesseits und in die Hölle im Jenseits bringen.»

Kit beugte sich vor und sah Master Will unverwandt in die Augen: «Will, vielleicht ende ich am Galgen, doch die Würfel sind gefallen, und ich kann das Spiel jetzt nicht mehr ändern. Aber das Jenseits der Christen ist ein billiger Trick, gerade gut genug fürs Theater. Ich halte die Religion für ein Spielzeug, erfunden zur Zerstreuung und Unterwerfung der Armen im Geiste. In meinen Augen gibt es nur eine Sünde: die Unwissenheit.»

Ich verstand, warum Master Will gern mit Kit Marlowe zusammentraf. Er zwang einen zum Nachdenken, er trieb einen in die Enge und regte einen zum Zweifeln an. Dabei war auch er ein Schöngeist, ein Doktor der Universität von Cambridge. Doch das vergaß er ebenso wie wir.

«Was sind unausgesprochene Zweifel? Eine aufgestaute Revolte», sagte er. «Man sollte jeden ermuntern, seine Gedanken offen zu äußern und zu diskutieren, statt die Leute zum Schweigen zu bringen, indem man überall Galgen errichtet. Auf diese Weise würden viele Zweifel ausgeräumt. Aber nein, sie gären wie faulende Äpfel, und ehe man sich's versieht, fällt man dem Henker oder der geistigen Umnachtung anheim.»

Als wir uns an jenem Abend trennten, legte Kit Marlowe seine Hand auf Master Wills Schulter.

«Kümmere dich nicht um Rob Greene. Seine Worte werden bald in Vergessenheit geraten. Schreib deine Stücke, und sichere dir den Platz in deiner Truppe, damit es dir nicht ergeht wie mir.»

Er zog seine Hand zurück, dann schaute er Master Will mit einem versteckten Lächeln an. «Erlaube mir, daß ich dir in aller Freundschaft etwas sage, das mich eigentlich nichts angeht.»

«Nur zu, Kit.»

«Versprich mir, daß du nicht wütend wirst. Ich sage es dir als dein Freund.»

«Schon gut, ich will versuchen, mich im Zaum zu halten, selbst wenn du mir Anlaß gibst, dich zu erwürgen.»

«Das beruhigt mich. Ich habe von den Aufmerksamkeiten gehört, die du einer Dame zuteil kommen läßt ... Heh! Du hast versprochen, mir nicht an die Gurgel zu gehen! ... Und wenn ich davon gehört habe, bedeutet das, daß Gerüchte im Umlauf sind. Die Dame ist sehr indiskret. Sie war und ist in gewisser Weise noch immer ein Schützling von Herzoginnen und Gräfinnen, deren Namen ich nicht nennen will, aber ich habe mir sagen lassen, daß sie äußerst schwatzhaft ist. Sie kann es nicht lassen, ständig und mit allem zu prahlen. Ich glaube, daß Lord ... daß ihr Protektor zu beschäftigt ist, um sich darum zu kümmern. Doch dieser Protektor hat einen Sohn, einen durchtriebenen, rachsüchtigen und offen gesagt wenig sympathischen Burschen. Es ist also äußerste Diskretion geboten. Jetzt darfst du mich erwürgen, wenn du darauf bestehst. Aber es wäre klüger, wenn du mir Gehör schenkst. Meine Quellen sind ausgezeichnet, das ist der Vorteil, den mir meine verabscheuungswürdige Tätigkeit verschafft, die ich neben dem Stückeschreiben ausübe.»

Er lachte, und Master Will, dessen Wangen sich gerötet hatten, stimmte in sein Lachen ein.

«Noch etwas.» Kit Marlowe verstand es stets, im Moment des Aufbruchs einen letzten Pfeil abzuschießen. Oft war es die wichtigste Bemerkung des Abends. «Was ich dir noch sagen wollte ... zu deinem *König Richard III.* ... Ein bewundernswertes Stück, sehr stark. Aber weißt du, er war kein Buckliger. Von zarter Gesundheit, aber aufrecht wie ein I. Auf meinen Reisen habe ich zwei Porträts von ihm gesehen. Ich habe auch die Skizzen zu einem dieser Porträts gesehen, bei denen man noch kein Schmeichler zu sein versucht. Er war auch nicht das unmoralische Monstrum, zu dem man ihn gemacht hat. Er war ein großer, durchaus rechtmäßiger König. Ich habe über die Nachfolge nachgedacht: Ich glaube nicht, daß ein Mann seiner Intelligenz die jungen Prinzen im Tower getötet hätte. Nach ihrem Tod blieb eine Schar von Thronprätendenten übrig. Die Tudors haben den Thron usurpiert und hinterher alle übriggebliebenen Plantagenets ausgerottet.»

«Aber die Chroniken ...»

«In wessen Dienst standen sie, diese Chroniken? Im Dienst von Henry Tudor, dem wahren Usurpator. Mich betrübt, daß wegen deines unermeßlichen Talents dieser große Staatsmann, welcher König Richard III. von England war, von der Nachwelt für das bucklige Monster gehalten werden könnte, das du aus ihm gemacht hast, während sein Mörder den kommenden Generationen nur als der gute König Heinrich in Erinnerung bleiben wird.»

«Kit, ich bitte dich! Zunächst einmal werden meine Stücke keinesfalls der Nachwelt überliefert. Es sind Gelegenheitswerke. Aber selbst wenn du recht hättest, sind deine Worte gefährlich. Du sprichst vom Großvater unserer Herrscherin.»

«Ich weiß. Es war ganz unter uns gesagt, und ich habe nicht die Absicht, es zu wiederholen. Aber zu dir ... Nicht wahr, Thomas?»

«Freilich.»

«Gut, und nun, mein lieber Will, wenn du mich wirklich erwürgen willst ...»

«Ich danke dir, Kit, und statt dir an die Gurgel zu gehen, möchte ich dich bitten, mir ausnahmsweise zu gestatten, dein Bier zu bezahlen. Nein, keine Widerrede! Gastwirt!»

Donnerstag, 4. Juni

Es war eine feuchte, windige Nacht Ende März oder Anfang April. Der Nachtwächter von Shoreditch hatte uns gerade eben aus den Betten geholt und mit dem Schlimmsten gedroht, weil die als Straßenbeleuchtung an unserem Haus befestigten Laternen erloschen waren. Es lag an uns Lehrlingen, uns abwechselnd um diese vermaledeite Beleuchtung zu kümmern, die ausgerechnet dann zu erlöschen pflegte, wenn wir am tiefsten schliefen. In jener Woche war ich für das Wiederanzünden der Laternen verantwortlich. Kaum hatte der Nachtwächter seine Schimpftirade beendet und war mit seiner Glocke abgezogen, überließen sich die anderen wieder dem süßen Schlaf, während ich seufzend aufstand. Beim Ankleiden (ich mußte ja hinausgehen, um die Kerze auszuwechseln oder den Docht zu schneuzen, und das konnte ich nicht im Nachthemd tun) kam mir einmal mehr die absurde Verordnung dieser Stadt in den Sinn, die es untersagt, nach Einbruch der Nacht ins Horn zu blasen, zu schreien, zu pfeifen, sich zu prügeln oder seine Frau zu schlagen, während der Nachtwächter das Recht hat, die anständigen Leute in regelmäßigen Abständen mit seiner Glocke aus dem Schlaf zu schrecken, und das Nacht für Nacht.

Ich rüstete mich mit dem Nötigen aus, hüllte mich in meinen Mantel und ging hinaus. Ein eisiger Wind blies; kein Wunder, daß sämtliche Laternen auf unserer Straßenseite erloschen waren. Es kostete mich einige Mühe, sie wieder anzuzünden. Drei davon waren an unserem Haus, und wir kümmerten uns auch um jene der Nachbarn, die das Eckhaus bewohnten, dessen eine Fassade nach Shoreditch ging; die Leute waren hochbetagt, ihre Bediensteten kaum jünger, und so hatten wir es übernommen, ihnen diesen kleinen Dienst zu erweisen. Bei ihnen hingen vier Laternen, zwei an der Holywell Street und zwei Richtung Shoreditch, und bei letzteren war ich angelangt, zufrieden, daß ich es bald geschafft haben würde, als ich eine Gestalt wahrnahm, die die Straße überquerte. Im Schein der Laternen konnte ich erkennen, daß es sich um Master Will handelte. Ich drückte mich flach an die Mauer. Hätte er mich gesehen, wäre er wohl nicht um eine Erklärung herumgekommen, und ich wollte unbedingt vermeiden, daß er mir irgendwelche Rechenschaft schuldete. Mein anfängliches Erstaunen verwandelte sich bald in Beunruhigung, denn plötzlich entdeckte ich zehn oder zwölf Schritte hinter Master Will eine zweite Gestalt: Jemand folgte ihm, und es war nicht sein Diener. Sein schleichender Gang deutete darauf hin, daß der Unbekannte nicht gesehen werden wollte. Ich hatte keine Waffe, aber das ließ sich nicht ändern. Ich versteckte die Dochte und die übrigen Utensilien hinter der Hecke und folgte ihnen. Besser gesagt, ich rannte geräuschlos – Gott sei Dank hatte ich meine Filzstiefel anbehalten – durch die Gärten entlang der Holywell Street und fegte durch die letzte Allee, die zur Ecke der Courtine führt, wo ich unmittelbar vor Master Will anlangte. Ich war damals noch nicht so groß wie heute, aber die Leibesübungen hatten meinen Körper gestählt. In Anwendung eines Tricks, den Master Will selbst mir beigebracht hatte, erwischte ich ihn am Mantel und legte ihm eine Hand auf den Mund, während ich ihn mit der anderen in seinen Umhang einwickelte. Ich flüsterte ihm ins Ohr: «Master Will, ich bin's, Thomas Vincent. Ich werde Sie gleich loslassen, aber bitte, geben Sie keinen

Ton von sich, denn jemand folgt Ihnen, der zweifellos Böses im Schilde führt. Achtung, ich lasse Sie los, rühren Sie sich nicht.»

Ich spürte, wie er sich entspannte, und ließ ihn los. Der ganze Vorgang nahm viel weniger Zeit in Anspruch, als es braucht, um ihn zu erzählen. Master Wills Verfolger ging vorüber, ohne uns zu sehen. Ich bedeutete meinem Meister, er solle sich versteckt halten, und wagte mich auf die Courtine hinaus. Der Mann war an der Kreuzung stehengeblieben und sah sich ratlos um. Wohin war wohl seine Beute entschwunden? Er entschied sich für die Hog Lane und entfernte sich so von uns in der Richtung von Bishopsgate.

Ich ging zu Master Will, um ihm die Lage zu schildern. Inzwischen hatte er sich von seiner Überraschung erholt. Er nahm mich am Arm und zog mich mit sich. Wir schlugen die entgegengesetzte Richtung ein. In dieser tintenschwarzen Nacht war mir unwohl zumute. Doch es wäre mir nie in den Sinn gekommen, Master Will zu verlassen, und er dachte nicht daran, mich wegzuschicken. Wir blieben stumm, solange wir im Gewirr der Alleen um Shoreditch waren. Erst als wir in den Feldern von Finsbury Fields anlangten, murmelte Master Will: «Tom, ich bin dir zu großem Dank verpflichtet.»

«Danken Sie dem Nachtwächter. Hätte der mich nicht gezwungen, die Laternen wieder anzuzünden, hätte ich weder Sie noch den Mann, der Ihnen folgte, gesehen.»

«Du bist ein wahrer Freund. Danke, Tom.»

Ich wußte nichts zu entgegnen.

«Allerdings habe ich nun ein Problem», fuhr Master Will fort. «Ich kann dich nicht mitten in der Nacht im Stich lassen. Aber ich habe ein Rendezvous.»

Ich kannte nur zwei Personen auf dieser Seite der Stadt, die Master Will besuchen konnte: Gingen wir nach Clerkenwell, würden wir zu Doktor Dee gelangen, dem Astrologen Ihrer Majestät und König des Okkultismus. Und über Clerkenwell hinaus wären wir bald in der Nähe von Westminster, bei Mistress Emilia.

«Master Will, Sie sind mein Meister und können tun und lassen, was Sie wollen. Sie schulden mir keinerlei Erklärung. Ich werde vor der Türe oder in der Pförtnerloge warten.»

Er versetzte mir den unvermeidlichen Klaps auf die Schulter, worauf wir unseren Weg entlang der Barbican, der Long Lane und der Chicken Lane fortsetzten und darauf achteten, den Nachtwachen auszuweichen. Schließlich langten wir beim Haus von Mistress Emilia an. Master Will klopfte.

Die Türe öffnete sich, als hätte man uns erwartet. Eine Frau, von der man nur die Silhouette wahrnehmen konnte, ließ uns wortlos ein und führte uns zur Treppe. Ich war nicht sonderlich begierig darauf, Mistress Emilias Gemächer zu betreten, aber ich hatte keine andere Wahl.

Die Dienerin stieß Master Will in ein Zimmer, aus dem die Akkorde eines Virginals drangen, und faßte mich an der Hand. Auf Zehenspitzen führte sie mich in einen anderen Raum.

«Hier kann man alles sehen und hören», flüsterte sie.

Ich schaute sie entsetzt an.

«Ich will aber gar nichts sehen oder hören!»

«Pscht! Ich für meinen Teil tue es schrecklich gern, und wenn Sie nicht wollen ... Draußen ist es ohnehin zu gefährlich, im Treppenhaus ist es kalt, und im Gang laufen Sie Gefahr, gesehen zu werden. Nur hier sind wir sicher.»

Die Klänge des Virginals waren verstummt.

Ich überließ das Zuschauen der Dienerin, aber es war unmöglich, nichts zu hören. Das undeutliche Gemurmel, das Kichern und die kleinen Schreie, die durch die Wand drangen, weckten in mir ein unbekanntes, schwer kontrollierbares Verlangen. Ich kam mir einigermaßen verloren vor. Trotz der Erregung, die mich ergriffen hatte, beschloß ich, daß ich dringend etwas Schlaf brauchte. Ich war so erschöpft, daß ich nur die Augen zu schließen brauchte, um alsbald ins Bodenlose zu fallen. Einen Augenblick oder Stunden später schreckte ich auf, weil eine Hand mich streichelte. Die ganze Kindheit hindurch hatte man mir die Hölle heiß gemacht: keine fleischliche Liebe vor der Heirat, keine Zärtlichkeiten mit unbekannten Frauen, denn das war eine schwere Sünde, für die mich Gott bestrafen würde, indem er mir eine dieser schändlichen Krankheiten schickte, über die man nicht offen zu sprechen wagte. Diese Gedanken waren so tief in mir verankert, daß ich die Dienerin instinktiv zurückstieß, denn sie war es, die mir zärtliche Worte ins Ohr flüsterte und meinen ganzen Körper liebkoste.

«Wollen Sie nicht, daß wir es tun wie Ihr Herr und meine Herrin?»

«Nein.»

«Lügner!»

«Jedenfalls nicht mit Ihnen.»

«Unerfahren oder tugendhaft?»

«Sie können es sich auswählen. Ich will einfach nicht. Nehmen Sie Ihre Hände weg.»

Sie gab nicht gleich nach, aber ich blieb standhaft, und schließlich entfernte sie sich seufzend ins Dunkel.

«Ich werde die Männer nie verstehen. Ich glaube, es gibt nur zwei Arten von ihnen. Jene, die man nicht loswird, solange sie nicht haben, was sie wollten, und jene, von denen man vergeblich etwas erwartet, auch wenn man es sich wünscht.»

Während des beleidigten Schweigens, das folgte, hörte ich Mistress Emilia. Sie hatte eine sonderbar kehlige, rauhe Stimme, die eigentlich alles andere als schön war und trotzdem einen unerklärlichen Zauber besaß.

«Noch nie ist mir ein geistreicherer Mann begegnet als Sie», sagte sie. «Ihnen fällt immer ein treffender Scherz, ein Bonmot ein, Sie erheitern die Alten und bezaubern die Jugend mit Ihrem Witz und Ihrer Zungenfertigkeit. Warum machen Sie plötzlich so ein ernstes Gesicht?»

«Weil die Liebe in den Augen der Frauen zu lesen ist, und in den Ihren sehe ich nur Zurückhaltung. Seien Sie nicht geizig, mein schönes Kind. Dieser Geiz ist eine grenzenlose Verschwendung. Wenn Sie die Türe zu Ihrem Schatz nicht öffnen, wird Ihre Schönheit verwelken und verdorren, statt in Kindern weiterzuleben.»

«Donnerwetter, Sie nehmen kein Blatt vor den Mund! Reden Sie nicht von einem Unglück, ich will keine Kinder.»

Ein tiefer Seufzer.

«Sie sind zu schön, zu vernünftig, zu vernünftig schön. Haben Sie geschworen, mich ins Unglück zu stürzen?»

«Ja, Liebster.»

Die Ironie war unüberhörbar.

«Dann bin ich ein toter Mann, hingerichtet von Ihren Blicken», sagte Master Will mit veränderter Stimme.

«Kommen Sie, Will.» Sie konnte das Lachen nicht unterdrücken. In der darauffolgenden Stille war nur das Geräusch von Küssen zu hören.

Schließlich stieß Master Will einen tiefen Seufzer aus.

«Sogar der Henker bittet sein Opfer vor der Hinrichtung um Verzeihung.»

«Schon wieder? Ich versichere Ihnen, daß Sie sich täuschen. Meine Augen sind die Sanftheit selbst, Sie wollen doch nicht behaupten, daß sie töten könnten. Sie sind harmloser als eine Nadel. Nun lächeln Sie schon, Will.»

«Lieben Sie mich?»

«Natürlich.»

«Sagen Sie es.»

«Ich schwöre Ihnen, daß ich Sie liebe.»

«Das klingt ebenso falsch wie der Eid eines Betrunkenen.»

Mistress Emilia ließ ein kehliges Lachen hören, wie nur sie es konnte.

«Man sagt, daß Sie Lord Southampton jeden Morgen ein Sonett schicken.»

«Wie viele Gerüchte ist auch dieses stark übertrieben. Ich tue es eher einmal die Woche.»

«Nun, lassen Sie mir doch auch jedesmal ein Sonett zukommen, wenn Sie ihm eines schicken.»

«Ich nehme Sie beim Wort.»

«Das hoffe ich doch. Und nun sollten Sie gehen.»

«Sie verjagen mich? So bald? Der Tag ist noch nicht angebrochen. Man hört die Nachtigall singen, das ist noch nicht die morgendliche Lerche.»

«Was für ein Narr! Wo ist sie, diese Nachtigall? Ich höre nur die Rolle des Ziehbrunnens kreischen.»

«Ich schwöre Ihnen, es ist die Nachtigall, die auf der Eiche singt.»

«Ihre Phantasie wird Sie noch ins Verderben stürzen.»

In der folgenden Stille vernahm man den Ruf eines Fuhrmanns und das Knirschen von Rädern.

«Diesmal habe ich die Lerche ganz deutlich gehört», sagte Mistress Emilia spöttisch. «Die ersten Sonnenstrahlen färben den Himmel, die Nachtkerzen sind erloschen, und über die Dächer nähert sich der Morgen auf Zehenspitzen. Fliehen Sie, gehen Sie. In einem Wort: hinweg. Es muß sein.»

Sie lachten alle beide. Zweifellos waren sie im Begriff, sich zu verabschieden.

«Ich warte auf der Treppe», murmelte ich. Und bevor mich die Dienerin zurückhalten konnte, schlich ich hinaus. Ich streckte mich längelang auf der ersten Stufe aus, und Master Will mußte mich rütteln, um mich aufzuwecken.

Die Straßen hatten sich belebt, die Stadttore waren soeben geöffnet worden. Ich hatte nicht die leiseste Absicht, mich nochmals schlafen zu legen. Vor Master Wills Haus war Ned in ein lebhaftes Gespräch mit dem Wasserträger verwickelt. Wir warteten, bis er ihn bezahlt hatte.

«Nun, die Herren waren wohl auf galante Abenteuer aus?»

Neds Unverschämtheit war notorisch. Mir ist schleierhaft,

weshalb er nicht als Narr auftrat. Die Rolle schien ihm auf den Leib geschrieben.

Master Will war offenbar nicht gewillt, eine Erklärung abzugeben, und so entgegnete ich: «Keineswegs, wir arbeiteten.»

«Bring mir Wasser für meine Toilette», befahl Master Will in energischem Ton. «Und für Thomas auch.»

Ned ging nicht weiter auf die Sache ein, denn er kannte seinen Meister gut genug. Mehrmals an jenem Tag versuchte er mir zu entlocken, woher wir gekommen waren, aber auch ich konnte stumm sein wie ein Fisch.

Im Zimmer sah Master Will mich lange an, vielleicht rang er nach Worten. Ich kam ihm zuvor.

«Master Will, ich habe nichts gesehen und nichts gehört, ich weiß von nichts – Sie brauchen mir gar nicht zu befehlen, ich solle den Mund halten. Nur über den Mann, der Ihnen gefolgt ist, sollten wir reden. Jemand will Ihnen an den Kragen.»

«Es gibt verschiedene Möglichkeiten. Ich muß darüber nachdenken.»

Er zog sein Wams und sein Hemd aus, wandte sich ab und tauchte seine Hände ins Becken. Es war mir klar, daß er nichts mehr sagen würde.

Freitag, 5. Juni

Bis zu jenem Augenblick war mir nie aufgefallen, wie wenig ich eigentlich über Master Will wußte. Mir schien, ich sei den ganzen Tag mit ihm zusammen. Doch nach Einbruch der Dunkelheit sah ich ihn eher selten; eigentlich nur dann, wenn wir nach dem Abendessen bei einem vornehmen Herrn auftraten. Erst durch die Geschehnisse an jenem Abend und in jener Nacht wurde mir klar, daß uns ein Teil von William Shakespeares Leben verborgen blieb, daß wir von seinem nächtlichen Treiben keine Ahnung hatten.

Auch heute noch kommt Master Will mit wenig Schlaf aus: Nach vier Stunden fühlt er sich bereits wie ein Langschläfer. Am Nachmittag spielt er. Frühmorgens probt er mit uns: Er übernimmt nur Nebenrollen, denn er hat zu viel zu tun. Seine Anweisungen an die Schauspieler erfolgen Schritt um Schritt. Seit der Catherine in *Der Widerspenstigen Zähmung* bin ich nicht mehr aufgetreten, aber ich habe nicht vergessen, wie er bei unserer Arbeit vorgegangen ist, wie er mir jeden Gedankengang von Catherine erklärt hat. Wenn es darum geht, einen Schauspieler mit seiner Rolle vertraut zu machen, scheint Master Will allwissend und unermüdlich.

Und er schreibt, er schreibt unablässig.

Doch zurück zu jenem Winter. Je weiter ich komme, um so schwerer fällt es mir, aber es muß sein: *Purgatio*.

Ich habe mit Ned nie über diese denkwürdige Nacht bei Mistress Emilia gesprochen, aber vielleicht hat Master Shakespeare es getan, denn von diesem Augenblick an übernahmen wir die Rolle von Leibwächtern. Der eine ging als Diener voraus und bahnte sich mit Rufen einen Weg, der andere folgte unauffällig hinterher, bis an die Zähne bewaffnet und jedesmal mit einem anderen Mantel ausstaffiert, den wir von unseren Kumpanen oder aus dem Theaterfundus borgten (zum Glück war es kalt). Eine Zeitlang gab es keinen Zweifel: Master Will wurde verfolgt. Dann verschwanden seine Verfolger.

Wir blieben auf der Hut, aber sie hatten wirklich von ihrer Beute abgelassen.

Ich muß gestehen, daß mich das noch mehr beunruhigte, als wenn sie um uns herumschlichen. Waren sie Spione des Lordkämmerers? Suchten sie Beweise für die Untreue von Mistress Emilia? Bedeutete ihr Verschwinden, daß sie gefunden hatten, wonach sie suchten? Sollte Master Will Opfer eines dunklen Racheakts werden? Ich blieb weiterhin wachsam, aber wenn wir auf der Straße waren, hatte ich den Eindruck, daß zwei Augen nicht ausreichten, um den nötigen Überblick zu behalten.

In jener Saison traten wir fast immer mit den Schauspielern des Admirals auf, also waren Master James Burbage und Master Henslowe gleichzeitig unsere Meister, was die Dinge nicht vereinfachte. Jeder der beiden tyrannischen Herren wollte seinen Kopf durchsetzen. Unsere Spielpläne waren so eng verquickt, daß man sie eine Zeitlang kaum auseinanderhalten konnte. Master Greenes *Bruder Bacon* wechselte mit den beiden Teilen von Master Marlowes *Tamerlan,* mit Master Kyds *Spanischer Tragödie* und den verschiedenen Teilen von Master Wills *König Heinrich VI.,* seiner *Komödie der Irrungen* oder den *Beiden Veronesern.* Es gab noch andere Stücke, die wir nur ein-, zweimal spielten, weil sie nicht den erhofften Erfolg hatten.

Zwischen Weihnachten und dem Dreikönigstag wurden wir an den Hof eingeladen. Wir traten vier- oder fünfmal vor Ihrer Majestät auf, die unbedingt die drei Teile von *König Heinrich VI.* und *König Richard III.* sehen wollte.

Ich sah den Lordkämmerer ein einziges Mal in der Begleitung einiger seiner Söhne, aber natürlich ohne Mistress Emilia. Er hätte es nicht gewagt, seine Mätresse an den Hof mitzunehmen. Er wirkte durchaus vergnügt und bedachte Master Will bei dessen Auftritt nicht mit feindlichen Blicken. Ich warf mir vor, ich sei zu ängstlich gewesen.

Es war durchaus möglich, daß Master Will nicht wegen seiner Zuneigung zu Mistress Emilia verfolgt worden war.

Sie war dem Hof ferngeblieben, und doch hörte ich an einem dieser Abende, wie ihr Name fiel.

Wir trafen die letzten Vorbereitungen zum Auftritt. Mein Werk als Bühnenarbeiter war getan, ich stand schon als Soldat verkleidet da. Meine prächtige Rüstung hatte der Zeremonienmeister zur Verfügung gestellt. Die Musiker machten sich bereit, die Galerie zu betreten, und nützten den allgemeinen Lärm zum Stimmen ihrer Instrumente. Durch das Gemurmel der Leute und die Saitenklänge drang plötzlich eine Stimme an mein Ohr: «... ihr Vater war Battista Bassano, und es scheint, daß Ihre Majestät damals viel öfter Virginal spielte als heute und sie Battistas Begleitung außerordentlich schätzte. Sie ließ ihn häufig zu sich kommen. Nach seinem Tod hat sie seine Tochter nicht vergessen. Sie ordnete ihre Unterbringung bei der Gräfin von Kent an, die sie wie eine Ehrendame erzogen hat.»

Als ich den Namen Bassano hörte, wandte ich mich um. Einer von Emilias jungen Vettern, der Lautenspieler Robert Johnson, und der Flötist Alfonso Lanier redeten auf den Clown Will Kempe ein.

«Damals kannte ich sie auch», sagte Alfonso Lanier. «Sie ist eine Verwandte. Mein Vater hatte in zweiter Ehe ihre Base Lucretia geheiratet. Sie war ein bezauberndes Mädchen, musikalisch sehr begabt. Doch ich habe sie schon seit längerem aus den Augen verloren. Wie ist sie die Mätresse des Lordkämmerers geworden?»

«Das weiß ich auch nicht. Ihre Onkel väterlicherseits haben alles arrangiert. Unsere Familie, die Johnsons, schwankt zwischen Abscheu und Bewunderung. Die einen denken, sie hätte wie ihre Schwester eine gute Partie machen können. Sie war arm, das stimmt, aber man hätte schon einen Weg gefunden. An Liebreiz mangelt es ihr keinesfalls. Und die anderen finden, daß sie recht hatte, die Schmuckstücke und den Hof vorzuziehen.»

«Wohl eher den Hinterhof, denn der Lordkämmerer würde sie niemals hierher bringen.»

«Das ist wahr, aber sonst zeigt er sie überall herum. Und Ihre Majestät, die sich weigern würde, Emilia zu empfangen, ist bestens unterrichtet. Alle sind auf dem laufenden, darum wird sie nie einen Mann finden.»

«Ich würde sie schon morgen heiraten», erklärte Alfonso Lanier mit Überzeugung.

«Liebst du sie?» fragte Robert Johnson.

«Als sie klein war, fand ich sie niedlich. Seither habe ich sie kaum mehr gesehen, ich finde sie zu arrogant. Aber sie ist reich, sieht ganz gut aus und genießt höchste Protektion. Es gäbe Schlimmeres.»

«Nun gut, Alfonso, sag das den Bassanos; ich bin sicher, daß sie dich beim Wort nehmen werden», erwiderte Robert lachend, und Alfonso mimte eine gekünstelte Freude.

«Bei dieser Gelegenheit werde ich sie daran erinnern, daß ich gern in ihr Ensemble aufgenommen würde. Als ihr Neffe ...»

Der Souffleur trat energisch dazwischen.

«Hätten diese Herren vielleicht die Güte, die Ouvertüre zu spielen?»

Das war keine echte Frage. Die beiden eilten lachend davon, und ich nahm meinen Platz ein.

Samstag, 6. Juni

«Tom, ich muß dich um einen Gefallen bitten.»

«Aber Master Will ... Sie sind mein Meister; ich tue alles, was Sie mir befehlen.»

Ob zu Recht oder zu Unrecht: Heute scheint mir, daß dieser Wortwechsel den Auftakt zur großen Wende markiert.

Master Will streckte mir ein Kuvert hin.

«Bring das Lord Southampton, der sich in seinen Gemächern am Strand aufhält.»

Ich war erleichtert. Master Wills feierlicher Ton hatte mich zuerst befürchten lassen, er verlange von mir etwas Kompliziertes, Gefährliches, vielleicht gar Unerlaubtes.

«Hinterher», fuhr er fort, «bringst du diesen Umschlag Mistress Emilia. Nimm ein Pferd, sonst kommst du nicht rechtzeitig zur Probe.»

Er gab mir ein zweites Kuvert und einige Geldstücke.

«Ich beeile mich, Master Will.»

Ich war schon an der Türschwelle, als er mich rief: «Tom!»

Seine Stimme klang so erregt, daß es mir kalt über den Rücken lief. Ich drehte mich um. Master Wills große, graue Augen waren fest auf mich gerichtet.

«Ich setze alles auf eine Karte, Tom. Wenn wir etwas anderes sein wollen als Gaukler, brauchen wir die Protektion eines großen Herrn.»

«Wir haben Lord Strange.»

»Ja, das stimmt. Aber Lord Strange interessiert sich nicht für meine Person. Leute wie Nashe oder Marlowe mit ihrem Hang zu finsteren Mächten und Geisterbeschwörung, mit ihrer Faszination für die Schwarze Magie stehen ihm näher. Sie sind keine Gefühlsmenschen. Ich schon. Und ich brauche einen Herrn, der mich so nimmt, wie ich bin.»

«Sie denken, daß Lord Southampton ...»

«Ich weiß sehr wohl, daß du ihn nicht magst, und deshalb gebe ich dir auch keinen Auftrag, sondern bitte dich um einen Gefallen. Du sollst ihm dieses Sonett höchstpersönlich und mit einem Lächeln überreichen. Du wirst keinerlei Schwierigkeiten haben, zu ihm zu gelangen; man erwartet dich.»

«Und die Gräfin von Southampton?»

«Sie ermuntert mich, für ihren Sohn zu schreiben, solange es ihm beliebt. Ihr zufolge sieht er in mir eine Art Vater, und sie denkt auch, daß er auf mich hört, wenn ich seinen Launen nachgebe.»

Ich konnte mir ein skeptisches Hochziehen der Augenbrauen nicht verkneifen, was ihn zum Lächeln brachte.

«Ja, ich weiß, was du denkst. Auch ich habe den Eindruck, ich sei für ihn bloß so etwas wie ein Spielzeug. Doch ich brauche einen Protektor, und Lord Southampton ist ein leidenschaftlicher Liebhaber von Literatur und Poesie. Wenn er seine Rolle als vornehmer Herr für einen Augenblick vergißt, kann er sogar sehr angenehm sein. Er versteht es, die Leute für sich einzunehmen. Ob zu Recht oder zu Unrecht: Ich wittere da meine Chance.»

Er nahm ein Blatt vom Tisch.

«Da, lies. Es steht nichts Vertrauliches darin.»

Nein, jenen Reimeschmieden gleich ich nicht,
Die die gemalte Schönheit zart besingen,
Der Erde Pracht, ja selbst des Himmels Licht
Zum Schmuck und Rahmen ihrer Schönheit dingen;
Die ihre schwülstigen Vergleiche breiten
Um Sonne, Mond, um Erd und Meeresgrund,
Um Blütenflor und alle Kostbarkeiten,
Die sich vereinen unterm Himmelsrund.
O laßt mich, treu im Lieben, treu euch sagen,
Glaubt mir, mein Liebster ist so schön fürwahr,
Wie eine Mutter je ein Kind getragen,
Wie Himmelskerzen, doch nicht ganz so klar.
Der rede mehr, der sucht im Reden Heil,
Anpreisen will ich nicht, was mir nicht feil.

Master Wills Verse haben mich schon immer berührt.

«Nachdem du dieses Sonett Lord Southampton übergeben hast, bringst du seine Kopie der wirklichen Inspiratorin. In aller Diskretion, versteht sich.»

Ich seufzte.

«Weshalb tun Sie das, Master Will?»

«Aus mehreren Gründen. Zunächst einmal bin ich keine Versmaschine. Manchmal fallen mir drei Gedichte aufs Mal ein, dann erhält jeder sein eigenes, aber manchmal bringe ich gar nichts zustande. Wir arbeiten von Sonnenaufgang bis Sonnenuntergang am Theater, für Träume bleibt da nicht viel Zeit. Wenn ich nicht in der Lage bin, meinen Adressaten zwei verschiedene Sonette zu widmen, erhalten sie halt beide das gleiche. Und im übrigen verspreche ich dir – ohne als Sprachrohr von Meister Burbage auftreten zu wollen –, daß ich versuche, uns in sichere Deckung zu bringen, bevor es zu spät ist. Ohne Protektor sind wir nichts als Vagabunden, auf Gedeih und Verderben dem Londoner Bürgermeister ausgeliefert. Ich bin mir nicht sicher, ob Lord Strange uns noch lange beschützen kann. Du hast ja gehört, was Kit Marlowe gesagt hat. Schlimmer noch: was Topcliffe gesagt hat.»

Tatsächlich, ich hatte es gehört.

Es war an einem windigen Morgen im Februar gewesen. Auf dem Weg zu Master Shakespeare war ich ganz in seiner Nähe auf eine große Volksmenge gestoßen, die einer Hinrichtung beiwohnte. Auf solcherlei Spektakel war ich noch nie erpicht gewesen, aber diesmal blieb ich in der Menge stecken. Thomas Portmort, ein junger Jesuitenpriester, wurde im Hemd auf das Schafott geführt. Vor ihm stand der schreckliche Topcliffe. Sicher mußte man die Katholiken, die Ihrer Majestät feindlich gesinnt waren, im Auge behalten und auch bestrafen. Aber es ging um die Art und Weise: Topcliffe fand daran Vergnügen. Er folterte seine Opfer und beobachtete ihr Sterben mit Genuß. Viele Londoner verabscheuten ihn. An jenem Tag hielt Topcliffe eine Rede, von der ich einige Bruchstücke mitbekam.

«... decken Sie Ihre Lügen auf ... Gestehen Sie ... alles erfunden ...»

«Ich habe überhaupt nichts erfunden, das ist nicht meine Art», sagte Thomas Portmort mit gefaßter Stimme.

«Gestehen Sie! Gestehen Sie endlich ...», fuhr Topcliffe fort.

Ihre Worte gingen im eisigen Wind unter. Doch schließlich ging Pater Portmort die Geduld aus. In seiner schönsten Predigerstimme rief er den Herrn an und bat ihn um Verzeihung für seine Sünden.

«Miserere mei!» schrie er zwei- oder dreimal hintereinander.

Topcliffe glaubte schon gewonnen zu haben und rieb sich die Hände. Aber plötzlich wandte sich Thomas Portmort an die Menge, zeigte mit dem Finger auf Topcliffe und rief:

«Dieser Mann, der alle Macht über mein Leben hat, hat nicht die geringste Macht über mein Gewissen und mein Erinnerungsvermögen. Mit der Vorspiegelung eines Lebens am Hof in Luxus und Laster wollte er mich dazu bringen, meiner Religion abzuschwören. Er behauptet, er sei so vertraut mit Ihrer Majestät, daß sie ihm jederzeit Zutritt gewähre, er behauptet, er habe ihre Beine und Knie gesehen und ihren Bauch berührt. Er erfrecht sich zu erzählen, sie habe ihm ein seidenbesticktes Höschen aus weißem Leinen geschenkt. Für ihn ist der Erzbischof von Canterbury des Hofes nicht würdig und taugt bestenfalls als Küchenbursche, um den Schmutzfinken zu predigen. Er hat so abscheuliche Dinge gesagt, daß ich sie lieber nicht wiederholen möchte.»

«Lügen, Lügen eines Renegaten!» zeterte Topcliffe.

«Sei still, kleiner Mann! Hast du mir nicht auch gesagt, alle Stanleys seien Verräter und die Leute in ihrem Gefolge und in ihren Diensten Galgenfutter?»

Die Stanleys! Also der Graf von Derby, sein Sohn Lord Strange und alle in ihrem Umfeld, wir eingeschlossen!

«Das ist eine Lüge, der Mann führt gotteslästerliche Reden!»

In der beißenden Kälte hatten sich Thomas Portmorts sämtliche Körperteile, soweit sie nicht von seinem Hemd bedeckt waren, violett verfärbt. Hatte er sich bis dahin zusammengekrümmt, um sich ein wenig zu schützen, so richtete er sich nun in seiner vollen Größe auf, und seine Stimme wurde noch mächtiger.

«Ich bin ein armer Sünder und bedaure meine Fehler. Ich bereue meine Irrtümer und flehe den Herrn um Vergebung an. Glaubt ihr, daß ich in diesem Moment zu lügen wage, da ich mich darauf vorbereite, vor den himmlischen Richter zu treten? All das hat dieser Mann gesagt, und wenn ich ein Verräter bin, dann ist er mit seinen üblen Verleumdungen Ihrer Majestät ein um so größerer. Mehr habe ich nicht zu sagen. Scharfrichter, walten Sie Ihres Amtes.»

Im Gewühle der Menschen, die sich zusammendrängten, um ja kein Wort zu verpassen, war ich in die Nähe des Schafotts geraten. Panik hatte mich ergriffen. Ich wollte nicht zusehen, wie dieser Mann enthauptet wurde, für den ich Bewunderung zu hegen begann. Auf der Suche nach einem Fluchtweg hatte ich hinter mich geschaut … und plötzlich Master Will entdeckt. Er stand am Rande der Menschenmenge, und in seinen ausdrucksvollen Augen spiegelte sich eine Mischung aus Panik und Abscheu. Sein Anblick gab mir die nötige Kraft. Unter Einsatz der Ellbogen bahnte ich mir einen Weg zu ihm. Er sagte kein Wort, sah mich nicht einmal an, aber er legte mir in seiner gewohnten väterlichen Art den Arm um die Schultern und drückte mich fest an sich.

So verharrten wir für einen Augenblick, steif vor Kälte. Ich fixierte den Boden und wollte nichts sehen.

Dann ging ein Aufschrei durch die Menge. Die Hinrichtung stand unmittelbar bevor.

«Master Will …» Meine Stimme muß sehr flehend geklungen haben.

«Einverstanden, Kleiner, gehen wir.»

Eilenden Schrittes hatten wir uns zum Theater der Rose aufgemacht und waren schon in der Mitte der Brücke angelangt, als Master Will leise sagte: «Wie unendlich traurig das ist! Was für ein nutzloses Gemetzel! So ein bemerkenswerter Mann …»

«Kannten Sie ihn, Master Will?»

«Früher einmal. Er hat mir die *Reime* von Petrarca geschenkt.»

Fast zwei Monate waren seit dem Tag der Hinrichtung vergangen, aber ich dachte noch oft an Thomas Portmort und an Topcliffes Worte über unseren Lord Strange und seine Familie. Nur allzu leicht lassen sich Verbindungen konstruieren, auch wenn sie nicht gerechtfertigt sind. Solche Gedanken beschäftigten offenkundig auch Master Will.

Die Hand auf meiner Schulter brachte mich in die Gegenwart zurück.

«Tom! Heh, Tom! Was ist mit dir? Hast du gehört, was ich dir gesagt habe?»

Ich dachte wieder an meine Umschläge.

«Ja. Ja, Master Will. Dieses Sonett hier ist für Lord Southampton, das andere für Mistress Emilia. Diskretion und Liebenswürdigkeit, falls wir auf Lord Southamptons Protektion angewiesen sein sollten. Ich nehme ein Pferd, um keine Zeit zu verlieren.

«Ja, so ungefähr.»

«Haben Sie keine Angst, Lord Southampton könnte erfahren, daß seine Sonette zirkulieren?»

«Sie gehören nicht ihm. Es ist eine Geste von mir, und wenn jemand eine Kopie erhält ... Ich habe ihm nicht das Exklusivrecht versprochen. Nun geh, wir haben heute morgen noch zu arbeiten.»

An der Straßenecke nahm ich mir ein Pferd und ritt auf den Strand zu. Lord Southamptons dortige Unterkunft war weniger luxuriös als das Southampton House, doch wimmelte es ebenso von Dienern und Haushofmeistern. Der unvermeidliche Florio stellte sich mir in den Weg.

«Geben Sie her!»

«Lord Southampton hat befohlen ...»

«Ich kümmere mich um seine Post.»

«Mag sein, aber *mein* Herr hat mir aufgetragen, diesen Umschlag nur Seiner Exzellenz persönlich auszuhändigen; von Ihnen war nicht die Rede.»

«Mit Laffen Ihrer Art hat Seine Exzellenz nichts zu schaffen.»

«Wenn Sie befürchten, daß Ihnen etwas Wichtiges entgeht, kann ich Sie beruhigen. Es ist nur ein Gedicht, Ihr Herr wird es Ihnen später zeigen. Im Augenblick liegt die Wahl ganz bei Ihnen: Entweder Sie führen mich zu ihm, oder ich gehe und überlasse es Ihnen, ihm zu erklären, warum Sie mir den Zutritt verweigert haben. Und wenn ich gehen muß, dann selbstverständlich nur mit meinem Kuvert.»

Schließlich wurde ich vorgelassen.

«Ah! da kommt ja mein Merkur!» rief Lord Southampton mit dieser Unbekümmertheit, die nur schlecht über seinen energischen Charakter hinwegtäuschte.

Ich verbeugte mich und reichte ihm den Umschlag.

«Mit den Empfehlungen von Master Shakespeare, Eure Exzellenz. Ich bin untröstlich, daß ich nicht länger verweilen kann, aber ich werde zur Probe erwartet.»

«Eilen Sie, mein Herr, eilen Sie! Ich möchte die Qualität der heutigen Vorstellung um kein Jota beeinträchtigen, indem ich Sie aufhalte. Was wird denn gegeben?»

«Wir spielen zum ersten Mal den zweiten Teil von *Tamar Cam.*»

«Ah! etwas Neues! Vielleicht komme ich.»

«Ich werde die Platzanweiser davon in Kenntnis setzen, Eure Exzellenz. Auf Wiedersehen.»

Ich machte mich aus dem Staub.

Bei Mistress Emilia angelangt, überließ ich den Umschlag der Kammerzofe Marianne, die mir seit jenem Abend, an dem sie meine Tugend auf die Probe gestellt hatte, schöne Augen machte und gleichzeitig schmollte, weil ich hartnäckig darüber hinwegsah.

Sonntag, 7. Juni

Der Frühling verging ohne nennenswerte Ereignisse. Wir spielten jeden Tag, manchmal sogar zweimal. Zum Schreinern kam ich kaum mehr, da ich immer öfter auftrat. Ich war achtzehn oder neunzehn Jahre alt, aber immer noch bartlos und ohne Stimmbruch.

Der Lord-Mayor und sein Rat bemühten sich mit unverminderter Hartnäckigkeit um ein Verbot der Theater, denen sie alle Übel zur Last legten: Ihnen zufolge verdarben wir die Jugend, gaben mit unsittlichen Aufführungen ein schlechtes Beispiel und hielten Lehrlinge und Diener von der Arbeit, vom Besuch der Predigt und der sonstigen Andachten ab.

Die Theater selbst waren nach dem Lord-Mayor Brutstätten des Lasters, wo Diebe, Sittenstrolche, Prostituierte, Fälscher und Halsabschneider, kurz: der Abschaum der Gesellschaft, mit vereinten Kräften gegen Ordnung und Moral konspirierten. Für ihn gab es folglich nur eine Lösung: Die Theater mußten alle geschlossen und abgerissen werden.

Doch Master Tilney, der Zeremonienmeister, hatte dafür kein Gehör: Sicherlich steckte Ihre Majestät selbst dahinter, denn sie liebte das Theater und hat uns immer beschützt.

Ich erwähne das, um zu sagen, daß der Lord-Mayor auf einen guten Vorwand für ein Vorstellungsverbot lauerte. Am Ende dieses Frühlings hatte er ihn schließlich gefunden.

Eines Samstagabends gaben wir die Uraufführung von *A Knack to Know a Knave (Ein Kniff zur Ertappung eines Ganoven)*. Ich kann mich nicht erinnern, woher wir das Stück hatten, aber ich bin sicher, daß es nicht von Master Will stammte. Die Hauptrolle verkörperte Ed Alleyn. Ich war die Küchenmagd, die an die Stelle der von Sandro gespielten Heldin gesetzt wird. Während der Proben hatten wir viel Spaß, denn der Clown Will Kempe (dessen Tanz die Vorführung beschloß) geisterte ständig herum und ergötzte uns in den unpassendsten Momenten mit Possen, Wortspielen und überraschenden Tanzeinlagen, was Ed derart wütend machte, daß die beiden beinahe handgreiflich wurden. Wir hüteten uns davor einzugreifen. Ed und Will mochten sich bedrohen, beschimpfen, sogar prügeln, doch wenn einer von uns Lehrlingen die geringste Bemerkung zu ihren Auseinandersetzungen fallenließ, verbündeten sie sich sofort gegen uns: Ihre Streitigkeiten gingen uns nichts an, darin waren sie sich vollkommen einig. Wir hatten unsere Lager bezogen und zählten mit großer Erheiterung die Punkte bei diesen Duellen.

Am Tag der Premiere verlief alles glatt.

Dann aber ging die Sache schief.

Am Sonntag spielten wir erst nach den Gottesdiensten, also spät. Wir hatten bereits zu Abend gegessen, als Master Henslowe bei Master James auftauchte, weil ihm im Theater der Rose ein loser Balken aufgefallen war.

«Ein Balken? Was Sie nicht sagen! Das Theater wird doch nicht etwa zusammenkrachen.»

Es war zweifellos der Auftakt zu einer der sprichwörtlichen Auseinandersetzungen zwischen den beiden Meistern. Dick Burbage und ich saßen in einer Ecke und repetierten unsere Rollen für den Abend. Wir tauschten einen vielsagenden Blick aus. Da wir keine Lust hatten, einmal mehr zuzuhören, wie sich die beiden mit Beschimpfungen überhäuften, mischte ich mich ein.

«Ich kann ja nachsehen, wenn Sie wollen, es muß ohnehin noch einiges vorbereitet werden für die Vorstellung.»

«Ich begleite ihn, um ihm nötigenfalls zu helfen», beteuerte Dick.

Master James, vom üppigen Abendmahl offenbar versöhnlich gestimmt, lächelte über das ganze Gesicht: «Gute Idee! Tom und Dick werden nachsehen und uns Meldung erstatten.»

«Ich weiß nicht, ob ein Lehrling ...»

«Lieber Master Henslowe, glauben Sie einem Mann vom Fach, dieser Lehrling ist ein vertrauenswürdiger Bursche, er kennt das Theater in- und auswendig bis zum letzten Nagel. Unter unseren Zimmerleuten ist er einer der geschicktesten, und er steht kurz vor seiner Gesellenprüfung. Also worauf wartest du noch, Tom, steh nicht mit offenem Mund herum, hast du dir den Hut noch nicht aufgesetzt?»

Ich war so überrascht, aus dem Mund von Master James,

dem größten Griesgram aller Zeiten, ein solches Kompliment zu vernehmen, daß ich wie angewurzelt stehenblieb. Ich gab mir einen Ruck, wir nahmen unsere Hüte und machten uns auf den Weg. Es war wohl zwischen drei und vier Uhr nachmittags, ein prachtvoller Junitag, und im Sommer pflegten wir an Sonntagen um sechs Uhr aufzutreten.

Als wir am anderen Ufer der Themse in Southwark anlegten, sahen wir sofort, daß etwas los war. Die Straßen in dieser Vorstadt sind immer belebt, und die Männer, die sonntags trotz Verbot die Bordelle entlang des Flusses aufsuchen, sorgen für ein ständiges Kommen und Gehen. Doch an jenem Tag war das Gedränge in den Straßen noch größer als an anderen Sonntagen. Wir merkten bald, daß die Lehrlinge in der Menge in der Überzahl waren.

Wir gingen zur Rose, wo schon etliche Leute im Hinblick auf die Vorstellung am Werk waren, und inspizierten den besagten Balken. Einer der Pflöcke hatte sich etwas gelockert; mit kräftigen Hammerschlägen klopften wir ihn fest und verschafften uns Gewißheit, daß er sich nicht bei der ersten Erschütterung wieder lösen konnte. Dafür brauchten wir nicht mehr als eine Stunde.

Draußen war der Lärm inzwischen so laut, daß wir hinausgingen, um zu schauen, was los war. Der Auflauf war noch größer geworden, und es war unmöglich, sich einen Weg zur nächsten Anlegestelle zu bahnen. An eine Überquerung zu Fuß war ebensowenig zu denken, denn der Zugang zur Brücke wurde von einer kompakten Menschenmasse versperrt.

«Was ist denn hier los?»

«Wie, ihr fragt noch? Es geht um die Ungerechtigkeit.»

«Welche Ungerechtigkeit denn?»

«Wo kommen Sie denn her, junger Mann? Wir protestieren schon den ganzen Nachmittag.»

«Ersparen Sie mir lange Worte über Ihren Nachmittag; ich möchte wissen, worum es geht.»

«Vor einigen Tagen wurde der Lehrling des Hutmachers Master White von den Schutzmännern auf Befehl des Lordkämmerers festgenommen und in Marshalsea eingesperrt, dabei hat er gar nichts verbrochen.»

«Die Männer des Lordkämmerers werden ihn wohl nicht ohne Grund verhaftet haben», warf Dick ein.

«Doch, junger Mann, ohne Grund. Er ist ein ehrbarer Bursche aus guter Familie, da muß ein Irrtum vorliegen. Wenn Sie den besagten Lehrling kennen würden, wüßten Sie es. Im übrigen protestieren wir nicht nur, weil er von den Schutzmännern festgenommen wurde; wir protestieren auch gegen die Art und Weise. Mit blankem Säbel sind sie ins Haus eingedrungen, wo er wohnt. Sie haben die Hausherrin, die am Kamin saß und ihr Letztgeborenes stillte, bedroht und beschimpft und ihr dabei einen solchen Schrecken eingejagt, daß ihre Milch versiegte.»

«Ist dieser Lehrling nun inhaftiert oder nicht?»

«Sind Sie eigentlich taub? Das habe ich Ihnen doch gesagt, und zwar schon seit mehreren Tagen. Sonst würden wir nicht protestieren. Entweder sagt man uns, was er angestellt hat, oder man läßt ihn frei, das liegt auf der Hand. Wir verlangen, daß er freigelassen wird.»

«Und ihr protestiert hier? Erlauben Sie mir die Bemerkung, daß Sie ziemlich weit weg vom Gefängnis sind.»

«Schon, aber wir haben uns unter dem Vorwand versammelt, das neue Theaterstück anzuschauen. Und Sie werden staunen, mein kleiner Herr: Zwischen hier und dem Gefängnis ist die Menschenmenge so dicht, daß niemand mehr durchkommt.»

Wir blieben eine Zeitlang stehen und unterhielten uns mit Lehrlingen, von denen wir einige Geschichten über Brutalitäten hörten, die uns durchaus glaubwürdig erschienen. Wir wußten aus Erfahrung, daß sie wahrscheinlich zutrafen, denn die Aufseher von Southwark – einem besonders verrufenen

Quartier – waren nicht gerade zart besaitet, und es brauchte nicht viel, bis sie gegen Lehrlinge und andere «Personen niederer Herkunft» handgreiflich wurden, zu denen sie natürlich auch die Schauspieler zählten, selbst die berühmtesten unter ihnen.

Wir waren unschlüssig, ob wir versuchen sollten, uns zum Fluß durchzuschlagen (wo wir keine freie *Wherry* gefunden hätten, denn wir waren sicher nicht die einzigen, die auf dem Wasserweg heimgehen wollten), oder ob wir zur Rose zurückkehren sollten, als plötzlich Bewegung in die Menge kam und wir beinahe zertrampelt worden wären.

Schreie, Gebrüll, Schimpfworte, Flüche. Was war eigentlich los?

Dann sahen wir es: Den Degen in der einen Hand, den Stock in der anderen, rückten die Schutzmänner vor. Sie spalteten die Menge buchstäblich, indem sie mit der flachen Seite der Waffe auf die Köpfe einschlugen und dabei keineswegs zimperlich vorgingen, denn ihre Klingen waren blutbesudelt. Mit einem Sprung in eine Türöffnung konnten wir ihnen mit knapper Not entkommen und beobachteten, wie sie ohne Unterschied auf Lehrlinge und Gaffer einprügelten. Mitten im Handgemenge sahen wir empörte Bürger, die ihrerseits zum Degen griffen und die Schutzmänner attackierten, die zurückzuweichen begannen.

Der Tumult erreichte seinen Höhepunkt. Wie man uns hinterher erzählte, war der Lärm bis nach Shoreditch zu hören.

Schließlich traf eine ganze Truppe ein, vom Lord-Mayor an Ort und Stelle beordert, die den Schutzmännern beistand und die aufgebrachtesten der Lehrlinge festnahm. Ich brauche wohl nicht zu betonen, daß wir an jenem Nachmittag die Vorstellung ausfallen ließen.

Am folgenden Tag wurde das brutale Vorgehen der Schutzmänner eingestanden, alle Leute wurden freigelassen, aber das hinderte den Lord-Mayor nicht daran, noch heftiger als gewöhnlich gegen die Brutstätten der Korruption, des lasterhaften Lebenswandels, der Verworfenheit und Ausschweifung zu wettern, welche in seinen Augen die Theater sind, als wären die Schauspieler die Verantwortlichen für den Aufruhr und nicht seine eigenen Offiziere, die einen Unschuldigen verhaftet und auf eine gaffende Menge eingedroschen hatten.

Wir hielten noch etwa zwei Wochen lang die Stellung. Doch die Schikanen und Proklamationen häuften sich. Master Burbage und Master Henslowe, die sich ausnahmsweise einig waren, versuchten alles, um das Unheil abzuwenden. Aber ihre Bemühungen waren fruchtlos. Dazu kam noch das Gerücht, daß die Lehrlinge am Abend der Sommersonnenwende erneut eine große Versammlung abhalten wollten.

Die Stadtbehörden von London verstärkten die Wache während der beiden Tage um die Sommersonnenwende, die auf einen Samstag und Sonntag fiel, und ließen verkünden, daß jeder Meister für seine Dienstboten und Lehrlinge verantwortlich sei und er sie an den genannten Tagen auf sein eigenes Risiko ausgehen lasse. Das Tragen von Waffen war den Lehrlingen und Dienstboten untersagt. Jeder auf der Straße aufgegriffene Verdächtige würde auf der Stelle verhaftet, ebenso sein Meister. Und um Tagedieben und Kriminellen keinen Anlaß zu geben, sich in größerer Anzahl zusammenzurotten, würden bis zum Sankt-Michaels-Tag keinerlei öffentliche Vergnügungen geduldet.

Wir waren zu drei Monaten Nichtstun verdammt. Das jedenfalls glaubten wir. In Tat und Wahrheit sollte uns die große Pest während fast zweier Jahre um unseren Verdienst bringen.

Hier beende ich das erste Heft der
Purgatio
von Thomas Vincent
und genese allmählich
in den Drei Tauben in Brentford

«Nun, mein junger Baptiste, haben Sie sich von Ihren Papieren losreißen können?»

«Von Zeit zu Zeit muß ich das wohl. Aber dieser William Shakespeare interessiert mich. Ich bin gespannt, wie die Geschichte zwischen ihm und der schönen Emilia weitergeht.»

«Mir ist beim Lesen aufgefallen, daß der arme Thomas einige Mühe hatte, zur Sache zu kommen.»

«Das stimmt. Hätten Sie mir nichts davon gesagt, wäre ich wohl kaum auf den Gedanken gekommen, daß zwischen dieser Frau und ihm selbst ...»

«Alle drei haben sie schließlich das einzig Vernünftige getan: Sie sind sich aus dem Weg gegangen. Natürlich, zwischen Master Will und Tom hat es nie ein Problem gegeben, denn Master Will hat keine Ahnung gehabt ... Eins ist sicher: Emilia Bassanos Verdienst ist es, aus Tom einen erwachsenen Menschen gemacht zu haben.»

Einen Augenblick lang hing er seinen Gedanken nach.

«Auch Will hat sie einen großen Dienst erwiesen. Er hat sie verabscheut und in seinen Gedichten beschimpft, aber durch ihre Bekanntschaft hat sich sein Verhältnis zu den Frauen verändert. Im Bild, das er von ihnen gezeichnet hat, ist kein Anzeichen von Bitterkeit zu finden, im Gegenteil. Schlecht weg kommen bei ihm aber Leute, die ihre Freunde verraten, und Männer, die Frauen mißhandeln.»

Unser Gespräch fand am Kamin im Speisesaal der Herberge zu den Drei Tauben an einem außergewöhnlich strengen Wintertag Anfang Dezember statt. Je näher Weihnachten kam, um so beißender wurde die Kälte.

Der Arzt von Brentford und Mistress Joy, die Hebamme und Kräuterfrau, die etwas von einer Hexe hatte, waren einander spinnefeind und warfen sich gegenseitig vor, ihre Kranken umzubringen, aber in einem waren sie sich einig: Bei dieser Kälte konnte ich nicht nach London zurückkehren. Beide waren der Ansicht, daß einige Stunden in einer eiskalten Kutsche meinen Tod bedeuten würden. So sehr ich auch bedauern mochte, dieser Stadt, die ich seit meiner Kindheit nicht wiedergesehen hatte, immer noch fern zu sein, hatte ich mich doch dank Master John Lowins Gastfreundschaft, dank seiner Bücher und vor allem dank unserer Gespräche mit meinem Dasein als Genesender abgefunden. Es war ihm gelungen, mich vergessen zu lassen, daß die Drei Tauben nur eine Gaststätte waren; ich fühlte mich hier heimisch. Und in Jonas, der halb Lehrling, halb Knecht war, hatte ich einen gleichaltrigen Freund gefunden.

Mehr noch, ich entdeckte eine verschwundene Welt mit ihren Intrigen, ihren Schriftstellern und ihrem Theater. Natürlich konnte ich keinem in Genf, ja nicht einmal meinem Onkel Pierre in London von meiner Lektüre von Beaumont, Fletcher, Marston, Johnson und Shakespeare erzählen. Letzterer war mir wohl der liebste, weil mir sein menschliches, großzügiges Wesen aus den Seiten entgegentrat, die Thomas Vincent mit einer eiligen, gedrängten Handschrift bedeckt hatte, um Zeit und Papier zu sparen. Beim Übersetzen schlüpfte ich gewissermaßen in seinen Kopf hinein, und dieser Thomas, von dessen Aussehen ich keine Vorstellung hatte («wohlgebaut» war alles, was Master John dazu sagte), war für mich eine Art Bruder geworden.

Die Übersetzungsarbeit half mir, mein Ungemach geduldig zu ertragen, und während ich dieses erste Heft beendete, hatte ich das Gefühl, er sitze neben mir. Es spielte keine Rolle, daß dieser Neunzehnjährige sechzig Jahre vor mir gelebt hatte. Ich machte mir ein Bild von ihm, und da ich von Master John keine näheren Einzelheiten erfahren hatte, verlieh ich ihm graue Augen, kastanienbraunes Haar, eine hohe Stimme (das sagte er selbst) und eine schlanke Gestalt. Aus seinem Text ging im weiteren hervor, daß er tugendhaft, liebevoll, sensibel und erfinderisch war. Wie er verabscheute ich öffentliche Hinrichtungen, wie er trachtete ich danach, mein Handwerk gut auszuüben. Wie er hatte ich Freude am Lesen und Schreiben.

«Baptiste, darf ich Sie zu Tische bitten?»

Wir setzten uns zum Nachtessen.

«Sagen Sie, Master John, waren diese Lehrlinge tatsächlich solche Nichtsnutze, wie die Behörden behaupteten?»

Master John war im Begriff, den Löffel zum Mund zu führen. Von meiner Frage unterbrochen, bedachte er mich mit einem wütenden Blick. Jonas, der zu seiner Linken saß, verbiß sich das Lachen.

«Junger Mann!» donnerte Master John mit seiner Predigerstimme. Dann nahm er einen Löffel voll, ohne mich aus den Augen zu lassen, die Stirne in zornige Falten gelegt. «Keine Kategorie von Zuschauern war so schlecht angesehen wie die Lehrlinge. Man erachtete sie als eine jugendliche Bande von Tölpeln, Wüstlingen und Ruhestörern, die nur die plumpsten, abgedroschensten Späße verstanden, während die älteren Leute sich vornehm an den feinsinnigen Stücken ergötzten, die in den Theatersälen gespielt wurden. Aber das traf keineswegs zu. Die Lehrlinge bildeten die eigentliche Substanz des Theaters; sie haben es sogleich zu *ihrer Sache* gemacht. Diejenigen aus der älteren Generation, die nichts davon verstanden, sahen ihre Felle davonschwimmen und ergingen sich in Verunglimpfungen. In ihren Augen sollte jeder Lehrling Tag und Nacht ohne Unterlaß für seinen Meister schuften, und der kleinste Funken Unabhängigkeitsdrang war schon ein schweres Vergehen.»

Er erhob sich und ging im Speisesaal mit großen Schritten auf und ab, wobei er nach allen Seiten Bücklinge machte.

«Ja, Meister, gewiß, Meister, zu Ihren Diensten, mein Herr und Meister. So hätte der ideale Lehrling sein sollen: ein junger Mann mit Wollkappe und dunklem Umhang, der niemals auch nur den leisesten Gedanken an Seidenstickereien oder scharlachrote Strümpfe verschwendet. Ein Bursche in deiner Art, Jonas, nicht wahr? Ha, ha, ha! Und wehe ihm, wenn er eine Musik- oder Tanzschule besuchte, gar nicht zu reden vom Theater, dieser ständigen teuflischen Versuchung.»

Er stellte sich hinter seinen Stuhl, stützte sich mit der Hand auf die Lehne und beugte sich vor. Man glaubte einen Prediger auf der Kanzel zu sehen – Master John war wirklich ein glänzender Schauspieler: «Wer immer einen dieser Tempel Satans aufsucht, meine Brüder, wird dort nichts als einen Haufen Gesindel antreffen, doch waren diese Leute schon immer, was sie heute sind? Nein, meine Brüder, nein, meine Schwestern, diese Leute waren ursprünglich unschuldige Lämmer, aber sie wurden verdorben, und von wem? Ich will es euch sagen, meine lieben Gläubigen, ihr habt es selbst erraten – ja, schuld daran ist das Theater. Es hat sie zu Ungeheuern gemacht.»

Er setzte sich wieder und griff wütend nach seinem Besteck. Er aß zwei oder drei Löffel, und seine entrüstete Miene widerspiegelte die Gedanken, die ihm durch den Kopf gingen.

«In Wirklichkeit war es ganz anders», erklärte er schließlich. «Damals war auch ich ein Lehrling, auch ich ging ins Theater. Die Stücke von Master Greene, Master Kyd, Master Marlowe und Master Shakespeare haben unser Leben verändert und interessant gemacht, ohne daß wir deswegen zu Ungeheuern wurden. Wir diskutierten abendelang darüber – und ich möchte betonen, daß wir dabei niemandem schadeten. Wißt ihr, ein Stehplatz kostete damals nur einen Penny, also herrschte im Hof großes Gedränge, und wenn uns etwas nicht gefiel, bekundeten wir es hemmungslos. Das half dem Theater, wie ich später von Master Shakespeare erfahren habe, als ich mit ihm arbeitete: ‹John›, hat er gesagt, ‹die Lehrlinge sind unsere Richtschnur. Wenn sie zufrieden sind, ist das Stück gut. Wenn sie zu randalieren beginnen, müssen wir erneut über die Bücher gehen.›»

Er brach in schallendes Gelächter aus, wie es seine Art war.

«Was denkt ihr, aus welcher Ecke die meisten abschätzigen Bemerkungen über die Lehrlinge kamen? Ratet mal ...»

Er war so begierig, es selber zu sagen, daß ich den Ahnungslosen spielte und mich mit einem hilflosen Schulterzucken begnügte.

«Sie kamen natürlich von jenen Autoren, deren eigene Stücke durchfielen. Sie schrieben belanglose Werke, weil es ihnen häufig am Wissen mangelte, wie man für das Theater schreiben muß. Wir pfiffen sie aus, doch statt darauf zu reagieren wie Master Will, indem sie ihr Werk überarbeiteten, verkündeten sie, die noch nie etwas mit ihren Händen zustandegebracht hatten, die Lehrlinge seien Dummköpfe. Das war natürlich bequemer.»

Er beugte sich vor und richtete den Löffel wie eine Pistole auf mich.

«Nennen wir die Dinge beim Namen. Zu meiner Zeit zählten die Lehrlinge – das gilt übrigens auch für euch, denn daran hat sich nichts geändert – zu den hellsten Köpfen von London. Viele waren und sind Söhne von Gutsherren, von Bürgern, und aus ihren Reihen kommen die künftigen Notabeln, Bürgermeister und Minister. Ihre einzigen Vergehen sind ihre Jugend und ihre Vorliebe für Unterhaltung. Ein Lehrling ist kein herrenloser Vagabund, auch nicht als Theaterbesucher und nicht einmal als Anstifter zu einem Aufruhr. Ein Lehrling gehört zur Familie, er ist ein Sohn. Habe ich das gut gesagt, Jonas?»

Der angesprochene Lehrling saugte die Worte seines Meisters wie Honig auf. Ich hatte bereits bemerkt, daß dieser große, wortkarge Tolpatsch Master John verehrte und alles für ihn tun würde. Er las ihm jeden Wunsch von den Lippen ab, und nicht selten kam es vor, daß er die Dinge in die Hand nahm, wenn Master John etwas müde war (immerhin hatte dieser die Achtzig bereits überschritten, auch wenn man die meiste Zeit nicht daran dachte), und sich um Essen, Lieferungen und Bedienung kümmerte. Er war ein leidenschaftlicher Leser, und besonders liebte er es, Stücke laut vorzulesen, während Master John die Rolle, die er gespielt hatte, aus dem Kopfe vortrug.

«Das war sehr gut gesagt, Master John», bestätigte er.

«Sehen Sie, Baptiste, ich bedaure es, daß ich Jonas nicht ins Theater schicken kann. Darum habe ich ihm all die Bücher zu lesen gegeben, die Sie im Augenblick lesen. So hat er wenigstens einen Grundstock für den Tag, an dem das Theaterverbot aufgehoben wird. Es wird nicht ewig dauern, das spüre ich, davon bin ich überzeugt. Zu diesem Thema habe ich übrigens eine treffliche Passage im *Mercurius Fumigosus* gelesen.»

«Was ist denn dieser *Mercurius Fumigosus?*»

«Wie, darüber habe ich Ihnen noch nichts gesagt? Ich bin wirklich pflichtvergessen! Das ist ein regelmäßig erscheinendes Pamphlet, das sich vor den Augen sämtlicher Puritaner dieses Landes alle erdenklichen Freiheiten herausnimmt. Wir verschlingen es mit größtem Interesse, jedenfalls solange wir hier in Brentford sind.»

«Nach alledem, was Ihnen die Royalisten bei der Plünderung der Stadt angetan haben, müssen Sie wohl glühende Anhänger des Herrn Cromwell und seiner Rundköpfe sein.»

«Mein lieber Baptiste, merken Sie sich, daß es in England einen Menschenschlag gibt, der alles Extreme mißbilligt. Wir haben die Jesuiten nie gemocht und auch nie einen Hehl daraus gemacht. Aber was die fanatischen Puritaner betrifft, werfen wir sie mit den Jesuiten in einen Topf. Angesichts der Lebensumstände in den letzten zehn Jahren haben wir auch keinen Anlaß, unsere Meinung zu ändern. Jonas!»

«Master Lowin?»

Er senkte die Stimme, was einem Mann mit seinem Organ nicht leichtfiel.

«Wo hast du den letzten *Mercurius Fumigosus* versteckt?»

Jonas sah sich ängstlich um und flüsterte: «Am üblichen Ort, Master John.»

«Bring ihn her, damit ich ihn unserem Freund zeigen kann.»

Jonas warf mir hinter Master Johns Rücken einen entrüsteten Blick zu, dann erhob er sich und verschwand im Hausinneren. Bald kam er mit einem Heft zurück, das nicht gerade verlockend aussah: Es war aus billigem Papier, schlecht gedruckt und mit schlechtem Schnitt.

Master John blätterte es durch, fand die Stelle, die ihn interessierte, kam in meine Nähe und las mit gedämpfter Stimme:

«... Die bedauernswerten Schauspieler, die seit langem das schwere Joch der Armut zu tragen haben, ernähren sich und ihre Familien von Mangel, Seufzern und Tränen. Und doch hat keiner der armen Männer im Laufe dieses seit Jahren andauernden Winters ohne Ende den Beruf verleugnet, in dem er aufgewachsen ist. Alle sind sie im Leben und im Gespräch heiter und ehrlich geblieben. Keiner von ihnen hat sich eines dieser Vergehen zuschulden kommen lassen, welche die Armut häufig nach sich zieht. Die Schauspieler fuhren ganz einfach damit fort, geistreiche Leute zu zerstreuen. Und es könnte sein, daß sie mit ihrer diskreten Hartnäckigkeit die Zuneigung der besten Köpfe dieser Stadt und dieses Landes gewinnen. Es könnte sein, daß die Begeisterung der Bürger für das Theater eines Tages jenen zum Verhängnis wird, die es heute verbieten.»

Jonas warf einen Blick in die Runde, riß Master John mit einem zerknirschten Lächeln den *Mercurius Fumigosus* praktisch aus den Händen, steckte ihn in sein Wams und verschwand eiligen Schrittes. Als er zurückkam, waren wir schon wieder in der Vergangenheit eingetaucht, in der das Theater noch Bestandteil des Alltags gewesen war. Meine Neugier für die Zeit, in der John Lowin und Thomas Vincent einander gekannt hatten, war noch nicht gestillt.

«Sagen Sie mir, Master John, versäumten Sie nicht Ihre Arbeit, wenn Sie als Lehrling mitten am Nachmittag in eine Vorstellung gingen?»

Mit solcherlei Fragen konnte man Master John richtig in Schwung bringen.

«Ja und? Dafür arbeitete man vorher und nachher um so härter. An den Tagen, an denen ich ins Theater ging, ebenso am Tag davor und am Tag danach, war ich schon um fünf Uhr morgens in der Werkstatt statt um sieben. Mein Meister, der Goldschmied, war selber theaterbesessen und hatte sehr wohl gemerkt, daß ich, wenn er mich ohne Umstände ins Theater gehen ließ, hinterher um so eifriger bei der Sache war. Er gestattete mir sogar, als Statist aufzutreten.»

«Nach alledem, was ich gelesen habe, und wenn ich Ihnen so zuhöre, möchte ich nur allzu gerne eines dieser Stücke sehen», seufzte ich.

«Es war fan-tas-tisch.» Da sein Mund voll war, begnügte sich Master John mit diesen Worten.

«Erzählen Sie uns von einer dieser Vorstellungen, Master John! Was spielte sich da ab?»

«Das ist mir zu kompliziert. Ich wüßte nicht, womit ich beginnen sollte. Stellt mir lieber präzise Fragen.»

«Um welche Stunde zum Beispiel öffnete das Theater?»

«Um zwei Uhr im Sommer, im Winter schon um eins. Das Stück begann eine Stunde später.»

«Und wenn es so kalt war wie heute?»

«Nun, dann war es eben kalt. Ein Kranker in Ihrem Zustand wäre wohl zu Hause geblieben, ha, ha! Wobei das nicht einmal gesagt ist ... Wir drängten uns aneinander. In den sechzig Jahren Theater, die ich miterlebt habe, kann ich mich an keine einzige Vorstellung erinnern, die abgebrochen worden wäre, weil es regnete oder schneite.»

«Vielleicht kamen dann etwas weniger Leute?»

«Keineswegs! Eine Aufführung von *Tamerlan* oder von *König Heinrich VI.* lockte die Massen an, ganz unabhängig von der Temperatur.»

Eine Pause. Er ließ seine Gedanken schweifen.

«Heute könnt ihr euch kaum mehr vorstellen, was es für die Leute bedeutete, diese Stücke zu sehen. Sie hätten nie gedacht, daß so etwas möglich war. Auf der Bühne erschienen die Helden *ihrer* Geschichte und wirkten so echt, daß sie die Wirklichkeit übertrafen. Ich erinnere mich an einen Ausspruch von Master Tom Nashe, immerhin ein erbitterter Kritiker Shakespeares, der ihn bei jeder Gelegenheit als streberischen Kanzlisten bezeichnete: ‹Ah! Wie hätte sich Talbot, der Schrecken der Franzosen, über den Gedanken gefreut, daß er zwei Jahrhunderte nach seinem Tod auf der Bühne erneut triumphieren würde, daß Zehntausende von Zuschauern ihn beweinen würden, weil er in der Gestalt des Tragöden, der ihn verkörperte, lebend und leidend vor ihnen auferstand.› Ihr könnt euch sicher denken, daß angesichts solcher Wunder niemand auf die Temperatur achtete. Und jene, die sich unter offenem Himmel im Hof aufhielten, die Lehrlinge, Diener, Leute ohne Meister, die von Wissensdurst *erfüllt* waren – was sollten ihnen einige Regentropfen oder Schneeflocken ausmachen? Nicht das geringste. Die Puritaner behaupten, das Theater sei eine Schule des Lasters, aber da täuschen sie sich gewaltig.»

Seine mächtige Faust fuhr auf den Tisch nieder, daß Teller und Becher tanzten.

«Wie unser verehrter Lehrer Mulcaster sagte, ist das Theater eine Schule. Eine *Schule,* punktum. Wo sonst hätten denn die Analphabeten erfahren, was in unseren Chroniken steht? Wo hätten sie unsere lateinischen Meister kennengelernt? Wie viele dieser Habenichtse hätten je die *Menaechmi* gelesen? Wie viele hätten von Julius Caesar, von Brutus gehört? Dank Will haben viele Leute deren Reden kennengelernt, im Sommer wie im Winter. Nein, mein lieber Baptiste, die Kälte hat noch nie einen Zuschauer vom Theaterbesuch abgehalten.»

«Nun gut. Die Leute kamen also bei jedem Wetter zwischen ein und zwei Uhr oder zwischen zwei und drei. Und was taten sie, bis die Vorstellung begann?»

«Sie aßen, tranken, schwatzten. Gelegentlich wurde wohl auch etwas getätschelt, denn viele Frauen kamen allein ins Theater, und die Tugendwächter entsetzten sich darüber. Dabei war es doch harmlos im Vergleich zu den Handgreiflichkeiten, denen sie in dunklen Alleen ausgesetzt waren. Im Theater spielte es sich wenigstens unter aller Augen ab, und so wurde auch kein größerer Schaden angerichtet. Ich schließe auch nicht aus, daß einige Schelme ihre flinken Hände in die Taschen oder Börsen ihrer abgelenkten Nachbarn steckten.

Aber wo hat es schon keine Diebe? In ihrem trübseligen, puritanischen London sind sie jedenfalls nicht dünner gesät als in unseren Theatern. Gut, wo bin ich stehengeblieben? Ach ja. Etwa eine Viertelstunde vor Aufführungsbeginn spielten die Musiker auf, manchmal tanzten die Schauspieler eine Gigue, und um zwei oder drei Uhr schmetterten die Trompeter drei kräftige Fanfarenstöße, die Fahne wurde gehißt, und die Vorstellung begann.»

Einen Augenblick lang versank er in Träumereien. Seine Miene erhellte sich. Mittlerweile kannte ich ihn gut genug, um zu wissen, was geschehen würde. Ich war bereit für eine dieser Tiraden, nach denen ich lechzte. Wenn er spielte, verwandelte sich Master Lowin völlig: An seiner Stelle glaubte man wirklich Rollo, Andrucho, Falstaff, Heinrich VIII. und alle sonstigen Figuren zu sehen, von deren Text er, soweit ich es überprüfen konnte, buchstäblich kein Wort vergessen hatte. Als Einstieg begann er stets mit seiner Rolle, aber dann rezitierte er das ganze Stück, wobei Jonas und ich ihm manchmal das Stichwort gaben, das wir seinen Textbüchern entnahmen.

Ich machte es mir in meinem Stuhl bequem, und auch diesmal wurde ich nicht enttäuscht.

«Nicht alle können wir Herren sein, und nicht alle Herren
Können treue Diener haben. Seht ihr doch
Mehr als einen Knecht, der auf den Knien rutscht
Und sich in seiner kriecherischen Unterwürfigkeit gefällt,
Er schindet sich sein Leben lang wie der Esel seines Meisters
Für einen Hungerlohn. Doch im Alter wird er weggejagt.
Peitscht mir diese ehrlichen Kerle aus! Dann gibt es andere,
Die unter dem Gesicht der Pflichterfüllung
Ihr Herz allein an das hängen, was ihnen nützt;
Nur scheinbar unterworfen ihren Herren,
Von denen sie leben, und wenn sie ihre Taschen gefüllt haben,
Denken sie nur an sich selbst. Diese Burschen haben Witz,
Und ich bekenne, daß ich einer von Ihnen bin. Denn, mein Herr,

So sicher ihr Rodrigo seid,
Wäre ich der Mohr, ich wäre nicht Jago.
Ich bin in seinem Dienst, doch diene ich nur mir …

Welch schreckliche Person, dieser Iago! Ganz das Gegenteil meiner eigenen Natur. Dabei habe ich ihn Hunderte von Malen gespielt. Und mitten im Deklamieren hörte man das Knacken von Nußschalen, den krachenden Biß in einen Apfel, ganz zu schweigen von den *Psst!* der Leute, die ein Bier bestellen wollten, und vom *Plop!* der Flaschen, die geöffnet wurden. Aber das war einem gleichgültig, wißt ihr, es war sogar ein ziemlich erregendes Gefühl, gegen diese kleinen Störungen anzuspielen, um schließlich als der Stärkere hervorzugehen. Diese zahllosen Gesichter im Hof, die einem entgegensahen, diese Menschentrauben auf den Galerien … Am Ende stehe ich als Gefangener in Ketten da, Othello entleibt sich vor meinen Augen. Und Sandro Cooke sagt als Lodovico:

… Es liegt an Euch, Herr Gouverneur,
Die Strafe für diesen Schurken zu bestimmen.
Die Zeit, den Ort, die Marter. Sie soll gräßlich sein!
Ich will sogleich an Bord und dem Senat
Mit schwerem Herzen das Schreckliche berichten.
Finis. Musik.»

Jonas und ich applaudierten. Aus unserem bescheidenen Gastwirt war wieder der Tragöde John Lowin geworden. Nach einer würdevollen Verbeugung richtete er seine Augen auf uns, doch sein Blick galt etwas anderem, das in weiter Ferne lag.

«Sie erhoben sich alle zum Klatschen und schrien bravo.» Seine Stimme war ebenso weit weg wie sein Blick. «Und man hatte das Gefühl, man habe etwas Gutes getan – für sie, für sich selbst und für das Theater.»

Er kehrte in die Gegenwart zurück und wandte sich wieder an uns.

«Später, unter der Herrschaft von König Jakob und dann

von König Charles, sind wir oft in Sälen aufgetreten, die wir ‹Privattheater› nannten, weil die Eintrittspreise nur für ein vornehmeres Publikum erschwinglich waren. In diesen Sälen fanden fünf- bis sechshundert Leute Platz. Doch das war nicht das gleiche. Die Musik war diskreter, unsere Stimmen waren gedämpfter, unser Spiel verhaltener. Und auch die Reaktionen der Zuschauer. Aber genug der Reden. Junge Leute, ich brauche jetzt Ruhe. Ein alter Mann wie ich sollte nicht mehr den Iago spielen.»

«Die Lehrlinge kamen also nicht in die privaten Theater?»

«Natürlich nicht. Woher hätten sie denn die sechs Penny für den Eintritt nehmen sollen? Für einen Lehrling war schon ein Penny viel Geld. Aber jetzt hört auf, mir weitere Fragen zu stellen. Ich sage kein Wort mehr. Auch Sie sollten sich nun ausruhen. Sie haben es nötig. Und du, Jonas, an die Arbeit!»

Er erhob sich und ging gemessenen Schrittes zur Türe. Auf der Schwelle hielt er überaus theatralisch inne, drehte sich um und verkündete: «Weihnachten rückt näher. Es wird zwar weder *Othello* noch der *Doktor Faustus* oder *Die spanische Tragödie* sein, aber wir werden im Hof sicher ein paar Kostproben zeigen. Wenn Sie zusehen wollen, mein kleiner Baptiste, dann nur unter der Bedingung, daß Sie sich bis zur Nasenspitze einmummen. Schließlich möchten wir Sie Ihrer Familie wohlbehalten zurückgeben.»

Damit trat er ab. Jonas und ich tauschten hinter seinem Rücken ein Lächeln aus.

Christopher (Kit) Marlowe

Zweites Heft
der Erinnerungen von Thomas Vincent
an seine Zeit
als Schauspielschüler
des Herrn Shakespeare

Mittwoch, 10. Juni

Der Sommer ließ sich wie ein ganz gewöhnlicher Sommer an, nur daß die Zwischenfälle mit den Lehrlingen und die vorzeitige Schließung der Theater in der warmen Jahreszeit unsere Abreise beschleunigten. Wir haben seither so viele Tourneen unternommen, daß ich mich der damaligen kaum mehr entsinne. Immerhin weiß ich, daß Master Will nicht bei uns war, und ich erinnere mich an einen Auftritt in Canterbury. Doch kaum hatten wir dort eine, vielleicht zwei Vorstellungen gegeben, erhielt ich von Master James Burbage die Nachricht, ich solle so schnell wie möglich nach London zurückkehren. Er gab vor, er brauche mich dringend.

Für die Sommertourneen haben wir unsere Aufführungen jeweils vereinfacht, weil nie alle mitkamen. Mit meinem Weggang fehlte der bereits geschrumpften Truppe also nicht nur einer ihrer Zimmermänner, sondern auch ein Schauspieler, und an denen mangelte es ohnehin schon.

«Was ist bloß in Vater gefahren?» beschwerte sich Dick Burbage. «Er müßte doch wissen, daß wir hier auf jeden angewiesen sind. Wie soll ich dich denn ersetzen?»

Aber sein Vater war halt der Theaterdirektor. Dick gab mir schließlich etwas Geld, damit ich mir ein Pferd mieten konnte, und ich ritt unter vielen Seufzern durch Kent nach London. Ich hatte mich auf diese Tournee gefreut. Es war im Juli, überall war die Ernte im Gang, und die Reise in Begleitung eines Warenkonvois verlief angenehm. Für einmal war ich bei der Ankunft nicht bis auf die Haut durchnäßt.

An der Holywell Street fand ich Frau Burbage vor, die finster dreinblickte.

«Dein Meister ist im Augenblick nicht da. Geh und mache dich frisch; du wirst ihn noch früh genug zu Gesicht bekommen.»

«Was ist denn los, Mistress Burbage? Habe ich etwas verbrochen?»

Ihre erstaunte Miene beruhigte mich.

«Du? Nein, nein, hab keine Angst. Im Gegenteil. Master James hat dich kommen lassen, weil er großes Vertrauen in dich setzt.»

«Ist etwas vorgefallen?»

«In der Tat. Aber du wirst es in Kürze vom Meister selbst erfahren. Geh und wasche dich. Ich habe dir Wasser bereitstellen lassen. Bei der Pest, die überall grassiert, ist Sauberkeit von größter Wichtigkeit.»

Die Pest ist im Sommer das Schreckgespenst eines jeden, und die Mahnung von Mistress Burbage stimmte mich nicht sehr zuversichtlich.

Master James ließ nicht lange auf sich warten. Kaum war ich wieder angekleidet, hörte ich, wie er das Haus betrat.

«Er ist angekommen? Nun schön!» rief er als Antwort auf die mir unverständlichen Worte seiner Frau.

Ich beeilte mich. Master James wartete nicht gern.

«Thomas», begann er in feierlichem Ton, als wir uns am langen Tisch des Eßzimmers gegenübersaßen, aus dem seine Frau die Mägde verscheucht hatte, «Thomas, dir ist wohl klar, daß ich meinem Sohn einen so fähigen Burschen wie dich nicht ohne zwingenden Grund wegnehme.»

Was sollte ich darauf erwidern? Ich begnügte mich damit, ihn wortlos anzusehen.

«Du weißt, Thomas, daß Will Shakespeare dich liebgewonnen hat.»

«Ja, Meister, das weiß ich. Auch ich habe ihn sehr gern.»

«Eben. Du weißt auch, daß Will, der Sohn eines Freundes, den ich liebe wie meine eigenen Söhne, in gewissen Dingen der unvernünftigste Mensch ist, den man sich denken kann.»

Das Gespräch nahm eine Wende, die mir nicht sonderlich behagte. Aber ich zog es vor, weiterhin stumm zu bleiben.

«Ich weiß nicht, wie lange wir es uns noch leisten können, in den Diensten von Lord Strange zu stehen, und seit einiger Zeit mache ich Lord Hunsdon meine Aufwartung, der mich oft beschützt hat. Nein, sag nichts, warte.»

Allmählich ahnte ich, worauf er hinauswollte.

«Sicher ist dir nicht entgangen, daß Will seit Beginn der Saison von einer Dame eingenommen ist, die er besser nie kennengelernt hätte. Seit einigen Wochen ist er allein in London und hat keine andere Beschäftigung als das Schreiben. Sonst kümmerte er sich hingebungsvoll um dich, aber auch du warst weg. So hat er mehr und mehr Zeit darauf verwendet, der besagten Dame Besuche abzustatten. Selbst des Abends.»

Er legte eine bedeutungsvolle Pause ein, und seine durchsichtig grauen, eiskalten Augen durchbohrten mich mit einem so intensiven Blick, daß ich errötete.

«Ha, ha!» brüllte er, «du wußtest es!»

Was sollte ich antworten?

«Du wußtest es und hast mir nichts gesagt?»

«Was hätte ich Ihnen denn sagen sollen, Master James? Ich bin als Lehrling bei Master Will, nicht als Spion.»

«Das ehrt dich, mein Kleiner, aber du mußt verstehen, daß die Tollheit eines einzelnen unsere ganze Truppe in Gefahr bringt. Wills Liebesabenteuer waren stets flüchtig, im Grunde ist er ein guter Vater und Ehemann; anfänglich habe ich auch seinem jüngsten Abenteuer keine Beachtung geschenkt. Aber daß es ausgerechnet diese Frau sein mußte, in die er sich vernarrt hat!»

«Was hätte ich denn tun sollen? Und was soll ich Ihrer Meinung nach unternehmen, Master Burbage?»

«Will hat eine Einladung erhalten, den Sommer mit Lord Southampton zu verbringen. Ich habe ihn schließlich dazu gebracht, seine Familie zu besuchen. In wenigen Tagen wird er aus Stratford zurückkehren. Hätte ich ihn gewähren lassen, wäre er nicht abgereist, obwohl er gewöhnlich seine Kinder ins Feld führt, um die Tournee abzusagen. Außerdem wurde mir ein wahrlich beunruhigendes Gerücht zugetragen: Diese kleine Idiotin, Tochter eines einfachen Musikers, prahlt damit, daß William Shakespeare Sonette für sie schreibt.»

«Mir ist zu Ohren gekommen, daß sie sehr schwatzhaft sein soll.»

«Ich bin Sir George Carey begegnet, dem Sohn des Lordkämmerers. Mit ihm unterhalte ich seit Jahren ausgezeichnete Beziehungen. Er war immer sehr großzügig, wenn wir bei ihm auftraten. Er hat mir gesagt, er würde niemals zulassen, daß man mit dem Finger auf seinen Vater zeigt, weil dessen Mätresse, die kleine Bassano, ihn mit einem Schauspieler oder einem Musiker betrügt – denn vor ungefähr einer Woche kam mir auch zu Gehör, daß sie äußerst vertrauten Umgang mit einem unserer Musiker pflegt, diesem Taugenichts von Alfonso, dem die Aussicht, ein Hofmusikant zu werden, in den Kopf gestiegen ist. Dieser Bursche ist ein ganz leidlicher Flötenspieler, aber im Leben ist er ein Scheusal. Dazu kommt, daß diese beiden Männer, mit denen sie sich so schamlos in aller Öffentlichkeit zeigt, Mitglieder unserer Truppe sind, und diese Truppe steht in den Diensten von Lord Strange, der am Hof erbitterte Feinde hat. Wenn man ihn durch uns, die bekanntesten seiner Schützlinge, bloßstellen kann, wird man es tun. Wills Eskapaden wären ein willkommener Vorwand, und glaube ja nicht, daß man das nicht ausnützen wird.»

Auf einen Schlag wurde mir klar, welche Gefahr von Master Wills Liebesverhältnis ausging.

«Aber nochmals, Master Burbage, was kann ich tun? Ich bin weiter nichts als ein Lehrling.»

«Du wirst Master Will begleiten, wohin Lord Southampton ihn auch mitschleppt, und sollte diese Frau ihm folgen, benachrichtigst du mich auf der Stelle. Wie ich vernommen habe, ist Lord Southampton ebenso verrückt wie Will. Gott sei Dank geht es bei uns in fünf, sechs Wochen wieder los; dann wird Will keine Zeit mehr haben für Dummheiten. Übrigens hindert dich nichts daran, ihn zur Pflicht zu rufen, falls ...»

Ich hob die Hand, um ihn zu unterbrechen.

«Master Burbage, wenn Master Will mich mag, so deshalb, weil er weiß, daß ich mich nicht in seine Angelegenheiten einmische. Ich kann nichts versprechen, aber ich werde mir alle Mühe geben, ihn zu beschützen, und sollte ich es nicht alleine schaffen, werde ich Sie zu Hilfe rufen.»

In den darauffolgenden Tagen suchte ich in Erwartung von

Master Wills Rückkehr meine Eltern auf. Ich legte bei meinem Vater Hand an und stattete John Lowin einen Besuch ab, der neben seinem Goldschmiedehandwerk bei den Schauspielern von Lord Worcester die Grundlagen des Theaters erlernte.

Ich trieb mich auch in der Gegend von Westminster herum in der Hoffnung, «zufällig» Mistress Emilias Kammerzofe Marianne über den Weg zu laufen, was mir (mit etwas Hartnäckigkeit) auch gelang.

«Sieh an, da ist ja mein schöner Gleichgültiger!» rief sie schmollend. Ich lachte, denn ich war überzeugt, daß die junge Frau sich nicht für mich interessierte: Ich betrachtete ihr Werben um mich als ein Spiel, als Erinnerung an eine Nacht, in der sie bloß mit mir hatte anbändeln wollen, um die Zeit totzuschlagen.

«Geht es Ihnen gut, Fräulein Marianne? Wir haben uns schon so lange nicht mehr gesehen, daß ich Sie beinahe nicht wiedererkannt hätte. Sie sind hübscher geworden.»

«Ach! Diese Schauspieler! Sie tischen einem so ungeniert Albernheiten auf, daß man fast versucht ist, ihr Gerede für die Wahrheit zu halten.»

«Und wie befindet sich Ihre schöne Herrin?»

«Hat Sie etwa Ihr Meister beauftragt, Erkundigungen einzuziehen?» Sie trat auf mich zu und ließ mir keine Zeit zu protestieren. «Sagen Sie ihm, er solle sich in dieser Gegend nicht blicken lassen, nicht einmal von ferne. Lord Hunsdon ist in London, und er lebt sozusagen ständig hier, denn in Blackfriars, wo er seine Unterkunft hat, sind Fälle von Pest ruchbar geworden.»

Sie faßte mich am Ellbogen und zog mich mitten auf die Straße, damit niemand sie hören konnte.

«Sir George Carey, Lord Henrys Sohn, hat meine Herrin besucht und ihr mit dem Tod gedroht, wenn sie Ihren Herrn oder sonst jemanden wiedersehen sollte, solange sie die Mätresse des Lordkämmerers ist.»

«Ist es wahr, daß sie ihre Gunst Alfonso schenkt, dem Flötisten, der manchmal für uns und manchmal am Hofe musiziert?»

«Ganz und gar nicht. Es sind ihre Onkel, die Bassanos, die um jeden Preis möchten, daß Alfonso sie heiratet, weil sie einen Flötisten brauchen. Aber», fuhr sie fort und imitierte dabei den italienischen Akzent von Anthony Bassano, den ich ebenfalls kannte, «in unser Konsorrtium von *Pifferi* nehmen wir keinen auf, der nicht zur *Famiglia* gehörrt.»

Sie war so unwiderstehlich komisch, daß ich hell auflachte.

«Doch sagen Sie mir, was hat Ihre Herrin denn auf Sir George Careys Drohungen geantwortet?» fragte ich, als wir uns wieder beruhigt hatten.

«Was sollte sie ihm schon entgegnen? Sie mußte wohl oder übel einlenken. Ich an ihrer Stelle hätte mich als Lord Henrys Mätresse ein paar Jahre lang möglichst ruhig verhalten und wäre solchen gefährlichen Situationen aus dem Weg gegangen. Aber sie ... Sie langweilt sich halt, sie ist einfach anders.»

«Inwiefern ist sie anders?»

«Manchmal denke ich, sie hätte als Mann auf die Welt kommen sollen. Sie verschlingt Bücher, deren Titel mir bereits Kopfschmerzen verursachen. Sie raucht. Sie flucht. Sie schreibt Gedichte. Sie musiziert ... haben Sie sie schon auf dem Virginal spielen gehört? Oder auf der Laute? Oder auf der Flöte?»

«Einmal.»

«Dann wissen Sie, daß sie den größten Virtuosen das Wasser reichen kann.»

«Wollen Sie damit sagen, daß sie Torheiten begeht, weil sie zu viele Dinge weiß?»

«Nein! Sie braucht Leute, mit denen sie diskutieren kann; deshalb lädt sie die Herren ein, die aber nur eines im Kopf haben: Sie wollen davon profitieren. Das gilt auch für Ihren Meister.»

«Er liebt sie abgöttisch.»

«Das ist wahr. Er ist anders. Er unterhält sich wirklich von Mensch zu Mensch mit ihr und behandelt sie mit Respekt. Er hat sie die Kunst des Dichtens gelehrt, er hat mehr für sie getan als andere.»

«Liebt Ihre Herrin ihn nicht?»

«Jedenfalls nicht abgöttisch, wenn Sie mich fragen. Auch darin ist sie besonders. Sobald ein Verehrer über beide Ohren in sie verliebt ist, schwindet ihr Interesse an ihm. Aber sie schätzt Master Shakespeares Anwesenheit. Manchmal.»

Sie schaute mich nachdenklich an.

«Meiner Meinung nach hat sie auf die falsche Karte gesetzt. Man sagt ihr nach, sie sei eine Kurtisane; sie hätte sich nicht auf intime Beziehungen mit Männern einlassen sollen. Aber sie war zu jung, um das zu begreifen, und ihr fehlte der Rat ihrer Mutter.»

«Wie alt ist sie?»

«Zweiundzwanzig oder dreiundzwanzig Jahre. Aber sie war erst sechzehn oder siebzehn, als der Lordkämmerer sie genommen hat, dieser alte Bock!»

«Marianne!»

«Und glauben Sie mir, sie hatte keine andere Wahl, was immer man Ihnen erzählen mag. Nach der ersten Nacht mit ihm wollte sie Hand an sich legen. Sie sah mitleiderregend aus. Ich war noch nicht in ihrem Dienst, aber man hat es mir gesagt. Ich glaube, sie hat sich nie richtig damit abgefunden, ihm zu gehören. Doch in solchen Fällen ist stets die Frau im Unrecht. Wäre ich damals schon bei ihr gewesen, hätte ich versucht, sie zu warnen.»

«Immerhin hat sie niemand dazu gezwungen.»

«Ich bin nicht so sicher, ob ihre Onkel und Vettern sie nicht doch wie einen Bauern auf dem Schachbrett benutzten. Jedenfalls haben sie sie ebensowenig zurückgehalten wie eine ihrer zahlreichen Tanten.»

Diese Marianne wurde mir nachgerade sympathisch. Sie

war unbestreitbar hübsch: groß, rothaarig, mit tiefblauen Augen.

«Und jetzt?» fragte ich, um die lasterhaften Gedanken zu vertreiben, die ich in mir aufkeimen fühlte.

«Nun wird Lord Henry alt, sein Sohn nimmt die Geschäfte an die Hand, und die Mätresse des alten Herrn ist Teil dieser Geschäfte. Jetzt muß ich aber gehen. Und Sie dürfen Ihren Meister unter keinem Vorwand in ihre Nähe lassen, ist das klar? Selbst dann nicht, wenn sie ihn rufen läßt. Versprechen Sie es mir.»

Sie streckte mir die Hand hin. Ich beugte mich darüber und küßte sie. Sie errötete, zog ihre Hand hastig zurück und lachte ein wenig zu laut.

«Ach, diese Schauspieler sind alle die gleichen Charmeure!»

Eilig machte sie sich aus dem Staub. Kein Zweifel, sie war wirklich eine Schönheit.

Freitag, 12. Juni

Wie gesagt, es sollte ein ungewöhnlicher Sommer werden.

Master Will kam etwa zur vorgesehenen Zeit zurück. Ich berichtete ihm sogleich, was ich erfahren hatte.

«Danke, mein Kleiner», sagte er mit finsterer Miene.

Wir trafen Vorbereitungen für die Abreise. Am Abend, bevor wir bei Lord Southampton erwartet wurden, kam John Heminges zu Master James, wo wir dinierten.

«Habt ihr das gesehen?»

Er warf ein Heftchen auf den Tisch. Wir reckten die Hälse, um das Titelblatt zu entziffern.

«*Ein Quodlibet für einen arrivierten Höfling,* von Robert Greene.»

«Schon wieder!» rief Master Will zwischen zwei Bissen. «Er produziert Texte am laufenden Band.»

«Ja, aber in diesem ist von uns die Rede, und in welchen Worten ...»

Er nahm die Schrift, blätterte darin und fand die Stelle, die er uns vorlesen wollte.

«Die Schauspieler sind Leute von derart niederer Herkunft, daß sie höchst vulgär sind: Ich rede hier nicht von ihrem Aussehen oder ihrer Aufmachung, denn hierin sind sie Pfauen, buntscheckige Arschlöcher, sondern von ihrem Leben ohne jede Raffinesse; alle Mittel sind ihnen recht, selbst die nichtswürdigsten, um sich mit einer Krone zu schmücken ... Sie erlauben sich, Leute wie uns auf die Bühne zu bringen, sie als Narren hinzustellen, sich über sie lustig zu machen, und dies in Stücken, die sie von uns haben, denn auch der Eingebildetste unter ihnen lebt nur von den Brosamen auf unserem Tisch. Und so weiter.»

Master Will schüttelte den Kopf.

«Wir sind Bauerntölpel, ungehobelte Kanzlisten, Affen, Bettler, Diebe – das alte Lied. Er haßt uns.»

John lachte.

«Ich glaube, er haßt die ganze Welt. Das ist eines von vielen Mitteln, um nicht daran denken zu müssen, daß er sein eigenes Leben verabscheut. Dich haßt er noch etwas mehr als die anderen, weil du dir herausnimmst, erfolgreiche Stücke zu schreiben und dazu noch Schauspieler zu sein: Für Greene bist du der größte Konkurrent. Er kann nicht einmal über dich herziehen, weil du ihm nichts stiehlst. Kannst du dir das vorstellen? Armer Rob Greene! In letzter Zeit trinkt er noch maßloser als sonst, und er scheint sehr krank zu sein. Er hat keinen Elan, er ist aufgedunsen, jedes seiner Worte trieft vor Gift ...»

Master Will seufzte.

«Wie schade. Ein solches Talent ... Nun, ihr könnt sagen, was ihr wollt, aber diese Schöngeister scheinen mir alle von Problemen geplagt. In Oxford und Cambridge bringt man ihnen schlechte Gewohnheiten bei. Auch Kit Marlowe hält sich ständig im Gerede mit seinen Eskapaden.»

«Gib bloß acht», sagte John leicht errötend, «daß man nicht von deinen spricht. Sie sind anderer Art und schaden vielleicht nicht deiner Gesundheit. Aber sie gefährden dein Leben und vielleicht auch das unsere.»

Der scheinbar so schüchterne John Heminges war für seine Offenheit bekannt. Master Will lächelte.

«Ich tue mein Möglichstes, mein Freund. Aber ich muß zugeben, daß es mich völlig unvorbereitet gepackt hat wie ein Fieberanfall. Es gibt Momente, in denen ich mir selbst mit größter Verblüffung zusehe: Warum liebe ich diese Frau? Und vor allem, warum liebe ich sie immer noch? Ich liebe ihr braunes Harr, wo ich doch sonst für Rothaarige schwärme, ich lasse mich mit hohlen Worten an der Nase herumführen, ich weiß, daß sie lügt, aber es ist mir gleich. Manchmal bin ich sogar gerührt, denn ich merke, daß sie es zu ihrem eigenen Schutz tut. Wenn sie nicht da ist, sehe ich das alles vollkommen deutlich, aber ihre Anwesenheit macht mich blind.»

«Es muß wohl etwas an ihr sein, was andere nicht haben.»

Master Will dachte lange nach. Ich hielt den Atem an, um ihn nicht an meine Gegenwart zu erinnern, denn sonst hätte er niemals so offen mit seinem großen Freund John Heminges gesprochen.

«Wenn sie mit einem redet, geht es nicht bloß um ein belangloses Geplauder», sagte er schließlich mit abwesendem Blick. «Sie hat wirklich etwas zu sagen. Und kein Autor auf der Welt kann dir die Schönheit so gut nahebringen wie die Augen einer Frau, vor allem wenn sie nicht oberflächlich, sondern klug ist. Weißt du, daß sie angefangen hat, meine Sonette mit vorzüglichen Versen zu beantworten? Das habe ich noch nie erlebt. Und wie sie musiziert … Wenn sie zur Laute greift, glaubt man Master Dowland zu hören. Oder Master Morley, wenn sie sich ans Virginal setzt. Oder ihren Onkel Anthony Bassano, wenn sie Flöte spielt. Sie kennt die

Musiktheorie bis in alle Einzelheiten. Sie unterrichtet mich darin. Mit ihr langweilt man sich nie.»

«Kurz, du würdest sie zur Frau nehmen, wenn du nicht schon verheiratet wärst.»

«Niemals! Die Liebe, die aus einer Wesensverwandtschaft erwächst, ist per definitionem unbeständig: Sie ist bedroht von Kriegen, Tod, Krankheit, Überdruß; sie ist so momentan wie ein Schrei, so flüchtig wie ein Schatten, so schnell wie ein Traum, sie ist wie ein Blitz in der Schwärze der Nacht. Für einen Augenblick erhellt er Himmel und Erde. Doch bevor man sagen kann: ‹Seht!›, hat ihn die Finsternis schon verschlungen.» Er seufzte. «Der Glanz der Dinge ist leider nur allzu vergänglich. Man kann eine Ehe nicht auf derart unsichere Grundlagen bauen.»

Samstag, 13. Juni

Am nächsten Tag klopften wir am Strand an die Türe von Lord Southampton. Ned begleitete uns nicht, weil er sich unwohl fühlte.

«Ah, da kommt endlich mein Dichter», rief Lord Southampton, als wir vorgelassen wurden. «Ich war schon fast verzweifelt. Nein, nein, Sie brauchen sich nicht zu entschuldigen, Master Burbage hat mir gesagt, daß Sie familiäre Verpflichtungen hatten. Ich wollte Sie so schnell als möglich sehen, weil mir etwas vorschwebt, und ich fürchtete, Ihre Verspätung könnte das Vorhaben gefährden.»

«Eure Exzellenz, ich bin untröstlich ...»

«Ich glaube, es ist noch nicht zu spät. Shakespeare, was würden Sie zu einer kleinen Eskapade sagen, ganz inkognito und ohne jemanden zu benachrichtigen?»

«Es kommt darauf an, was für eine Eskapade Eurer Exzellenz vorschwebt.»

Lord Southampton senkte die Stimme.

«Florio hat noch während mindestens drei oder vier Wochen auswärts zu tun, und ich habe mir gesagt, wir könnten in dieser Zeit eine kleine Reise unternehmen. Nur Sie und ich mit je einem Gefährten und einem Pferdeknecht ...»

«Und wohin möchten Sie gehen, Exzellenz?»

«Nach Venedig.»

«Nach ... *Venedig?* Aber Exzellenz, dafür braucht man Monate ...»

«Keineswegs, ich habe mich bei Leuten erkundigt, die schon dort waren. Mit guten Pferden schaffen wir es in zwei Wochen.»

«Eure Exzellenz, in Frankreich herrscht Bürgerkrieg, man vernimmt haarsträubende Geschichten ...»

«Ich habe nicht behauptet, ich mache Ihnen einen vernünftigen Vorschlag, mein Teurer. Wenn es Sie nicht danach gelüstet ...»

«Gelüstet, Eure Exzellenz? Ich sterbe vor Sehnsucht, Italien zu sehen; Venedig ist mein Traum, ich habe schon so viel darüber gehört und gelesen. Doch abgesehen von allen möglichen Gefahren ist da noch das Theater. Ich weiß nicht, ob ich Master Burbage einfach im Stich lassen kann.»

«Ich werde ihn um einen Urlaub für Sie bitten.»

«Nun ja, wenn er nicht allzu lang ist ...»

«Ah! Meine Idee ist auf fruchtbaren Boden gefallen, wie ich sehe. Wenn wir inkognito verschwinden wollen, ist höchste Eile geboten. Sobald Ihre Majestät im September nach London zurückkehrt, muß ich ihr meine Aufwartung machen. Und wenn ich sie um die Reiseerlaubnis bitte, wird sie ablehnen. Wir müssen also unterwegs ein höllisches Tempo anschlagen. Nur Sie und ich, mein französischer Diener, der Ihre, ein Lakai und ...», er schaute in meine Richtung, «vielleicht unser treuer Bote?»

Ich verbeugte mich.

«Ich muß wirklich mit Master Burbage reden. Ich weiß nicht, ob er einverstanden ist, auf uns beide zu verzichten.»

«Ich schlage vor, daß Sie ihn gleich morgen fragen. Inzwischen lade ich Sie ein, Ihre Quartiere zu beziehen.»

In den für uns vorbereiteten Gemächern angekommen, stellte Master Will sich sofort ans Fenster und winkte mich herbei.

«Wir müssen es uns gut überlegen», flüsterte er. «Wir können Lord Southampton nicht blindlings folgen. Er wird immer ungeschoren davonkommen. Er darf sich Freiheiten herausnehmen, die uns niemals zugestanden würden. Ich bin seiner Mutter ergeben und schätze sie sehr, aber wir dürfen uns nicht auf seine Versprechungen verlassen, er ist zu kapriziös.»

«Gehen wir zu Master James, vielleicht hat er eine Idee. Lockt Sie denn die Möglichkeit nicht, nach Venedig zu gehen, Master Will?»

«Mein lieber Tom! Allein die Aussicht darauf läßt mein Herz höher schlagen. Frankreich! Italien! Ich könnte schreien vor Glück. Doch ich kann es mir nicht erlauben zu vergessen, daß es für jede Reise eine Rückkehr gibt, so Gott will. Ich bin nicht Kit Marlowe, ich kann nicht jeder beliebigen Laune nachgeben.»

Ein langes Schweigen.

In Gedanken weilte ich in Italien. Als Master Will mich am Ärmel faßte, erwachte ich aus meinen Träumen.

«Ist dir klar, daß Lord Southampton minderjährig ist? Man würde uns der Entführung eines Aristokraten beschuldigen.»

Ich war gespannt, was Master James dazu sagen würde, der sonst so inbrünstig Gehorsam gegenüber den feinen Herren predigte. Er zögerte keine Sekunde.

«Man muß seinen Vormund Lord Burghley überreden, ihn mit euch abreisen zu lassen, aber der junge Mann darf nichts davon erfahren. Er soll weiterhin überzeugt sein, daß er allen einen Streich spielt.» Eine Pause. «Und ihr müßt ihn wohlbehalten und zur vereinbarten Zeit zurückbringen. Um Lord Burghley kümmere ich mich selbst, und sollte Lord Southampton eines Tages Wind davon bekommen, habe ich diesen Schritt selbstverständlich ohne dein Wissen unternommen. Sorgt dafür, daß das Glück auf eurer Seite ist. Bewaffnet euch bis zu den Zähnen, überredet den jungen Lord, sich als Bürger zu verkleiden und inkognito zu reisen, zieht vor dem Aufbruch möglichst viele Erkundigungen ein. Frankreich ist gespalten, seit es einen protestantischen König hat, man muß seinen Weg mit Bedacht wählen.»

«Aber Sie? Können Sie auf uns verzichten?»

«Will, diese Reise wird dir guttun. Du hast das Zeug zu einem Edelmann, und ich weiß, daß du eines Tages ein solcher werden möchtest. Dazu ist es unerläßlich, daß du die weite Welt aus eigener Anschauung kennenlernst. Ich lasse dich mit Freuden ziehen, wenn du mir versprichst, uns einige hübsche Komödien mitzubringen.»

Master Will strahlte. «Wenn Sie die Sache so sehen, können Sie auf mich zählen.»

«Nun, dann ist ja alles in Ordnung. Und du», wandte er sich an mich und sah mich auffordernd an, «wenn du uns bei deiner Rückkehr nicht alles über das italienische Theater erzählst, auf das uns viele Berichte von Reisenden neugierig gemacht haben, werde ich dafür sorgen, daß du bei der Meisterprüfung durchfällst.»

«Ich werde mir alle Mühe geben, Herr.»

Er wurde ruhiger.

«Es ist ein gefahrvolles Abenteuer, meine Kinder, aber wenn ihr es besteht, wird es euch Lord Southampton, dem eine glänzende Zukunft vorausgesagt wird, zweifellos nicht vergessen. Er ist ein treuer Theaterfreund, er liebt nichts so sehr wie die Literatur. Das ist eine Chance für dich, Will, und ebenso für die Schauspieltruppe von Lord Strange. Der Gedanke, daß ihr zur Saisoneröffnung nicht zurück sein werdet, behagt mir nicht, aber der Nachteil eurer Abwesenheit wird reichlich aufgewogen durch die künftigen Vorteile. Ich ziehe nun meinen schwarzen Umhang an und mache mich auf den Weg. Ihr wißt ja, wohin ich gehe – oder vielmehr: ihr wißt es natürlich nicht.»

Es folgten ein paar hektische Tage. Während Master James verhandelte, durchstreifte ich London auf der Suche nach Auskünften über die günstigste Route. Auf Anordnung von Master James suchte ich zudem an den Morgen einen Fechtlehrer auf, um meine Angriffstechnik zu verbessern.

«Du kennst zwar alle Stöße, aber auf der Bühne hast du nie gefochten, weil du Mädchenrollen spielst. Und außerdem bist du Gott sei Dank kein Raufbold. Doch du mußt gerüstet sein für den Fall der Fälle.»

Master Will seinerseits beriet sich stundenlang mit Lord Southampton, dessen Diener, ein gewieftes Bürschchen mit leuchtend rotem, wirrem Haarschopf, zu meiner Überraschung fließend Französisch sprach. Auf den ersten Blick konnte man sich keinen typischeren Engländer vorstellen als ihn.

«Meine Mutter ist Französin», erklärte er mir.

Dieser Bursche, der kaum älter war als ich, organisierte alles, was es für unsere Expedition brauchte: Kleider, Gepäck, Waffen, Pferde, Pässe (jener von Henry war natürlich gefälscht), und dabei brachte er es zustande, daß niemand von der bevorstehenden Abreise seines Herrn Wind bekam. Er hieß übrigens ebenfalls Ned.

Sonntag, 14. Juni

Ein dramatischer Umstand beschleunigte unsere Abreise.

Master Will beauftragte mich, bei ihm zu Hause ein Manuskript mit alten Stücken zu holen, das er zur Überarbeitung auf die Reise mitzunehmen gedachte.

«Und sag diesem Faulpelz von Ned, es sei ihm nicht verboten, sich zu zeigen.»

Ich ging lachend weg, doch bei Master Wills Wohnung angelangt, entdeckte ich zu meinem Entsetzen, daß auf seiner Türe das scharlachrote Kreuz der Pestkranken prangte. Crab, der auf den Hinterpfoten saß, starrte auf unsere Fenster und heulte zum Steinerweichen.

Ich wußte nicht, was ich davon halten sollte, und blieb unschlüssig stehen, als hinter mir ein Fenster aufging. Mit schreckverzerrtem Gesicht begann eine mir sonst als sehr freundlich bekannte Frau zu wettern wie ein Mannweib: «Das ist die Strafe für eure Sünden, ihr Schauspieler, die Strafe für eure Sünden.»

«Um Gottes willen, Mistress Mary, was ist denn vorgefallen?»

«Die Pest hat euren Knecht dahingerafft, das hat man davon, und auch die Hauswirtin dieses unglückseligen Shakespeare. Es ist Gottes Strafe. Das Theater ist des Teufels.»

Ich begann an allen Gliedern zu zittern.

«Hat man sie bestattet?»

«Ja, aber die Pest hat deswegen nicht halt gemacht, und auch uns wird die Strafe ereilen. Geh weg, geh weg!»

Die arme Frau war wahnsinnig vor Angst.

Fröstelnd trat ich ein. Niemand war da. Die Überlebenden waren wohl geflohen. Ich stieg zu Master Wills Wohnung hinauf, nahm seine Hefte an mich und verriegelte die Haustüre sorgfältig hinter mir. Bevor ich an den Strand zurückkehrte, wusch ich mich in einem Bach auf freiem Feld. Man soll das Schicksal nicht leichtfertig herausfordern.

Ich hatte mich bereits wieder auf den Weg gemacht, als mir Crab einfiel. Ich machte kehrt. Er saß immer noch da und heulte. Ich habe den Hund nie besonders gemocht, aber plötzlich tat er mir leid. Seine grünen Augen waren unablässig auf das Haus gerichtet, und selbst als ich ihn hinter den Ohren kraulte, tat er keinen Wank: Er wartete auf seinen Meister. Es gelang mir nicht, ihn fortzulocken.

«Wahrhaftig, es sterben viel mehr Leute als sonst», sagte Master Will, als ich ihm über meine Expedition berichtete. Die Tränen flossen ihm über die Wangen. «Armer Ned! Und armer Will! Ohne Ned bin ich nur ein halber Mensch. Er war schon so lange bei mir, er las für mich, er schrieb sogar für mich. Ich kenne keinen Kopisten wie ihn. Ich weiß nicht, was ihn dazu bewog, aber er war der erste, der an mich glaubte. Ich war erst achtzehn Jahre alt und tat nichts weiter, als alte Legenden aus meiner Gegend aufzuschreiben, etwa in der Art von *Ein Festmahl,* jedenfalls nichts sehr Bemerkenswertes. Ich habe nie verstanden, warum er so sehr darauf drängte, mein Diener zu werden.»

Er bebte vor Schluchzen, und es dauerte eine Weile, bis er sich wieder beruhigt hatte.

«Anfänglich hatte ich nicht einmal die Mittel, um ihn zu entlöhnen. Ich habe stets gedacht, er sei ein verkleideter Bürger auf der Flucht vor einer Schuld oder einer Untat. Wenn er es wollte, konnte er als vornehmer Herr auftreten. Er hatte eine ausgezeichnete Erziehung genossen; zwar war er sehr darauf bedacht, als ungehobelter Dummkopf zu erscheinen, aber er verriet sich durch Kleinigkeiten. Er konnte reden, soviel er wollte, um mich zu verwirren: Schließlich merkte ich doch, daß er eine Rolle spielte, frohgemut und effektvoll. Aber dahinter verbarg sich ein edles Gemüt. Er hat mir alles beigebracht.»

Lord Southampton trat ein.

«Was macht ihr beiden denn für Leichenbittermienen!»

«Eure Exzellenz, das trifft den Nagel ziemlich genau auf den Kopf. Mein Diener Ned ist an der Pest gestorben; ohne ihn bin ich nur noch ein Schatten meiner selbst.»

«Und sein Hund Crab sitzt vor unserer Türe und heult herzzerreißend», fügte ich hinzu.

Lord Southampton versuchte eine mitfühlende Miene aufzusetzen, doch sein Blick blieb spöttisch.

«Oh je! Wenn ich die Dinge nicht selbst an die Hand nehme, können wir vor lauter Weinen gar nicht abreisen.» Er wandte sich an den Diener, der ihn begleitete. «Sieh zu, daß du den jungen Ned findest.»

Als Master Will diesen Namen hörte, flossen noch mehr Tränen.

Lord Southampton tat so, als hätte er nichts gemerkt, und richtete sich an mich.

«Suchen Sie Bardolph, den Mann, der sich um meine Hunde kümmert, und nehmen Sie ihn mit, um Crab zu holen. Er weiß schon, wie man es anstellt.»

Der junge Ned mit seinem ungebändigten Haarschopf trat keuchend ein.

«Ihre Exzellenz hat nach mir gerufen?»

«Ned, hast du mir nicht gesagt, daß du neben deinem Dienst nur vom Theater träumst?»

«Do … doch, Eure Exzellenz.»

«Und daß du alles darum geben würdest, um an einem Theater arbeiten zu können?»

«Ja, Eure Exzellenz. Aber der Dienst bei Euer Gnaden …»

«Selbstverständlich. Ich bin der beste aller Herren. Doch wenn ich dich trotzdem Herrn Shakespeare geben würde? Natürlich würde ich dir dein Gehalt weiterhin ausrichten.»

«Oh, Eure Exzellenz!»

Einen Augenblick lang fürchtete ich, er könnte vor lauter Entzücken den Verstand verlieren.

«Vorausgesetzt, Herr Shakespeare ist damit einverstanden.»

Lord Southampton richtete seine grauen Augen auf Master Will, der sich mit dem Ärmelaufschlag die Tränen abwischte und sich bemühte, ein Lächeln anzudeuten.

«Euer Gnaden sind zu gütig. Aber mein Diener zu sein, nachdem man der Ihre gewesen ist … Der Dienst bei einem

Schauspieler ist keine Sinekure. Wahrscheinlich ist er viel anstrengender als ...»

«Oh, mein Herr, lassen Sie es mich versuchen!»

«Sie sehen ja, Shakespeare, dieser Bursche hat sich in den Kopf gesetzt, in Ihre Dienste zu treten.»

Master Will richtete seine geröteten Augen auf Young Ned (wie er sich von diesem Tag an sein ganzes Leben lang nannte).

«Kannst du lesen?»

«Ja, mein Herr.»

«Auch schreiben?»

«Ja, mein Herr. Ich war sieben Jahre lang in der Schule von Saint Paul. Ich habe auch eine Ahnung von Latein, und Französisch spreche ich so geläufig wie Englisch.»

«Und wie sieht es mit deinen Fechtkenntnissen aus?»

«Seine Exzellenz erweist mir die Ehre, mit mir zu trainieren, und da er eine gute Klinge führt, mußte ich mir alle Mühe geben.»

«Nehmen Sie ihn, bevor ich es mir anders überlege, Shakespeare. Übrigens ist er zudem auch ein glänzender Organisator», lobte Lord Southampton. «Und er ist erst zwanzig Jahre alt. Mit dreißig wird er ein glänzender Verwalter sein. Ich trenne mich höchst ungern von ihm. Und nur unter der Bedingung, Ned, daß du, solltest du aus irgendwelchen Gründen nicht bei Herrn Shakespeare bleiben können, zu mir zurückkommst.»

Master Will machte ein Handzeichen.

«Eure Exzellenz», sagte er mit einer Verbeugung, «wir stehen jetzt und in Zukunft zu Ihrer Verfügung.»

«Gut so. Nun, Thomas, Sie sind noch hier? Gehen Sie und holen Sie Ihren Hund, bevor ihn jemand erschlägt. Wie mir scheint, wütet die Pest ungewöhnlich heftig; je schneller wir ihr entkommen, um so besser.»

Am nächsten Morgen gingen wir an Bord. Master Will war am Vorabend lange weggeblieben, wohl in der Absicht, Mistress Emilia zu sehen – vielleicht vergeblich, denn er war abscheulicher Laune, was bei ihm ziemlich selten vorkam.

Immer noch winselnd und jede Nahrung verweigernd, lag Crab im Hundezwinger von Lord Southampton.

Nach langem Zögern hatte Lord Burghley Master Burbage sein Einverständnis gegeben, daß wir den jungen Lord begleiteten. Widerwillig war er bereit, so zu tun, als wüßte er nichts vom geplanten Abenteuer.

«Ich hatte mir geschworen, daß keines meiner Mündel je die Alpen überqueren darf, denn in Italien lernt man heute nichts mehr als Hochmut, Blasphemie und Gottlosigkeit.»

Er dachte dabei zweifellos an seinen Schwiegersohn, den Grafen von Oxford, der sich in Italien, so wurde behauptet, völlig verändert hatte. Nach seiner Rückkehr mußte er seine Frau, eine der Töchter des Lordkämmerers, derart gequält haben, daß sie daran gestorben war. Und jetzt wollte der Mann, den er für seine Enkelin ausersehen hatte, ebenfalls nach Venedig gehen!

Schließlich willigte er in unsere Abreise ein, stellte jedoch eine Bedingung für sein stillschweigendes Einverständnis: Master Will sollte über die Moral von Lord Southampton wachen und weiterhin darauf drängen, daß er diese junge Frau heirate, die sein Vormund ihm bestimmt hatte.

«Ich habe ihm versprochen, daß du dein Bestes tun wirst, William», hatte Master James in seinem schroffen Tonfall gesagt. «Als Beweis dafür, daß wir unser Wort gehalten haben, reicht es schon, wenn der junge Herr nach seiner Rückkehr die Bemerkung fallen läßt: ‹Ah, Shakespeare ist mir ständig in den Ohren gelegen, ich solle heiraten.› Und beeilt euch unterwegs, damit dem jungen Herrn keine Zeit für Ausschweifungen bleibt und er nicht so verdorben zurückkehrt wie der Graf von Oxford und andere Reisende, die ich kenne.»

Master Will hatte sich mit einem zweideutigen Lächeln begnügt. Natürlich hatte er nicht die geringste Absicht, «seinen jungen Mann», wie er ihn manchmal nannte, zu beknien.

Auf dem Weg nach Dover waren wir zu sechst. Ein siebenter Mann reiste uns einige Tage voraus, um die Quartiere zu organisieren. Neben Lord Southampton bestand unsere Gruppe aus seinem Kammerdiener Rob, einem etwa dreißigjährigen Mann mit breiten Schultern und wölfischem Grinsen, der sich unter anderem schon bald als kaltblütiger Fechter entpuppen sollte, Young Ned, Master Will, mir und einem unbekannten Jüngling, dessen dunkelbraunes Gesicht mit den großen schwarzen Augen und den pechfarbenen Locken mir eigenartig vertraut vorkam.

«Das ist unser italienischer Dolmetscher», erklärte Ned. «Sein Vater suchte jemanden, der ihn nach Venedig begleiten könnte. Er reist also mit uns, und wir werden uns gegenseitig von Nutzen sein. Ich stelle vor: Antonio Bassano, Sohn des Musikers und selbst ein Musiker.»

Er lächelte. «Seine Flöte steckt irgendwo in seinem Kleidersack.»

Ein Vetter von Emilia! Ich warf einen Blick auf Master Will. Blaß wie ein Gespenst war er ganz damit beschäftigt, seinem Pferd das Zaumzeug anzulegen. Der junge Mann verneigte sich schüchtern, wobei die Andeutung eines Lächelns seine Lippen umspielte, was die Ähnlichkeit mit seiner berühmten Base noch verstärkte.

«Ich fühle mich geehrt, daß ich Euer Gnaden nützlich sein kann», sagte er in perfektem Englisch.

Als wir aufbrachen, war es noch dunkel. Vom Aussehen her unterschieden wir uns in nichts voneinander. Unsere Wahl war auf Postpferde von durchschnittlicher Qualität gefallen, wir hatten wenig Gepäck und versteckten unsere Waffen.

Unsere Unscheinbarkeit erzielte die gewünschte Wirkung: Niemand beachtete uns.

Ich muß zugeben, daß ich der Reise mit gemischten Gefühlen entgegensah. Denn die Ratschläge und Meinungen, die ich bei meinen Erkundigungen zu hören bekommen hatte, waren reichlich widersprüchlich und insgesamt wenig ermutigend: *«Den jungen Leuten, die zu Hause bleiben, ist der Sinn für Häuslichkeit gegeben»,* hatte Master Will in *Die beiden Veroneser* über dieses Verona geschrieben, das wir zu besuchen hofften. Zweifellos. Doch wenn ich den Zurückgekehrten Glauben schenken wollte, waren die Reisen nicht gerade ein ungetrübtes Vergnügen. Man mußte darauf gefaßt sein, daß man überfallen, übers Ohr gehauen, ausgeraubt oder gar umgebracht wurde. Man mußte bereit sein, in katholischen Landen seinem Glauben abzuschwören und in protestantischen wieder zum Protestantismus zurückzukehren. Man mußte mit Ungeziefer rechnen (füttert eure Umhänge mit Taft, das hält die Flöhe fern, wurde mir geraten). Man hatte mir ans Herz gelegt, nie ohne Eßwaren in der Tasche zu reisen, um den Hunden etwas hinwerfen zu können, sollte ich zufällig angegriffen werden. Nette Aussichten. Auf der Überfahrt war es klug, die Sporen auszuziehen, denn diese wurden einem Seekranken als erstes gestohlen. Und so weiter. Kurz und gut: Man benötigte Adleraugen, Ohren wie ein Luchs, die Witterung eines Spürhundes, eine undurchdringliche Miene, die Beredtsamkeit eines Händlers, ein rüdes Vokabular, ein giftiges Wesen, einen breiten Buckel und die Flinkheit einer Gazelle. Damit hatte es sich bereits.

Donnerstag, 18. Juni

Unter den vielen unliebsamen Begleiterscheinungen, die man mir vorausgesagt hatte, wurde eine Wartefrist für die Überquerung des Ärmelkanals zwischen Dover und Calais genannt, die je nach Wind zwei Tage bis zwei Wochen dauern konnte. Immerhin traf ich auch einen Optimisten, dem zufolge man schon Überfahrten erlebt hatte, die nur wenige Stunden dauerten. Und genau das war auch bei uns der Fall. Wir fuhren am frühen Morgen ab, eine leichte Brise brachte uns ohne weitere Umstände nach Frankreich, und wir trafen lange vor dem Abendessen in Calais ein. Ich war noch nie auf dem Meer gewesen und genoß die Überfahrt in vollen Zügen – die geblähten Segel, die Rufe der Seeleute und rundum Wellen, so weit das Auge reicht. Als ich sagte, ich sei Zimmermann, durfte ich in die Takelung klettern, und nie werde ich den Ausblick von dort oben auf den blauen Himmel, der ins Blau des Meeres übergeht, die Vögel und die anderen Segel in der Ferne vergessen.

Master Will begnügte sich nach dem Auslaufen unseres Schiffes mit einer scharfzüngigen Bemerkung. Er lüftete seinen Hut, verbeugte sich vor Lord Southampton und sagte zu ihm: «Auf Wiedersehen, Herr Reisender: Seien Sie sorgsam darauf bedacht, zu lispeln, ein sonderbares Kostüm zu tragen, alles zu verleumden, was den Wert Ihres Landes ausmacht, ihre Nationalität zu verleugnen und Gott fast gram zu sein, daß er Sie so geschaffen hat, wie Sie sind; sonst hätte ich nämlich Mühe zu glauben, daß Sie in einer Gondel zu reisen beabsichtigen.»

Lord Southampton brach in ein schallendes Gelächter aus.

«Dieser Will ist unverbesserlich! Immer bereit zu lachen.»

«Ich? Keineswegs, Eure Ex … mein Herr. Ich bin zutiefst melancholisch. Doch meine Melancholie ist nicht die des Schülers, die eifersüchtig ist; nicht die des Musikers, die künstlerisch ist; nicht die des Höflings, die hochfahrend ist; nicht die des Soldaten, die ehrgeizig ist; nicht die des Gesetzesvertreters, die politisch ist; es ist auch nicht die Melancholie einer Dame, die sanft ist, noch die des Verliebten, die all das zusammen ist; nein, ich bin das Opfer einer Melancholie, die mir ganz und gar eigen ist, einer wunderlichen Melancholie, die aus tausenderlei Dingen besteht, genährt von der Perspektive meiner Reisen.»

Master Will spielte seine Rolle glänzend: Schrullen, Gesten, Tonfall – alles war da. Man glaubte John Florio vor Augen zu haben.

Lord Southampton lachte Tränen. Mit seinem schäbigen, überall zu eng sitzenden Umhang, der in die Stirn gezogenen Mütze und den schiefgetretenen Stiefeln sah er – nicht anders als wir – wie ein armer Student aus. Niemals hätte man ihn für einen Adeligen gehalten; sobald er in seine neue Tracht geschlüpft war, hatte er das Gebaren des vornehmen Herrn abgestreift und mit seinem gewohnten herrischen Herumkommandieren schlagartig aufgehört. Er war ein junger Mann wie wir, ohne jeglichen Dünkel, ungelenk und zu schnell gewachsen. Wir waren davon abgekommen, ihn mit Eure Exzellenz anzureden. In Calais verzichteten wir gar auf alle Förmlichkeiten und nannten uns beim Vornamen. Einzig Master Will hielt an seinem vornehmen Benehmen fest. Außenstehende dachten zweifellos, wir bildeten das Gefolge dieses Ehrenmannes – eines Notars oder eines wohlhabenden Kaufmanns.

«Ihr sagt so wenig wie möglich», befahl Young Ned. «Überlaßt mir das Reden, ich bin der einzige, der keinen Akzent hat.»

Bevor ich diese Klammer schließe, möchte ich noch anfügen, daß diese Reise der einzige Moment in meinem Leben war, in dem ich Lord Southampton sympathisch fand. Er interessierte sich für alles und machte bei allem mit; zudem entpuppten sich Rob, Young Ned und er als äußerst gewandte Fechter, neben denen wir eine klägliche Figur machten. Jedesmal, wenn Worte als Waffen nicht ausreichten, standen sie uns bei.

Aber die Freundschaft, die er uns entgegenbrachte, war nicht so brüderlich, wie es den Anschein erweckte, und Master Will mußte sie nach der Rückkehr teuer bezahlen. Doch in jenem Augenblick wußten wir noch nichts davon, und unsere Reise wurde von keinerlei Vorahnungen getrübt.

Freitag, 19. Juni

Frankreich litt unter den Verheerungen des Bürgerkriegs. Zwei oder drei Jahre zuvor war Heinrich III., der letzte König aus dem Geschlecht der Valois, ermordet worden; sein Nachfolger war Heinrich IV., der erste König aus dem Hause Bourbon. Das Drama rührte daher, daß er protestantisch war und aus diesem Grund von vielen Franzosen abgelehnt wurde. In London hatte man uns vom Versuch abgeraten, nach Paris zu gehen. Die Stadt wurde von der königlichen Armee belagert, und auch der König selbst hielt sich in diesem Sommer 1592 im Norden auf. Es wurde gesagt, er stehe vor Reims. Im nördlichen Teil Frankreichs wimmelte es von bewaffneten Banden, denen man besser nicht in die Quere kam.

Zu unserem großen Bedauern – denn wir hätten alle gern Paris gesehen – schlugen wir den Weg nach Orléans ein. Unsere Berater hatten recht gehabt: Der Krieg hatte fast überall seine Spuren hinterlassen. Auf englischem Boden war uns das Treiben ausländischer Söldner unbekannt, die sich an den Einheimischen bereichern, indem sie skrupellos und ohne Unterschied zwischen Freund und Feind plündern und morden. Wir machten ihre Bekanntschaft, noch bevor wir Orléans erreicht hatten. Wir mußten uns mit deutschen Reitern schlagen, die uns ohne Gegenwehr nackt – und tot – auf der Straße zurückgelassen hätten. Diese Berufssoldaten waren es nicht gewohnt, daß ihre Opfer groß Widerstand leisteten. Als sie jedoch sahen, daß wir uns wehrten wie die Wilden, und als Henry und Master Will einige ihrer besten Leute ins Jenseits befördert hatten, hielten sie es für klüger, den Rückzug anzutreten. Dazu trug auch bei, daß wir offensichtlich gute Fechter, aber arme Teufel ohne viel Gepäck waren.

Nach Orléans war Lyon unsere nächste Station. Um kein weiteres gefährliches Abenteuer zu riskieren, bestand Master Will darauf, daß wir uns einem Konvoi anschlossen, obwohl sich unser Weg immer weiter von den Schlachtfeldern entfernte. Binnen zwei Tagen fanden wir unsere Reisegesellschaft: einen italienischen Adeligen mit beeindruckendem Gefolge, der nicht nur nach Lyon unterwegs war, sondern auch nach Turin, unserer folgenden Etappe.

Zu Beginn der Reise sprach ich nur die paar wenigen Brocken Italienisch, die man in London aufschnappen konnte, und fast kein Wort Französisch. Doch bald merkte ich, daß mein Latein für das Verständnis beider Sprachen hilfreich war. Ich blieb still und lernte angestrengt. Ganz anders meine Gefährten: Henry und Master Will stürzten sich in wortreiche Gespräche mit dem Adeligen, und wenn ihr Italienisch nicht ausreichte, behalfen sie sich mit Latein. Antonio war sogleich in seinem Element. Was Rob und Ned betraf, so kauderwelschten sie dreist in einer Mischung aus Englisch, Französisch, Italienisch und Latein. Unser Konvoi ist mir als gewaltige Kakophonie in Erinnerung geblieben.

Mit der Stadt Lyon verbinden sich für mich keine besonderen Eindrücke.

Deutlich steht mir dagegen der Mont Cenis vor Augen, den es auf dem Weg nach Italien zu überqueren galt. Wir nahmen die Besteigung gegen sieben Uhr morgens in Angriff und erreichten den Gipfel um etwa zehn Uhr. Die Wege sind steinig, doch die Tiere aus der Gegend kommen gut damit zurecht. Das Wetter war herrlich, und unter uns sah man eine baumlose Ebene mit saftig grünen Wiesen, weidenden Kühen, einzelnen Häusern, Seen und Brunnen. Der Ausblick war wie ein mit feinen Pinselstrichen gemaltes Bild.

«Die Schönheit ergreift einem die Seele», murmelte Master

Will, der unversehens neben mir auftauchte. Auf der Reise hatte auch er sich verändert. Er redete nicht viel, aber seine Augen glänzten, seine Bewegungen waren lebhaft. Und ich bin sicher, daß ihm nichts entging.

Kaum zehn Tage nach unserer Abreise aus London langten wir in Turin an.

«Wir hätten zwei Tage früher hier sein können, wenn wir es wirklich gewollt hätten», bemerkte Henry. «Aber wie unser Meister Florio so trefflich zu sagen pflegt: *Chi va piano va sano e va lontano.*»

Zwar haben wir Paris nicht sehen können, aber wir sind über Mailand gereist und haben damit keinen schlechten Tausch gemacht, wie ich glaube. In der Stadt wimmelt es von Leuten, und es gibt Orte, an denen sämtliche Sprachen gesprochen werden. Wir fanden Unterkunft bei einem Matrosen, der uns auf seinem Boot Mailand vom Wasser aus zeigte. Die Mailänder haben in ihrer Stadt ein Netz von Kanälen angelegt, auf denen man, so scheint es mir, fast jeden Ort erreicht. Unser Steuermann versicherte uns, daß ein Boot von Kanal zu Kanal, dann von Fluß zu Fluß bis ans Meer fahren kann. «Fast geradeaus, mit einigen Umwegen.» Darauf entbrannte zwischen Antonio und ihm ein heftiger Wortwechsel über die jeweiligen Vorzüge der Wasserwege von Mailand und Venedig.

Master Will wollte sich das Schloß anschauen, eine eindrückliche Festung mit einer Besatzung von siebenhundert Spaniern, wie man uns sagte. Während des Besuchs, der uns erst nach hartnäckigen Bemühungen erlaubt wurde, stellte er Fragen über Fragen: War dies die Residenz der Herzöge von Mailand, war der Kaiser hierher gekommen? Nach der Besichtigung drängte er auf die Fortsetzung der Reise, um Verspätungen zu vermeiden.

«Ich glaube, wir haben nicht viel Zeit; wir müssen pünktlich nach London zurückkehren. Es ist schon verrückt genug, eine solche Reise in knapp zweieinhalb Monaten zu absolvieren.»

Er faßte mich an der Schulter.

«Doch von Zeit zu Zeit muß man etwas verrückt sein können, nicht wahr, Tom?»

«Ja, Master Will, aber auch in London verläuft unser Leben nicht gerade geruhsam.»

Er versetzte mir einen seiner denkwürdigen Hiebe auf den Rücken.

«Auf geht's zu unserer täglichen Portion Verrücktheit!»

In Italien herrschte kein Krieg; wir mußten uns nur gegen all jene wehren, die es auf unser Geld abgesehen hatten. Dabei zeigte sich die Klugheit von Young Ned: Hatte man bis Mailand noch fast überall französisch gesprochen, so wurde mit zunehmender Entfernung ein untadeliges Italienisch immer unerläßlicher und Antonio für uns immer nützlicher.

War er vorher schweigsam gewesen, so mischte er sich nun an der Seite von Young Ned in alles ein und erhob das Feilschen zur Kunst.

«Das habe ich um zehn *Soldi* billiger bekommen», sagte er und lächelte über das ganze Gesicht. Henry, der in seinem ganzen Leben noch nie gehört hatte, daß man um einen Preis feilschen konnte, amüsierte sich köstlich.

Wir brachen nach Bergamo auf. Ein gutes Stück des Weges legten wir im Boot unseres Matrosen zurück, denn das war schneller, sicherer und günstiger zugleich. Bergamo ist zuoberst auf einem Hügel gelegen, und so brachten wir die letzte Meile zu Fuß hinter uns, nachdem wir in einem kleinen Hafen voller Segelschiffe, Treidlerpferde und Waren aller Art gelandet waren. Dort fragte mich Master Will, ob ich ein Tagebuch führe.

«Ja und nein. Ich habe einige Aufzeichnungen gemacht.»

«Das solltest du systematisch tun. Erzähle dir alles, was du erlebst. Du wirst sehen, wie zufrieden du sein wirst, wenn du das später einmal nachlesen kannst. Ganz zu schweigen von mir. Ich schreibe zwar viel, aber ich möchte wetten, daß ich nicht die gleichen Dinge sehe wie du.»

Er hatte recht, und noch heute, gerade in diesem Augenblick, schöpfe ich aus jenem Heft.

Unsere folgende Etappe war Verona, wo Master Will einen Halt einzulegen gedachte.

«Ich muß unbedingt einen Stadtrundgang machen, und sollte mir etwas auffallen, das den *Beiden Veronesern* widerspricht, werde ich das Stück umschreiben.»

In Verona suchten wir die Herberge auf, in der der Mann, der uns vorausgereist war, unsere Unterkunft hätte vorbereiten sollen.

«Wir haben Sie nicht so früh erwartet», sagte man uns als Auftakt zum unvermeidlichen Bescheid: «Wir haben keinen Platz.»

Schließlich kamen wir bei einem Kaufmann unter, mit dem wir gereist waren: Henry und Antonio klopften einfach bei ihm an und baten ihn um seine Gastfreundschaft.

Wir hatten uns bei ihm als englische Studenten ausgegeben, Master Will war angeblich unser Vormund, und wir verbrachten mit unserem Gastgeber Messer Bernardo einige bezaubernde Abende, an denen Master Will mit seinem zwar etwas unbeholfenen, aber verständlichen Italienisch, Henry mit seinem Wissen und Antonio mit seiner flötenden Stimme glänzten.

Messer Bernardo war sehr erstaunt, daß wir die italienische Literatur kannten und uns in seiner Sprache mehr oder weniger zurechtfanden.

«Mein lieber Herr», erklärte Master Will, «was bei uns nicht aus Italien kommt, gilt als wertlos, und die Italiener sind unseren Herzen fast so nahe wie Ihre Majestät. Nicht wahr, Henry?»

«Das ist durchaus zutreffend, und unser italienischer Hauslehrer schwingt kaiserlich das Zepter.» Wir brachen in schallendes Gelächter aus, denn wir alle dachten daran, daß der gelehrte John Florio gleichzeitig der Spion war, den Lord Burghley bei seinem Mündel plaziert hatte.

«Gibt es die Cappelletti und die Montecchi wirklich?» erkundigte sich Master Will gegen Ende des Abends. «Ich meine, die Familien von Julia und Romeo.»

«Ha! Ha! Wir Veroneser glauben daran, daß die Geschichte, wie sie unser Landsmann Matteo Bandello erzählt, die reine Wahrheit ist. Das Geschlecht der Montecchi gab es, aber sie sind seit langem verschwunden. Die Cappelletti mögen eine Erfindung sein, jedenfalls hier in Verona. Man hat mir gesagt, ihr Name sei dem großen Dante Alighieri entliehen. Aber Streitigkeiten zwischen Familien haben immer zu unserem Alltag gehört. So ist es wohl auch in Ihrem Land.»

«Zweifellos.»

«Folgen Sie morgen früh meinem Burschen, er wird Ihnen alle Handlungsorte zeigen.»

Und das taten wir denn auch, bevor wir die Weiterreise antraten, Master Will (der mir die englische Version dieser überlieferten Geschichte zu lesen gegeben hatte), Young Ned und ich. Man zeigte uns die Paläste, den Balkon, die Allee, den Garten und das Tor nach Mantua.

«E se non è vero è ben trovato», schloß unser junger Führer mit einem Lächeln.

Am folgenden Tag verließen wir Verona auf dem Fluß Etsch, der durch die Stadt fließt und auf dem Waren aus Deutschland transportiert werden.

Die Etsch fließt nicht durch Padua, wohin Henry und Master Will unbedingt wollten. Wir ließen den Fluß bald hinter uns, setzten unsere Reise zu Pferd fort und gelangten in einem Tagesritt nach Padua.

Diese Stadt ist selbst in England berühmt wegen ihrer uralten Universität, an der man nicht nur Rechtswissenschaft (wie in London), sondern auch Mathematik und Musik studieren kann, ganz zu schweigen vom Fechten, das hier im Range einer Kunst steht. Der Unterschied zu Bergamo war frappierend. Die vielen Studenten prägten das Bild der ganzen Stadt. Tag und Nacht waren die engen Straßen voll von jungen Leuten, die unter den Arkaden geschützt vor den Unbilden der Witterung flanierten, oft ärmlich gekleidet und bis zur Erschöpfung zu Wortgefechten bereit. Begann man ein Gespräch auf lateinisch, wurde einem auch in dieser Sprache geantwortet.

«Meine Mutter stammt aus Angers», erzählte Ned, «und auch dort gibt es eine berühmte Universität. In der Stadt kursiert ein Sprichwort, das gut zu Padua paßt, wie mir scheint: *Basse ville, hauts clochers, riches putains, pauvres escoliers.*»

«Bleibt noch festzustellen, ob die Dirnen hier reich sind.»

«Jedenfalls sind sie prachtvoll, sehen Sie nur.»

Wir hoben die Augen, und zum erstenmal bemerkte ich einen typisch italienischen Brauch. Die leichten Mädchen stellen sich an ihr Fenster, und die Herren von zweifelhaftem Ruf machen ihnen von der Straße aus den Hof. Rob war bereits daran, einer Frau mit üppigen Formen und langem Haar schöne Augen zu machen. Am Fenster stehend sahen diese Damen bezaubernd aus.

«Ein Liebhaber der Schönheit sollte sie besser aus der Ferne betrachten, wenn ich meinem Vater glauben will», bemerkte Antonio. «Aus der Nähe sind viele von ihnen nicht so verführerisch, wie sie von weitem aussehen.»

«Unserem Freund Florio zufolge», sagte Henry, der seine Blicke mit offenkundigem Interesse durch die Straße schweifen ließ, «liebt man sie in diesem Teil der Welt zu sehr, um sie als Dirnen zu bezeichnen. Man zieht es vor, sie Kurtisanen zu nennen.»

«Wie auch immer man sie zu nennen beliebt, ich weiß nicht, ob es für unser Gesundheitszeugnis gut ist, wenn wir ihnen zu nahe kommen», spöttelte Master Will.

Das Gesundheitszeugnis oder *Bolletta,* wie die Italiener sagen, ist ein unerläßliches Reisedokument. Ohne Paß kann man sich immer arrangieren. Ohne *Bolletta* nie. Dieses Papier bezeugt, daß der Reisende gesund ist, und ohne diese Bestätigung erhält man nirgendwo Zutritt. Allerdings ist es in erster Linie die Pest, die den Behörden Sorgen macht. Die Syphilis kümmert sie nicht.

Wir hausten bei einer Gastgeberin, die ihre Räume monatsweise vermietete, meist an Studenten. Dank Master Wills Verführungskünsten hatte sie eingewilligt, uns für etwa zehn Tage in drei Zimmern unterzubringen.

Das eine bewohnten Henry und sein Diener, das zweite Master Will und Young Ned, während ich das dritte mit Antonio teilte. Hier entschloß sich Antonio eines Nachts, mir eine Frage zu stellen, die ihn wohl seit unserer Abreise beschäftigte.

«Du bist nicht Herrn Shakespeares Diener?»

«Nein. Ich nehme bei ihm Schauspielunterricht, aber vor allem bin ich der Zimmermannslehrling von Master James Burbage.»

«Wie kommt es denn, daß du hier bist?»

«Lord Southampton hat mich eingeladen. Zweifellos wollte er Master Will, mit dem ich oft zusammenarbeite, eine Freude machen.»

Ein Schweigen. Ich hatte das Gefühl, Antonio suche nach Worten, um ein heikleres Thema anzusprechen, dessen Gegenstand ich erahnte. Tatsächlich.

«Meine Base Emilia dürfte dir ja wohl bekannt sein?»

«Worauf willst du hinaus?»

«Spiel nicht den Unschuldigen, du weißt, daß sie *seine* Mätresse ist.»

«So wird gemunkelt.»

«Das ist nicht bloß leeres Gerede. Du solltest ihn davon in Kenntnis setzen, daß einer meiner Onkel ihn umbringen wird, wenn er diese Beziehung nicht abbricht. Wäre Emilias Vater noch am Leben, wäre es schon geschehen.»

«Niemand spricht davon, den Lordkämmerer zu töten, der sie in aller Öffentlichkeit aushält.»

«Das ist etwas ganz anderes. Er ist unser Herr und Meister. Er hat sich in Emilia vernarrt, als sie zum Gefolge der Gräfin von Kent gehörte, aber bevor er sie nahm, hat er die Erlaubnis der Familie eingeholt. Meine Onkel und mein Vater haben ihre Zustimmung gegeben.»

«Sie soll nicht gerade begeistert gewesen sein, habe ich gehört. Hat man sie um ihre Meinung gebeten?»

«Du beliebst zu scherzen! Sie ist ein *Weibsbild!* In einer italienischen Familie tun die Weibsbilder, was ihnen ihre Väter, die älteren Brüder oder ihre Gatten vorschreiben. Ist dir nicht aufgefallen, daß wir nur noch auf Dirnen stoßen, seit wir in Padua sind?»

«Man nennt sie Kurtisanen.»

«Kurz, auf diese Art Frauen? Anständige Frauen bleiben zu Hause; ihre Männer oder ihre Diener kaufen für sie ein und gehen für sie auf den Markt. Du siehst sie nicht einmal am Fenster, sie gehen höchstens in den Garten. Sie haben zu gehorchen, und daran ändert sich auch dann nichts, wenn eine Familie nach England übersiedelt.»

«Aber Emilia ist anders.» Ich wiederholte, was Marianne mir gesagt hatte.

«Das kann man wohl sagen! Sie hat ihnen immer viel Sorgen gemacht. Mehr noch als ihr Vater, der Jüngste in der Familie, der nichts als Streiche im Kopf hatte. Er hat mindestens zwei Männer getötet, und ich weiß nicht, wie es mit ihm geendet hätte, wäre er nicht ein Hofmusiker gewesen. Er war nicht wie seine Brüder, und seine Tochter ist ganz nach ihm geraten. Angelica, die andere Tochter, hat sich ohne Umstände verheiratet. Mit Emilia war immer alles kompliziert. Sie ist ein Dickkopf.»

Das Attribut war mir wohlbekannt. Man hatte mich immer als dickköpfig bezeichnet, wenn ich auf einer Meinung beharrte, die sich nicht mit den Ansichten meiner Eltern deckte. Dieser Antonio ging mir auf die Nerven.

«Vielleicht war sie nicht damit einverstanden, daß man sie zur Dirne machte.»

«Was fällt dir eigentlich ein? Ich sagte dir doch, daß der Lordkämmerer in aller Form um sie angehalten hat! Er hat sogar eine Rente bezahlt, eine Mitgift, und hat versprochen, sich um eine gute Partie für sie zu kümmern.»

Er sagte das, als ginge es um den Verkauf einer Stute. Ich wollte nicht noch mehr Öl ins Feuer gießen und begnügte mich mit der Bemerkung: «Sie war jedenfalls nicht einverstanden.»

«Weißt du was? Emilia hätte ein Mann sein sollen. Sie denkt nicht wie eine Frau.»

«Ja, das hat man mir auch schon gesagt. Aber viele englische Frauen denken wie sie. Ihre Mutter war Engländerin.»

«Mag sein, doch bei uns ist es anders. Ob sie nun Engländerin ist oder nicht, jedenfalls hat sie sich in eine unmögliche Lage gebracht.»

«Und Alfonso?»

«Kennst du ihn?»

«Er spielt manchmal in unserer Truppe.»

«Mein Vater hat Alfonso gesagt, er solle sie heiraten. Zuerst wollte Alfonso offiziell dem königlichen Bläserensemble beitreten, mit dem er schon von Zeit zu Zeit musizierte. Doch in diesem Ensemble gibt es nur Bassanos. Da haben mein Vater und mein Onkel ihm gesagt: ‹Heirate Emilia, und wir unterstützen deine Kandidatur.› Er war einverstanden.»

«Und Emilia, was hat sie dazu gesagt?»

«Auf mein Wort, du bist wirklich ein Trottel! Emilia hat gar nichts zu sagen. Mein Onkel wird ihr gelegentlich mitteilen, was sie zu tun hat, und wenn sie nicht gehorcht, bekommt sie ein paar Ohrfeigen ab. Das wird sie schon zur Vernunft bringen, das kann ich dir sagen. Solche Schläge möchte man nicht ein zweites Mal einstecken.»

«Ich dachte, Lord Hunsdon habe versprochen, eine fürstliche Hochzeit zu arrangieren. Alfonso ist nicht gerade das, was ich unter einer guten Partie verstehe.»

«Das hat sie ihren zahllosen Torheiten zu verdanken. Ich glaube, Lord Henry wäre das egal. Er liebt sie so, wie sie ist. Aber sein Sohn, Sir George Carey, hat uns aufgesucht und meinem Vater befohlen: ‹Verheiraten Sie diese Schlampe so schnell wie möglich, bevor ich sie einsperren oder töten lasse.› All diese Liebhaber, das hätte sie sich niemals leisten dürfen.»

«Bist du sicher, daß es Liebhaber sind?»

Kaum zu glauben, daß dieser Bursche erst dreizehn Jahre alt war. Er lachte im Dunkeln, als wäre er mit allen Wassern gewaschen.

«Was tun sie denn deiner Meinung nach, diese Herren, die sie besuchen? Meinst du, sie kommen bloß zum Plaudern zu ihr?»

«Warum nicht?»

«Weil sie eine Kurtisane ist.»

Es war aussichtslos, dieses Gespräch fortzusetzen.

«Nun denn, ich lege mich schlafen. Gute Nacht.»

«Gute Nacht.»

Ich konnte jedoch nicht sofort einschlafen. Vergeblich grübelte ich darüber nach, warum mir Emilias Verteidigung so sehr am Herzen lag.

Sonntag, 21. Juni

Heute ist Mittsommer. Früher war das Fest um so rauschender, wenn die Sommersonnenwende auf einen Sonntag fiel. Aber in diesem Jahr ist London in stiller Trauer um Lord

Essex, der vor vier Monaten hingerichtet wurde, weil er unsere Königin absetzen wollte. Niemand ist auf Festlichkeiten erpicht. Ich auch nicht. Ich ziehe mein Heft vor.

Die Erinnerung an einen der besonders glücklichen Momente meines Lebens läßt die Versuchung aufkommen, es den Beschreibungen anderer Reisender gleichzutun und über unsere Reiseabenteuer auf der Straße und die Sehenswürdigkeiten in allen Einzelheiten zu berichten, aber ich muß darauf verzichten. Ich werde also keine Worte verlieren über die eindrucksvollen Altertümer, die wir besichtigten, die Märkte von Padua, den regen Schiffsverkehr auf dem Fluß Brenta und die Leute, deren Bekanntschaft wir machten. Mein Thema ist ein anderes.

Bis dahin hatten uns vor allem die Wechselfälle der Reise in Atem gehalten, und unsere Beziehungen waren distanziert geblieben. Doch in Padua konnten wir uns allmählich entspannen – von hier aus war Venedig mit dem Schiff in einem Tag zu erreichen.

Master Will vergaß keinen Augenblick, daß Henry ein Lord war und er die Verantwortung für sein Wohlergehen trug, aber er begann ihn auch in sein Herz zu schließen.

«Rob, wachen Sie über seine Sicherheit, als ginge es um Ihre eigene Person», hörte ich ihn eines Morgens sagen. «Ich kann nicht immer in seiner Nähe sein.»

«Sie brauchen sich keine Sorgen zu machen. Meine Aufgabe ist um so leichter, als er seit unserer Abreise sein unberechenbares Wesen merklich gezügelt hat. Ihre Gesellschaft bekommt ihm gut.»

Henry wollte wissen, wie Master Will beim Schreiben seiner Sonette vorging. Dieser setzte sich in glänzender Laune hin und verfaßte eines sozusagen unter unseren Augen. Es gefiel mir so gut, daß ich es abgeschrieben habe.

Soll ich dich einem Sommertag vergleichen,
Der du viel lieblicher und sanfter bist?

Durch Maienblüten rauhe Winde streichen,
Und Sommers Pracht hat allzu kurze Frist.
Oft fühlst zu heiß des Himmels Aug du brennen,
Oft hüllt zu dunkler Schleier sein Azur,
Und stets muß Schönes sich vom Schönen trennen
Durch Zufall oder Wandel der Natur.
Doch deines Sommers Glanz wird nie ermatten,
Nie von dir fallen deine Herrlichkeit,
Nie wirst du wandeln in des Todes Schatten,
In ewigen Reimen strahlst du durch die Zeit.
Solange Menschen atmen, Augen sehn,
Wird dies mein Lied, wirst du in ihm bestehn.

Master Will streckte Henry das Blatt hin, der las das Sonett zunächst mit Belustigung, dann mit Betroffenheit. Er verbarg seine Rührung hinter einem Scherz.

«Ich kann es nicht fassen, Will, Sie verzichten doch tatsächlich darauf, mich zum Zeugen von Kindern aufzufordern.»

«Oh! Das dürfen Sie nicht sagen! Es versteht sich von selbst, daß ich Ihnen den ganzen Sommer hindurch das Loblied der Familienfreuden singen werde, und wenn in einem Sonett nicht davon die Rede ist, dann nur deshalb, weil es nicht für Sie bestimmt ist.»

«Sehr richtig, ich lasse es mir gesagt sein. Wenn Sie gestatten, behalte ich dieses Gedicht.»

Er faltete das Blatt und steckte es zwischen Wams und Hemd.

«Ich sammle Ihre Sonette», erklärte er. «Zudem gibt sich der wackere Florio so viel Mühe, sie zu kopieren, daß ich es unverzeihlich fände, würde ich ihn um dieses Vergnügen bringen.»

«Florio schreibt sie ab? Warum tut er das?»

«Um über meine Korrespondenz Bescheid zu wissen, um festzustellen, ob ich einen verhängnisvollen Briefwechsel mit Katholiken unterhalte, vielleicht auch aus Liebe zu Ihnen oder aus reiner Neugier, was weiß ich? Schließlich muß er Lord Burghley Bericht erstatten, nicht wahr? Aber wir zahlen es ihm heim.»

«Wie das?»

«Wir fabrizieren Falschmeldungen für ihn. Rob ist es gelungen, die Berichte aus seiner Feder zu lesen; er nimmt alles für bare Münze. Überhaupt kein Sinn für Humor.»

Rob begnügte sich mit einem beifälligen Lachen.

«Das ist von Vorteil. Doch abgesehen von einigen Späßen habe ich meine Meinung nicht geändert. Wissen Sie, was ich mir sage?» Er ließ Master Will keine Zeit für eine Antwort. «Lady Elisabeth Vere ist bezaubernd, sie ist reich, aber sie liebt mich nicht, das sieht man schon von weitem, und ich liebe sie auch nicht. Ich denke, daß zwischen Ehegatten ein Minimum an gegenseitiger Anziehung vorhanden sein sollte, auch wenn sich das in der Folge ändern mag. Ich will eine Frau heiraten, in die ich aus freien Stücken zumindest ... sagen wir, zumindest eine Woche lang verliebt gewesen bin. Waren Sie eine Woche lang in Ihre Frau verliebt, Will?»

«Mehr als das, mein Herr.»

«Sehen Sie. Mich läßt Lady Elisabeth Vere völlig kalt, und ich bin sicher, daß ich ihr schrecklich auf die Nerven gehe. Wenn Sie die Blicke sähen, die sie mir zuwirft! Die reinste Verachtung. Ich bin zweifellos ein Tor, denn ich wäre ein gemachter Mann, aber unter solchen Umständen kann ich unmöglich heiraten.»

Master Will sah ihn lange wortlos an. Ich dachte, daß das Gespräch auf Emilia kommen würde. Aber nein.

Flankiert von Rob, der nie von seiner Seite wich, verbrachte Henry ganze Nachmittage in Fechtsälen. Manchmal gesellten wir uns zu ihm. Ich machte beachtliche Fortschritte in der Handhabung des Degens. Doch meistens begleitete ich Master Will auf seinen Streifzügen kreuz und quer durch die Stadt.

Eines Tages kamen wir mit einem Mann ins Gespräch, der sich anerbot, uns ein Theater zu zeigen. Natürlich stand es leer, denn in der Venezianischen Republik war die Saison der öffentlichen Theater im Winter, zur Zeit des Karnevals. Hier sah ich zum erstenmal eine italienische Bühne. Das Publikum sitzt vor ihr und nicht wie bei uns rundherum. Master Will ermunterte mich dazu, in die Seile zu klettern und mir die Winden der Maschinerie, die Versenkungen und sonstigen Einrichtungen anzusehen. Trotz meines mangelhaften Italienisch begann ich ein ausführliches Gespräch mit einem jungen Mann, der sich bis zur Bedienung der letzten Seilrolle in sämtlichen Einzelheiten auskannte. Er war Zimmermann wie ich, und das Theater war eine seiner Spezialitäten. Er erklärte mir, wie die Italiener es anstellen, um auf der Bühne Schiffe, Monster, Häuser und manchmal ganze Straßen erscheinen zu lassen. Wir kletterten zusammen zum Schnürboden hoch und tauchten in die Tiefen des Bühnenunterbaus. Ich kehrte mehrmals ins Theater zurück, um mich zu vergewissern, daß ich alles richtig begriffen hatte. Ich füllte ein ganzes Heft mit Skizzen und Notizen. Manchmal kam Master Will mit und hörte sich schweigend meine Erklärungen an.

«Natürlich ist es beeindruckend», sagte er mir eines Tages nachdenklich. «Aber ich weiß nicht, ob es das ist, was wir für unsere öffentlichen Theater wollen. Zunächst braucht man dafür einen geschlossenen Saal, zudem sind Bau und Betrieb sehr kostspielig, und schließlich bezweifle ich, daß die Phantasie der Menschen auf solche Krücken angewiesen ist, so schön sie auch sein mögen.»

Was mich betrifft, muß ich gestehen, daß mich diese Maschinerie mit Begeisterung erfüllte.

«Man könnte es zumindest ausprobieren ...»

«Sprich mit Master James darüber. Wenn er es versuchen will, muß er einen geeigneten Ort finden. Aber ich bin sicher, daß das nicht ohne Auswirkung auf unser Publikum bliebe.»

Unerschütterlich fuhr ich fort, mir Skizzen zu machen, und nahm mir vor, bei Master James für die Sache einzutreten.

«Und wenn man aus der Widerspenstigen eine Italienerin machen würde?» Da Master Will ins Leere geredet hatte, fühlte ich mich nicht angesprochen. Ich begnügte mich damit, von den Maschinen zu träumen, die man für eine solche Aufführung hätte verwenden können.

«Es würde sich in Padua abspielen», spann Master Will seinen Gedanken fort. «Die eine der Schwestern hieße Angelica ... Nein, das wäre zu durchsichtig – zumal die andere Bianca heißt ...»

Ein langes Schweigen. Schließlich wurde er sich meiner Anwesenheit gewahr und lachte.

«Der Mann, den du hier siehst», sagte er, indem er sich auf die Brust klopfte, «ist ein Dummkopf; einer, der wie ein Schlafwandler lebt und sich in seiner geistigen Verwirrung für einen vornehmen Herrn hält, während er beim Erwachen feststellen muß, was er in Wirklichkeit ist: ein Narr.»

Das war alles, was er sagte, und ich getraute mich nicht, ihm weitere Fragen zu stellen.

Wir verließen Padua an einem strahlenden Morgen Anfang August in einem Boot. Auf dem Flußweg und über die Lagune dauerte die Fahrt nach Venedig nur wenige Stunden, und wir waren zutiefst ergriffen, als wir an jenem Nachmittag die Silhouette der Stadt erblickten.

Antonio kam zum ersten Mal in seinem Leben nach Venedig. Aber er hatte zu Hause schon so viel darüber gehört, daß er es übernahm, uns zu seinem Onkel zu führen, wo wir auch bald anlangten.

Die venezianischen Bassanos waren nicht nur wegen ihrer Virtuosität berühmt, sondern auch wegen ihrer Blasinstrumente, die aus fernen Ländern kamen, ja sogar bei den Ungläubigen gekauft wurden, wie man mir sagte. Und sie waren sehr stolz auf ihren englischen Familienzweig.

«König Heinrich VIII., der selber ein großer Virtuose ist, hat uns kommen lassen. Er hat in der ganzen Welt nach einem Bläserensemble gesucht und die Bassanos auserkoren.»

«Macht es ihnen denn nichts aus, daß Heinrich VIII. mit Rom gebrochen hat? Sind sie Protestanten?» fragte ich Antonio, als wir unter uns waren.

«In unserer Familie zählt keine Religion außer der Musik. Und dem Geld, aber das erst in zweiter Linie.»

Ich verstand sehr wohl, warum der verblichene König Heinrich VIII. seine Musiker von hier geholt hatte. Dank den Bassanos hörten wir in einigen Wochen mehr schöne Musik, als sie mir in meinem ganzen bisherigen Leben zu Ohren gekommen war. Ich mußte zwar eine päpstliche Kirche betreten und einer ganzen Messe beiwohnen, aber die Musik war so herrlich, daß mich trotz der düsteren Atmosphäre keinerlei Gewissensbisse plagten – die katholischen Kirchen sind meist sehr dunkel, manchmal gar fensterlos, vielleicht um Gottesfurcht hervorzurufen, vielleicht auch, um das Kerzenlicht zur Geltung zu bringen.

Die Bassanos, von Lord Southamptons englischem Meldereiter über unsere bevorstehende Ankunft benachrichtigt, hatten uns in der Lagune, auf einer Insel namens *La Giudecca,* die fast gegenüber dem Sankt-Markus-Platz liegt, eine Unterkunft besorgt. Wir verschwendeten nicht viel Zeit darauf, uns einzurichten; noch vor Einbruch der Nacht gingen wir wieder hinaus und mieteten ein Boot. Selbst in London sprach man von diesen *Wherries,* den berühmten Gondeln, die sich wie Vogelschwärme um die Anlegestellen drängen (die sie hier *Traghetti* nennen). Henry, der dank John Florio am besten von uns allen Italienisch sprach, machte für einen Augenblick von seiner Autorität als englischer Edelmann Gebrauch.

«Eine Rundfahrt durch die Lagune und dazu einige Erklärungen», befahl er.

Und er ließ sich auf ein hitziges Feilschen um den Preis ein, als hätte er in seinem ganzen Leben nichts anderes getan. Master Will gab sich alle Mühe, sein Lächeln zu verbergen.

Nachdem wir im Boot Platz genommen hatten und der *Gondoliere* seine ersten Erklärungen abgegeben hatte, lehnte sich Henry in seinem Sitz zurück: *«Venezia, Venezia, chi non ti vede non t'apprezza!»* murmelte er mit einem Seufzer. «Eine der Lieblingsmaximen von Master John.»

«Eigentlich sollte er jetzt bei uns sein, dieser Florio.»

«Ich muß zugeben, daß es keinen zweiten Italienischlehrer wie ihn gibt. Vor ihm hatte ich schon zwei Hauslehrer, aber keiner von ihnen konnte mir die Sprache beibringen. Bei ihm brauchte es nur wenige Monate, bis ich mich mit Leichtigkeit ausdrücken konnte. Schade, daß er einen miesen Charakter hat und seine Nase in Dinge steckt, die ihn nichts angehen.»

Dienstag, 23. Juni

Wir verbrachten einige Tage mit der Besichtigung von Venedig und sahen uns die Märkte und Kirchen an. Hätte Antonio jetzt mit dem Seemann aus Mailand diskutiert, hätte er ihm ganz andere Argumente entgegenhalten können: Es ist eine Sache, Venedig vom Hörensagen zu kennen, und eine ganz andere, wenn man die Stadt in eigener Person auf den Wasserwegen erkundet, die sie hier *Calli* nennen. Wir bestaunten die prunkvollen Palazzi, deren Fenster ausnahmslos verglast sind, die reich geschmückten Kirchen, den Zauber der Quartierplätze mit ihren Ziehbrunnen in der Mitte. Nach einigen Tagen jedoch gewöhnt man sich an die prächtige Augenweide, und die auf den ersten Blick so bewundernswürdige Stadt wird fast zur Enttäuschung, wenn man sie bis in die letzten Winkel erforscht hat. Um sie auch über einige Tage hinaus schätzen zu können, muß man dort etwas zu tun haben. Dann erst entdeckt man nach und nach ihren verborgenen Charme.

Während unseres Aufenthalts waren etwa zwei Dutzend Engländer in der Stadt. Ich glaube, wir sind jedem von ihnen begegnet. Ich traf einen meiner Londoner Nachbarn, und Henry (der einzige von uns, der heimlich abgereist war) mußte einige Male in unserer Gondel untertauchen, um der Entdekkung durch den einen oder anderen Edelmann zu entgehen, der sich hier in Geschäftsangelegenheiten aufhielt – in eigenen oder in jenen Ihrer Majestät. Wir aber durften nicht offiziell als Gefolge von Lord Southampton in Erscheinung treten und konnten deshalb auch niemandem unsere Aufwartung machen. Die Bassanos stellten Master Will überall als *«il Signor Sciacchespiro, gentiluomo inglese»* vor, der sich auf einer Vergnügungsreise befinde. Henry blieb im Hintergrund, und wenn Antonio sein Wort gebrochen und seinen Onkeln die wahre Identität des jungen Lords enthüllt haben sollte, so ließen sich diese jedenfalls nichts anmerken. Sie behandelten ihn ebenso ungezwungen wie Young Ned, Rob oder mich.

Master Will war es, der schließlich für alle von uns eine Beschäftigung fand. Drei Dingen in dieser Stadt galt sein leidenschaftliches Interesse: den Bibliotheken, den Theatern und dem Arsenal.

Über das Arsenal werde ich nichts sagen: Es ist ein riesiges Gelände, zehnmal größer als unser Deptford. Sein guter Ruf beruht auf seinen hervorragenden Schiffen und der Schnelligkeit, mit der sie gebaut werden. Ich spreche lieber von etwas viel Außergewöhnlicherem: von den Bibliotheken. In ihrer Art gab es in London nichts Vergleichbares. In Padua, wo es auch Bibliotheken gab, entdeckten wir, daß man Bücher ausleihen konnte, um sie zu Hause zu lesen. In Venedig war das Bücherangebot geradezu überwältigend. Und neben den öffentlichen Bibliotheken gab es jene der Palazzi, die eine großartiger als die andere: Da fand man neben Büchern seltene Instrumente, Bilder, Skulpturen, Antiquitäten und andere ungewöhnliche Gegenstände. So wurden wir bald darauf aufmerksam, daß der Besitzer eines Palazzos in der Nähe unserer Unterkunft auf der Insel *La Giudecca,* Signore Nicolao Vendramini, eine mehrere tausend Bände starke Bibliothek besaß, die er uns bereitwillig zeigte. Neben den Büchern entdeckten wir erlesene Pendulen, wundervolle Skulpturen und eine Orgel von unerhörter Klangfülle.

Wie besessen stürzten wir uns auf die Bücher.

«Ich werde so schnell abschreiben, wie mein Italienisch es erlaubt. Was meinst du, Tom, würdest du mir dabei helfen, gestützt auf deine Lateinkenntnisse?»

Tag um Tag waren wir in den Stunden, in denen uns die Sommerhitze ans Haus fesselte, mit Lesen und Abschreiben beschäftigt. Master Will und ich begannen zuerst allein, dann bot uns Young Ned seine Hilfe an, und selbst Henry, dessen Lieblingsbeschäftigung das Fechten blieb, gesellte sich zu uns, als er einmal im Fechtsaal um ein Haar von einem seiner Mitstudenten aus Cambridge erkannt worden wäre. Master Will vergaß nie ganz, daß dieser große Junge, der mit herausgestreckter Zunge für ihn kopierte, kein Geringerer war als Lord Southampton, so anders er sich hier geben mochte, und hie und da schrieb er ihm ein Sonett, das der junge Herr an sein Herz preßte und mit Inbrunst flüsterte: «Danke, Will. Für Florio natürlich.»

Doch man sah ihm an, daß er sich geschmeichelt fühlte. Damals wohl begann Master Will Eindruck auf diesen Jungen zu machen, der sonst den anderen meist nur eine glatte Oberfläche zeigte, die zwar Bewunderung erweckte, aber einer wirklichen Zuneigung im Wege stand.

Man muß auch sagen, daß Master Will erstaunlich war. Er war von einem ansteckenden Feuer beseelt.

«Ich weiß nicht, ob ich in meinem Leben nochmals eine solche Reise unternehmen werde», hatte er mir am ersten Tag auf dem Schiff anvertraut, das uns nach Frankreich brachte. «Ich muß davon profitieren.»

Und er hielt Wort mit dieser Leidenschaft, die ihn auszeichnete, wenn er sich in etwas hineinkniete.

Natürlich hatte er Young Ned im Nu erobert, der sich bereits nach wenigen Tagen aus dem Fenster gestürzt hätte, um ihm eine Freude zu machen. Master Will hatte auch keine Skrupel, ihn zur Bewachung von Henry einzusetzen, wenn wir nicht zusammen waren.

«Stell dich so an, daß du ihm unbemerkt folgen kannst. Geht er zu den Mädchen?»

«Das weniger, mein Herr. Die jungen Frauen interessieren Henry nur mäßig. Er fürchtet sich vor ihnen. Aber er frequentiert verrufene Orte, wenn es das ist, worauf Ihre Frage abzielte. Haben Sie seinen Vater gekannt?»

«Nein. Warum? Hast du ihn etwa gekannt?»

«Ich nicht. Aber Rob stand in seinen Diensten. Die Gräfin hatte es mit List fertiggebracht, daß er angestellt wurde, um über den jungen Henry zu wachen. Als der zweite Graf sein Ende näherkommen fühlte, verbannte er seine Frau und teilte sein Leben mit einem Mann namens Thomas Dymock, den er als Universalerben einsetzen wollte, als wäre er seine Gattin. Er haßte die Frauen, und seine eigene zuvorderst. Jahrelang hat er sie daran gehindert, ihre Kinder zu sehen, und während Jahren hat unser junger Mann jeden Tag zu hören bekommen, seine Mutter sei eine H ... Entschuldigen Sie, Master Will. Ich weiß, daß es keine Frauen gibt an den Orten, die er aufsucht und die Rob mir nie beschreiben wollte. Er hat mir sogar allen Ernstes gedroht, er würde mich umbringen, sollte er mich eines Tages an einer solchen Stätte ertappen. Ich versichere Ihnen, daß Rob der Frau Gräfin zutiefst ergeben ist und ihm ebensoviel daran liegt wie Ihnen, daß Lord Henry nichts zustößt. Aber zwei Leute sind sicherlich besser als einer, und außerhalb dieser Orte, die zu betreten mir Rob verbietet, werde ich aufpassen.»

«Das tönt nicht gerade beruhigend.»

«Rob, der Lord Henry seit seinem fünften Altersjahr kennt, hat immer gesagt, man müsse die Methoden des Anglers anwenden, um ihn dahin zu bringen, wo man ihn haben will. Schnur abrollen. Dem Fisch die Illusion geben, er sei frei. Er weiß, wie man es anstellt, Sie können ihm vertrauen.»

Mittwoch, 24. Juni

Ich vergaß die mahnenden Worte von Master James Burbage nicht, und kurz nach unserer Ankunft versuchte ich mich über das Theater zu dokumentieren.

Auch hier besichtigten wir ein Theater, jenes von *San Cassiano Nuovo.* Diesmal waren wir auf vertrauterem Boden: Es war rund wie die unseren. Und die Geschichten, die man uns über die von der Regierung verhängten Theaterverbote erzählte, die ihr von den Jesuiten eingeflüstert worden waren, bestärkten uns in unserer Ansicht, daß die Schüler des Ignatius von Loyola die Puritaner unter den Papstanhängern sind. Ihnen zufolge gaben sich die Leute in den Logen über dem Parkett sündigen Praktiken hin, die selbstverständlich von den Darbietungen inspiriert waren. Ähnliches hatten wir schon hundertmal gehört.

Das größte Theatererlebnis kam überraschend zustande.

Signore Nicolao Vendramini, unser Nachbar, verheiratete seine Tochter. Er veranstaltete ein großes Fest in seinem Haus und in seinem Garten. Die Bassanos spielten dort auf, und wir waren alle eingeladen. Wir sahen ein Stück, das einer Tradition entstammte, die man dort gemeinhin als *Commedia dell' Arte* bezeichnet. Man hatte eine Gerüstbühne errichtet, auf deren Hintergrund eine prachtvolle Leinwand aufgespannt war. Davor befanden sich auf beiden Seiten kleinere Leinwände, auf Italienisch *Quinte,* die eine außerordentliche Raumillusion vermittelten. Wir verstanden kein Wort, denn die Schauspieler sprachen in venezianischem Dialekt. Aber das machte nichts. Man konnte der Geschichte auch so folgen, und wenn man den Handlungsfaden verlor, kam Antonio zu Hilfe. Master Will starrte gebannt auf die Bühne.

«Wer ist der da?»

«Das ist der Zanni, der gewitzte Diener, der ein tüchtiges Mundwerk hat. Er nimmt sich alle Freiheiten heraus und bringt die Leute immer wieder zum Lachen.»

«Und der da?»

«Das ist *Il Magnifico,* der Meister. Er ist zwar auch nicht auf den Mund gefallen, aber Zanni ist noch zungenfertiger.»

«Siehst du Will Kempe in dieser Rolle, Tom?»

«Er wäre zweifellos glänzend.»

«Er *muß* diese Rolle spielen. Es gilt eine Form zu finden, die unserem ernsteren Theater angemessen ist. Aber diese glänzende Lektion sollte man nicht ignorieren.»

Die Geschichte, so wurde uns erklärt, war nur in großen Zügen aufgeschrieben, und diese Schauspieler waren vor allem Meister der Improvisation. Drei beharrliche Verehrer bewarben sich um ein Mädchen. Die junge Frau beschloß, sie einer Prüfung zu unterwerfen, und versprach dem Sieger ihre Hand. Darauf wurde sie von Piraten entführt. Die Verehrer dachten, sie hätte sich versteckt, das sei nun die angekündigte Prüfung, und begaben sich auf die Suche nach ihr. Es gab viel Aufregung und zahlreiche Lacher, bis schließlich alles zu einem guten Ende kam und das Mädchen den Jungen heiratete, den es von Anfang an geliebt hatte. Es war wunderbar.

Während Henry ihm eine ungefähre Übersetzung ins Ohr flüsterte, hielt Master Will die Augen unverwandt auf die Bühne gerichtet und sog alles in andächtiger Sammlung auf. Man hatte den Eindruck, das Gesehene brenne sich in seine Pupillen ein.

«So müßte man unsere Komödien spielen», murmelte er wiederholt.

Eines setzte diesem außergewöhnlichen Ereignis die Krone auf: Die Frauen wurden von Frauen gespielt. Ich war so wenig darauf gefaßt, daß ich es anfänglich gar nicht bemerkte. Erst nach und nach fielen mir die feinen Unterschiede auf. Als es mir endlich in den Schädel ging, war ich wohl ebenso gelähmt wie Master Will. Ich versuchte mir vorzustellen, wie ich in dieser Rolle wäre. Und jetzt, da ich es wußte, wurde mir klar, welch vollendetes Gespür diese Schauspielerin besaß und wie unzulänglich ich demgegenüber war und für immer bleiben würde. Wie sehr ich mich auch anstrengen mochte, mich in sie zu versetzen, ich würde immer ein Mann bleiben – und zugegebenermaßen wünschte ich nicht im geringsten, daß es anders wäre.

Spät in der Nacht trafen wir uns in unserem Garten, es war trotz vorgerückter Stunde immer noch hochsommerlich heiß. Henry und Will saßen an einem Steintisch, Rob und ich auf einem Mäuerchen in ihrer Nähe. Anfänglich verlief die Unterhaltung getrennt, aber bald verstummten wir, um den anderen zuzuhören. Master Will drehte selbstvergessen an seinem Weinbecher, ohne ihn an die Lippen zu führen.

«Es geht nichts über das Reisen. Ich habe schon oft von diesen Wandertruppen gehört, doch es ist eine ganz andere Sache, sie zu sehen und die Reaktion des Publikums zu erleben. Welche Raffinesse! Welche Gewandtheit! Verglichen mit ihnen sind wir schwerfällige Ochsen. Ich muß unbedingt einige Rollen überdenken.»

«Haben Sie gesehen? Die Frauenrollen wurden von Frauen dargestellt.»

«Es ist mir angenehm aufgefallen. Das ist wirklich etwas anderes, auch wenn Tom und die anderen Burschen durchaus talentiert sind.»

«Weshalb treten auf unseren Bühnen eigentlich keine Frauen auf?»

«Mein lieber Herr! Obwohl uns gewisse Leute in Verruf

bringen, sind wir ein ehrenwerter Berufsstand. Bei uns würden auch die ehrbarsten Frauen, die gewillt sind, auf der Bühne aufzutreten, als Prostituierte gelten und wir als ihre Zuhälter. Außerdem können wir von einer Frau nicht verlangen, daß sie unsere klägliche Existenz teilt. Ganz zu schweigen von der Stimmung in der Truppe … Es käme zu Rivalitäten, flüchtigen Liebschaften, lautstarken Szenen, Klagen und endlosen Geschichten. Und wer würde über die Tugend der Mädchen wachen? Wer sollte sie unterrichten? Nein, glauben Sie mir, wir Schauspieler sind ohnehin schon ein seltsames Völklein. Verlangen Sie nicht, daß wir uns das Leben noch zusätzlich erschweren. Die Burschen tun ihre Sache ausgezeichnet.»

«Durchaus einverstanden. Doch der Anblick dieser Schauspielerinnen in Frauenrollen von heute abend hat mir ein merkwürdiges, bislang unbekanntes Gefühl der Befriedigung verschafft. Abgesehen davon räume ich ein, daß Ihre Argumente ihre Berechtigung haben.»

Schweigen. Aus der Ferne war noch Festlärm zu hören, durchwoben von Lautenklängen und Gelächter. Im Dunkeln ertönte Henrys Stimme.

«Natürlich, Will, wenn Sie sich in eine Schauspielerin verlieben würden … Sagen Sie mir, stimmt es wirklich, daß Sie diese Kurtisane leidenschaftlich verehren, diese …»

«Sie ist keine Kurtisane!»

«Aha! Dann stimmt es also. Was ist sie denn, wenn nicht eine Kurtisane?»

«Eine bemerkenswerte junge Frau, in die sich Lord Hunsdon auf Grund ihrer Jugend, Schönheit und Liebenswürdigkeit verliebt hat. Sie war eine arme Waise, und weil der Lordkämmerer sie um jeden Preis haben wollte, hat er sie sich auch etwas kosten lassen. Da ihre ganze Familie für den Lebensunterhalt auf ihn angewiesen ist, hat man sie ihm gegeben. Jetzt ist sie zuweilen launisch und schwierig. Doch ich nehme es ihr nicht übel. Ich weiß nicht einmal, ob sie noch fähig ist, echte Gefühle zu empfinden. Denn um zu überleben, mußte sie ihr Herz allen Gefühlsregungen verschließen, auch den besten. Eines ist sicher: Sie ist bemerkenswert intelligent und gebildet. Sie liest mit Besessenheit. Für Bücher gibt sie ebenso viel Geld aus wie für Schmuck. Und sie ist die Mätresse dieses alten Mannes, der kaum Lateinisch spricht, dafür aber flucht wie ein Soldat und zweifellos die Frauen bespringt, als würde er ein erobertes Land betreten. Haben Sie sie jemals Flöte, Cembalo oder Virginal spielen gehört?»

«Mein lieber Shakespeare, ich kenne sie nur vom Sehen. Gelegentlich hat sie jemand an ein Fest mitgenommen, wo auch ich anwesend war. Doch ich habe noch nie ein Wort mit ihr gewechselt.»

«Sie musiziert mit großer Virtuosität, sie erinnert mich an Meister Bull. Und sie ist Dichterin. Sie schreibt Verse von einer wunderbaren Form und Leichtigkeit.»

«Sie sehen sie mit den Augen der Liebe.»

«Es stimmt, daß ich ihr sehr zugetan bin, und in meinen hellen Momenten habe ich den Himmel gepriesen, daß er mich zum Heiraten bestimmt hat, bevor ich sie kennenlernte. Sonst hätte ich vielleicht eine Dummheit begangen. Sie erweckt zu viel Leidenschaft, als daß eine Ehe mit ihr glücklich sein könnte.»

«Vor unserer Abreise ist mir zu Ohren gekommen, der Sohn von Lord Hunsdon, Sir George Carey, wolle um jeden Preis, daß sie von seinem Vater ferngehalten und verheiratet wird. Ganz London weiß, daß sie noch einen anderen Liebhaber hat, und etliche Leute vermuten, daß Sie dieser Liebhaber sind. Ich frage mich, wer gewillt sein könnte, sie zu heiraten. Bis anhin hat Lord Hunsdon stets dafür gesorgt, daß seine Mätressen eine gute Partie machten, aber ihnen war auch nichts vorzuwerfen.»

«Damals war er noch kein alter Mann, und die Mätressen konnten sich mit ihm zufriedengeben. Heute ist es anders. Ich muß gestehen, daß ich dieser Leidenschaft bei gründlicher Überlegung hätte entsagen sollen. Ich ließ mich davon überraschen und mitreißen. Nie hätte ich vermutet, daß eine Frau so sein kann wie sie. Alle, die ich vor ihr gekannt habe, hatten ihren Charme, aber mit ihnen gab es keinerlei Überraschungen.»

Henry räusperte sich. «Haben Sie nie daran gedacht, William, daß es in der Liebe wie im Theater einfacher wäre, wenn man unter Männern bliebe?»

In der Dunkelheit war Master Wills Miene nicht zu sehen. Aber seine Stimme wurde plötzlich frostig.

«Eure Exzellenz, es gibt mehr als einen Mann auf der Welt, den ich von Herzen liebe, doch so wahr das Meer sich hebt und senkt, so wahr ist es, daß wir nicht gegen unsere Natur ankommen. Was mich betrifft, so habe ich schon vor langer Zeit erkannt, daß uns kein einziger Autor die Schönheit so vollkommen lehren kann wie die Augen einer Frau. *Meine* Augen würden ihre Pflicht verletzen, wenn sie es versäumten, in ihrem Gesicht zu lesen. Die besondere Art von Liebe, die ich für Frauen empfinde, ist ein einmaliger Schatz, den ich nicht missen möchte. Leider muß ich zu meinem größten Bedauern jedesmal feststellen, daß dieser Zustand sich verflüchtigt, doch gleichzeitig warte ich immer wieder ungeduldig auf einen Neubeginn, ungeachtet der zu erwartenden Komplikationen. So etwas habe ich für keinen der Männer je empfunden, die ich liebe. Meine Liebe zu ihnen ist gewiß innig, aber sie ist losgelöst vom Fleisch, selbst bei einer so tiefen Freundschaft, wie ich sie Ihnen entgegenbringe.»

«Aber die Frauen sind unverständliche Wesen: unberechenbar, launisch, doppelzüngig, geschwätzig, intrigant ...»

«Sind die Männer denn besser?»

«Bei den Männern weiß man zumindest, woran man ist.»

«Ich entnehme Ihren Worten, daß Sie noch nie eine Frau geliebt haben. Sie sind unter Männern aufgewachsen und wagen es nicht, den entscheidenden Schritt zu tun. Eines Tages werden Sie sich verlieben. Und noch bevor die Woche um ist, die Sie sich kürzlich ausbedungen haben, werden Sie die Dame heiraten wollen.»

«Wünschen Sie mir, daß ich einer Emilia Bassano begegne?»

«Ich wünsche Ihnen, daß Sie einer Emilia Bassano begegnen. Aber einer Emilia Bassano, die frei ist, die von allen geachtet wird und die Sie liebt.»

«Wissen Sie, was Ihr Kollege Marlowe behauptet?»

«Er stellt mancherlei Behauptungen auf, einige davon sind sehr weise, andere sehr töricht.»

«Er behauptet, wer weder den Tabak noch die Knaben liebe, sei ein Dummkopf.»

«Sie haben sicher bemerkt, daß er entgegen seiner Aussage niemals raucht. Kit ist ein Bursche, der gerne provoziert. Er kann besser über die Liebe zwischen Männern und Frauen sprechen als jeder andere. Er ist ein Genie.»

«Aber es ist doch gefährlich, solche Sachen zu behaupten.»

«Offensichtlich kennen Sie Kit nicht besonders gut. Die Gefahr reizt ihn. Er stürzt sich Hals über Kopf in jede Schlägerei, und wenn er so weitermacht, wird es schlimm für ihn enden. Was er an einem Kneipentisch über sein Liebesleben erzählt, ist keinen Penny wert.»

Henry lachte lange, bevor er antwortete.

«Damit sind wir also zum Ausgangspunkt zurückgekehrt: Sie wollen mich zum Heiraten überreden.»

«Ich? Keineswegs. Ich finde Ihre Gründe, warum Sie es nicht tun wollen, durchaus einleuchtend. Ich sage nur, daß Sie die Freuden der Liebe mit einer Frau kosten sollten. Und wenn Sie sie wirklich lieben, brauchen Sie meine Sonette nicht, um sie zu heiraten. Trotzdem erlaube ich mir, Sie darauf hinzuweisen, daß jede Heirat, die Lord Burghleys Absichten zuwiderläuft, mit großen Schwierigkeiten verbunden ist und Sie teuer zu stehen kommen wird. Sie haben Ihr

Versprechen abgegeben, und der Schatzkanzler ist berechtigt, von Ihnen eine Entschädigung zu verlangen.»

«Wahrscheinlich fünftausend Pfund. Florio sagt es mir jeden Monat einmal. Ich werde ein Besitztum verkaufen, wenn nötig auch zwei oder gar zehn. Dank dieser Reise habe ich gemerkt, daß ich mit wenig auskommen kann. Sagen Sie mir, Shakespeare, was halten Sie davon, wenn ich eine venezianische Kurtisane aufsuche, um meine Scham zu überwinden?»

«Warum nicht? Wählen Sie eine, die bei bester Gesundheit ist.»

Ein langes Schweigen folgte. Zweifellos machte sich die Müdigkeit bemerkbar, denn es war schon weit über Mitternacht. Uns schien, unsere Gefährten seien im Begriff aufzustehen; Young Ned und ich machten uns geräuschlos aus dem Staub. Als Master Will die Wohnung betrat, die wir uns teilten, lagen wir reglos im Bett. Doch ich fand keinen Schlaf.

Seit wir zusammen reisten, betrachtete ich Lord Southampton als einen ganz gewöhnlichen Altersgenossen. Ich hatte nie wirklich angenommen, er könnte homosexuell sein; «diese Leute» (vor denen meine Eltern mich gewarnt hatten) waren für mich völlig fremde Wesen. Ich war perplex.

Verblüfft hatte mich auch die Ruhe, mit der Master Will über die Sache geredet hatte. Es stimmt, daß für ihn *alle Menschen von Fehlern durchwirkt sind und den meisten von ihnen eine gewisse Portion Gerissenheit keineswegs schadet.* Mit anderen Worten: Alles hat zwei Seiten; kein Mensch ist unrettbar schlecht oder ausnahmslos gut.

Sonntag, 28. Juni

Einen Monat in Venedig: Das schien anfänglich zu lang und war schließlich zu kurz. Der August näherte sich seinem Ende; es war Zeit, an die Heimkehr zu denken. Henry schlug vor, um den zehnten September herum aufzubrechen, aber Master Will und Rob ließen sich nicht erweichen.

«Ihre Majestät wird sich Ende des Monats nach Oxford begeben. Lord Essex rechnet mit Ihrer Anwesenheit, und wenn Sie nicht dort sind, wird man am nächsten Tag eine Erklärung von Ihnen verlangen. Dann wird es nicht mehr bloß darum gehen, daß Sie etwas verschweigen, sondern Sie werden zu einer offenen Lüge gezwungen sein.»

Er beugte sich unseren Argumenten, und wir schlugen auf der Rückreise ein höllisches Tempo an. Wir konnten uns kein Herumtrödeln leisten. Es war die Rede davon, über Mantua zu reisen, denn man hatte uns gesagt, wir würden dort ein Theater finden, das noch prachtvoller sei als die bisher gesehenen. Mantua, die Stadt Vergils ... Einen Moment lang schwankte Master Will. Aber schließlich wies er die Idee zurück.

«Und wenn es stürmt über dem Ärmelkanal? Wenn wir in Calais eine oder gar zwei Wochen auf die Überfahrt warten müssen? Nach all den Vorsichtsmaßnahmen wäre es wirklich dumm, wenn unser Abenteuer wegen einer Verspätung von ein, zwei Tagen auffliegen würde.»

Für die Rückreise wählten wir dieselbe Route wie für den Hinweg. Unser Kundschafter ritt uns wieder voraus, um für die Unterkünfte zu sorgen.

Die Reise verlief ohne Zwischenfälle. In Calais erwartete uns ein Schiff, und eine günstige Brise brachte uns nach England.

«Wir werden nicht in Dover landen», beschied uns Henry, der sich zusehends in Lord Southampton zurückverwandelte. «Wir haben einen hübschen Vorsprung, also laßt uns nach Portsmouth und von dort nach Titchfield gehen, wo ich natürlich den ganzen Sommer verbracht haben werde. Eine Woche später werden wir unter viel Aufsehen nach London zurückkehren.»

Master Will fand die Idee ausgezeichnet. Nur Antonio nahm in Begleitung unserer Vorhut den direkteren Weg. Er war mit Waren für seinen Vater und seine Onkel beladen, die ihm nicht die geringste Verspätung verziehen hätten.

Scherzhaft, aber mit drohendem Unterton sagte ihm Rob beim Abschied, er werde ihn umbringen, wenn er jemandem erzähle, in welcher Gesellschaft er den Sommer verbracht habe, und Robs Worte nahm man besser nicht auf die leichte Schulter. Antonio schwor es mit leicht zitternder Stimme. Und er hat sein Versprechen gehalten. Niemand hat je etwas von dieser Reise erfahren.

In Titchfield, einem im Norden von Portsmouth gelegenen imposanten Wohnsitz, nahmen wir uns kaum Zeit, uns einzurichten. Unser Meldereiter hatte Lord Essex eine Nachricht überbracht. Lord Essex war ein Günstling Ihrer Majestät und ein enger Freund von Lord Southampton, den er seit der Kindheit kannte, denn beide Männer waren gemeinsam unter der Vormundschaft von Lord Burghley aufgewachsen. Lord Essex war einer der wenigen Leute, die wußten, daß Lord Southampton den Ärmelkanal überquert hatte.

Unser Mann kam schon bald mit einer Antwort zurück.

Sie sind vollkommen entschuldigt für Ihre Verspätung, schrieb Lord Essex im wesentlichen. *London wird von einer schrecklichen Pestseuche heimgesucht, die Leute sterben zu Hunderten. Theater und Amphitheater sind geschlossen, Feste und Volksaufläufe untersagt, überall herrscht Trauer. Wir werden in etwa zehn Tagen nach Oxford gehen, wir erwarten noch den Bescheid Ihrer Majestät bezüglich des genauen Datums. Ich habe ihr gesagt, daß Sie umständehalber aus Titchfield anreisen werden. Es wäre sicher nützlich, wenn Sie eine kleine Rede vorbereiten.*

Lord Southampton machte uns das Angebot, auf dem Land zu bleiben, doch Master Will und ich hatten es eilig, ans Theater zurückzukehren, Pest hin oder her.

Als wir kaum eine Woche darauf am langen Tisch der

Burbages Platz nahmen, kam es mir vor, als wäre ich gar nie abgereist.

«Nun, was ist mit dem jungen Mann?»

«Er hat sich gut gehalten, niemand hat ihn erkannt.»

«Ihre Reise bleibt unser Geheimnis, und ich möchte euer Wort darauf.»

Wir versprachen es.

«Und nun gilt es möglichst rasch auf Tournee zu gehen. Es hat keinen Sinn, länger hier zu bleiben, die Pest wütet nach wie vor, obwohl die große Hitze vorbei ist.»

Dick Burbages sonores Organ übertönte das darauffolgende Stimmengewirr.

«Habt ihr schon von Master Greenes Tod gehört?»

«Noch ein Opfer der Pest ...»

«Ich glaube nicht. Er war sehr krank. Man sagt, sein Körper sei vom Trinken aufgebläht gewesen wie ein Weinschlauch. Dabei hat er sich vom Lebemann, der er war, zum Tugendbold gewandelt: Er hat bereut, hat das Fluchen und die blasphemischen Sprüche sein lassen, hat darüber gejammert, daß er die Welt verlassen müsse, und sich bei Gott und allen Menschen für seine Kränkungen entschuldigt – ganz in der Art von Greene natürlich, indem er dafür sorgte, daß sein Gesinnungswandel allgemein bekannt wurde. Einige Stunden vor dem Tod schrieb er noch an seine Frau und bat, sie möge ihm vergeben und seine Schulden bezahlen. Von all den Leuten, die sich jeweils um ihn drängten, um auf seine Kosten zu trinken, ist ihm keiner in seinem Unglück beigestanden. Die einzige Person, die um ihn weinte, war seine Vermieterin, obwohl er ihr ich weiß nicht wie viele Mieten schuldete. Er wollte, daß man ihn nach dem Tod mit einem Beerenkranz kröne, und sie hat ihm diesen Wunsch erfüllt.»

Eine Pause. Der arme Greene hatte seinen Tod herausgefordert. Mehr gab es dazu nicht zu sagen.

«Nun gut, und wohin gehen wir?»

«Ich habe mich mit Master Henslowe verständigt, daß unsere beiden Truppen gemeinsam auf Tournee gehen. Lord Pembroke ist einverstanden, uns unter seine Fittiche zu nehmen. Aber wir werden uns in verschiedene Gruppen aufteilen; das erlaubt uns, drei Vorstellungen gleichzeitig zu geben.»

«Wie steht es mit Ed Alleyn? Er ist doch zu eitel, um die Hauptrolle mit uns zu teilen.»

«Mag sein. Doch wir müssen unsere Kräfte vereinen, sonst geht es nicht. Und wenn ihr auf der Tournee nichts verdient, sind wir alle ruiniert. Wir müssen unsere Texte zusammenlegen. Wir haben sogar einen Vertrag unterzeichnet.

Wir wagten uns nicht ins Zentrum von London, doch die nähere Umgebung war auch nicht viel sicherer. Die Pest hatte sich schon bis nach Greenwich ausgebreitet. In höchster Eile bereiteten wir unsere Abreise vor. Die letzten Tage vor dem Aufbruch waren hektisch.

Der Rhythmus unserer täglichen Proben erhöhte sich. Wir mußten in bester Form sein, denn die akrobatischen Einlagen waren auf Tournee von besonderer Wichtigkeit. Eines Morgens, als wir mitten im Akrobatiktraining waren, bemerkten wir zwei Schritte neben der Arbeitsbühne Kit Marlowe, der uns lächelnd zusah.

«Die Leute, die mir gesagt haben, daß ihr zurückgekehrt seid, haben sich also nicht getäuscht», bemerkte er anstelle eines Grußes.

«Es gibt nichts Süßeres als die Heimat», erwiderte Master Will, der sich von meinen Schultern fallen ließ. «Dieser königliche Thron der Monarchen, diese umgürtete Insel, dieses erhabene Land, diese Residenz von Mars, dieser zweite Garten Eden, dieses halbe Paradies, diese von der Natur selbst erbaute Festung gegen Seuchen und Kriege, dieser glückliche Menschenschlag, diese kleine Welt, dieser Edelstein, gefaßt in ein Meer aus Silber, das ihm als Wall oder tiefer Wassergraben zum Schutze des Hauses vor dem Neid weniger begünstigter

Länder dient, dieser gesegnete Ort, diese Erde, dieses Lehen, dieses England, diese Amme, dieser reiche Schoß der Herrscher …»

Kit unterbrach ihn lachend.

«Bei Gott, was für ein Redeschwall! Ich frage mich, was du sagen wirst, nachdem du diese Botschaft aus dem Jenseits gelesen hast.» Mit diesen Worten warf er Master Will ein Pamphlet zu, das dieser auffing.

«Für einen Groschen Verstand, erkauft mit einer Million Reue, von Robert Greene.» Seiner Stimme war die Verblüffung anzumerken. «Die Feder dieses Mannes ist wirklich unsterblich; sie verfolgt uns selbst aus dem Jenseits.»

«Du wirst deinen Augen nicht trauen. Lies die Stelle, die ich dir angezeichnet habe.»

Master Will überflog die Passage, wobei sein lächelndes Gesicht immer länger wurde und schließlich diese kalte Wut ausdrückte, die ich nur an ihm sah, wenn er im Begriff war, jegliche Beherrschung zu verlieren.

Er schleuderte die Broschüre weg; ich las sie auf, um festzustellen, was ihn denn so wütend machte.

Diesen Ehrenmännern aus seinem Bekanntenkreis, hatte Master Greene geschrieben, *die ihren Verstand mißbrauchen, indem sie Theaterstücke verfassen, wünscht R. G. eine respektablere Tätigkeit und eine Weisheit, die sie vor ähnlichem Unheil wie dem seinen bewahrt … Und wenn euch mein Elend keine Warnung ist, euch allen, dann deshalb, weil ihr vulgäre Geister seid … Keinem von euch haben sich diese Blutsauger so hartnäckig an die Fersen geheftet wie mir: Ich rede von diesen Marionetten, die durch unseren Mund sprechen, die sich mit unseren Federn schmücken. Ist es nicht befremdlich, daß ich, den sie alle nachgeäfft haben, ist es nicht befremdlich, daß ihr, die sie ebenfalls imitiert haben, sobald wir uns in meiner gegenwärtigen Lage befinden, keinen Menschen mehr zu Gesicht bekommen? Ja, schenkt ihnen niemals Vertrauen: Unter ihnen gibt es einen Emporkömmling, einen Raben, der sich mit unseren Federn schmückt und dessen Tigerherz sich unter einer Schauspielerhaut verbirgt, der sich zur Behauptung versteigt, er könne ebenso gute Blankverse schmieden wie der beste unter euch; und in seinem Hochmut hält sich dieser* Johannes fac totum *für den einzigen Bühnen-Erschütterer [Shakescene] des Landes … Laßt doch diese Affen eure vergangenen Erfolge nachahmen, und verbergt eure künftigen Einfälle vor ihnen. Ich weiß, daß der Beste von euch niemals ein Pfandleiher und der Liebenswürdigste von euch niemals ein guter Interpret sein wird. Sucht euch bessere Meister, solange ihr es noch könnt. Es ist wirklich schade, daß so edle Geister vom guten Willen dieser grobschlächtigen Knechte abhängen … Wenn ihr es zulaßt, daß diese Bauern weiterarbeiten, werden eure Werke von eurer Nichtswürdigkeit zeugen. Was die neu Dazugekommenen betrifft, überlasse ich sie der Willkür dieser buntscheckigen Mißgeburten, die (woran ich nicht zweifle) sich die Verachtung der Besten unter ihnen zuziehen werden …*

Es verschlug mir den Atem. Master Greenes wiedergefundene Tugend war reines Gift. In einer Ecke besprachen sich Kit Marlowe und Master Will mit leiser Stimme. Man konnte nur einzelne Worte verstehen. «Genugtuung fordern … eine gehörige Tracht Prügel … Duell …»

«Von wem gedenken Sie denn Genugtuung zu fordern?» wollte ich später wissen.

«Von diesem unverschämten Verleger, der die Papiere dieser Giftschlange an sich genommen und sie ausnahmslos veröffentlicht hat. Er heißt Chettle, dieser Aasgeier. Ihm ist nur daran gelegen, ein paar Groschen zu verdienen, und daß er es auf unserem Rücken tut, läßt ihn kalt. Er kennt uns nicht einmal. Er hätte wenigstens einige der Behauptungen überprüfen können.»

«Werden Sie ihn wirklich zur Rechenschaft ziehen?»

«Es muß sein. Möchtest du etwa, daß man deinen Meister als Dieb, als gewissenlosen Schurken bezeichnet?»

«Nein, natürlich nicht. Nicht bloß, weil Sie mein Meister sind, sondern vor allem, weil es nicht wahr ist.»

«Kit und ich werden eine Entschuldigung verlangen. Es gibt nichts Schlimmeres als Leute, die sich einbilden, bloß weil sie selbst auf dem Pfad der Tugend wandeln, müßten auch alle anderen den Geschmack an Süßigkeiten und am Bier verlieren. Abgesehen davon hätte Robert Greenes tugendhafter Lebenswandel wahrscheinlich nicht sehr lange angehalten, wäre er, statt zu sterben, wieder gesund geworden.»

Montag, 29. Juni

Wir hatten «unseren jungen Mann» völlig aus den Augen verloren, der, wie wir hörten, aus Oxford zurückgekehrt war. Er befand sich weder in Southampton House noch in Essex House. Doch kaum vierundzwanzig Stunden nach Kits Besuch erfuhr ich von Young Ned, der Master Will diente, als hätte er nie etwas anderes getan, dabei aber die freundschaftlichen Beziehungen zum Haushalt des jungen Grafen nicht abbrechen ließ, die letzten Neuigkeiten.

«Lord Southampton hat Florio zu Chettle geschickt, um ihm sein tiefstes Mißfallen über die Lektüre von *Für einen Groschen Verstand* zu bekunden. Florio hat wie üblich etwas übertrieben und Chettle solche Angst eingejagt, daß dieser eine Entschuldigung veröffentlichen wird. Er mußte es versprechen. Zudem hat offenbar auch Lord Strange einen Boten zum unseligen Chettle gesandt. Thomas Walsingham ist sogar höchstpersönlich hingegangen, um für Kit Marlowe Schadenersatz zu verlangen, und er soll bei dieser Gelegenheit den unvorsichtigen Verleger etwas verprügelt haben, wie man sagt.»

Wir lachten beide. Dann kam Young Ned auf ernstere Dinge zu sprechen.

«Sage mir, Tom, ist Emilia Bassano tatsächlich die Mätresse von Master Will?»

«Das mußt du ihn schon selbst fragen. Weshalb?»

«Hast du seine kummervolle Miene nicht bemerkt? Sie hat sich geweigert, ihn zu empfangen.»

«Bist du sicher?»

«Ich war dabei. Sie ließ ihm ausrichten, es habe keinen Sinn, nochmals zu kommen.»

«War er wütend?»

«Eher zu Tode betrübt. Seit gestern ist er wie abwesend.»

Mit Sorgenfalten auf der Stirne sahen wir uns an.

«Ist der Lordkämmerer noch bei ihr?»

«Nein, man hat mir gesagt, er sei nicht mehr dort.»

«Ich glaube zu wissen, wie ich Erkundigungen einziehen kann.»

Ich nutzte unsere vorübergehende Untätigkeit für einen Spaziergang in der Gegend von Westminster. Zu meiner Überraschung bewegte mich der Gedanke an ein Wiedersehen mit der schönen Marianne. Es war, als hätte sie mich erwartet. Ich mußte nicht lange vor dem Haus auf und ab gehen, bis sie herausrannte, mir ein verstecktes Handzeichen gab und in Richtung des Flusses eilte. Wir trafen uns an einer Straßenecke.

Sie ergriff meine Hände.

«Es war höchste Zeit, daß Sie zurückkamen!»

«Weshalb? Ist Ihre Herrin ...»

«Meine Herrin hat nichts damit zu tun. Ich habe Sie vermißt.»

«Sie?»

«Ja, ich. Wundert Sie das?»

«Nein ... das heißt, ja ... Nun ... ich habe manchmal an Sie gedacht.»

Ich errötete bei diesen Worten, und ihr erging es nicht anders. Ich war verwirrt.

«Sind Sie gekommen, um mich zu sehen?»

«Ja. Und um mich zu erkundigen.»

«Sie will ihn nicht wiedersehen.»

«Aber warum denn?»

«Ich habe es Ihnen bereits gesagt. Wenn ein Mann sie liebt, verliert sie ihr Interesse an ihm. Sie will erobern.»

«Und der alte Lord?»

«Er hat ihr eine Rente von vierzig Pfund vermacht und ihr das Haus gekauft, in welchem sie wohnt. Er hat gesagt, sie sei nicht mehr die Frau, die er brauche, und ist schweren Herzens fortgegangen. Er ist in letzter Zeit rasch gealtert; vielleicht kann er mit Frauen überhaupt nichts mehr anfangen.»

«Und weiter?»

«Schwören Sie, daß Sie nichts ausplaudern werden?»

«Ja, Marianne. Ich möchte nur wissen, wie ich mich zu verhalten habe.»

«Nun gut. Lord Southampton hat sie besucht.»

«Lord *Southampton?* Aber das ist unmöglich! Was wollte er denn?»

«Stellen Sie keine dummen Fragen. Er wollte diese Frau kennenlernen, der sein Freund Shakespeare so innig zugetan ist. Sie hat ihn verführt und in die Geheimnisse der Liebe eingeweiht; zumindest hat er ihr gesagt, sie sei seine erste Frau. Sie können sich ja vorstellen, wie sie ihn umhätschelt, jetzt, da sie den alten Herrn nicht mehr hat. Er ist jung, schön, reich, zärtlich – eine solche Eroberung ist natürlich ungleich interessanter als die eines Schauspielers. Was ist denn, Sie sind ja ganz blaß?»

«Ich würde Lord Southampton am liebsten umbringen. Was für ein Verrat! Er hat den ganzen Sommer mit Master Will verbracht, hat ihn seinen Dichter, seinen Freund genannt. Master Will hat ihm seine Liebe zu Mistress Emilia enthüllt, und so wird es ihm nun vergolten! Glauben Sie, er weiß Bescheid?»

«Wenn er es nicht von Lord Southampton persönlich erfahren hat, wahrscheinlich nicht. Die Sache spielt sich in aller Heimlichkeit ab.»

«Marianne, wir müssen darauf bedacht sein, daß er nichts davon erfährt, bevor er auf Tournee geht. Er ist so schon unglücklich genug.»

Sie sah mich lange an, und ich merkte, daß sie unschlüssig war, ob sie mich ins Vertrauen ziehen könne.

«Ich schwöre Ihnen, daß kein Wort über meine Lippen kommt», beruhigte ich sie.

«Gut, wir haben uns verstanden. *Sie* wird sich verheiraten.»

«Sich verheiraten? Mit Alfonso Lanier?»

«Ja, mit Alfonso Lanier.»

«Man hat mir gesagt, ihre Familie zwinge sie dazu …»

«Ihr Onkel Anthony hat es so befohlen, das stimmt. Aber die beiden kennen sich schon lange. Antonio ist ein gutaussehender, charmanter Bursche, und er liebt sie nicht von Herzen. Ganz wie es der gnädigen Frau gefällt. Ich habe gehört, wie sie mit Lord Southampton verhandelt hat, und ich glaube, er wird dafür sorgen, daß Lanier ins Gefolge von Lord Essex aufgenommen wird, der aufs Land reist. Vielleicht wird er gar in den Adelsstand erhoben. Sie besteht darauf, und Lord Southampton hat es versprochen. Er hätte alles versprochen, das kann ich Ihnen versichern. Wenn ein Mann in solchen Augenblicken ja sagt, darf man seinen Worten nicht allzu viel Glauben schenken.»

«Sie kennen sich aus in solchen Dingen. Sie sind eine erfahrene Frau.»

«So ist es. Dank der Wandöffnung habe ich eine ziemlich klare Vorstellung von diesen Herren. Und dank meinem Mann.»

«Sie sind verheiratet?» Die Überraschung verschlug mir die Stimme.

«Ich bin Witwe. Ich war nur ein halbes Jahr verheiratet, dann suchte mein Mann sein Glück in den Niederlanden und fand statt dessen eine verirrte Kugel. Ich war erst fünfzehn Jahre alt, meine Eltern kannten Lord Hunsdon, der mir meine gegenwärtige Stelle verschaffte, und ich beglückwünsche mich dazu. Ich wollte nicht sofort wieder heiraten.»

«Und heute?»

«Heute würde ich mich gerne mit Ihnen verheiraten, wenn Sie es möchten.»

Ich errötete heftig. Der Kopf schwindelte mir. Meine Stimme versagte ihren Dienst.

«Lieben Sie mich nicht?»

«Doch ... oder ... ja, von ganzem Herzen, aber ich bin noch ein Lehrling und erst achtzehn Jahre alt.»

«Ich bin neunzehn. Wir können bis zum Ende Ihrer Lehre zuwarten, wenn Sie wollen.»

Es war sonderbar. Ich hatte keinen Augenblick daran gedacht, daß ich Marianne liebte, doch plötzlich war es sonnenklar. Ich liebte sie.

«Ich möchte schon.»

Wir küßten uns, und ich hätte mir nie vorgestellt, was für ein Glücksgefühl ich dabei empfand.

Schließlich löste sie sich aus der Umarmung und strich mir zärtlich über die Haare.

«Ich muß mich auf den Rückweg machen, vielleicht sucht sie mich. Schreibe mir während eurer Tournee. Meine Eltern wohnen an der Gray's Inn Road beim Schild des Weißen Hasen.»

Im Weggehen kam ihr noch etwas in den Sinn.

«Übrigens, was ich dir noch sagen wollte: Sie ist schwanger.»

«Schwanger? Von wem denn?»

«Von Lord Hunsdon, das nehme ich jedenfalls an. In den letzten Monaten hat sie nur ihn gesehen, soviel ich weiß.»

«Glaubst du nicht, daß sie von meinem Herrn schwanger sein könnte?»

«Ich weiß nicht recht. Etwa zur Zeit, als ihr weggingt, mußte ich drei Tage lang meine Mutter pflegen. Es könnte sein … Sie hat mir natürlich versichert, das Kind sei vom Lordkämmerer. Sie hat auch alles Interesse daran. Jedenfalls war das Kind bereits gezeugt, als Lord Southampton auftauchte. Ihre Heirat wurde unabhängig davon in die Wege geleitet, doch jetzt bleibt ihr gar keine andere Wahl.»

«Ich werde nichts verraten, aber angesichts ihrer Schwatzhaftigkeit wird es kein Geheimnis bleiben.»

«Man wird von ihrer Heirat hören. Der Rest gereicht ihr nicht zur Ehre, darüber wird man nichts erfahren.»

«Und mein Herr?»

«Ich weiß nicht recht, was nun geschehen wird. Vielleicht wird sie eine vorbildliche Gemahlin. Oder sie wird Lord Southamptons anerkannte Mätresse. Aber ich glaube weder das eine noch das andere. Vielleicht will sie aus Enttäuschung eines schönen Tages Master Will wiedersehen, und er ist zu verliebt, um ihr widerstehen zu können. Er würde sein Leben mit ihr verbringen, wenn er es könnte. Sie hat den Lordkämmerer nie besonders gemocht, doch jetzt, da er weg ist, trauert sie ihm nach. Was willst du, so ist sie eben. Um ihr wirklich zu gefallen, müßte Master Shakespeare den Gleichgültigen spielen, und dazu ist er nicht fähig.»

Als ich Marianne verließ, war ich aufgewühlt und ratlos. Ich machte einen Umweg, um mich zu vergewissern, daß meine Eltern und meine Freunde wohlauf waren, aber auch um Zeit zu gewinnen.

Auch nach einigen Stunden des Nachdenkens wußte ich keinen Ausweg. Am meisten fürchtete ich mich vor meiner nächsten Begegnung mit Lord Southampton. Würde es mir wohl gelingen, die Abneigung zu verbergen, die ich gegen ihn empfand? Zum Glück hatte Master Will nun einen Diener, der sich wirklich um ihn kümmerte. So würde ich ihn nicht allzu oft begleiten müssen.

Ich begnüge mich mit einer knappen Zusammenfassung dieser zwei oder drei Monate auf Tournee. Wir teilten uns wie vorgesehen auf, und unsere Gruppe mit Dick Burbage und Master Will trat unter den Farben von Lord Pembroke auf. Wir reisten nach Norden: Unser Ziel war es, in kleinen Etappen bis nach Leicester zu gelangen. Der Weg führte uns durch die Grafschaft Warwickshire, die ich nur aus den im allgemeinen sehr poetischen Beschreibungen von Master Will kannte; ich freute mich darauf, die Gegend mit eigenen Augen zu sehen.

Die beiden Veroneser erfuhren eine erste Bearbeitung: Master Will machte aus der Nebenrolle von Launce eine der Hauptfiguren des Stückes.

«Ich muß meinem armen Ned ein Denkmal errichten, so vergänglich es auch sein mag.»

Er überarbeitete auch den Text des Stücks *Der Widerspenstigen Zähmung,* das er auf unserer Italienreise verfaßt oder noch einmal geschrieben hatte. Er benützte die Gelegenheit, um einiges von dem, was wir in Venedig gelernt hatten, einfließen zu lassen.

«Wir werden diese neue Version proben, die viel besser ist, und wir werden sie aufführen, sobald uns die Pest eine Pause gönnt.»

Doch die Seuche ließ nicht von der Stadt ab. Eines Tages begegneten wir Ed Alleyn, der mit einem der beiden anderen Teile unserer Truppe unterwegs war. Er war zwischen zwei Vorstellungen in die Hauptstadt zurückgekehrt, um zu heiraten. Was er dort sah, erfüllte ihn mit Entsetzen.

«Die Leute sterben wie die Fliegen.»

Und mit dem gewohnten Mangel an Taktgefühl oder vielleicht aus Unwissenheit über die kursierenden Gerüchte fuhr er fort: «Wißt ihr, diese schöne Brünette, die frühere Mätresse des Lordkämmerers …»

Trotz etlichem Hüsteln und Räuspern und einigen Fußtritten unter dem Tisch war er nicht aufzuhalten.

«Emilia … Emilia … Kurz und gut, sie hat sich mit dem Musiker Alfonso Lanier verheiratet.»

«Ja und?» fragte Dick mit drohender Stimme, während Master Will erblaßte – ein untrügliches Anzeichen dafür, daß er schrecklich litt.

«Weiter nichts. Es ist eines dieser Ereignisse, über die man spricht.»

Abgesehen von diesem Zwischenfall war nie von Emilia die Rede. Aber ich bin sicher, daß Master Will oft an sie dachte.

Was Lord Southampton betrifft, besaß er die Unverschämtheit, Master Will bezaubernde Briefe zu schicken, in denen er seine Zuneigung beteuerte und auf die Master Will mit einigen seiner schönsten Sonette antwortete.

Ich erfuhr einige Neuigkeiten von Marianne, der ich wann immer möglich schrieb und die mir manchmal antwortete. Mistress Emilia ging nicht mehr aus; sie war zu unförmig geworden. Alfonso Lanier betrug sich als Herr und Meister, wenn er kam, doch er kam nicht oft, und Marianne hatte auf der Straße von weitem gesehen, daß er mit einer anderen Frau turtelte. Ich schickte meine Briefe an die Adresse des Weißen Hasen an der Gray's Inn Road; Mariannes Vater, Master Shaw, Küfer seines Zeichens, schrieb mir schließlich zurück, um sich nach meinen Absichten zu erkundigen. Dann suchte er meinen Vater auf, an den ich den wohl wortreichsten Brief meines Lebens richtete.

Er gab mir zur Antwort, ich hätte eine schlechtere Wahl treffen können und er sei mit Master Shaw übereingekommen, daß wir nach Beendigung meiner Lehre heiraten könnten.

Das Wetter war miserabel, und so bot die Landschaft von Warwickshire leider einen trübseligen Anblick.

Am längsten hielten wir uns in Leicester auf, denn dort hatten wir am meisten Zuschauer. Unterwegs verließ uns

Master Will, um Frau und Kinder zu besuchen. Er wollte niemanden mitnehmen, nicht einmal Young Ned. Als er nach einigen Tagen zurückkehrte, seufzte er oft, und seine düstere Miene verhieß nichts Gutes. Young Ned und ich spekulierten nächtelang über diese einsame Eskapade, hüteten uns jedoch, auch nur die kleinste Frage zu stellen.

Vor Weihnachten kehrten wir nach London zurück. Die Aufteilung unserer Truppe war nicht von Erfolg gekrönt gewesen, wir hatten nicht viel verdient. Wir lebten mehr schlecht als recht.

Die Pest hatte ihren Würgegriff etwas gelockert: Es gab weniger Tote, aber trotz der Kälte fielen ihr immer noch Menschen zum Opfer. Man bezifferte ihre Zahl auf fünfzehntausend seit dem Ausbruch der Epidemie.

Dennoch warteten die Leute nach sechs Monaten ohne Vorstellungen ungeduldig auf die Wiedereröffnung der Theater. Auf der Straße bekamen wir ständig die Frage zu hören: Wann tretet ihr wieder auf?

Für die Weihnachtstage konnte Master Burbage dem Zeremonienmeister Master Tilney die Zusage für einige Vorstellungen am Hofe abringen – das reichte gerade zum Überleben. Wir wußten es seit Mitte November und probten eifrig Master Wills neue Bearbeitung von *Der Widerspenstigen Zähmung*. Seit dem Sommer war ich gewachsen, und ich mußte mir Mühe geben, meine Stimme nicht allzu tief klingen zu lassen, denn der Stimmbruch machte sich immer deutlicher bemerkbar. Mir war klar, daß meine Tage als Schauspieler im Jünglingsalter gezählt waren. Ich dachte, ich könnte höchstens noch in einer Nebenrolle als Frau auftreten. Doch Master Will sah die Dinge anders.

«Für die Besetzung von Kate brauche ich jemanden, der das nötige Temperament hat. Du wirst wohl zum letzten Mal in einer Mädchenrolle auftreten, Tom, aber ich glaube, du wirst ausgezeichnet sein. Hinterher bist du reif für Tamerlan.» Sagte es und versetzte mir den unvermeidlichen Klaps, wobei er schallend lachte.

«Aber Master Will, das Schreien ist nicht meine Stärke.»

«Ich weiß, und gerade deshalb bin ich an dir interessiert. Meinst du, Kate wäre zum Schreihals geworden, wenn man ihr erlaubt hätte, ihren Neigungen gemäß aufzuwachsen? Sie verteidigt sich, sie reagiert. Auch wenn ihr die Schimpfworte leicht von der Zunge gehen, würde sie lieber darauf verzichten. Übrigens kommt der Moment, wo sie darauf verzichtet. Sobald ihr klar wird, daß es reicht, wenn sie zu allen Torheiten ja und amen sagt, zu denen Petruchio sie nötigt, hält sie das Heft in der Hand. Und genau dafür brauche ich dich. Siehst du, die Frauen haben nur eine Möglichkeit, nur eine Perspektive, ungeachtet ihrer Begabungen. Wäre Kate ein Mann gewesen, hätte sie die Wahl gehabt. Und was noch trauriger ist: ihre ‹Fehler› hätten als Tugenden gegolten.»

Blitzartig begriff ich, daß er an Mistress Emilia dachte, und da wurde mir klar, wie ich Kate spielen könnte. Ich willigte ein. Aber es war keine leichte Aufgabe. Wir probten in jeder freien Minute – solche gab es nicht viele neben den Ortsveränderungen, der Zimmermannsarbeit, den Akrobatikübungen und den Vorstellungen. Und der Gedanke, daß ich vor Ihrer Majestät als Kate auftreten würde, machte mich nervös.

Doch die hauptsächliche Schwierigkeit lag anderswo. Noch nie in meinem Leben hatte ich die Frauen als Studienobjekte betrachtet. Ich hatte die Heirat nicht der Erstbesten versprochen, die mir über den Weg gelaufen war, denn von meinen Basen über Mägde, Burbages Töchter und Nachbarmädchen war ich schon vielen begegnet. Aber ich hatte mich an die erste Frau gebunden, die meine Sinne geweckt hatte. Ich war ohne jede Erfahrung. Die paar Frauenrollen, die ich bis dahin gespielt hatte, hatten keine besondere Einfühlungsgabe erfordert. Um mich mit der Rolle Catherines vertraut zu machen, konfrontierte mich Master Will mit Gedanken, auf die ich nie gekommen wäre, die mir aber sofort einleuchteten, wenn ich sie aus seinem Mund hörte.

«Verstehst du, die Frauen dürfen es oft nicht zeigen, aber sie haben nicht weniger Charakter als die Männer. Bei allem Liebreiz können sie ebenso heftig sein wie wir. Als ihre Ehemänner vergessen wir zu oft, daß die Sinne der Frauen sich nicht von den unseren unterscheiden. Sie sehen, sie riechen wie wir, und ihr Gaumen schmeckt Süßes und Saures genau gleich wie der unsere. Was machen die Männer, wenn sie ihrer Frau untreu sind? Liebe? Wahrscheinlich. Machen sie es aus Zuneigung? Sicherlich. Und ganz gewiß fehlen sie, weil sie schwach sind. Wir müssen begreiflich machen, daß die Frauen die gleichen Gefühle, das gleiche Verlangen nach Liebe haben, daß ihre Schwächen auch die der Männer sind. Wir müssen verdeutlichen, daß die Frauen in allem, was man ihnen zum Vorwurf macht, bloß unserem Beispiel folgen. Wenn man sich tugendhafte Gattinnen, Schwestern und Töchter wünscht, muß man sie gut behandeln und selbst ein anständiger Mensch sein. Im Augenblick, in dem Petruchio sein rüpelhaftes Benehmen ablegt, wird Catherine zu einer bezaubernden Frau.»

Eines Tages stellte ich ihm eine Frage, die mir ständig durch den Kopf ging: «Master Will, wenn die Frauen Opfer sind, wie Sie es sagen, weshalb behauptet man dann im allgemeinen, sie seien … all das, was man über sie erzählt?»

«Ich werde einen kleinen Umweg machen, um dir zu antworten. Welcher ist in den letzten Jahrhunderten der größte unserer Könige gewesen?»

«Ihre Majestät, die Königin Elisabeth.»

«Genau. Auch ihre Cousine Lady Jane Grey wäre wohl eine große Herrscherin gewesen, wäre sie Königin geworden. So zumindest sagen jene, die sie gekannt haben. Sie sind bedeutender als ihr Großvater Heinrich VII. oder dessen Sohn Heinrich VIII.»

«Damit wollen Sie sagen, daß eine Frau, wenn sie die Stelle eines Mannes einnimmt, ihm ebenbürtig ist.»

«Bei deiner Auffassungsgabe werde ich dir bald nichts mehr beizubringen haben.»

«Darf ich Ihnen eine persönliche Frage stellen, Master Will? Sie brauchen nicht zu antworten, wenn ich Ihnen aufdringlich erscheine.»

«Laß hören.»

«Haben Sie Ihre Betrachtungsweise Mistress Bassano zu verdanken?»

Er errötete, suchte aber keine Ausflüchte.

«Siehst du, ich habe viel Glück gehabt. Die beiden Frauen, die mir in meinem Leben am meisten bedeuten, haben mir jede auf ihre Art die Augen geöffnet. Als ich meine Frau heiratete, war ich zu jung und so töricht, ihre Lektion zu mißachten, weil sie von einer mehr oder minder ungebildeten Hausfrau kam. Ich ignorierte sie, bis Emilia mir die gleiche Lektion erteilte. Und weil ich inzwischen zehn Jahre älter war und sie dafür schöne Worte fand, habe ich endlich begriffen.»

Er lächelte leise.

«Die Bühne ist für mich der einzige Ort, die Frauen zu ehren, und ich werde es tun, so oft es mir möglich ist. Es gibt sonst schon genug Leute, die ihre angeblichen Schwächen anprangern. Ich werde von ihrer Stärke sprechen. Wenn ich mir vorstelle, daß dieser arme Lord Southampton sein Leben unter Männern verbringen wollte ...»

Er schwieg lange. Dann packte er mich am Arm.

«Mir ist gerade die Idee zu einem Stück gekommen. Über Männer, die beschließen, unter sich zu bleiben.»

«Und weiter?»

«Nun, sie geraten in die Gesellschaft von Frauen, und obwohl die Männer sie ignorieren möchten, gelingt es ihnen nicht. Schließlich gewinnen die Frauen. Der Versuch, sie abzuweisen, war verlorene Liebesmühe.» Sein abwesender Blick und die Andeutung eines Lächelns verrieten mir, daß er in Gedanken bereits am Schreiben war. Als ich eine Bewegung machte, kam er wieder zu sich.

«Gut, zur Sache. Wo waren wir stehengeblieben?»

«Bei der Szene, in der Bianca und die Witwe nicht annähernd so bezaubernd sind, wie man bisher gedacht hatte, und in der ihnen Catherine die Leviten liest.»

«Mein lieber Tom, das ist die entscheidende Stelle im Stück: Die Ratschläge, die sie erteilt, müssen voller unterschwelliger Ironie sein. Man könnte ihre Rezepte mit den Tips eines Diebes vergleichen, der erklärt, wie man es anstellt, nicht ertappt zu werden. Doch eine Wildkatze läßt sich nie völlig zähmen. Sie unterwirft sich nicht wirklich, sie treibt die Sache auf die Spitze. Und das mit solchem Eifer, daß man eigentlich Verdacht schöpfen müßte. Wäre ich Petruchio, würde ich sehr mißtrauisch, wenn sie etwa sagt: *Dein Mann ist dein Herr, dein Leben, dein Wächter, dein Kopf, dein Herrscher; er behütet und nährt dich; er weiht seinen Körper der harten Arbeit zu Lande und auf dem Wasser; in der Nacht trotzt er den Stürmen, am Tag der Kälte, während du wohlbehalten in deinem sicheren Zuhause sitzt; und als Lohn will er nur deine Hand, nur Liebe, Schönheit und aufrichtige Ergebenheit; wahrlich ein bescheidener Preis für eine so große Schuld.* Wie wahr!»

Er brach in schallendes Gelächter aus.

«Wenn du deine Rolle nicht mit einer Prise Humor würzt, werden sie mir die Augen auskratzen. Nicht nur Emilia, sondern auch alle übrigen Zuschauerinnen, angefangen mit Ihrer Majestät, der Königin. Ich habe fast jedes Wort der Bibel oder dem Gebetbuch entnommen, aber ich kann dir versichern, sie werden es nicht merken und mir auch keine Zeit für Erklärungen lassen.»

Meine Erinnerung an unsere Aufführungen am Hofe ist verblaßt. Ich weiß nur noch, daß ich zum erstenmal von aller Zimmermannsarbeit befreit war: Die Rolle der Kate erforderte meine ganze Energie. Von Zeit zu Zeit traf ich mich mit Marianne bei meinen oder ihren Eltern oder auch heimlich auf der Straße. Auch für sie hatte ich nicht viel Zeit. Ihr erging es nicht anders: Der Zeitpunkt von Mistress Emilias Niederkunft nahte, und sie mußte ständig umsorgt werden, obwohl sie das Haus nicht mehr verließ und auch keine Leute mehr empfing.

Das Stück fand Gefallen, und Master Will brauchte nicht um sein Augenlicht zu bangen. Ihre Majestät amüsierte sich sogar köstlich. Dennoch war ich froh, als wir nach dem Dreikönigstag an unser Theater und zur Rose zurückkehrten, wo die anderen Schauspieler die großen Publikumserfolge aufführten: *Die Spanische Tragödie, Der Jude von Malta* und so weiter. Was mich betraf, so kümmerte ich mich mit Ausnahme eines einzigen Auftritts in *Der Widerspenstigen Zähmung* ausschließlich um die Kulissen. Das war mir lieber. Etwa einen Monat lang konnten wir so unser Loch in der Kasse einigermaßen stopfen.

Während unserer Abwesenheit hatte Henry Chettle ein Werk mit dem Titel *Der Traum eines guten Herzens* veröffentlicht, in dessen Vorwort er sich dafür entschuldigte, Master Will über den Mittelsmann Greene beleidigt zu haben: *«Ich habe inzwischen festgestellt, daß seine Höflichkeit ebenso erlesen ist, wie es seine beruflichen Fähigkeiten sind»*, schrieb er unter anderem. Jedoch weigerte er sich strikt, sich bei Kit Marlowe zu entschuldigen; Thomas Walsinghams Stockhiebe hatten ihn wohl unversöhnlich gestimmt.

Gegen Ende Januar flammte leider die Pest von neuem auf und wütete derart, daß alle öffentlichen Treffpunkte geschlossen werden mußten. Die Leute verließen London so schnell wie möglich, und selbst ohne das Verbot des Lord-Mayors wären unsere Vorstellungen mangels Zuschauern an manchen Tagen abgesagt worden.

Ich konnte bei meinem Vater unterkommen und ihm bei Arbeiten helfen, die er außerhalb der Stadt ausführte. So hatte ich wenigstens etwas zu beißen. Doch die meisten Schauspieler waren verzweifelt. Master Will lächelte nicht mehr.

«Meine Familie zählt auf mich, und ich bin ein Nichtsnutz», klagte er matt.

Lord Southampton erschien auf dem Plan, als hätte ihn die göttliche Vorsehung gerufen.

«Was gedenken Sie zu tun?» fragte er am Tag, an dem wir ihm über den Weg liefen, vom Pferd herab.

«Ich weiß es nicht, Eure Exzellenz. Das Spielen ist uns verboten. Es hat keinen Sinn, Stücke zu schreiben, der Himmel allein weiß, wann wir wieder ans Theater zurückkehren können. Vielleicht entschließe ich mich dazu, in den Wollhandel einzusteigen. Das ist das einzige Gebiet, von dem ich eine kleine Ahnung habe, mein Vater ...»

«Haben Sie nicht früher einmal von einem langen epischen Gedicht gesprochen ...?»

«Dazu fehlt mir die Zeit, und der Sinn steht mir ebensowenig danach, Eure Exzellenz. Ich muß unbedingt einen Weg finden, mein Leben zu verdienen, und zwar möglichst rasch, denn meine Familie ist auf mich angewiesen, und seit Monaten ...»

Lord Southampton schlug sich mit der Peitsche auf den Stiefel.

«Bei Gott! Wenn meine Mutter wüßte, daß ich Sie in der Not allein lasse und daß Ihre Kinderchen vor Hunger sterben, würden unsere Beziehungen noch schlechter, als sie es ohnehin schon sind. Kommen Sie nach Southampton House, nehmen Sie Young Ned mit, meinetwegen auch Tom, und arbeiten Sie an Ihrem Gedicht.»

Wenn Lord Southampton solche beiläufig ausgesprochenen Anordnungen traf, wußte man nie, ob man ihn tatsächlich beim Wort nehmen konnte. Doch am gleichen Abend schickte die Gräfin eine förmliche Einladung: Master Will, sein Diener und sein Lehrling wurden nach Southampton House beordert, wo die Gräfin sie *«aller finanziellen Sorgen zu entheben»* wünschte, damit Master Will sein großes Werk vollenden könne. Und sie fügte bei: *«Wenn Sie Ihr Werk beendet haben, träumt mein Sohn davon, Sie nach Titchfield mitzunehmen, wo Sie ein speziell für ihn geschriebenes Stück aufführen würden. Es wäre uns eine große Freude, all Ihre Leute zu empfangen, die für ein solches Unterfangen erforderlich sind.»*

Augenblicklich kehrte Master Wills gute Laune zurück. Er sandte mich nach Southampton House mit dem Auftrag, mich in der Bibliothek umzusehen (damals befand sich dieser weitläufige Wohnsitz außerhalb der Stadt, man war dort vor der Pest einigermaßen in Sicherheit), dann zu seinem Freund, dem Buchdrucker Richard Field, um ein fehlendes Buch zu holen. Darauf machten wir uns ans Werk. Die Gräfin überreichte Master Will einen Wechsel, damit Frau Shakespeare bei einem Kaufmann von Stratford Geld abheben konnte; ich brachte ihn nach Saint-Giles-in-the-Fields zum «Haupt der Königin», der Herberge, wo der Kurier der Grafschaft Warwickshire abstieg.

Binnen wenigen Tagen war alles geregelt, und Master Will konnte sich leichten Herzens an sein episches Gedicht machen. Seit ich ihn kannte, schrieb er in seinem Heft daran. Nun begann er nochmals von vorne.

War er nicht am Schreiben, vertiefte er sich in die Manuskriptblätter von Master Edmund Spenser, Autor eines langen Gedichtes mit dem Titel *Die Feenkönigin,* von welchem gute Abschriften zirkulierten und für das Master Will eine außerordentliche Bewunderung hegte.

Wenn er sich aber ans Schreiben machte, arbeitete er wie ein Besessener.

Young Ned und ich hatten noch nie so viel unter Diktat geschrieben, und noch nie hatten wir Ovids *Metamorphosen* so schnell gelesen.

«Suche mir diese Anspielung auf Venus am Ende des Siebenten Buches heraus», befahl etwa Master Will, ohne den Kopf zu heben. Oder auch: «Findet mir die Episode von Narziß, der sich im Wasser spiegelt. Sie steht im Dritten Buch, wenn ich mich nicht irre.»

Der Titel des Gedichtes, das er verfaßte, stand fest: *Venus und Adonis*. Wir waren Feuer und Flamme dafür, was Master Will mit Heiterkeit zur Kenntnis nahm.

«Ich hoffe, meine Leser werden sich ebenso überschwenglich äußern wie ihr», bemerkte er, bevor wir uns wieder in den Büchern vergruben, um nach irgendeiner mythischen Kreatur zu suchen, die er vielleicht brauchen würde.

Ich will nicht vorgeben, daß wir nichts anderes taten. Wir absolvierten jeden Tag unser Bühnen- und Akrobatiktraining und probten regelmäßig die Rolle der Kate, die im Augenblick meine größte Sorge war.

Manchmal gingen wir nach Shoreditch, wobei wir den Weg über Finsbury Fields wählten, um der Pest auszuweichen. Denn parallel zu seinem großen poetischen Werk arbeitete Master Will eifrig an der Aufführung für den Sommer, und wir brachten den Schauspielern, die dafür vorgesehen waren, die Rollentexte.

Lord Southampton bekamen wir nur selten und flüchtig zu Gesicht. Einmal stürmte er mit einem Falken auf der Faust herein, um Master Will zur Jagd einzuladen, und ich sah, welche Überwindung es diesen kostete, die Einladung abzulehnen – Master Will liebt die Jagd. Ein andermal schlug er ihm vor, ihn zu einem seiner Landhäuser zu begleiten. Doch Master Will entgegnete jeweils höflich, er werde sich nicht von der Stelle rühren, solange sein Gedicht nicht beendet sei. Es war ganz amüsant, Lord Southamptons Reaktion zu beobachten, der es sonst nicht gewohnt ist, daß ihm jemand Widerstand leistet. Master Wills Absagen irritierten ihn, aber er sagte nichts. Damals wurde mir klar, daß dieser vornehme Herr seine Selbstsicherheit in Gegenwart von Master Will etwas verlor, auch wenn er es wagte, ihm hinter dem Rücken die Mätresse auszuspannen. Master Will hat eine sehr subtile, undefinierbare Art, Distanz zu wahren. Auch wenn man ihn von Herzen liebt und auch wenn er seine Zuneigung zeigt, muß man sich doch damit abfinden, daß man ihm nie ganz nahe sein wird.

Freitag, 3. Juli

Wie soll ich diese paar Wochen beschreiben? Wenn man meinen Bericht liest, könnte man denken, sie seien idyllisch gewesen; in Wirklichkeit waren sie von tragischen Momenten geprägt.

Da war die Pest. Man nannte Zahlen von wöchentlich fünftausend Opfern. Ganze Familien wurden dahingerafft.

Da war die Ungeduld. Die Schauspieler brannten darauf, London zu verlassen, doch die Reisegenehmigung ließ auf sich warten. Viele der Truppenmitglieder, die von der Pest verschont geblieben waren, und ihre Angehörigen überlebten nur dank der öffentlichen Wohlfahrt oder erhielten von unseren Gönnern – Lord Strange, Lord Pembroke, der Gräfin von Southampton – Unterstützung.

Die Stimmung war in gewisser Weise apokalyptisch.

Das verschärfte noch die Spannungen im Umfeld von Master Will. Er hatte seinem Verleger Master Field versprochen, sein Gedicht *Venus und Adonis* Ende April abzuliefern; das Datum rückte mit Riesenschritten näher, und er beklagte sich ständig darüber, daß er nicht zum gewünschten Ergebnis komme.

«Ich schreibe dieses Gedicht nicht für das Theater, sondern für die Nachwelt. Mein guter Ruf wird davon abhängen», jammerte er. «Aber das Theater verdirbt meine Feder.»

Bei solchen Klagen sahen Young Ned und ich uns mit hochgezogenen Augenbrauen an. Denn wir, seine Kopisten und besonders aufmerksamen Leser, waren von seinem Text begeistert. Wir ergötzten uns an Stellen wie jener, wo Venus zu Adonis sagt:

Dein Mund befürchte keinen Überdruß;
Noch Mangel soll er in der Fülle fühlen,
Bald glühn vor zwanzig Küssen langem Kuß,
Bald unter Zehntelsküßchen schnell verkühlen;
Bewirken soll das süße Spiel der Minne,
Daß stundenschnell der Sommertag verrinne.

Master Wills Nervosität hatte auch damit zu tun, daß er neben dem Gedicht gleichzeitig den ersten Entwurf des Stükkes schrieb, das wir während des Sommers in Titchfield und anderswo aufführen sollten. Das Überleben vieler Schauspieler hing davon ab. Selbstverständlich konnte nicht die Rede davon sein, auf unser tägliches Training zu verzichten; wir verbrachten etliche Zeit mit körperlichen, stimmlichen und musikalischen Übungen.

Lord Southampton trug auch nichts zur Entschärfung der Lage bei, als er bei einem seiner Besuche verkündete, er habe soeben einige Tage bei Thomas Walsingham in Scadbury verbracht und dort Kit Marlowe getroffen, der wie fast jeder aus der Hauptstadt geflohen war.

«Ich habe mit Ihrem Rivalen Freundschaft geschlossen, Will.»

«Meinem Rivalen? Welchem Rivalen denn, Eure Exzellenz?»

«Sie wollen doch nicht behaupten, daß Sie nicht mit Kit Marlowe konkurrieren? Auch er hat ein Gedicht zu schreiben begonnen.»

Sein Tonfall war boshaft und feindselig zugleich. Master Will warf ihm einen kurzen Blick zu. Ich kannte diesen Blick. Er war beunruhigt und wog seine Worte genau ab.

«Nein, Eure Exzellenz, ich habe Kit Marlowe nie als Rivalen betrachtet. Er ist ein hervorragender Dichter, dem ich niemals das Wasser reichen kann; ich habe nicht sein Talent. Abgesehen von der Dichtkunst und vom Theater sind mir seine Vorstellungen und Beschäftigungen so fremd, daß ich nicht sehe, wo unsere Streitpunkte liegen könnten.»

«Und wenn ich seine Verse den Ihren vorziehen würde?»

«Es wäre ein Beweis des Geschmacks Ihrer Lordschaft.» Der Blick seiner grauen Augen wurde hart. «Aber Ihre Lordschaft will damit wohl sagen: Und wenn ich seine Gesellschaft der Ihren vorzöge? Ich verlange nichts, Eure Exzellenz, ich kann auch gehen.»

Lord Southamptons Gesicht verfärbte sich purpurrot.

«Fluch über den Unverschämten! Ich liebe, wen ich will.»

«Habe ich etwas anderes behauptet, Eure Exzellenz? Und wenn Ihnen meine Gegenwart mißfällt, brauche ich nur eine Stunde, um meine Sachen zu packen.»

Sie standen einander von Angesicht zu Angesicht gegenüber, und man mußte Master Will schon gut kennen, um zu merken, daß seine unerschütterliche Miene nur Fassade war.

«Mein lieber Shakespeare! Sie sind der Gast meiner Mutter, und wenn Sie weggingen, würde sie es mir nicht verzeihen. Sie dürfen sie keinesfalls verlassen.»

In seinen scherzhaft vorgetragenen Anspielungen lag etwas derart Schockierendes, daß Master Will das Blut in den Kopf schoß. Aber er entgegnete nichts. Die Ehre der Gräfin stand außer Frage. Lord Southampton ging noch einen Schritt weiter.

«Übrigens: Während Sie hier eingesperrt sind, geht in der Welt das Leben weiter.»

«Auch der Tod, Eure Exzellenz.»

«Das stimmt. Doch neben der Geburt eines großen epischen Gedichts aus der Feder von Kit Marlowe haben wir auch die Geburt von Henry zu verzeichnen, dem Sohn einer Dame, die Ihnen sehr am Herzen liegt, wenn ich den Gerüchten glauben darf. Das Leben geht trotz allem weiter.»

Ich glaubte, Master Will würde die Beherrschung verlieren. Aber keineswegs. Während ich mich einigermaßen beunruhigt fragte, warum ich von Marianne kein Wort über diese wichtige Neuigkeit vernommen hatte, antwortete er mit gemessener Stimme: «Wissen Sie, ob es besagter Dame gut geht?»

«Sehr gut, wie man mir gesagt hat. Auch dem Kind. Angeblich ist es der Sohn des Lordkämmerers. Was meinen Sie dazu, Shakespeare? Wen halten Sie denn für den glücklichen Vater?»

«Eure Exzellenz, ich bin nicht zuständig für die Beantwortung dieser Frage, und mit Ihrer Erlaubnis werde ich mich nun wieder an meine Arbeit machen.»

«Tun Sie das, kehren Sie zu Ihren Federn zurück. Inzwischen werde ich mich um Kit Marlowe kümmern und Lady Lanier Ihre Grüße ausrichten. Ich mag sie sehr, wissen Sie. Sie ist eine äußerst bezaubernde Frau, sie wird mir ihre Türe nicht verschließen.»

Nachdem er diesen vergifteten Pfeil abgeschossen hatte, verließ er den Raum und schlug die Türe hinter sich zu. Ich weiß nicht, wie mir geschah – jedenfalls stürzte ich impulsiv hinter ihm her. Mit welcher Absicht, weiß ich nicht. Ich hätte ihn umbringen können.

Mein Zorn erlosch jäh, als ich am Treppenabsatz anlangte. Das lag einerseits an seinem Diener Rob, der meinen Arm umklammerte. Anderseits lag es am Anblick von Lord Southampton. Fluchend hetzte er die Treppe hinunter, sein Gesicht war beinah unkenntlich: Eine Mischung aus Enttäuschung, Bosheit und ohnmächtiger Wut verzerrte seine sonst engelhaften Züge zu einer kindischen, häßlichen Fratze.

«Für wen hält er sich eigentlich? Ich werde ihm zeigen, wer der Meister ist. Fluch über den Arroganten, die Pest soll ihn holen ...»

Seine Stimme verhallte mit dem Echo seiner Schritte.

«Auf mein Wort, ich habe dich von einer Dummheit abgehalten», sagte Rob leise.

«Sie hätten besser Ihren Herrn von dem abgehalten, was er soeben getan hat.»

«Das ist wahr. Ich war nicht darauf gefaßt.»

«Warum nur hat er Master Will auf diese Weise provoziert?»

«Ich kann es nicht genau sagen, aber wenn du mich fragst, geschah es aus Enttäuschung. Jeder in seiner Umgebung singt das Loblied von Master Will. Kit Marlowe. Lord Strange. Emilia Lanier. Seine Mutter. Vor allem seine Mutter. Sie hat ihre Worte unglücklich gewählt: Sie hat ihm gesagt, er solle sich Master Will zum Vorbild nehmen, statt sich an verrufenen Orten herumzutreiben.»

«Welche verrufenen Orte?»

«Er ist Kit Marlowe begegnet, der gegenwärtig einen äußerst schlechten Ruf hat. So schlecht übrigens, daß ich mir um ihn Sorgen mache. Ich frage mich, aus welcher Quelle die üblen Gerüchte kommen, die so systematisch über ihn verbreitet werden, daß man an ein Komplott glauben könnte.»

«Und was haben sie getan?»

«Getan? Nichts Besonderes. Mein Herr hat Marlowe dazu anstiften wollen, Shakespeare in Verruf zu bringen, aber der hat sich geweigert. Er sagte, Shakespeare sei ein großer Mann, größer als er selbst und ein besserer Bühnenautor, weil er imstande sei, Komödien mit derselben Leichtigkeit zu schreiben wie seine Tragödien, wozu er, Marlowe, niemals fähig wäre.»

«Ja und? Weshalb mußte dann der Lord Master Will eröffnen, daß er Mistress Emilias Bekanntschaft gemacht hat?»

«Du bist wirklich noch ein kleiner Junge, Tom! Hast du

denn nicht gemerkt, daß eben diese Mistress Emilia hinter der Sache steckt? Sie hat deinem Herrn monatelang die Türe verschlossen, und jetzt benützt sie ihn dazu, Lord Southampton an sich zu binden, indem sie dessen Eifersucht weckt. Sie verbreitet sich in Lobreden über Shakespeare. Meiner Meinung nach wird diese Rechnung längerfristig nicht aufgehen, aber sie sieht es offenbar anders.»

«Sie wollen doch nicht etwa behaupten, eine Frau im Kindbett würde ...»

«Tom, diese Frau ist anders als alle anderen. Sie ist erst vor wenigen Tagen niedergekommen und soll fast daran gestorben sein, doch schon nach drei Tagen hat sie ihre strahlende Schönheit wiedergefunden – jedenfalls für Liebhaber von Brünetten –, und sie empfängt bereits wieder ihre Vertrauten. Deinem Herrn darfst du aber nichts davon erzählen.»

«Halten Sie mich für so dumm?»

«Hier, diesen Brief für dich hat mir deine Dulzinea anvertraut. Die Ärmste ist seit einer Woche nicht mehr zum Schlafen gekommen.»

«Wenn ich denke, daß ich alles getan habe, damit mein Herr nichts von diesem Verrat erfährt, bis er sein Gedicht vollendet hat ...»

«Ein Herr verrät seine Diener nicht, wenn er ihnen die Mätresse wegnimmt.»

«Ach nein? Was ist dann der Grund für Lord Southamptons schlechtes Gewissen?»

«Nun ja, das sind die Geheimnisse der menschlichen Seele. Manchmal beträgt sich mein Tölpel von Herr wie ein gewöhnlicher Sterblicher. Und das nimmt er sich übel. Dann verliert er den Kopf. Ich sage dir eines: Er ist verzogen und verwöhnt, aber im Grunde ist er ein guter Mensch. Und ich bin sicher, daß er bereits bereut, was er gesagt hat, und daß er sich überlegt, wie er es wiedergutmachen könnte.»

«Was nützt uns das! Ausgerechnet in diesem Augenblick

mußte Master Shakespeare die bittere Wahrheit erfahren! Das läßt sich nicht wiedergutmachen.»

«Mein kleiner Tom, er hätte die Geschichte ohnehin in Kürze vernommen. Ich weiß nicht genau, wer sie in die Welt gesetzt hat, vielleicht war es Florio, jedenfalls ist sie seit einiger Zeit im Umlauf. Deine Sorge um Master Will ehrt dich, aber ich versichere dir, daß es vergebliche Liebesmühe war.»

«Wie geht es nun weiter?»

«Ich werde mich anstrengen, dieses schlechte Gewissen wach zu halten, das aus meinem jungen Mann trotz allem einen sympathischen Menschen macht – es gibt sonst schon genug skrupellose Leute. Und du kehrst an deine Arbeit zurück. Ich werde dich auf dem laufenden halten.»

Die Überraschung des Tages stand noch bevor. Ich ging in den Raum zurück. Kaum hatte ich die Türe hinter mir geschlossen, stürzte sich Master Will wie eine Furie auf mich.

«Strolch! Bandit! Du wußtest es! Lügner! Heuchler! Du wußtest es und hast mir nichts gesagt. Schweig! Du bist mit ihrer Kammerzofe befreundet. Du willst mir doch nicht etwa weismachen, sie habe dir nichts davon erzählt?»

Mit der einen Hand umklammerte er meinen Hals, mit der anderen versetzte er mir einen Hieb, der mich fast betäubte, aber so merkwürdig es auch scheinen mag: statt es ihm übelzunehmen, war ich erleichtert darüber, daß er endlich außer sich geriet. Die Ruhe, die er in Lord Southamptons Gegenwart gezeigt hatte, war nicht normal gewesen. Er drückte mir die Kehle so fest zu, daß ich kein Wort hervorbrachte, dann trat Young Ned dazwischen.

«Master Will, Sie werden ihn noch umbringen.»

Er ließ mich auf der Stelle los.

«Ich bitte Sie um Verzeihung, Master Will», sagte ich mit rauher Stimme. «Das Hausieren mit Klatsch war noch nie meine Sache. Aber wenn es Sie erleichtert, mich zu verhauen, dann tun Sie es ruhig.»

Seine Wut verflog augenblicklich, und er begann zu lachen.

«Dieser Tom! Man denkt, er sei ein stilles Wasser, dabei entpuppt er sich als *deus ex machina*. Ich muß mich bei dir entschuldigen. Zufällig habe ich erfahren, daß du dich mit Marianne verlobt hast, und ich habe mir gesagt: um so besser, wenn etwas Ernstes passiert, werde ich es erfahren. Aber du bist ein loyaler Mensch. Dauert es denn schon lange, dieses Abenteuer von Emilia mit Lord Southampton?»

Die Falle war so offensichtlich, daß ich nicht darauf hereinfiel.

«Ich versichere Ihnen, Master Will, ich habe keine Ahnung.»

«Nun gut. Gehen wir wieder an die Arbeit.»

Wir setzten uns hin und versuchten uns zu sammeln. Unvermittelt fuhr Master Will hoch.

«Dieses Abenteuer mit Lord Southampton ...?»

Wir warteten.

«Wann genau hat es begonnen?»

«Wir wissen nicht, ob es sich tatsächlich um ein *Abenteuer* handelt, Master Will», bemerkte Young Ned.

«Sei nicht so naiv! Natürlich gab es ein Abenteuer. Man brauchte ihn nur anzusehen, diesen ... diesen unverschämten Kerl, um darauf zu kommen. ‹Ach, ich kenne sie nicht, ich habe nie mit ihr gesprochen! Es wäre doch besser, wenn die Männer unter sich blieben!› Er hat mich schön hereingelegt ...»

«Ich weiß nicht, ob er später wirklich mit ihr verkehrte oder ob er Sie bloß ärgern wollte, aber damals, als er das sagte, kannte er sie meines Wissens noch nicht.»

Wir machten uns wieder an die Arbeit, doch die Stimmung war nicht mehr dieselbe wie vor dem skandalösen Zwischenfall. Zum einen war *Venus und Adonis* beendet, und es kam zu einem ständigen Hin und Her zwischen der Druckerei und Southampton House. Zum anderen war Master Will die ganze

Zeit schlechter Laune. Wir mußten ohne seine witzigen Wortspiele auskommen, die sonst so häufig waren, daß sie mir, kaum hatte ich darüber gelacht, schon wieder entfielen. Kam noch dazu, daß die Pest in diesen schönen Tagen mit doppelter Grausamkeit wütete. Man war nie sicher, ob die Leute, die man abends bei bester Gesundheit verlassen hatte, am nächsten Morgen noch am Leben sein würden.

In der Stadt verzeichnete man wöchentlich zweitausend Tote.

Die Arbeit ging mit unverminderter Intensität weiter. Wir waren mit dem Stück für den Sommer beschäftigt, *Verlorene Liebesmüh'*. Master Will hatte mich zu einem Diplomaten aus seinem Freundeskreis geschickt, der einige Jahre zuvor als Botschafter auf Schloß Nérac beim damaligen König von Navarra – später König Heinrich IV. von Frankreich – gewesen war. Bei diesem Diplomaten hatte Master Will einen Bericht einsehen können, den er mich mitzubringen bat: «Sage ihm, daß ich nichts daraus zitieren werde; ich brauche den Bericht nur zu meiner Inspiration. Das Stück soll ein Schäferspiel sein.»

Der adlige Herr, dessen Name mir entfallen ist, hatte sich seufzend gefügt.

«Nur ein Dichter wie Shakespeare kann auf die Idee kommen, aus einem Protokoll ein Schäferspiel zu machen», hatte er ausgerufen und das besagte Papier auf der Stelle abschreiben lassen. «Hier, geben Sie ihm das, ich vertraue ihm. Wenn er die Kopie nicht mehr benötigt, soll er sie verbrennen.»

Wir hatten noch keine Gelegenheit zu gemeinsamen Proben gehabt, denn die Schauspieler gingen den verschiedensten Tätigkeiten nach, um etwas Geld zu verdienen. Doch Master Will suchte einen nach dem anderen auf, um ihnen ihre Rollen beizubringen.

Sonntag, 5. Juli

Während einiger Wochen war die Atmosphäre etwas entspannter. Die ersten Exemplare von *Venus und Adonis* kamen aus der Druckerei. Ned und ich, für den Anlaß entsprechend eingekleidet, begleiteten Master Will zum Strand zu Lord Southampton. Das Buch war mit einer Widmung für ihn versehen; nur wer Bescheid wußte, spürte die unterschwellige Ironie zwischen den Zeilen:

Ich wünsche Ihre Lordschaft nicht zu beleidigen, indem ich Ihr diese ungeschickten Zeilen widme, und ich weiß nicht, was man über mich sagen wird, weil ich eine solch starke Unterstützung für eine so armselige Last gewählt habe: Wenn Euer Gnaden damit zufrieden scheinen, werde ich mich reichlich belohnt fühlen, und ich verpflichte mich, meine freien Stunden in den Dienst einer würdigeren Aufgabe zu stellen. Doch sollte der erste Erbe meiner Phantasie sich als Mißgeburt erweisen, wäre ich untröstlich, ihm einen so edlen Paten gegeben zu haben, und würde mich künftig hüten, ein so unfruchtbares Feld zu beackern, um weitere Mißernten zu vermeiden.

«*Erbe* ... *Pate* ... Meinst du, er spricht von diesem Buch oder vom Kind, du weißt schon, welches ich meine?» flüsterte Young Ned. «Vielleicht denkt er, das erste sei von ihm, und verspricht, ein zweites zu machen.»

Wir lachten los, aber hinter vorgehaltener Hand. Abgesehen von den Gegenreden im Stück *Verlorene Liebesmüh'*, das ein wahres Feuerwerk zu werden versprach (man fragt sich, wie ein so trauriger und verletzter Mann einen derart brillanten und scheinbar leicht hingeworfenen Text verfassen konnte), war die Zeit nicht für Späße geeignet, schon gar nicht über ein solches Thema.

Das erste Exemplar des Buches wurde Lord Southampton persönlich überreicht, der es mit einer seine blonde Lockenpracht zur Geltung bringenden Verbeugung entgegennahm. Gesagt wurde fast nichts. Ich glaube, jedes Wort des einen oder des anderen über die Grußformeln hinaus hätte unheilbaren Schaden angerichtet. Das war beiden bewußt, und beide wollten es vermeiden.

Dann begab sich Master Will zur Gräfin, die sich auf dem Lande aufhielt, etwa eine Stunde zu Pferd entfernt.

«Gnädige Frau, ich habe dieses Buch Ihrem Sohn gewidmet, wie Sie es verlangt haben», erklärte er mit einer Verbeugung. «Doch eigentlich hätten Sie das Recht darauf. Ich habe es Ihnen zu verdanken.»

«Mit Ihrer Widmung an meinen Sohn tun Sie mir einen großen Gefallen, Herr Shakespeare, und ich versichere Ihnen, daß ich Ihre Treue und Geduld zu schätzen weiß. Mir ist bekannt, daß der Graf Sie nicht so behandelt, wie Sie es verdient hätten.»

Er verneigte sich stumm. Sie hatten sich verstanden.

Das dritte Exemplar brachten wir Mistress Emilia.

Dienstag, 7. Juli

Sie hatte Master Will mitteilen lassen, sie würde sich über seinen Besuch freuen, «um sie zu zerstreuen». Der Form halber hatte er einige Tage zugewartet. Eines Morgens, als Young Ned anderweitig beschäftigt war, begleitete ich Master Will nach Westminster.

Diesmal hatte ich keine Skrupel, an der Wandöffnung zu lauschen. Ich hatte Mistress Emilia nur flüchtig durch die Türe gesehen, gerade lange genug, um festzustellen, daß sie nach der Geburt ihres Kindes noch schöner geworden war.

Im dunklen Nebenzimmer tauschten Marianne und ich einige Küsse aus, doch bald ließen wir davon ab und bezogen unseren Horchposten.

«... Ich habe keinerlei Anrecht auf Sie, gnädige Frau, und Sie schulden mir auch keine Rechenschaft.»

Master Wills Stimme war nichts von seiner leidenschaftlichen Liebe anzuhören.

«Stört es Sie denn gar nicht, daß über mich gelästert wird?»

«Sie tun, was Ihnen richtig scheint, ohne sich um den Klatsch zu kümmern, und Sie tun gut daran, gnädige Frau.»

Lügner, dachte ich und erinnerte mich an seine Hände um meinen Hals. Aber das war natürlich sein gutes Recht.

Sie setzten ihr Geplänkel noch eine Zeitlang fort, doch der Tonfall mäßigte sich allmählich, und schließlich lud sie ihn ein, sich ihr zu nähern.

«Kommen Sie schon, geben Sie mir einen Kuß. Sie wissen genau, daß ich Ihnen meine Türe nur deshalb verschlossen habe, weil es zu Ihrem Besten war. Haben Sie denn nicht vernommen, daß Sir George Carey und mein Onkel Anthony alle beide geschworen hatten, Sie zu töten?»

«Ich wußte es, gnädige Frau. Aber ich bin groß genug, um mich meiner Haut zu wehren.»

«Sie sind bloß eingebildet, und Sie haben Glück, daß ich da bin, um über Sie zu wachen. Kommen Sie näher, Sie brauchen keine Angst zu haben.»

«Meine Dame, Sie sind eine verheiratete Frau.»

«Will! Hören Sie auf mit Ihrer Moralpredigt.»

«Sie sollten ein Versprechen, das Sie vor Gott abgelegt haben, nicht auf die leichte Schulter nehmen, gnädige Frau. Ihr Gemahl ist ein Mann, mit dem ich beruflich viel zu tun habe. Er spielt oft für uns.»

«Damit ist es nun vorbei, das kann ich Ihnen versichern. Meine Onkel haben ihn ins königliche Ensemble der *Pifferi* aufgenommen, dessen Dienste die Herren Essex und Southampton in Anspruch zu nehmen versprochen haben, wenn es nicht am Hofe gebraucht wird.»

«Wie ich sehe, haben Sie nicht nur den Liebhaber gewechselt, sondern auch Ihren Klüngel.»

«Fangen Sie nicht schon wieder damit an!»

«Ich nehme an, daß Lord Southampton weniger Skrupel hat als ich und sich die Nachsicht Ihres Gatten erkauft.»

«Sie sind wirklich unmöglich, mein Freund. Ihre Eifersucht ist überaus töricht. Ich nahm an, Sie würden sich freuen, daß wir den alten Lord Hunsdon endlich losgeworden sind.»

«Sie sind grausam ihm gegenüber. Er ist ein charmanter Mensch.»

«Oh! ein bewundernswerter Liebhaber. Grob, fluchend wie ein Kutscher, unfähig, länger als zwei Minuten in einem Buch zu lesen, in letzter Zeit sogar impotent. Zugegeben, er hatte seine guten Momente, und er bezahlte. Aber er blieb bis zum Schluß ein Tyrann.»

«Und Ihr Sohn? Wer ist der Vater dieses kleinen Henry?»

Mistress Emilias Stimme wurde eiskalt.

«Henrys Vater? Alfonso Lanier natürlich. Wer sollte es denn sonst sein?»

«Sind Sie sicher?»

«Absolut.»

«Könnte es nicht vielmehr Lord Henry Southampton sein?»

«Wo denken Sie hin! Sagen Sie keine Dummheiten.»

«Als Vater könnte sogar dieser Lümmel Will Shakespeare in Frage kommen, wenn ich richtig gerechnet habe.»

«Der Vater des Kindes heißt Alfonso Lanier und ist mein Gemahl, punktum. Ende des Kapitels.»

«Nun gut, gnädige Frau.» Wills Tonfall war spöttisch.

«Wie wäre es, wenn wir von interessanteren Dingen sprächen? Haben Sie das letzte Buch von Herrn Chapman gelesen?»

«Nein, gnädige Frau, ich muß gestehen, daß ich keine Zeit dafür hatte. Ich habe mein episches Gedicht beendet und bereite eine Aufführung für den Sommer vor. Ich war zu beschäftigt, um mich bei den Buchhändlern auf dem Vorplatz von Saint Paul umzusehen.»

«Ich traue meinen Ohren nicht! Sie hatten keine Zeit, die Neuerscheinungen zu lesen?»

«Unser Leben ist völlig durcheinandergeraten wegen dieser verfluchten Pest, die kein Ende nehmen will.»

«Haben Sie keine Angst davor?»

«Offen gestanden, nein. Als ich noch ein Säugling war, starb in Stratford die Hälfte der Leute in unserer Straße daran, und ich glaube, wir Überlebenden haben eine Art Immunität erworben. Der Doktor Forman, den ich kürzlich getroffen habe, bestätigte diese Ansicht.»

«Ich kenne keinen Doktor Forman.»

«Er ist teils Mediziner, teils Astrologe. Ich bin nicht sein Patient, aber Leute von höchstem Rang lassen sich von ihm behandeln und fragen ihn um Rat. Jedenfalls hat er mir etwas Erstaunliches erzählt: Als er an der Pest erkrankte, entnahm er seinen Wunden Eiter, destillierte ihn, trank dann das Destillat und genas. Er pflegt die Pestkranken ohne jede Scheu und erfreut sich bester Gesundheit.»

«Wirklich erstaunlich. Aber sagen Sie mir, werden Sie den ganzen Sommer hindurch in London bleiben?»

«Nein, ich werde auf Tournee gehen und dann nach Titchfield zu Lord Southampton. Wir werden unser neues Stück für ihn spielen.»

«Ich habe allerhand Gerüchte über Ihren Lord Strange vernommen. Man behauptet, die Ketzer vom Kontinent möchten ihn zum nächsten katholischen König erküren.»

«Haben Sie Ähnliches nicht auch über Lord Henry Percy, den Grafen von Northcumberland, gehört? Dasselbe wird von allen katholischen Adeligen behauptet, die mehr oder weniger direkte Thronanwärter sind.»

«Ja, das stimmt. Doch ich finde, die Gerüchte über Lord Strange sind bösartiger als üblich. Könnten Sie dafür sorgen, daß er davon in Kenntnis gesetzt wird?»

«Ich werde es versuchen.»

So fuhren sie in wachsendem Einverständnis noch lange fort. Wir verloren das Interesse an ihnen. Als das Geräusch ihrer Küsse die unseren übertönte, merkten wir, daß sie voneinander Abschied nahmen. Es machte den Anschein, als hätten sie sich versöhnt. Erst später an diesem Tag entdeckte ich: Was Master Will auch immer tat und sagte, der Schmerz saß tief. Seine Eifersucht hatte nicht um eine Unze nachgelassen.

Als wir wieder auf der Straße waren, ließ er eine Bemerkung fallen, der ich kaum Beachtung schenkte: «Ich weiß, daß sie lügt, aber ich tue so, als würde ich ihr glauben.» Es klang nach einem Scherz.

Doch als ich vor dem Abendessen seine Papiere ordnete, fand ich ein Sonett.

Schwört mir die Liebste, sie sei ganz aus Tugend,
Weiß ich, sie lügt, und trau ihr doch zum Schein,
Damit sie glaube, meine keusche Jugend
Sei fremd in dieser Welt der Heuchelein.
So eitel, hoffend, daß sie jung mich wähne,
Die weiß, daß meine beste Zeit entflohn,
Glaub töricht ich an Liebesschwur und Träne,
Und beide sprechen wir der Wahrheit Hohn …

Und es war nicht das einzige Gedicht. Mir wurde plötzlich klar, daß Master Will sich manchmal, wenn er scheinbar tief in seine Arbeit versunken war, seinen Kummer vom Herzen redete, indem er Sonette schrieb. In einigen davon wandte er sich an Lord Southampton, in anderen an Mistress Emilia, und es gab auch solche, die an ihn selbst gerichtet waren. Seine Verzweiflung schimmerte durch jeden Vers. Alles, woran sein Herz hing, fehlte ihm: das Theater, seine Mätresse und Lord Southamptons Gunst, wenn es denn stimmte, daß dieser ihm Kit Marlowe vorzog. Jedenfalls nahm Master Will die Drohung ernst, schrieb er doch:

Wie müd ist alles, was ich schreibe jetzt,
Seitdem ein Besserer preist deinen Namen,

Der in dies Werk all seine Kraft gesetzt,
So daß sein Lied mein Singen macht erlahmen.

Ich war ergriffen von diesen kleinen Sonetten, die ich mindestens so schön fand wie sein großes episches Gedicht.

Freitag, 10. Juli

Es war an einem Sonntag, und zwar am sechsten oder siebten Mai. Wir waren mit Zusammenräumen, Packen und Sortieren beschäftigt. Am folgenden Tag wollten wir Southampton House verlassen. Zunächst gedachten wir nach Shoreditch zu gehen. Dort erwartete mich meine Arbeit als Zimmermann. Es galt, das Material für die Tournee nach Titchfield vorzubereiten, wo Master Wills neues Stück aufgeführt werden sollte. Wir warteten noch immer auf die Reisepapiere, die unterwegs waren, wie Master Burbage uns ausrichten ließ.

Lord Southampton stürmte herein, gefolgt von John Florio und Rob. «Sie dürfen das Haus unter keinem Vorwand verlassen, Will!» befahl er mit erstickter Stimme und eilte auf ihn zu. Er drückte ihn an seine Brust und rief: «Gott sei Dank bin ich noch rechtzeitig gekommen!»

Wir standen mit offenem Munde da.

«Eure Exzellenz, was gibt es denn?»

Master Will blieb auch angesichts dieser überraschenden Gefühlsaufwallung Herr seiner selbst.

Stumm reichte ihm Lord Southampton einen Zettel hin.

«Diese Kriegserklärung wurde kürzlich des Nachts am Portal der holländischen Kirche angeschlagen. Die Stadt spricht von nichts anderem. Ich habe beim Grafen von Essex eine Kopie gefunden.»

Der Zettel begann mit den Worten:

Ihr Ausländer, die ihr in diesem Lande lebt,
lest, merkt euch und begreift dieses Schreiben.

Beherzigt es im Interesse eures Lebens,
eures Besitzes, eurer Kinder und geliebten Frauen ...

Das klang zwar drohend, war aber erst der Anfang. Ich kann das Pamphlet nicht mehr auswendig, einzelne Passagen jedoch haben sich mir eingeprägt.

Euer machiavellistischer Händler ruiniert den Staat,
euer Wucher blutet uns aus,
euer Handwerker beschleunigt unser schlimmes Los,
und wie die Juden eßt ihr unser Brot.

Das Schreiben endete mit einer Drohung, die einem das Blut in den Adern gefrieren ließ.

Wenn weder Worte noch Drohungen noch sonst etwas
euch von eurem Treiben abhalten können,
werden wir euch beim Gebet in euren Kirchen abstechen,
und es wird mehr Blut fließen als beim Blutbad von Paris.

Unterzeichnet war es mit *Tamerlan.*

Master Will war so bleich geworden, daß seine Lippen nicht mehr zu sehen waren.

«Man versucht, Kit zu kompromittieren», sagte er.

«Mag sein. Doch in Ihrer Abgeschiedenheit haben Sie nichts mitbekommen von der Agitation gegen die Ausländer. Sie hält schon seit Wochen an. Der private Rat hat verkündet, man werde mit aller Strenge vorgehen, zuallererst in den Theaterkreisen, denn im Pamphlet ist nur von den Stücken die Rede, welche von den Schauspielern von Lord Strange oder von jenen des Admirals gespielt werden.»

«Angespielt wird einzig auf Stücke von Kit: *Der Jude von Malta, Das Blutbad von Paris, Tamerlan.* Kit hat wohl wieder eine seiner üblichen Intrigen angezettelt, und nun will man es ihm heimzahlen – der Haß auf die Ausländer ist zwar eine bedauerliche Tatsache, aber eine neue Erscheinung ist er nicht. Jemand will zwei Fliegen mit einer Klappe schlagen. Was befürchten Sie, gnädiger Herr?»

«Daß man Sie verhaftet. Von Essex habe ich vernommen,

daß der private Rat eine gründliche Durchsuchung von Wohnungen, Unterrichtsräumen und Bibliotheken angeordnet hat. Dabei werden alle Schriftstücke beschlagnahmt, die zur Entdeckung der Pamphletisten führen könnten. Wenn die Verdächtigen die Aussage verweigern, können die Untersuchungsbeamten sie ganz nach Belieben in Bridewell einsperren und sind ermächtigt, sie zu foltern, bis ein vollumfängliches Geständnis vorliegt.»

«Irgendwann wird man auf Kit und seine Bücher stoßen, man wird in ihnen eine Verwandtschaft mit diesem Wisch sehen, und die Sache ist erledigt. Laßt uns Marlowe hängen, dann werden die Ausländer auf wundersame Weise von selbst verschwinden, die ruinierten Handwerker kommen wieder zu ihrem Vermögen, das Vaterland ist gerettet, die …»

«Hören Sie, Shakespeare, haben Sie denn kein Fünkchen Verstand?» Florio mischte sich ebenso überraschend wie heftig ein. «Vergessen Sie endlich diesen Kit Marlowe. Es geht um Sie.»

«Um mich? Ich sehe nicht, warum mich das etwas angehen sollte.»

Lord Southampton, Florio und Rob sahen sich wortlos an und schüttelten den Kopf. Dieser gute Will ist wirklich ein Tor, besagten ihre Mienen.

«Eure Exzellenz, wir wollen die Sache nicht aufbauschen. Erklären Sie mir einfach, warum …»

«Weil Ihre Unterkunft in Shoreditch bereits durchsucht wurde und eine Wache dort auf Sie wartet, um Sie in Haft zu nehmen. Sie werden genauso gesucht wie Nashe, Kyd und alle anderen Bühnenautoren.»

Diesmal hatte Master Will verstanden.

«Unglaublich! Wie können sie überhaupt irgendeinen von uns als Verfasser derart miserabler Verse verdächtigen?»

Lord Southampton brach in schallendes Gelächter aus. Die Atmosphäre entspannte sich merklich.

«Genau das habe ich Essex auch gesagt. Der Schreiber dieser Zeilen ist unter dem Stammpublikum der Rose und des Theaters zu suchen, nicht unter den Autoren. Doch manchmal kann man mit Essex kein vernünftiges Gespräch führen. Seit kurzem ist er Mitglied des privaten Rates, die Königin schlägt ihm nichts ab, und er will seinen Eifer unter Beweis stellen. Nichts wird ihn aufhalten. Ich sähe es höchst ungern, wenn Sie fälschlicherweise gefoltert und womöglich übel zugerichtet würden. Und selbst wenn das Ganze nur eine großangelegte Inszenierung ist, um sich Marlowes zu entledigen, sind Sie trotzdem in Gefahr. Aus Ihrer Bewunderung für ihn haben Sie nie einen Hehl daraus gemacht.»

«Wie sollte ich auch, unser Theater hat ihm alles zu verdanken.»

«Sie sind zu bescheiden, aber ich will nicht darüber streiten. Es geht nicht um die Richtigkeit Ihrer Ansicht, es geht einzig und allein darum, daß Sie sie vertreten. Das schafft eine Verbindung zwischen Ihnen und Marlowe, und man wird versuchen, Ihnen etwas zu entlocken, das ihn kompromittieren könnte. Die zahllosen verleumderischen Gerüchte, die über ihn ausgestreut werden, erwecken den Verdacht, es handle sich um eine organisierte Angelegenheit.»

«Könnte das nicht ein Mittel Ihres Freundes, des Grafen von Essex, sein, um sich seinen großen Rivalen Walter Raleigh vom Halse zu schaffen, in dessen Umfeld auch Marlowe verkehrt?»

«Wenn Sie von Ihrem Verstand Gebrauch machen, werden Sie gefährlich, Shakespeare», sagte Florio mit schroffer Stimme. «Und selbst wenn es so wäre: Es gibt Dinge, die man besser nicht laut sagt.»

«Ich weiß nicht, ob Essex …» Lord Southampton war nachdenklich. «Es stimmt, daß er zu allem fähig ist. Aber lassen wir das. Ihr Gedicht ist veröffentlicht und wird sogar von verschiedensten Seiten gerühmt. Ich habe dafür gesorgt, daß der Zeremonienmeister Ihrer Truppe endlich die Reiseerlaubnis erteilt hat. Um allen Eventualitäten vorzubeugen, sind die Schauspieler bereits abgereist. Jene, die nach Titchfield kommen sollen, sind auf dem Weg nach Westen und erwarten Sie in Bristol in der Herberge zur Mitra. Hier hält Sie nichts mehr zurück. Sie sollten auf der Stelle mit Ned aufbrechen. Um alles übrige kann sich Tom kümmern. Er läuft keine Gefahr. Sobald Sie die Probearbeiten abgeschlossen haben, erwarte ich Sie mit Ihren Leuten in Titchfield. Hier, nehmen Sie diesen Brief, ich habe ihn auf Rat von Lord Essex geschrieben. Er besagt, daß Sie unter meinem Schutz stehen. Das ist zwar keine absolute Garantie, aber der Brief kann Ihnen Ärger ersparen. Mein Freund Giovanni Florio wird Sie bis aufs offene Land hinaus begleiten und danach auf direktem Weg nach Titchfield kommen. In diesen Tagen sind Londons Straßen gefährlich, wenn man nicht Engländer ist.»

Er wandte sich an mich, ohne Master Will Zeit für eine Entgegnung zu lassen. «Sie, Tom, werden am Theater erwartet, Master Burbage zählt auf Sie. Sie kennen das neue Stück und die Rollen, Sie werden den Transport der Kulissen, Kostüme und Requisiten beaufsichtigen.»

Er warf einen Blick in die Runde, und ich entdeckte zum ersten Mal eine Eigenschaft an ihm, die über seine Selbstgefälligkeit hinausging. Er war ein hervorragender Organisator, er hätte einen guten General abgegeben. An seinem Plan gab es nichts auszusetzen, er hatte an alles gedacht. Wir kamen seinen Anordnungen nach.

Sonntag, 12. Juli

Gegenwärtig habe ich etwas mehr Zeit, mich mit der Vergangenheit zu befassen. Die Saison in London ist beendet, und wir werden erst nächste Woche auf Tournee gehen. Seit mehreren Tagen habe ich keinen Fuß mehr ins Globe gesetzt. Ich arbeite bei mir zu Hause an Texten. Master Shakespeare hat mir seine neue Komödie dagelassen, *Dreikönigsabend, oder Was ihr wollt;* ich werde sie abschreiben und als Vorbereitung auf die Proben auswendig lernen.

In der Ruhe meines winzigen Gartens wird die Erinnerung wieder wach und lückenlos; ich lasse diesen schrecklichen Mai 1593 wie eine Tragödie an mir vorüberziehen. Mir scheint, er bestehe aus einer einzigen Aneinanderreihung von Spannungen, Fluchten, Ängsten und Kümmernissen. Für die Theaterleute sollte er in einer Katastrophe gipfeln. Für mich auch.

Sobald Master Will in Sicherheit war, machten wir uns unter der Führung von Master Burbage an die Arbeit. Die Organisation der Tournee war sehr kompliziert, denn für einige Vorstellungen waren wir als ganze Truppe engagiert, für andere brauchte es nur einen Teil der Schauspieler. Angesichts der Finanzlage war es von Vorteil, wenn wir uns aufteilen konnten: Damit stiegen die Einnahmen.

Wir waren am Vorbereiten, Ausprobieren, Einpacken und Verladen der Kulissen, spitzten dabei jedoch stets die Ohren, um über die Ereignisse in der Stadt auf dem laufenden zu bleiben.

So erfuhren wir von der Verhaftung des bedauernswerten Thomas Kyd, der völlig ahnungslos aus der friedlichen Sommerfrische zurückgekehrt war und sich geradewegs in den Rachen des Löwen stürzte. Ich wußte von Rob, den ich hin und wieder traf, daß sich Lord Southampton noch immer in London aufhielt, um das Hinterland abzusichern; er schaltete sich sofort ein. Doch seine Befürchtungen, die wir für übertrieben gehalten hatten, wurden bestätigt: Bevor er Kyds Freilassung erreichen konnte, war der Dichter bis aufs Blut gefoltert worden, um ihm Aussagen zu entlocken, die geeignet waren, Kit Marlowe zu belasten – auch Master Will hatte also recht gehabt.

Unmittelbar nach Kyds Haftentlassung hatte Lord Southampton unbekannterweise seinen Leibarzt zu ihm geschickt. Der bedauernswerte Kyd war so durcheinander, daß er ihn zuerst gar nicht empfangen wollte – er war überzeugt, es handle sich um einen Häscher, der ihn erneut auf die Folter spannen wolle. Rob erzählte mir, daß er tagelang weine.

«Ich habe einen Freund verraten! Ich habe einen Kollegen ans Messer geliefert!» klagte er. «Sie haben mich gegen meinen Willen zum Sprechen gebracht; ich war so verängstigt, daß ich schließlich irgend etwas sagte, nur weil sie es hören wollten. ‹Dies ist ein subversives Papier›, sagten sie. ‹Mir ist es nicht bekannt. Ich habe es noch nie gesehen.› – ‹Haben Sie nicht mit Kit Marlowe die Unterkunft geteilt?› – ‹Schon, aber das ist mehr als zwei Jahre her.› – ‹Könnte es sein, daß dieses Papier ihm gehört?› – ‹Es ist nicht undenkbar. Vielleicht lag es auf irgendeinem Haufen. Wir sammelten viele Unterlagen für unsere Stücke.› Am Ende wurde mir schwarz auf weiß vorgelegt, was ich so gar nicht gesagt hatte, aber ich war dermaßen erschöpft, daß ich die Aussage unterschrieb. Ich bin ein Verräter, ein Nichtswürdiger.»

«Wie können sich diese Leute bloß vorstellen, einer unserer Autoren habe dieses miserable Pamphlet verfaßt und mit *Tamerlan* unterschrieben?» donnerte Master James Burbage. «Wenn einer vom Theater so verrückt gewesen wäre, diesen Mist zu schreiben, hätte er mit Julius Caesar, Soliman, Zeus oder sonst einem möglichst irreführenden Pseudonym unterzeichnet. Man könnte doch davon ausgehen, daß wir in Sachen Inszenierung Fachleute sind.»

Schikanen und Durchsuchungen folgten Schlag auf Schlag.

Kit Marlowe wurde zwangsweise von Scadbury nach London überführt. Lord Southampton setzte sich vergeblich für ihn ein. Er erreichte einzig, daß Kit nicht eingekerkert wurde. Dafür mußte dieser jeden Tag vor dem privaten Rat erscheinen.

Da er zwei Schritte von der Holywell Street und vom Theater entfernt an der Hog Lane wohnte, bin ich ihm öfter begegnet. Abgesehen von einer ungewöhnlichen Blässe wirkte er auf den ersten Blick nicht anders als sonst, und man mußte schon einige Worte mit ihm wechseln, um zu merken, daß er mit den Nerven am Ende war.

«Ich habe noch eine oder zwei Angelegenheiten zu regeln», sagte er mir eines Morgens, «dann verreise ich nach Schottland. König Jakob VI. hat mich eingeladen, für ihn Stücke zu schreiben. Etwas Besseres kann man sich gar nicht denken.»

«Aber da gibt es doch die Sache mit den Pamphleten. Fürchten Sie nicht ...?»

Sein Gesicht verzog sich irritiert.

«Wenn man es wagt, sich an mir zu vergreifen, werde ich auspacken. Ich versichere dir, daß ich genug in der Hand habe, um einen oder zwei Skandale von landesweitem Ausmaß auszulösen. Nein, ich habe diesen Herren gesagt, ich werde verschwinden und ihre Geheimnisse ins Grab mitnehmen, vorausgesetzt, sie lassen mich in Ruhe.»

Seine Äußerungen waren nicht dazu angetan, mich zu beruhigen. Meiner Meinung nach redete Kit zuviel.

Doch diese Begegnung wäre wohl meinem Gedächtnis entschwunden, hätte ich nicht eine Woche darauf von Mistress Emilia eine Nachricht erhalten: Sie forderte mich auf, zu ihr zu kommen, Marianne sei schwer erkrankt.

Und wenn sie die Pest hatte? Es war mir gleichgültig. Ich eilte zu ihr.

Aber es war nicht die Pest. Es war ein heftiges Fieber, das sie in ein zwei Tage dauerndes Delirium stürzte. Sie starb, ohne mich wiedererkannt zu haben.

Als ihre Hand nach einer letzten Zuckung in der meinen erschlaffte und ihr Röcheln verstummte, hatte ich das Gefühl, ein Teil von mir selbst sei mit ihr gestorben. Die Wäschefrau, eine Matrone, die ihr weiches Herz hinter einem mürrischen

Wesen verbarg, hatte mit mir gewacht und führte mich schließlich aus dem Raum.

«Weine, mein Junge, laß deinen Tränen freien Lauf», befahl sie mir und ohrfeigte mich sogar. Doch die Tränen wollten nicht kommen.

Ich sehe mich wieder gesenkten Hauptes im Salon von Mistress Emilia stehen, voller Scham, weil ich im Augenblick, als meine künftige Frau zu Grabe getragen werden sollte, an das berauschende Parfum und die überwältigende Schönheit ihrer Herrin dachte. Sie ergriff meine Hand.

«Ich bin untröstlich, Thomas. Ich kann mir ein Leben ohne Marianne gar nicht vorstellen. Welch schrecklicher Verlust!»

Ich zog meine Hand zurück. Diese warme, glatte Haut löste in mir verwirrende Gefühle aus. Ich brachte kein Wort über meine Lippen.

«Wir verschieben das Reden auf einen anderen Tag. Sie werden mich doch besuchen, nicht wahr?» sagte sie mit sanfter Stimme.

Es war das erste Mal, daß sie sich an mich persönlich wandte. Ich nickte und rannte davon.

Es folgten Tage, an die ich mich kaum mehr erinnern kann.

Dagegen habe ich mich bemüht, mir die letzte Begegnung mit Kit Marlowe in Erinnerung zu rufen.

Es war frühmorgens, ich hatte nicht geschlafen, denn seit Mariannes Tod fand ich keinen Schlaf mehr. Ich war auf dem Weg zur Arbeit, als Kit mir auffällig elegant gekleidet über den Weg lief. Wie das ganze Quartier wußte auch er, daß ich meine Verlobte verloren hatte. Er sagte auf seine Art ein paar tröstende Worte, indem er irgendwelche Gedanken über den Tod von sich gab, der in jeder Türöffnung und an der Schwelle jedes Tages auf uns lauere.

Um ihn in seinen für mich keineswegs tröstlichen Äußerungen zu unterbrechen, fragte ich ihn: «Was tun denn Sie um diese Zeit auf der Straße, zudem so herausgeputzt?»

«Heute habe ich eine letzte Angelegenheit zu regeln, und nächste Woche heißt es dann: auf nach Glasgow.»

Er verschwand in Richtung des Flusses.

Am folgenden Morgen, als wir am Tisch der Burbages frühstückten, eilte ein kleiner Junge ganz außer Atem herein und benachrichtigte uns von seinem Tod.

«Er kam in Deptford bei einer Schlägerei ums Leben.»

Die Quelle seiner Nachricht war so unklar, daß wir es zunächst nicht glauben mochten. Was zum Teufel hatte er in Deptford zu suchen? Ich fragte mich sogar, ob er in Wirklichkeit nicht schon auf einem Schiff nach Schottland unterwegs sei.

Einer unserer Lehrlinge wagte sich bis zur Hog Lane vor.

«Er ist die ganze Nacht nicht hier gewesen», sagte man ihm dort. «Bei diesem Vogel weiß man nie, wann er kommt und wann er geht.»

Gegen Mittag jedoch wurde die Nachricht bestätigt.

Das war die einzige Gelegenheit, bei der ich Master Philip Henslowe weinen sah. Ich hätte nicht gedacht, daß er Tränen vergießen konnte – er ist der härteste Mann, dem ich je begegnet bin.

«So ein großes Talent! Was er schrieb, war nicht mit Gold aufzuwiegen.»

«Er war ein Atheist.»

«Sie belieben wohl zu scherzen, Master James. Er *diskutierte*. Das gehörte zu seiner Begabung. Er diskutierte über alles und provozierte die Gesprächspartner, um seine eigenen Argumente zu erproben. Was über ihn gesagt wurde, hat mich nie im geringsten beeindruckt. Das Publikum hat seine Stücke sehr wohl verstanden. Erinnern Sie sich an die Premiere des *Blutbades von Paris?* Eine einzige Aufführung hat uns drei Pfund und fünfzehn Shilling in die Kasse gebracht. So viel verdienen wir manchmal in einer ganzen Woche nicht.»

Master Henslowes Tränen erschienen in einem etwas anderen Licht: Sie flossen ebenso sehr aus persönlichem Interesse wie aus Wertschätzung für Kits menschliche Qualitäten. Doch ich muß sagen, daß er ihm auf seine Weise zweifellos aufrichtig zugetan war, denn als er einige Tage darauf vom Untersuchungsbericht Kenntnis erhielt, war seine Entrüstung grenzenlos.

Ganz nach seiner Gewohnheit stürzte er in unseren großen Saal, als wir gerade bei Tische saßen. Frau Burbage erhob sich seufzend und legte ein zusätzliches Gedeck auf. Bei ihr trug Henslowe den Übernamen «Master Philip der Schmarotzer».

«Habt ihr das gelesen?» Er schmiß das Schreiben auf den Tisch. «Lest, und ihr werdet sehen: Kit ist nicht einer Schlägerei zum Opfer gefallen, er wurde ermordet.»

«Setzen Sie sich, Master Philip, langen Sie zu und erzählen Sie.»

Er ließ sich nicht zweimal bitten.

«Er war in Deptford bei der Witwe Bull, einer entfernten Verwandten von Lord Burghley. Und wer begleitete ihn? Diese drei Halunken Ingram Frizer, Nicholas Skeres und Robert Poley.»

«Frizer? Skeres? Die Wucherer und Diebe?»

«Ganz genau.»

«Ich kenne Robert Poley», sagte der Zimmermeister. «Ein verlogener Bursche, der vor keinem Meineid zurückschreckt. Ich könnte euch Dinge über ihn erzählen ...»

«Kennt ihr die Geschichte mit dem Brunnen?» warf Master James ein.

«Welcher Brunnen?»

«Zu jener Zeit war Poley katholisch oder gab es zumindest vor. Jedenfalls war er am englischen Seminar von Douai und wurde sogar Priester. Dann schwenkte er um. Er begann Lord Walsingham Berichte zu schicken. Und er schlug ihm eine Brunnenvergiftung vor, um das ganze Seminar von Douai auf einen Schlag auszulöschen.»

Keiner der Anwesenden war Katholik, trotzdem erschauerten alle am Tisch vor Abscheu. Einen Brunnen zu vergiften ist die häßlichste Tat, die man sich vorstellen kann.

«Aber was hatte denn Kit mit diesem Gesindel zu schaffen?»

«Als ich ihm an jenem Morgen begegnete, sagte er mir, er habe eine letzte Sache zu regeln, bevor er ein neues Leben beginne.»

Ich brauchte ihnen ja nicht zu erzählen, daß er die Absicht hatte, dem Theater und der Rose den Rücken zu kehren.

«Ich schwöre euch, er wußte zuviel. Unser Kit war ein ungewöhnlich heller Kopf, er erriet sogar das, was man ihm nicht sagte. Sie haben ihn zum Schweigen gebracht.»

«Aber wenn seine drei Kumpane Galgenvögel waren, weshalb mußte man ihn dann zum Schweigen bringen? Es wäre doch bloß sein Wort gegen ihres gestanden.»

«Leider sind es Leute dieses Schlags, die sich in den Dienst von Lord Burghley oder Lord Essex stellen und für sie die schmutzige Arbeit verrichten. Gott allein weiß, was unser Kit über hochgestellte Leute erfahren hat. Was für ein Verlust!»

In seiner ohnmächtigen Wut hämmerte Master Henslowe die Faust auf den Tisch.

Ich konnte einen flüchtigen Blick auf die Kopie des Berichtes werfen, den er sich wohl mit einem seiner Tricks erschlichen hatte. Die drei Halunken und Kit hatten den Tag plaudernd im Garten verbracht (es war ein strahlender Tag, einer der ersten wirklich warmen im Jahr) und gingen gegen sechs Uhr ins Haus, um das Abendbrot einzunehmen, das sie mit Weißwein begossen. Später legte sich Kit Marlowe auf einen Diwan, während seine Kumpane am Tisch sitzen blieben. Man stritt sich darüber, wer die Rechnung zu bezahlen habe. Kit soll angeblich seinen Dolch gezückt haben, Ingram Frizer ebenfalls. Darauf soll es zu einem Handgemenge gekommen sein, in dessen Verlauf Kit beim Versuch, Frizer zu entwaffnen, die Spitze seines Dolches versehentlich auf sich selbst gerichtet habe. Sie drang über dem Auge in den Kopf ein und tötete ihn auf der Stelle. Es gab keine anderen Zeugen als Frizer selbst, Skeres und Poley.

Obwohl die Sache zum Himmel stank, gab sich der Hof mit dieser unglaubwürdigen Version der Ereignisse zufrieden. Knapp einen Monat später wurde Frizer aus dem Gefängnis entlassen und von aller Schuld freigesprochen: Er hatte angeblich in Notwehr gehandelt.

Wir wußten allerdings nur zu gut, daß sich Kit bei einem Streit niemals auf einem Diwan ausgestreckt hätte. Kit war immer auf der Hut. Dann dieser Dolch, der aus Versehen, aber genau über dem Auge eindringt ... und als Gipfel des Lügengewebes die Behauptung, Kit soll sich wegen einer Rechnung gestritten haben! Er, der immer für alle bezahlen wollte. Offenbar war eine ganz andere Rechnung zu begleichen, und für uns war es ein klarer Fall: Drei Männer waren nötig, damit zwei ihn auf dem Diwan festhalten konnten, während der dritte mit dem Dolch zustieß. Ein Mann wie Kit hätte sich nie und nimmer wehrlos aufspießen lassen wie ein Hähnchen.

Nach der ersten Empörung hat keiner mehr laut auszusprechen gewagt, was er von der Sache hielt, nicht einmal unsere Meister Philip und James. Es hätte auch nichts genützt. Die einzige öffentliche Kundgebung zugunsten des Dichters Christophe Marlowe bestand in der zahlreichen Teilnahme von Schriftstellern, Verlegern und Theaterleuten an seiner Bestattungsfeier in der Sankt-Niklaus-Kirche in Deptford Green. Bei manchen mochte er nicht gerade den besten Ruf genossen haben, und es gab etliche Puritaner, die sich öffentlich über diese «Strafe Gottes» freuten; das hielt seine Anhänger nicht davon ab, ihm ihre Zuneigung zu bekunden und sein Gedächtnis zu ehren. Was das Publikum betrifft, so ehrt es ihn bis zum heutigen Tag, indem es ins Theater strömt, um seine

Stücke anzusehen, die acht Jahre nach seinem Tod noch immer auf dem Spielplan stehen.

Ich erinnere mich an ein Gedicht, das ich in jenem Sommer auf Master Wills Tisch gefunden habe: Er hatte es für Lord Southampton geschrieben, mit dem er sich vorübergehend versöhnt hatte. Über die Schmeicheleien an die Adresse seines Auftraggebers hinaus drückt es ein Gefühl für Kit aus, das wir alle teilten – darum habe ich dieses Sonett nie vergessen:

War es sein Lied, das stolz die Segel straffte
Zu deinem Preis, zu allzu prächt'gem Flug,
Das die Gedanken mir im Hirn erschlaffte,
Zur Gruft den Schoß gemacht, der Reife trug?
War es sein Geist, den hohe Geister lehrten,
Was über Menschenkunst, was mich zerbrach?
Nein, weder er noch seine Nachtgefährten,
Die Helfer, legten meine Lieder brach.
Nicht er, noch sein vertrauter Geist, der ihn
Nächtlich mit allzu kluger Einsicht narrt,
Besiegte mich und meine Melodien;
Nicht dorther kam die Angst, die mich erstarrt;
Jedoch als du dich seinem Lied geneigt,
Schwand meine Kraft, und all mein Denken schweigt.

Für den Kit Marlowe, den ich gekannt habe, kommt mir keine bessere Grabinschrift in den Sinn als jene Worte, die Master Will für Hamlet geschrieben hat:

… da bricht ein edles Herz
und Engelscharen singen es zur Ruh'.

Der Rest ist Schweigen.

Richard Dick Burbage

Lord Henry Southampton mit zwanzig Jahren

Hier beende ich das zweite Heft der
Purgatio
von Thomas Vincent
und schöpfe neue Kräfte
in den Drei Tauben in Brentford

«Ihr ganzes Gewicht ist in Ihren Füßen. Zum Kuckuck! Sie sollen atmen, aber aus der Mitte des Körpers heraus, nicht mit Ihren Extremitäten. Nein, Sie befolgen meine Anweisungen nicht, ich spüre es.»

Ich gab keine Antwort und bemühte mich, Master Johns Ratschläge in die Tat umzusetzen, doch das war gar nicht so leicht da oben auf seinen Schultern. Er hatte versprochen, mich vor meiner Abreise in einige der Kunststücke einzuweihen, die ein Meister, der etwas auf sich hält, seinen Schauspielschülern beibringt. Zwar hatte ich Thomas' Beschreibungen gelesen, aber es selbst zu versuchen, war etwas ganz anderes. Jedenfalls dachte ich nach diesen Übungen nie mehr, die Schauspieler seien Faulenzer, die ein bequemes Leben führen.

«Atmen Sie doch mit dem Bauch, sapperlot, sonst breche ich noch unter Ihnen zusammen. So ist es gut, jetzt sind Sie plötzlich viel leichter.»

Wir machten weiter; ich gab mir alle Mühe, nicht von seinen Schultern zu fallen, und er ging mit großen Schritten im Raum auf und ab, als säße ich gar nicht auf ihm.

«Gut, springen Sie nun auf den Boden. Doch vergessen Sie nicht zu atmen, wie ich es Ihnen beigebracht habe. Ein leichter Satz, ohne zu straucheln, die Knie etwas angewinkelt.»

Ich holte tief Luft und setzte zum Sprung an. Mit knapper Not konnte ich einen Sturz vermeiden.

«Ausgezeichnet. Nun wiederholen Sie die Übung, aber diesmal auf den Schultern unseres Freundes Jonas. Er ist knochiger als ich; auf ihm haben Sie weniger Halt.»

Ich kam noch einige Male zu Fall, bis ich mich auf den Schultern des einen wie des anderen halten konnte, und eines Abends gelang es uns gar zu dritt: Unter Master Lowins unermüdlichen Zurufen ließ ich mich auf den Schultern eines jungen Mannes nieder, der oft zum Proben herkam, und Jonas kletterte auf meine Schultern.

Unsere Pyramide war nicht so perfekt, wie Master Lowin es sich erträumt hatte, trotzdem war ich ziemlich stolz auf meinen Erfolg.

Zu solchen Übungen war es gekommen, nachdem Master John mich immer wieder gemahnt hatte: «Mein kleiner Baptiste, wenn Sie Ihre Arbeitswut beim Übersetzen von Thomas' Heften nicht ein wenig zügeln, besteht die Gefahr, daß Sie sich nach der Lungenentzündung noch eine Hirnentzündung einhandeln.»

«Und was raten Sie mir?»

«Ich finde, Sie haben etwas körperliche Ertüchtigung nötig, da es für Spaziergänge zu kalt ist.»

«Sie sind der Fachmann, Master John. Schlagen Sie mir etwas vor.»

«Wenn sich Ihre Genfer Seele nicht zu sehr dagegen sträubt, möchte ich Ihnen zum Tanzen raten. Der Tanz ist eine ausgezeichnete Übung für Leute, die ans Haus gefesselt sind. Gewöhnlich ist er den Mädchen vorbehalten, die nicht nach Belieben kommen und gehen können wie wir. Aber schließlich sind alle Mittel recht, und mir scheint, ein paar Kapriolen würden Ihnen guttun.»

Er senkte die Stimme.

«Einigen jungen Leuten, die meine bescheidenen Kenntnisse in Anspruch nehmen, bringe ich die wichtigsten Grundlagen bei. Da ist zum Beispiel der junge Betterton, der Sohn eines Freundes, der mich demnächst besuchen sollte. Wenn Sie mit niemandem darüber sprechen, lasse ich Sie an unseren nächsten Übungsstunden teilnehmen.»

Im Laufe der Wochen lernte ich so eine ganze Reihe von Leuten kennen, bei denen es sich, wie ich erst nach einer Weile erriet, um Schauspieler handelte.

An einen von ihnen, einen korpulenten Mann mit einer auffälligen Nase, erinnere ich mich ganz besonders, weil ich ihn später oft gesehen habe. Er behauptete, er sei der leibliche Sohn von Master Shakespeare, vielleicht weil auch er William hieß, William Davenant. Er kam regelmäßig auf einen Krug vorbei, unterrichtete Master John über den neuesten Klatsch aus London und schilderte seine eigenen Bemühungen, unter den ausgeklügeltsten Vorwänden eine Aufführung auf die Beine zu stellen.

Doch zurück zu Master Johns Unterricht: Bald war ich vertraut mit dem Branle, der Kapriole, dem Coup de Pied, dem Knicks im Vorübergehen, der Ruade; ich tanzte Allemanden, Pavanen und Gaillarden, daß Calvin sich im Grabe gedreht hätte. Mit der Zeit nahm ich an sämtlichen Lektionen teil, die im Estrich der Drei Tauben in aller Heimlichkeit abgehalten wurden, denn ein Puritaner, der im großen Saal seinen Krug trank, durfte nichts davon erfahren.

«Merkt euch gut, was ihr hier lernt», beschwor uns Master Lowin, worauf Jonas, der junge Betterton und die anderen Besucher des Unterrichts heftig mit dem Kopf nickten. «Ich bin überzeugt, daß in England diese schönen Tänze schon bald wieder zum Alltag gehören werden. Aber wer weiß, ob Sie in Genf die Gelegenheit haben ... Selbst in Paris – würde man Ihnen dort solche Dinge beibringen?»

«Mit Sicherheit nicht.»

Das sagte ich nur, um ihm einen Gefallen zu tun.

«Seht ihr! Außerdem ist der Tanz sozusagen eine stumme Redekunst. Es kommt nur auf die Ausdruckskraft eurer Gesten und Bewegungen an. Wenn ihr die Liebe einer Dame gewinnen möchtet, ist es meist schwierig, die richtigen Worte zu finden, aber es ist ganz leicht, es durch den Tanz auszudrükken. Macht man die entsprechende Mimik dazu, kann der Tanz alle Gefühle hervorrufen – Zorn, Mitleid, Haß und Liebe.»

Zum Tanz kam das Fechten. Ich glaubte, ich sei ein guter Fechter, doch Master John konnte mir die Klinge so flink aus der Hand schlagen, daß ich nicht wußte, wie mir geschah.

«Im Theater muß man glaubhaft sein, denn man spielt vor Edelmännern, die sich in der Materie bestens auskennen. So kommt es, daß alle Schauspieler zu glänzenden Fechtern werden.»

Wohl mehr um mir zu schmeicheln, als weil er es wirklich dachte, räumte er wohlwollend ein: «Sie sind ein begabter Schüler. Ich machte mir schon Sorgen, weil Sie nicht vom Schreibpult loskamen.»

«Mir lag viel daran, die Übersetzung des zweiten Heftes von Thomas zu beenden. Und dann ist es eben so: Wenn mir

Master Shakespeares Sonette unter die Augen kommen, vergesse ich darob alles andere. Sie sind so wunderbar, und ich bin so ungeschickt, daß es mir die Sprache verschlägt.»

«Welches übersetzen Sie im Augenblick? Aha!»

War es sein Lied, das stolz die Segel straffte
Zu deinem Preis, zu allzu prächt'gem Flug ...

Das Sonett zum Gedenken an Kit Marlowe.»

«Thomas Vincent nahm an, Marlowe sei umgebracht worden.»

«Ganz London hat das gedacht, junger Freund, aus dem einfachen Grund, weil er trotz aller Vertuschungsmanöver ermordet worden *ist*. Damals ließ ich kein Wort darüber verlauten, und Tom hat sich gehütet, allzu viele Einzelheiten aufzuschreiben, denn das hätte gefährlich werden können. Doch ich glaube, und wir alle teilten diese Überzeugung, daß Kit das Opfer einer Intrige geworden war. Er wußte etwas, was ihn in Gefahr brachte. Ich glaube sogar, daß er es mit der Angst zu tun bekam und deshalb verschwinden wollte. Aber mit einem gefährlichen Geheimnis in der Hinterhand konnte man diesen Leuten, mit denen er verkehrte, nicht lebendigen Leibes entkommen. So klug und geschickt Kit sonst war, diese Fehleinschätzung hat ihn das Leben gekostet. Er hätte in aller Heimlichkeit verreisen sollen, ohne mit jemandem darüber zu sprechen.»

Diese Unterhaltung fand am Kamin im großen Saal der Drei Tauben statt. In meinem ganzen Leben hatte ich noch nie einen so strengen Winter erlebt wie diesen. Die Themse war bereits von einer dicken Eisschicht bedeckt. Von meiner Lungenentzündung hatte ich mich recht gut erholt, aber da ich mich um keinen Preis erkälten durfte, war ich noch nie draußen gewesen. Und mit Ausnahme der Unterrichtsstunden im Estrich verbrachte ich den größten Teil der Tage an einem kleinen Tisch, den man für mich nahe beim Feuer aufgestellt hatte. Ohne meine Übersetzungsarbeiten wäre es mir mit der

Zeit wirklich langweilig geworden. Anfänglich hatte ich einiges Aufsehen erregt, doch bald wurde ich Bestandteil des Mobiliars; man hatte den Eindruck, ich sei schon immer dagesessen mit meiner Decke auf den Schultern, den fingerlosen Handschuhen, dem Schal, oft auch mit einem Hut, um Blatt um Blatt vollzukritzeln.

Des Abends rückte ich meinem Gastgeber manchmal mit Fragen zu Leibe.

«Sagen Sie, Master John, wo waren Sie während der großen Pest, von der Thomas spricht?»

«Mein Meister hatte seine Goldschmiedewerkstätte auf das Land verlegt. Wir waren in Muswell, wo die Luft rein ist, von London kaum einen Tagesritt entfernt. Trotzdem war es eine schwere Zeit für alle, auch für uns. Die Leute starben wie die Fliegen. Man sagte, ein Viertel der Bevölkerung von London sei dahingerafft worden. Die Pest taucht immer wieder auf, aber damals dauerte sie fast zwei Jahre.»

«Und die Schauspieler ...?»

«Viele von ihnen sind einfach verschwunden. Ich erinnere mich an einen gewissen Marc, dessen Nachnamen ich vergessen habe, einen glänzenden Komödianten. Als ich ihm nach der Pest eines schönen Tages begegnete, war er Buchbinder geworden. Vielmehr wohl wieder geworden, denn die meisten von uns wurden von ihrer Familie gezwungen, ein Handwerk zu erlernen, bevor wir uns ins Theaterabenteuer stürzten. Ich habe Ihnen schon gesagt, daß ich ursprünglich Goldschmied war. Paradoxerweise bin ich über meine Zunft wieder mit dem Theater in Berührung gekommen. Ich kümmerte mich jeweils um unsere Feste, und wenn eine Theateraufführung vorgesehen war, wandte man sich an mich, denn es war bekannt, daß ich mit Schauspielern verkehrte. Ich habe sehr viel gelernt bei der Organisation dieser kleinen Feste.»

«Was war mit denen, die keinen anderen Beruf hatten?»

«Nun, sie endeten oft im Elend. Diejenigen, die überlebten,

hatten doppeltes Glück: Zum einen waren sie noch bei guter Gesundheit, zum anderen waren sie in einem Berufsstand tätig, der so dezimiert worden war, daß sie praktisch keine Konkurrenz hatten. Das traf auch für Will Shakespeare zu. Damit soll seine außerordentliche Begabung als Dichter keineswegs geschmälert werden, doch man muß zugeben, daß er sein Talent eine Zeitlang in aller Freiheit entfalten konnte. Dank der Gräfin von Southampton und dank der Tatsache, daß er seine Anstrengungen zu konzentrieren wußte, erwies sich die Seuche schließlich als Chance für ihn. Nach der Pest hat er seine schönsten Stücke verfaßt. Aus Schmerz und aus Wut, wie Dick Burbage und John Heminges Jahre später sagten.»

«Aus Wut?»

«Er war dieser Emilia mit Haut und Haar verfallen, es gelang ihm einfach nicht, sich von ihr zu lösen. Darüber hat er in seinen Sonetten oft geschrieben …

… Wollust, die, kaum gestillt, Verachtung trifft,
Die sinnlos wird erjagt und, kaum erhascht,
Sinnlos verabscheut wie verschlungnes Gift,
Ein Köder, daran toll wird, wer ihn nascht …
Wir wissen's alle, aber keiner flieht
Den Himmel, drin solch höllisch Feuer glüht.

Er ist zu allen Leuten auf Distanz gegangen – zu Emilia, zu ihrem Gatten, zu Lord Southampton. Aber um sich davon befreien zu können, mußte er sie zum Gegenstand seiner Stücke machen. Erst das verhalf ihm zum Frieden mit sich selbst.»

Er starrte lange in die Flammen.

«Wenn Sie die Stücke, die er nach der Pest geschrieben hat, aufmerksam lesen, werden Sie zwei Dinge feststellen: Auch wenn er sie nicht mehr gesehen hat, ist er Emilia doch zugetan geblieben. Und er hat Lord Southampton nie verziehen.»

«Woraus schließen Sie das?»

«Zum einen taucht das Thema des Mannes, der seinen besten Freund verrät, indem er ihn mit seiner Verlobten betrügt, bis zum Ende immer wieder auf. Ein Stück wie *Die beiden Veroneser* wurde gänzlich umgeschrieben, um das schurkische Wesen Proteus', des Verräters und treulosen Freundes, herauszustreichen. Das Thema der Rivalität zweier Freunde, die ein und dieselbe Frau lieben und aus diesem Grund zu Feinden werden, ist bis zu seinem letzten Stück gegenwärtig. Und zählen Sie einmal die Emilias in den Listen der Darsteller! Und die Antonios, die Bassanos, ganz zu schweigen vom Schauplatz Venedig. Haben Sie Emilias Tirade in *Othello* gelesen? Jene Stelle, an der sie über die Frauen spricht?

Wir besitzen Mut und Grazie zugleich,
Aber wir wissen uns zu rächen. Den Männern sei's gesagt:
Die Sinne der Frauen unterscheiden sich nicht von den ihren.
Sie sehen und riechen nicht anders, sie unterscheiden Süßes von Saurem …
Brauchen wir nicht auch Zuneigung und Zerstreuung?
Sie sollen uns anständig behandeln: Sonst seien sie daran erinnert,
Daß unsere schlechten Manieren ihrem Beispiel folgen.

Nichts anderes sagte Emilia Bassano Lanier. Auch die Widerspenstige gleicht ihr, ebenso die Beatrice aus *Viel Lärm um nichts.*»

Er erhob sich und kehrte bald mit einem kleinen Buch zurück. Er zeigte mir den Rücken: *Salve Deus Rex Judeorum.* Als Autor war Emilia Lanier vermerkt. Ich sah Master John mit hochgezogenen Brauen an.

«Emilia Lanier war immer etwas Besonderes, sie hat ein Buch geschrieben, und sogar in Versen, bitte sehr», sagte er mit glucksendem Lachen. «Sie werden darin auf Gedanken stoßen, die den Worten der Emilia in *Othello* gleichen, und das aus gutem Grund: Master Will hat ihre Worte der Emilia aus Fleisch und Blut entliehen. Sie hat Master Wills Verständnis für das Schicksal der Frauen geweckt. Stellen Sie sich vor:

Sie weigerte sich zu glauben, daß Eva für die Vertreibung Adams aus dem Paradies verantwortlich sei.»

Er blättert im Buch und liest dann mit seiner wohltönenden Stimme.

«Unserer Mutter Eva, die von der Frucht gekostet
Und den Apfel mit Adam geteilt hat
Aus reiner Güte, denn niemand sagte ihr,
Daß diese Tat nicht wieder gutzumachen ist ...
Doch Adam kann nicht von Schuld freigesprochen werden,
Sein Fehler ist bei weitem schlimmer als der seiner Frau:
Was Schwäche anbot, hätte Stärke zurückweisen können ...
Denn er war bereits Herr der ganzen Erde,
Bevor es die arme Eva überhaupt gab.»

Er schaute mich nachdenklich an, während er das Buch zuklappte. «Sie müssen zugeben, daß das ziemlich ungewöhnlich ist. Ich sage Ihnen, diese Frau war wirklich ein Unikum.»

Er verstummte.

«Ich möchte Ihnen eine Spekulation anvertrauen, die ich noch keinem Menschen verraten habe», sagte er schließlich.

«Sie können auf meine Verschwiegenheit zählen.»

«Sie wissen ja, daß wir Engländer unseren Wappen eine außerordentliche Bedeutung beimessen.»

«Zweifellos.»

«Es geht so weit, daß die Leute manchmal nicht bei ihrem Namen, sondern nach dem Symbol ihres Wappens genannt werden. Nun, bei den Bassanos ist es der Schwarze Maulbeerbaum. Auf Lateinisch heißt er *morus* und auf Italienisch *moro,* also ‹schwarz›. Herr Shakespeare spricht häufig von einer Frau, die ‹schwarz wie die Nacht› ist, und er preist ihre Farbe in den höchsten Tönen. *Ist Ebenholz ihr gleich? O Holz der Wonne!* Und weiter: *Schön kann nicht sein, was ihrer Schwärze weicht.* Das hat er nicht nur wegen ihrer schwarzen Haare geschrieben, sondern auch, weil Schwarz ihr Familiensymbol war.»

«Das ist mir soweit klar, aber ich sehe nicht ...»

«Ich komme gleich dazu. Wie Sie wissen, sind die Schauspieler des Lordkämmerers nach der Pest zu großem Erfolg und zu Geld gekommen, so daß Master Will das schönste Haus von Stratford-upon-Avon erwerben konnte. Das war Jahre nach seinem Bruch mit Emilia. Und wissen Sie, was er beim Einzug ins Haus als erstes getan hat?»

«Was denn?»

«Er hat im Garten einen Maulbeerbaum gepflanzt. Nicht etwa ein kleines Wäldchen, um Seidenraupen zu züchten, wie andere es tun. Nein, einen einzigen Baum, einen Zierbaum, den er bis zu seinem Tod wie seinen Augapfel hütete.»

«Schließen Sie daraus, daß er trotz allem seine Beziehung zu Mistress Emilia aufrechterhalten hat?»

«Nein. Er hatte beschlossen, Mistress Emilia nie mehr zu sehen, und dabei blieb es auch. Doch er ist sicherlich mit den Bassanos in Verbindung geblieben, denn der eine oder andere von ihnen musizierte gelegentlich für uns, vor allem als die Truppe ebenso wie ihr Ensemble unmittelbar unter dem Schutz des Königs stand. Meine Vermutung geht dahin, daß Master Will sein ganzes Leben lang im Innersten davon überzeugt war, der junge Henry Lanier sei in Wirklichkeit sein Sohn. Und weil er nicht darüber reden konnte, pflanzte er das Symbol für Henrys Mutter vor seinem Fenster. Das war ihm nach dem Tode seines einzigen legitimen Sohnes Hamlet wohl noch viel wichtiger. Er hatte noch zwei Töchter, doch wenn ich recht habe, mußte er annehmen, daß Emilias Kind der einzige ihm verbliebene Sohn war.»

«Gab es auch andere Leute, die das glaubten?»

«John Heminges. Bei ihm bin ich mir sicher, denn eines Tages … Sie müssen wissen, daß der junge Henry Lanier Musiker war. Und wie es bei jungen Musikern oft der Fall war, sammelte er seine ersten Erfahrungen am Theater. Als er sechzehn oder siebzehn Jahre alt war, spielte er einmal für uns. Damals war Will noch am Leben, aber er befand sich die meiste Zeit in Stratford. John und ich waren hinter den Kulissen. Durch die Öffnung des Vorhangs sah man Henry, der alleine auf der Bühne musizierte, wie es das Stück verlangte. Und plötzlich fiel mir seine Ähnlichkeit mit Will auf. Es muß am Blickwinkel gelegen haben, am Licht ... Ich dachte schon, meine Phantasie spiele mir einen Streich, als John Heminges neben mir mit halblauter Stimme ausrief: ‹Das ist ja unglaublich! Er sieht aus wie Will als Zwanzigjähriger.› Wir schauten einander lächelnd an. ‹Ich bin ganz deiner Meinung.› – ‹Glaubst du ...?› – ‹Offen gestanden denke ich es schon seit langem.› – ‹Ich auch.› – ‹Natürlich haben wir keine Ahnung, wir haben auch nichts bemerkt.› – ‹Natürlich.› Wir haben nie mehr darüber gesprochen; ich weiß nicht, ob Will die Ähnlichkeit festgestellt hat und ob sie sonst noch jemandem aufgefallen ist.»

Er lächelte mir zu.

«Sie sind sehr jung und wissen vielleicht noch nicht, daß es diese Dinge sind, welche die Persönlichkeit eines Menschen prägen. Unser Freund Will hat sich Schritt um Schritt zum großen Tragöden William Shakespeare entwickelt. Doch seine Persönlichkeit und Eingebung sind während dieses in Titchfield im Schloß von Lord Southampton verbrachten Sommers gereift. Als Mann hätte er nie dorthin gehen sollen, er hätte sich viel Leid ersparen können. Aber als Künstler fand er dort die Quelle seiner Inspiration.»

Mit größter Neugier nahm ich vor Weihnachten zwischen einer Kapriole und einer Übung, zwischen einem Kräutertrank und einem Schwatz vor dem Kamin die Übersetzung des letzten Heftes der *Purgatio* in Angriff. Ich hatte das Gefühl, in diesem unbekannten Thomas Vincent einen Freund gefunden zu haben.

Figuren der Drolls, mit Rob Cox als Simpleton

IOANNES FLORIVS AVGVSTÆ ANNÆ ANGL: SCOT: FRANC: ET HIB: REGINÆ PRÆLECTOR LING: ITALICÆ
CHI SI CONTENTA GODE
ÆT: 58. A°. D°. 1611.
En virtute suâ contentus, nobilis arte,
Italus ore, Anglus pectore, vterq; opere
Floret adhuc, et adhuc florebit; floreat vltra
FLORIVS, hâc specie floridus, optat amans.
Gul: Hole sculp:
Tam fælix vtinam.

John Florio

Hier übersetze ich in aller Eile
das dritte und letzte Heft
der Purgatio
von Thomas Vincent

Sonntag, 2. August 1601, 43. Jahr von Elisabeth

Mit großer Verblüffung stelle ich fest, daß ich ein drittes Heft in Angriff nehme. Als ich mit dem ersten begann, gedachte ich nur einige wenige Blätter zu schreiben, die Arbeit von ein paar Abenden. Ich ließ mich von der Erinnerung mitreißen, von einer Leichtigkeit, die nach meiner Überzeugung ihre Wurzeln in der Sehnsucht nach einer Zeit hat, die zwar schwer war und in der mir der Tod mehr als eine geliebte Person raubte, in der ich jedoch diesen Zustand von innerem Frieden empfand, den einige als Unschuld bezeichnen.

Vor einigen Wochen entschied ich, ich hätte nun genug Zeit darauf verschwendet, ungereimtes Zeug von mir zu geben. Doch heute stelle ich fest, daß meine *Purgatio* ein bloßer Vorsatz bleibt, wenn ich meine Aufgabe nicht zu Ende führe. Denn im bisher Erzählten bin ich noch nicht an den kritischen Punkt gelangt. Ich muß also wieder zur Feder greifen.

Es war im Juni 1593, im fünfunddreißigsten Jahr der Herrschaft von Elisabeth. Ich befand mich mit zwei Lehrlingen und zwei Schreinergehilfen in Titchfield. Die Schauspieler waren auf Tournee; ich hatte sie auf Anweisung von Master James Burbage in der Gegend von York verlassen. Er wollte, daß bei der Ankunft der Truppe alles bereit war. Master Burbage bestand darauf, daß wir Lord Southampton, dem er zutiefst mißtraute, möglichst fernbleiben sollten.

«Dieser Bursche steckt voller schlechter Veranlagungen», sagte er, «und wenn er sich nicht so hingebungsvoll um uns kümmern würde, hätte ich mich schon längst von ihm abgesetzt.»

Letztlich hielt Master James aber an seiner Regel fest, den Mächtigen niemals etwas abzuschlagen, und außerdem war da noch Master Will, Quelle möglicher Erfolgsstücke und dem jungen Lord verbunden.

«Nimm die Leute mit, die du brauchst, und sorge dafür, daß bei der Ankunft der Truppe ein guter Teil des Bühnenbaus beendet ist.»

Zu meiner größten Überraschung lehnte er es ab, mir einen erfahrenen Zimmermann mitzugeben.

«Nun ist der Augenblick für dich gekommen, zu zeigen, was du gelernt hast. Was hätte es sonst für einen Sinn gehabt, dich in die weite Welt zu schicken? Lord Southampton hat gesagt, er wolle ein schönes Theater. Er bezahlt es. Geh nun und nütze die Gelegenheit.»

Ich war beinahe so aufgeregt wie bei meinem ersten Bühnenauftritt: Erstmals sollte ich ohne jegliche Aufsicht eine Spielstätte gestalten. Der Moment der Meisterprüfung nahte, und mir war bewußt, daß Master James mich auf die Probe stellen wollte. Das half auch nicht unbedingt, meine Aufregung zu dämpfen, um so weniger, als die Zimmermänner, die bei den verschiedenen Teilen der Truppe blieben, mich beim Abschied mit Ratschlägen bombardierten; mir schwindelte beim Gedanken an mein eigenes Ungenügen.

Darob vergaß ich meinen Schmerz über den Verlust von Marianne; ich saß bis tief in die Nacht an den Zeichnungen für die Arbeiten des folgenden Tages, fand fast keinen Schlaf und aß auch kaum. Trotzdem ging alles gut vonstatten.

In Titchfield war ich von Master John Florio empfangen worden, dessen Tüchtigkeit ich bei aller Abneigung gegen ihn anerkannte. Bei einem früheren Aufenthalt vor der Italienreise hatten Lord Southampton, Master Will und ich über den geeigneten Standort für den Bau einer Bühne diskutiert und uns für einen großen Saal im ersten Geschoß des rechten Schloßflügels entschieden.

«Das wird unser privater Saal sein. Thomas, Sie haben ja die italienischen Theater gesehen: Errichten Sie uns eine prächtige Bühne, welche die Vorzüge der Theater von Verona und Venedig vereint», empfahl Lord Southampton, als er eines Abends mit einem imposanten Gefolge eintraf.

Seit seiner Rückkehr aus Italien im vergangenen Jahr und seiner Bekanntschaft mit Mistress Emilia hatte er sich ziemlich verändert. Das Gerücht, er sei hinter den Knaben her, war allmählich verstummt. Seit einiger Zeit wurde über sein ungestümes Werben um eine Ehrendame Ihrer Majestät geklatscht, Lady Bridget Manners, die ihn vorsichtig abgewiesen hatte, einesteils wegen seiner Launenhaftigkeit, aber sicher auch deshalb, weil es für sie nicht in Frage kam, sich von einem Mann hofieren zu lassen, der immer noch – zumindest bis zu seiner Volljährigkeit – der Enkelin des Schatzkanzlers von England versprochen war.

Während der Zeit, die ich vor der Ankunft der Schauspieler in Titchfield verbrachte, sah ich ihn nur selten. Er profitierte von der freundlichen Witterung, um sich den Freuden der Jagd hinzugeben, und spazierte fast immer mit einem Falken auf dem Arm herum. «Wo bleibt denn unser Freund Will?» erkundigte er sich regelmäßig.

«Er ist mit den Schauspielern unterwegs, um mit ihnen das Stück zu proben, das er für Sie geschrieben hat», lautete meine ebenso regelmäßige Antwort.

Florio sah ich öfter. Mit der Zeit entdeckte ich, daß er ein interessanter Gesprächspartner war, wenn man über seine Schroffheit hinwegsah. Er verstand zwar nichts vom Zimmerhandwerk, aber die Fragen, die er aus reiner Neugier stellte, waren mir hilfreich und brachten mich auf neue Ideen. Ich nahm an, daß er vielleicht nur seine Rolle als Spion erfüllte, als er mich eines Tages fragte: «Wie steht es um Ihr Italienisch?»

«Soso lala. Lesen kann ich es einigermaßen, aber zum Reden fehlt mir die Gelegenheit.»

«Sie haben doch letztes Jahr den Sommer in Venedig verbracht?»

«Ich weiß nicht, wovon Sie sprechen.»

Er schenkte mir eines seiner seltenen Lächeln.

«Diskret und geistesgegenwärtig. Reden ist Silber, Schweigen ist Gold. Sie lassen sich nicht überrumpeln.»

Unvermittelt wandte er sich auf italienisch an mich. Ich gab ihm schlecht und recht Antwort, und binnen zwei Wochen beherrschte ich das Vokabular der Zimmerei und des Theaters. Ich ließ mich überreden, mit ihm eines der von ihm verfaßten Konversationswerke zu lesen oder vielmehr wiederzulesen, *Zweite Früchte,* und einige der empfohlenen Übungen durchzuarbeiten.

«Und wie steht es denn um Ihr Französisch?» erkundigte er sich eines Abends, als wir allein bei Tisch saßen – Lord Southampton war irgendwo zu Besuch.

«Davon habe ich keinen Dunst.»

«Damit bringen Sie sich um das Vergnügen, eines der besten Bücher zu lesen, die je geschrieben wurden.»

«Ach ja? Auf Französisch? Ich dachte, alle bedeutenden Bücher seien auf Lateinisch geschrieben?»

«*Tempi passati*. Dieses Buch jedenfalls ist eine Ausnahme, und zwar nicht die einzige. Um Sie zu überzeugen, will ich versuchen, eine Stelle daraus zu übersetzen. *Was wir gewöhnlich Freunde und Freundschaften nennen, sind bloß bei irgendeiner Gelegenheit und zu irgendeinem Zweck angeknüpfte Beziehungen, die eine Verbindung unserer Seelen bewirken. In der Freundschaft, von der ich spreche, vermengen sie sich und verschmelzen so innig, daß man die Naht, die sie zusammengefügt hat, nicht mehr wahrnimmt. Müßte ich sagen, warum ich ihn liebte, gäbe es für mich nur eine Antwort: ‹Weil er es war und weil ich es war.›*»

«Das ist wirklich wundervoll. Man möchte selber einen Freund haben, von dem man solches sagen könnte.»

«Es ist Herr Michel de Montaigne aus dem Périgord, der es geschrieben hat. Und ich wage vorauszusagen, daß dieses Buch Erfolg haben wird. Vielleicht nicht in materieller Hinsicht, aber es wird eine Schule der Moral und eine Quelle des Wissens für zahlreiche Generationen sein.»

Er lächelte flüchtig.

«Zuweilen bin ich eifersüchtig auf diese Männer, die von ihren Gaben so konzentriert Gebrauch machen. Ich bringe höchstens eine Abhandlung über italienische Konversation zustande. Zwar schwirren mir tausend Ideen durch den Kopf, aber sie fügen sich nicht zusammen.»

«Mein Lehrer Mulcaster trichterte uns immer wieder ein, wenn man sich eines Mangels bewußt sei, habe man ihm schon halbwegs abgeholfen.»

Meine Worte erzielten eine verblüffende Wirkung. Master Florios Augen leuchteten buchstäblich auf, und zum ersten Mal in unserer Bekanntschaft sah er mich an, wie man einen eigenständigen Menschen ansieht.

«Sie waren ein Schüler von Lehrer Mulcaster? Das wußte ich ja gar nicht! Waren Sie lange bei ihm?»

«Ich habe meine ganze Schulzeit an der Schule der Schneiderzunft verbracht. Acht Jahre, glaube ich.»

«Wissen Sie, daß er einer der größten Pädagogen von England ist? Er wird nicht müde zu wiederholen: *Ich ehre die lateinische Sprache, die englische jedoch bete ich an*. Er eckt damit an, aber er hat recht. Er hat begriffen, daß die Mundarten die Sprachen der Zukunft sind.»

«Aber Thomas Nashe, Rob Greene und alle übrigen Schöngeister werfen uns doch immer wieder vor, wir hätten keine Ahnung von den Klassikern. Sie beschimpfen uns wütend. Master Shakespeare wurde von ihnen richtiggehend verfolgt.»

«Lieber junger Mann, haben Sie noch nie etwas von Korpsgeist gehört? Diese Leute haben viel länger studiert als ihr. Dafür wollen sie auch entsprechend belohnt werden. Und dann kommt irgendein Halbgebildeter aus der Provinz mit einem fürchterlich schleppenden Akzent und wird von allen bewundert! Thomas Kyd hätten sie vielleicht noch verziehen, denn sein einziger wirklicher Erfolg ist *Die spanische Tragödie*. Will Shakespeare jedoch reiht Triumph an Triumph. Sie versuchen ihn mit ihren Pamphleten zu vernichten, aber vergeblich. Dennoch hoffen sie, daß es irgendwann Wirkung zeigt, denn es geht um ihr Überleben, um ihren Verdienst.»

«Dabei haben sie doch für das Theater nur Verachtung übrig!»

Florio unterbrach seinen von großen Gebärden begleiteten, sentenzhaften Redefluß und sah mich mit unverhohlener Belustigung an. Auf einmal war alles Hochnäsige und Feindselige, das ihn sonst kennzeichnete, aus seinem Gesicht verschwunden. Plötzlich konnte ich verstehen, weshalb er trotz seines in der Regel überaus schroffen Wesens, das ihm etliche Feindschaften eintrug, auch bedingungslose Freunde hatte. In diesem Augenblick war er der angenehmste Mensch, den man sich denken kann.

«Ich werde Ihnen etwas sagen, was Sie sich bitte merken sollten, Master Thomas. Diese Leute mögen Schöngeister sein, doch der einzige wirklich GROSSE Geist unter ihnen ist – leider muß man sagen, war – Kit Marlowe. Hat er jemals Master Shakespeare gefürchtet? Nein, ganz im Gegenteil. Master Shakespeare war es, der Angst vor ihm hatte, und einzig vor ihm, denn er war ein Genie, und Genies sind immer auf die eine oder andere Weise gefürchtete Leute. Zugegeben, Kit hat früher gelegentlich über Kyd und Shakespeare gespottet, aber das war nicht von Dauer. Kurz vor seinem Tod hat er mir anvertraut, sein größter Wunsch wäre es gewesen, eine Komödie in Zusammenarbeit mit William Shakespeare zu schreiben, den er seinerseits als spontanes Genie betrachtete. ‹Stellen Sie sich vor, welche Gipfel er erklommen hätte, wenn ihm eine bessere Ausbildung zuteil geworden wäre›, bemerkte er, wenn von Shakespeare die Rede war.»

Einen Augenblick lang hing er seinen Gedanken nach. Auch er trauerte um Kit Marlowe. Erstaunlich, wie vielen Leuten er trotz seines abscheulichen Rufes fehlte. Sogar mich hatte sein Verlust ebenso getroffen wie Mariannes Tod. Weder über ihn noch über sie konnte ich sagen: «Aus den Augen, aus dem Sinn.»

«Doch Sie selbst», fuhr Florio fort, «haben eine ausgezeichnete Bildung erworben. In acht Jahren Schule bei Mulcaster lernt man fast ebensoviel, als hätte man in Oxford studiert. Zudem haben Sie ein phänomenales Gedächtnis.»

«Das ist eine Gabe, für die ich nichts kann.»

«Sie wissen, worauf ein Schöngeist Wert legt. Sie haben Glück, daß diese Herren, die mit allen ihnen zur Verfügung stehenden Mitteln über Shakespeare herziehen, nicht gemerkt haben, daß Sie, ein einfacher Zimmermannslehrling und Gelegenheitsschauspieler, das Lateinische ebensogut beherrschen wie sie.»

Ich nahm das Kompliment entgegen, ohne mit der Wimper zu zucken, und Florio setzte seine Rede fort.

«Was Master Shakespeare angeht, so muß man einräumen, daß er dem Volk mit unvergleichlichem Gespür aufs Maul schaut. Und man kann nicht mehr von einem Strohfeuer reden. Sein Erfolg dauert schon sechs oder sieben Jahre an.»

«Ich dachte, Sie mögen ihn nicht besonders.»

«Er ist mir tatsächlich nicht sympathisch, und was er schreibt, ist nicht nach meinem Geschmack; übrigens scheut er sich nicht, mich heftig aufs Korn zu nehmen, wie Sie sicherlich bemerkt haben. Wir sind zu unterschiedlich. Aber deswegen bin ich nicht blind. Ich weiß seine Talente auf den verschiedensten Gebieten zu schätzen. Es ist ihm sogar gelungen, Lord Southampton über seine Angst vor den Frauen hinwegzuhelfen. Dieser hat es ihm als feiner Herr sogleich gedankt, indem er ihm die Mätresse ausspannte – es sei denn, Master Shakespeare war damit einverstanden.»

«Die Mätresse? Welche Mätresse denn?»

Florio lächelte freundlicher denn je.

«Thomas, ich habe noch selten einen diskreteren Menschen getroffen als Sie. Lassen wir das. Aller Wahrscheinlichkeit nach hat Master Shakespeare *nicht* den verständnisvollen Nebenbuhler gespielt, denn leider liebt er diese Frau wirklich und scheut sich auch nicht, seine Gefühle öffentlich zu zeigen, was in meinen Augen beweist, daß dieser Herr, der so gern ein Edelmann wäre, durch und durch ein Rüpel bleibt. Was sie betrifft, so mag ich sie auch nicht sonderlich, doch man muß ihr zugute halten, daß sie erst zu dem geworden ist, was sie heute ist, weil sie buchstäblich auf dem Familienaltar geopfert wurde.»

«Wie kommen Sie zu dieser Aussage?»

«Ich kannte sie schon zuvor. Alle Italiener in London kennen sich mehr oder weniger. Ich wußte, wen sie liebte, und ihre Liebe wurde erwidert. Auch ihn kannte ich. Er war einer meiner zahllosen Schüler. Emilia Bassano wünschte nichts sehnlicher, als ihn zu heiraten und ihm eine vorbildliche Frau zu sein. Aber er war nicht besonders reich, auch wenn er in guten Verhältnissen lebte. Zudem war er weder Musiker noch Italiener noch ... Er wäre der Familie Bassano nicht sehr nützlich gewesen. Emilias Schwester Angelica war schneller und schlauer. Sie hat die Familie vor vollendete Tatsachen gestellt; sie mußten wohl oder übel in ihre Heirat mit dem jungen Mann ihrer Wahl einwilligen, einem Krautjunker ohne großes Vermögen, auch er weder Musiker noch Italiener. Doch zwei Liebesheiraten waren zuviel für eine Familie wie die ihrige.»

Sein Blick ging ins Leere, dann schaute er mich wieder an.

«Die Gebrüder Bassano haben nur eine Entschuldigung. Wenn der Lordkämmerer eine Frau will, kann man sich ihm nicht widersetzen. Und diese Frau hat er weiß Gott haben wollen. Je mehr sie an ihrem jungen Liebhaber zu hängen schien, um so begehrenswerter fand er sie. Er hat bezahlt. Er hat die Eltern des jungen Mannes bezahlt und ihnen versprochen, ihr Sohn könne Emilia später heiraten, wenn er genug habe von ihr. Er hat die Bassanos bezahlt, die Emilia vor die Türe gestellt haben, um sie zu zwingen.»

«Konnte der junge Mann nicht ...»

«Sie waren alle beide zu jung, sie hatten weder die nötigen Mittel, noch lag es in ihrer Macht. Sie versuchte sich das Leben zu nehmen, und er hatte nichts Eiligeres zu tun, als in Holland in den Krieg zu ziehen, wo er sich dem Tod buchstäblich in die Arme warf, der junge Tor. Ich nehme an, daß Emilias Fähigkeit zu lieben mit ihm gestorben ist. Sie hat Rache geschworen, und sie hält ihr Wort. Ich glaube nicht, daß sie empfänglich ist für die Liebe, die William Shakespeare ihr entgegenbringt. Er schickt ihr die schönsten Sonette der Welt, und sie macht sich öffentlich darüber lustig.»

«Aber diese Rache schadet doch in erster Linie ihr selbst.»

«Natürlich. Doch versuchen Sie ihr das beizubringen. Zudem sind nun sechs oder sieben Jahre vergangen seit dem Trauerfall, und ich nehme an, ihr Verhalten ist zur Gewohnheit geworden. Sie hat ihren Schmerz in ihr Innerstes verbannt, und ihre Verachtung für die Männer, die um ihre Gunst buhlen, ist ihr zur zweiten Natur geworden.»

Er ließ ein unfrohes Lachen hören.

«Lord Southampton ist so sehr daran gewöhnt, alles zu bekommen, was er haben will, daß diese widerspenstige, spöttische Frau, die einen in ein Wechselbad der Gefühle stürzt, ihm eine unvergeßliche Lehre sein wird. Ich gehe jede Wette ein, daß sie kommt.»

«HIERHER?»

«Wußten Sie es nicht? Jedenfalls hat er davon gesprochen, sie einzuladen. In ihm steckt ein böser Geist, der ihn zu solchen Taten verleitet. Wenn sie kommt, wird es darauf hinauslaufen, daß Master Shakespeare Höllenqualen leidet, und jeder wird es mitbekommen, denn er, der sonst so vieles geheimhält, ist nicht in der Lage, Emilia Lanier mit diskreter Zurückhaltung zu lieben. Ich kenne seine leidenschaftliche Natur.»

Mittwoch, 5. August

Von einem Tag auf den anderen, ja fast von einer Stunde auf die andere wimmelte es in Titchfield von Leuten.

Die mit Lord Southampton eng befreundeten Brüder Danvers, Sir Charles und Sir Henry, trafen mit einem Gefolge von mindestens fünfhundert Personen ein.

Wir beeilten uns mit der Fertigstellung unserer Bauten. Master Will mußte jeden Augenblick kommen, und er hätte es mir unter den gegenwärtigen Umständen sicher übelgenommen, wären die Schauspieler zur Untätigkeit verdammt gewesen, weil die Bühne noch nicht bereit war. Einige Tage lang kümmerte ich mich um nichts und niemanden mehr. Ich ging nur aus dem Theatersaal, um Bretter auszuwählen und das Zusägen zu überwachen. Lord Southampton hatte mich ermuntert, eine richtige Bühne mit Maschinerie, Versenkungen und Aufhängevorrichtungen für die hinteren und seitlichen Kulissen zu konstruieren. In Sachen Bühnenbau kannte ich mich bestens aus – seit dem Beginn meiner Lehre hatte ich nichts anderes getan. Für den Bau der Maschinen dagegen konnte ich mich in den meisten Fällen nur auf meine Erinnerung und meine Skizzen aus Italien stützen. Und auf endlose Diskussionen mit den Londoner Handwerkern, die mich begleitet hatten.

Wir wollten eine Bühne errichten, die alle erdenklichen Möglichkeiten bot – und sei es nur, um Master Will zu überzeugen. Die Pest konnte ja nicht ewig dauern, irgendwann würden wir wieder zum Theateralltag zurückkehren. Und wer sollte die neuen Stücke der Schauspieler von Lord Strange oder Lord Pembroke schreiben, wenn nicht Master Will? Der arme Thomas Kyd erholte sich nicht von den erlittenen Mißhandlungen, und die Schöngeister konnten Master Will in Sachen Bühnentexte das Wasser nicht reichen. Ich war der Überzeugung, daß Master Will bis zum Erscheinen einer neuen Schriftstellergeneration das Maß aller Dinge war. Und ich hatte mir in den Kopf gesetzt, ihm eine würdige Bühne hinzustellen.

Die Schauspieler tauchten eines Abends bei Sonnenuntergang am Horizont auf. Wir waren mit dem Installieren von Seilwinden beschäftigt, was nur mit großer Mühe vonstatten ging, als wir die Rufe hörten.

«Sie kommen, sie kommen!» schrien aufgeregte Kinderstimmen.

Wir blickten durch die Fenster nach draußen, und ich erkannte die vertrauten Umrisse unserer Wagen.

«Zum Glück sind wir fast fertig mit unserer Arbeit», bemerkte einer der Burschen.

«Ich hätte es noch lieber gesehen, wenn wir wirklich damit fertig geworden wären, aber so schlimm ist es ja nun auch wieder nicht.» Überall wurden Türen zugeschlagen; von den vornehmen Herren bis zum Gesinde stürzte alles hinaus, um der Ankunft der Truppe beizuwohnen.

Bald waren sie nahe genug, daß man Master Will, Dick Burbage, Will Kempe, John Heminges und Henry Condell erkennen konnte, die der Karawane vorausritten.

Die Karren hielten draußen, die Reiter kamen in den Hof. In Hemdsärmeln und mit dem Florett in der Hand tauchte Lord Southampton auf und breitete die Arme aus.

«Seid willkommen, ihr Meister alle zusammen. Mein lieber Will! Welch freudiges Wiedersehen! Werden Sie Ihr Wort halten? Werden Sie ein eigens für uns geschriebenes Stück aufführen?»

«Meine Ehrerbietung, Eure Exzellenz. Ja, Sie werden es als erster zu sehen bekommen.»

«Dann seien wir doch so ungestüm wie die französischen Falkner, stürzen wir uns auf alles, was Flügel hat. Geben Sie uns einen Vorgeschmack auf dieses unveröffentlichte Stück. Gleich hier, aus dem Stegreif.»

«Eure Exzellenz, es wäre mir nicht recht, Ihnen etwas Unfertiges vorzuführen.»

Ein Schatten huschte über Lord Southamptons Gesicht. In seiner momentanen Laune konnte er keinen Widerspruch ertragen. Will Kempe merkte das und machte ein winziges Zeichen mit seinem Kopf, das Master Will sogleich verstand. Er brachte die Sache wieder ins Lot.

«Doch unser Freund Will Kempe wird Ihnen zweifellos gerne eines der Lieder aus dem Stück vortragen. Will?»

«Eure Herrschaften ...»

Will wandte sich an einen unserer Lautenspieler, der sich beeilte, sein Instrument zu holen. Wir bildeten einen Kreis.

Will Kempe tanzte zuerst eine Gigue, dann hob er zu singen an:

«Wenn Primeln gelb und Veilchen blau,
Und Maßlieb silberweiß im Grün
Und Löwenmäulchen rings die Au
Mit bunter Frühlingspracht umblühn,
Des Kuckucks Ruf im Baum erklingt
Und neckt den Ehmann, wenn er singt:
Kuckuck
Kuckuck, kuckuck – der Mann ergrimmt,
Wie er das böse Wort vernimmt!

Wenn Lerche früh den Pflüger weckt,
Am Bach der Schäfer flötend schleicht,
Wenn Dohle, Kräh und Täubchen heckt,
Ihr Sommerhemd das Mädchen bleicht,
Des Kuckucks Ruf im Baum erklingt
Und neckt den Ehmann, wenn er singt:
Kuckuck
Kuckuck, kuckuck – der Mann ergrimmt,
Wie er das böse Wort vernimmt!»

Er beendete seine Darbietung mit einem letzten Tanz, während ihm das ganze Publikum lachend Applaus spendete.

Lord Southampton wandte sich dem Schloßverwalter zu, einem beeindruckenden Mann mit ernstem Gesicht und weißem Bart, der dem munteren Treiben mit unverhohlener Mißbilligung zusah.

«Sehen Sie zu, daß die Schauspieler komfortabel untergebracht werden. Und behandeln Sie sie gut, denn wie unser

Freund Shakespeare so trefflich sagt, sind sie die Quintessenz und die Chronik unserer Epoche; bei meiner Treu, Sie tun besser daran, eine bissige Grabinschrift nach Ihrem Tode in Kauf zu nehmen, als daß Sie sich ihren Unwillen zu Lebzeiten zuziehen. Nun los, gehen Sie schon.»

«Eure Exzellenz, ich werde sie gemäß ihren Verdiensten behandeln.»

«Zum Teufel, mein Herr, ich hoffe, Sie behandeln sie besser als das. Würde ein jeder bloß nach seinen Verdiensten behandelt, käme wohl niemand um eine Tracht Prügel herum. Behandeln Sie sie anständig und mit Würde. Gehen Sie.»

Mit einem unmerklichen Schulterzucken wandte sich der alte Mann an die Schauspieler, und es gelang ihm gar, Master Will ein Lächeln zu schenken.

«Ich bin erfreut, Sie wiederzusehen, Herr Shakespeare. Kommen Sie, meine Herren.»

«Folgen Sie ihm, meine Freunde. Wir freuen uns auf Ihr Stück.»

Noch am selben Abend wollte Master Will im Fackelschein das Theater inspizieren.

Er stellte sich in die Mitte der Bühne, genau über eine der Versenkungen, und ich ließ rund um ihn alle Kulissen, die wir vorbereitet hatten, herab- und hochziehen. Er hatte mir einige Wochen zuvor eine Abschrift seines Stücks gegeben, doch wie ich ihn kannte, hatte er wohl in der Zwischenzeit so viel abgeändert, daß möglicherweise kein Stein auf dem anderen geblieben war. Keiner der Autoren, die ich kenne, verbessert und bearbeitet seine Texte so unermüdlich wie Master Shakespeare. Selbst wenn ein Stück gedruckt vorliegt, läßt er sich nicht davon abhalten, es umzuschreiben. Master Shakespeare ist wie alle Theaterleute: Vergangene Aufführungen sind für sie nur insofern von Belang, als sich etwas daraus lernen läßt. Was zählt, sind immer die Vorstellungen, die kommen. Für einen Theatermenschen sind sie die einzige Möglichkeit zur

Überprüfung der Arbeit, die nur in einem dauernden Prozeß der Neuerfindung und Verwandlung greifbar wird. Das trifft sicher für jedes Handwerk zu. Aber im Theater habe ich es am eindrücklichsten erfahren.

Doch genug der Abschweifungen.

Kulissen, Blütenregen, Tiere, Körbe für die Engelein oder die Geister, bewegliche Plattformen für einen oder zwei Musiker – vor Master Wills zunehmend belustigtem Blick ließ ich die ganze Theatermaschinerie in Bewegung setzen. Und als krönenden Abschluß meiner Vorführungen betätigte ich die Versenkung, auf der er sich befand: Er verschwand in der Tiefe, aus der sein homerisches Lachen aufstieg.

Dann kam er wieder zum Vorschein und setzte sich lässig an den Rand der Bühne.

«Komm her, du Strolch!»

Etwas bang trat ich näher. Ich kannte seine Abneigung gegen die Maschinen. Er nahm meinen Kopf zwischen seine Hände und küßte mich auf die Stirne.

«Thomas Vincent, du hast gewonnen, das läßt sich nicht bestreiten. Wenn man all diese Maschinen sieht und den Wirbel, den sie veranstalten, bleibt einem kein anderer Wunsch als der, sie einzusetzen.»

Er sah mir wohl meine Verblüffung an und begann erneut zu lachen.

«Erinnere mich nicht daran, daß ich unlängst behauptet habe, die Phantasie der Menschen sei nicht auf solche Krücken angewiesen. Nötig sind sie vielleicht nicht, aber die Leute werden ihr Vergnügen daran haben. Ich verspreche dir, daß wir schon bald ein Stück spielen werden, bei dem wir alle diese Einrichtungen gebrauchen. Natürlich muß es zuerst noch geschrieben werden, doch daran soll es nicht liegen ... Morgen früh wirst du mir erklären, was du für *Verlorene Liebesmüh'* vorgesehen hast.»

An den folgenden Tagen arbeiteten wir wie verrückt. Der

Text hatte einige Änderungen erfahren, ganze Szenen waren umgeschrieben worden. Und die Schauspieler hatten zum erstenmal die Gelegenheit, Durchlaufproben abzuhalten. Bis dahin hatte jeder für sich gearbeitet, wenn er dazu Zeit fand, oder im besten Fall einen oder zwei Abende mit Master Will geprobt.

Während wir die Aufführung vorbereiteten, war Master Will von ansteckender Fröhlichkeit. Es war, als wären all seine Sorgen und sein Liebeskummer verflogen.

Wußte er, daß Lord Southampton Frau Lanier eingeladen hatte? Seit mehreren Tagen kündigte man uns die bevorstehende Ankunft von Damen an, für deren Unterbringung im hinteren Teil des Schlosses Gemächer hergerichtet wurden – war damit etwa sie gemeint? Schließlich bewegte sich eine lange Prozession auf das Schloß zu, und ich muß gestehen, daß ich erleichtert war, als ich an der Spitze des Zuges die Gräfin von Southampton heranreiten sah.

«Prinzessin, Eure Klugheit ist gefragt:
Denkt, wen der König, Euer Vater, sendet,
Zu wem er sendet, was sein Auftrag sei …»

flüsterte Master Will mir ins Ohr (er zitierte die Szene in seinem neuen Stück, in der die Ankunft der Prinzessin mit ihrem Gefolge geschildert wird).

«Es freut mich, daß die Gräfin gekommen ist und mit ihr der Vizekämmerer Sir Thomas Heneage. Man sagt, daß die beiden einander sehr zugetan sind und daß er sie heiraten möchte.»

«Ist sie dagegen?»

«Ich denke vielmehr, daß es ihr sehnlichster Wunsch ist. Sie braucht unbedingt einen Beschützer. Aber Ihre Majestät sträubt sich dagegen. Sie sieht es nicht gern, wenn man hinter ihrem Rücken heiratet. Ihre Zustimmung ist nicht leicht zu erlangen, und wie du weißt, zögert sie nicht, einen Edelmann einzusperren, der es wagt, sich ihren Befehlen zu widersetzen.»

«Und ...?»

«Sir Thomas Heneage ist kein junger Mann. Er ist ein alter Gefährte Ihrer Majestät, er ist ihr Vizekämmerer. Seit Jahrzehnten ist er ihr willfährig; diesmal hat er das Risiko auf sich genommen, sie zu verstimmen, wie du siehst.» Er lachte glucksend. «Wie dem auch sei: Der Zorn Ihrer Majestät über diese Heirat ist nichts im Vergleich zum Zorn des Sprößlings.»

«Glauben Sie denn, Lord Southampton ...?»

«Er liebt seine Mutter nicht, das weißt du so gut wie ich. Mit dieser Heirat entzieht sie sich ihm. Nicht zuletzt aus diesem Grund möchte sie es hinter sich bringen, bevor ihr Sohn volljährig wird, denn dann wäre er das Familienoberhaupt. Vorläufig kann er weder über sie noch über ihr persönliches Vermögen verfügen. Außerdem ist sie katholisch, und unter den gegenwärtigen Umständen ist es eine kluge Politik, einen hochgestellten Protestanten zu ehelichen. Wie ich gehört habe, heiratet sie aber nicht nur aus Berechnung. Der Vizekämmerer macht ihr schon lange den Hof, und sie sieht sein Werben mit Wohlgefallen.»

An diesem Abend ging im Schloß alles drunter und drüber. Es wimmelte von herumhetzenden Dienstboten, und nur durch ein Wunder kam es nicht zu Zusammenstößen.

«Wo ist dein Herr?» fragte der eine atemlos.

«Keine Ahnung. Warum?» stieß der andere hervor, ohne seine Schritte zu verlangsamen.

«Sag ihm, daß Sir Charles ihn sucht.»

«Und wo steckt DEIN Herr?»

«Eben war er noch in der großen Galerie, vielleicht ist er noch dort. Geh und sage deinem Herrn ...»

Und jeder ging eilig seines Weges.

Die Mahlzeiten wurden auf den Zimmern serviert, riesige Tablette wurden in allen Richtungen durch die Luft gestemmt, was die Gefahr von Zusammenstößen erheblich vergrößerte.

Niemand kümmerte sich um uns, und Master Shakespeare nützte die Gelegenheit, uns im Theatersaal zu versammeln. Im flackernden Licht zweier Kerzen hielt er uns eine kleine Ansprache.

«Ich habe etwas Ungewöhnliches getan», vertraute er uns einleitend an. «Ich habe ein Stück nach Maß geschrieben, um mich bei der Gräfin zu bedanken, die sich uns gegenüber außerordentlich großzügig verhält. Und wie ihr alle wißt, bedankt man sich bei der Gräfin am besten damit, daß man ihrem Sohn eine Freude macht. Wir werden das eine oder andere Stück aus unserem Repertoire ohne Abänderung spielen. Szenenübergänge setzen wir einzig dafür ein, um die wunderbaren Maschinen verwenden zu können, die Tom und seine Helfer ...»

«Ich habe den Korb der Engelein ausprobiert», unterbrach ihn der Clown Will Kempe mit einer unnachahmlichen Mimik, «ich will un-be-dingt eine Szene, in der ich vom Himmel herabschwebe.»

«Wir werden sehen, was sich mit dem Repertoire machen läßt, aber ich verspreche euch für die nächste Zeit ein Stück voller Magie und Kobolde. Vorderhand spielen wir unsere Komödien und das neue Stück, das ich eigens für diesen Anlaß geschrieben habe. Ihr werdet sehen, daß ich darin den neusten Klatsch berücksichtigte. Streitigkeiten, Auseinandersetzungen zwischen Literaten – manchmal sogar über das Theater –, all das versuchte ich einzubauen. Ich bin überzeugt, daß man uns auffordern wird, dieses Stück mehrmals aufzuführen, und um den Spaß noch zu erhöhen, werde ich den Text jedesmal abändern, wenn ein neues Ereignis bekannt wird, das mir einen Scherz, eine Anspielung, ein Wortspiel ermöglicht ...»

«Oh je!» seufzte John Heminges halblaut. «Bei Will weiß man auch ohne seine Vorwarnung nie, an welchen Text man sich halten soll. Aber jetzt, da er uns ausdrücklich auf Änderungen hinweist, müssen wir uns wohl jeden Tag auf drei

Proben gefaßt machen … Und die Nächte werdet ihr dafür brauchen, die neuen Texte zu lernen.»

«Mein lieber Freund, uns bleibt keine andere Wahl. Will Kempe, ich habe ein paar kleine Retuschen vorgenommen …»

«Verzeihung, meine Herren …» Ein sehr junges Mädchen stand in der dunklen Türöffnung. «Verzeihung, meine Herren, die Frau Gräfin wünscht Herrn Shakespeare zu sehen.»

Master Will sah sich um. Young Ned war nicht in der Nähe. Ich erhob mich halbwegs und deutete damit an, daß ich gewillt war, ihn zu begleiten. Er lächelte.

«Nun gut. Sagen Sie der Frau Gräfin, ich sei in wenigen Augenblicken bei ihr.»

Sie verschwand mit einer kleinen Verbeugung. Das Geräusch ihrer eiligen Schritte verhallte bald.

«Hier», sagte Master Will beim Aufstehen und streckte Will Kempe ein Blatt hin. «Das sind die neuen Repliken von Costard im fünften Akt.»

Kempe näherte sich der Kerze, um den Text zu entziffern, und begann lauthals zu lachen.

«Ich wundere mich, daß dein Herr dich noch nicht verschluckt hat, wie man seine Worte verschluckt; dabei bist du doch um einen guten Kopf kleiner als Honorificabilitudinitatibus; du wärst viel leichter gegessen als die Pflaume auf dem Kuchen. Ha, Ha, Honorificabilitudinitatibus! Das ist gut! Es wird mir ein Vergnügen sein, Sie auszuspucken, mein lieber Honorificabilitudinitatibus!»

Er machte eine tiefe Verbeugung, die darin endete, daß er der Länge nach hinschlug – eine seiner bekanntesten, vom Publikum sehnlichst erwarteten Nummern.

«Ausgezeichnet! Komm, Tom, wir wollen Ihre Lordschaft nicht warten lassen.»

Die Gräfin empfing uns mit gewohnter Freundlichkeit.

«Guten Abend, meine Herren, seien Sie willkommen. Man ist des Lobes voll über Ihren Theatersaal, Herr Shakespeare.»

«Gnädige Frau …» Er neigte sich über die Hand, die sie

ihm hinstreckte. «Verantwortlich dafür ist der hier anwesende Thomas Vincent, der Saal gehört Ihnen.»

«Ich bedanke mich bei Ihnen, Herr Shakespeare. Und auch bei Ihnen, Herr Vincent. Da ich nur selten dafür Verwendung habe und es schade wäre, wenn all die Maschinen hier vor sich hinschlummerten, fordere ich Sie nachdrücklich auf, sie abzuholen, sobald die Theater wieder öffnen. Betrachten wir es als eine Leihgabe. Master Heneage versichert mir, es sei nur eine Frage der Volksgesundheit. Die Pest wird nicht ewig währen.»

Master Will verneigte sich nochmals ohne Unterwürfigkeit.

«Ich wollte Sie fragen, Herr Shakespeare ... mein Sohn ...?»

«Ja, gnädige Frau?»

«Glauben Sie, daß man ihn noch umstimmen kann wegen Lady Elisabeth Vere? Daß eine Hochzeit noch möglich ist?»

«Ich wäre froh, wenn ich die Frage bejahen könnte. Aber ehrlich gesagt, glaube ich es nicht. Ich nehme an, Lord Southampton, der ein sehr kluger Kopf ist, wird verstehen, daß das für ihn geschriebene Stück eine letzte Warnung ist, sein Versprechen einzuhalten, und es ist mir gelungen, ihn daran zu erinnern, daß er es sich nur noch ein Jahr lang überlegen kann. Am Tag seiner Volljährigkeit wird ihn der Schatzkanzler ein letztes Mal zum Einlenken auffordern. Er wird auf einer sofortigen Antwort beharren. Und da seine Lordschaft, sofern kein Wunder geschieht, sich weigern wird, Lady Elisabeth zu heiraten, die er nach seinen eigenen Worten nicht liebt, muß ich Ihnen zu meinem Bedauern sagen, daß unsere Bemühungen wirklich vergeblich waren.»

Die Gräfin seufzte. Man merkte, daß sie sich bereits mit dem Gedanken abgefunden hatte, daß Lord Southampton weder ihr noch seinem Vormund gehorchen würde.

«Sie haben alles getan, was in Ihrer Macht steht, Herr Shakespeare. Und ich weiß, daß es Ihnen nicht leichtgefallen ist. Mein Sohn ist so unberechenbar wie ein wildes Fohlen, vielleicht sogar noch launischer. Ich wollte Sie noch etwas wissen lassen ...»

Sie errötete so heftig, daß es sogar in der Dunkelheit ihres Gemaches zu sehen war.

«Ja, gnädige Frau?»

«Mein Sohn hat sich in den Kopf gesetzt, Frau Lanier einzuladen. Ich habe es gerade noch rechtzeitig erfahren und ihre Einladung gegen meine ausgetauscht, um einen Skandal zu vermeiden; Frau Lanier ist nun Teil meines Gefolges.»

«Frau Lanier ...?»

«Ja, Herr Shakespeare. Es ist besser, sich heiklen Situationen zu stellen, als ihnen auszuweichen. Sie ist eine bezaubernde, kultivierte, lebhafte Person und eine äußerst begabte Virtuosin. Ich weiß, daß ihr Ruf nicht fleckenlos ist, aber sie kann sich auf mildernde Umstände berufen, auf die ihre Verleumder keine Rücksicht nehmen. In meinen Augen ist sie ein Opfer. In der Abwesenheit ihres Gemahls habe ich sie in meine Dienste genommen. Es wäre mir lieb, wenn mein Sohn es vermeiden würde, sich ihr zu nähern.»

Sie machte eine Pause und errötete von neuem. Master Will war wie gelähmt. Mit Anstrengung fügte sie bei: «Sie sollten auf der Hut sein, Herr Shakespeare.»

Er hütete sich, ein konkretes Versprechen abzulegen.

«Ich werde mein Bestes tun, um Ihre Ratschläge zu befolgen, gnädige Frau.»

Als wir hinausgingen, verkündete seine Miene nichts Gutes. Er verließ mich ohne ein Wort und ging geradewegs in seine Unterkunft.

Donnerstag, 6. August

Was sich in der Folge abspielte, kann ich nur aus Folgerungen ableiten.

Mistress Emilia gab wohl den Annäherungsversuchen von

Master Will nach, die dieser trotz der Mahnungen der Gräfin unternahm; binnen wenigen Stunden wandelte er sich zum Will Shakespeare, wie er in seinen besten Tagen gewesen war: Er sprühte vor Witz und machte Freudensprünge. Die Änderungen, die er am Stück vornahm, überzeugten mich schließlich vollends davon, daß er sich wieder mit Mistress Emilia getroffen hatte.

In *Verlorene Liebesmüh'* beschließen der König und die Edelmänner in seinem Gefolge, sich drei Jahre lang von den Frauen fernzuhalten, um sich dem Studium zu widmen. Ein einziger dieser Edelmänner ist skeptisch: Biron. Doch trotz seiner Bedenken unterwirft er sich dem Beschluß. Und als alles in bester Ordnung scheint, kommt die Prinzessin von Frankreich mit einer Suite wundervoller Mädchen an. Die Edelmänner lassen sie nicht herein, denn sie möchten beweisen, daß die Wissenschaft Vorrang hat, doch der Versuch, dem Ruf der Liebe zu widerstehen, ist vergeblich. Das Leben triumphiert über die Bücher. Biron hat recht: Die Paare bilden sich, der König gibt um so freudiger nach, als er sich in die Prinzessin verliebt, und alles endet in Minne, Gesang und Tanz.

Nachdem er wieder mit Mistress Emilia angebändelt hatte, machte Master Will, der die Rolle des Biron spielte – nur selten verkörpert er so wichtige Rollen, denn das Schreiben und Inszenieren nehmen ihn zu sehr in Anspruch –, aus Rosalinda, einem Mädchen, das sich bis dahin nicht von den anderen Gespielinnen der Prinzessin unterschieden hatte, eine brünette Schönheit. Biron, der in sie verliebt ist, preist ihren Pfirsichteint und ihre dunklen Augen und Haare – im Handumdrehen wurde Rosalinda zu Emilia. Von der ursprünglichen Rosalinda behielt sie nur den Namen.

Mit flammendem Blick deklamierte Master Will:

«O Liebste, würd' der Tag für dich zur Nacht!
Die Quintessenz der Farbenschönheit strahlt
Wie reinste Edelstein' auf ihren Wangen …

... Hätt ich den Zauber höchster Redekunst;
Nein, sie bedarf ihr nicht, geborgter Schimmer!
Verkäuflich Gut vom Händler wird gepriesen,
Solch Lob genügt für sie doch nie und nimmer!
Ein Mönch, verdorrt und hundert Winter alt,
Legt fünfzig ab, kann er ins Aug ihr blicken:
Schönheit verjüngt ihm kräftig die Gestalt
Und macht zur Kinderwiege seine Krücken.»

Und wenn John Heminges in der Rolle des Königs bemerkte:

«Fürwahr, dein Lieb' ist schwarz wie Ebenholz»,

erwiderte Master Will-Biron sofort:

«Ist Ebenholz ihr gleich? O Holz der Wonne!
Ein Weib aus solchem Holze wär mein Glück.
Wo ist die Bibel? Ich will darauf schwören,
Daß Schönheit selbst die Schönheit nicht erreicht,
Lernt sie von ihrem Auge nicht das Sehen,
Schön kann nicht sein, was ihrer Schwärze weicht.»

Der ganze vierte Akt des Stückes ist ein Plädoyer für die weibliche Sinnlichkeit, ganz besonders in der Gestalt von Rosalinda.

«Wie hättet Ihr, o Herr, und Ihr und Ihr
Das Wissen um die Schönheit je erlangt,
Gäb's nicht die Schönheit weiblicher Gestalt?
Aus Frauenaugen zieh' ich meine Lehre:
Sie sind der Grund, das Buch, die hohe Schule,
Aus ihnen sprüht das Feuer von Prometheus.»

So fährt er noch lange fort. Die jungen Herren in Titchfield waren hell begeistert. Keiner von ihnen hatte sich je leidenschaftlich zum Studium hingezogen gefühlt, weil in ihren Augen alles «Natürliche» (das heißt alles, was keinerlei Anstrengung erforderte) der stupiden Gewissenhaftigkeit vorzuziehen war, welche bestimmte Leute demonstrierten, die sie nicht mochten – Walter Raleigh und seine Kreise zum Beispiel.

Dank dieser Passagen und der Scherze auf Kosten der Abwesenden, ganz zu schweigen von jenen über die Anwesenden, wurde *Verlorene Liebesmüh'* ein wahrer Triumph.

Sir Thomas Heneage beglückwünschte die Schauspieler enthusiastisch.

«Lord Strange ist zu beneiden, daß er Sie unter seine Fittiche genommen hat. Ich freue mich darauf, Sie in London wiederzusehen.»

Der einzige, der das Stück nicht schätzte, war zweifellos Master Florio. Mit der ihm eigenen Grausamkeit hatte Lord Southampton darauf bestanden, daß Florio bei jeder Aufführung zugegen war. Ich glaube, alle Anwesenden hatten seine *Zweiten Früchte* gelesen und studiert und wußten, wie sehr er die Liebe verachtete: Für ihn war das Streben nach Wissen die einzige Beschäftigung, die eines Ehrenmannes würdig war; das jedenfalls hatte er schwarz auf weiß geschrieben.

Während dieser Aufführungen und namentlich während der Szenen, in denen er aufs Korn genommen oder zumindest unverhohlen persifliert wurde, saß Florio da, ohne je mit der Wimper zu zucken. Er behielt sein gefrorenes, leicht verächtliches Lächeln bei, die Lippen unter dieser Adlernase zusammengekniffen, die ihm ein besonders strenges Aussehen verlieh, und die jungen Herren, die ihn beobachteten, kamen auf ihre Kosten. Doch der Blick seiner grauen Augen war eiskalt. Unwillkürlich fiel mir wieder ein, was er selbst in den *Zweiten Früchten* geschrieben hatte:

Hütet euch davor, den Schüler zu beleidigen, denn wißt,
daß der Biß einer Schlange harmlos ist
im Vergleich zur Rache eines einfachen Schülers.

Ich war überzeugt, daß Master Florio sich früher oder später für etwas rächen würde, was in seinen Augen kein Scherz, sondern eine Kränkung war.

Zum erstenmal seit langer Zeit trat ich in einem unserer Stücke nicht selbst auf. Ich war zu beschäftigt. Neben meiner

Arbeit als Zimmermann erfüllte ich die Funktionen des Regisseurs und des Souffleurs. Eigentlich wäre der alte Mark dafür vorgesehen gewesen, doch mit diesem Text, der stündlich änderte, und den ungewohnten Kulissen, mit denen er sich nicht zurechtfand, war er überfordert.

Auch zwischen den Vorstellungen kamen wir nicht zur Ruhe. Zunächst einmal spielten wir nie zweimal hintereinander dasselbe Stück. Die Bühne mußte jeden Tag ein-, zweimal umgebaut werden. Zudem wurde ich von allen Seiten bestürmt und diskutierte die meiste Zeit mit den verschiedensten Leuten über die verschiedensten Themen.

Dick Burbage, der im Theater zur Welt gekommen war und ein angeborenes Verständnis für alles besaß, was zur Bühnenwelt gehört, vom Text bis zur Maschinerie, vom Raum bis zum Rhythmus, war mir mit seinem überbordenden Enthusiasmus besonders nützlich. Er befragte mich zu höchst interessanten Problemen, etwa: «Sag mal, Tom, wäre es möglich, Geister erscheinen zu lassen und dabei den Eindruck zu erwecken, sie tauchten aus dem Nichts auf? Ich bin sicher, das würde den Leuten gefallen.»

«Auftauchen? Warte ... Aber ja! Man kann das Gegengewicht benützen. Wir verwenden es, um Requisiten erscheinen zu lassen, aber das könnte man auch mit Darstellern tun. Du stellst dich auf die eine Seite ... Komm, ich will es dir zeigen.»

Unter der Bühne befand sich eine Art drehbare Schaukel, die man genau unter den Versenkungen plazieren konnte. Auf die eine Seite stellte man den Gegenstand, der erscheinen sollte, während auf der anderen Seite zwei Männer mit ihrem ganzen Gewicht dafür sorgten, daß der Gegenstand auf majestätische und unerklärliche Weise auftauchte. Wollte man etwas erscheinen lassen, ohne daß die Zuschauer es wahrnahmen, stellte man auf der Bühne eine genügende Zahl von Schauspielern vor die offene Versenkung. So verstellten sie die

Sicht, und wenn sie beiseite traten, war der Gegenstand da. Unter großem Gelächter versuchten wir Dick selbst «erscheinen» zu lassen: Der Erfolg war überwältigend.

«Das müssen wir Will vorführen; bring in her», sagte Dick zu einem der Lehrlinge, die mit offenen Mündern dastanden. «Es wird ihn sicher inspirieren.»

Master Will hatte seine frühere Skepsis gegenüber den Maschinen vergessen. Er eilte im Laufschritt herbei.

«Komm her, mein Lieber, stell dich dahin», sagte Dick und verschwand im Untergrund. Mit einer Kerze in der Hand tauchte er auf und rezitierte mit Grabesstimme:

«Ich bin deines Vaters Geist;
Verdammt auf eine Zeitlang, nachts zu wandern,
Und tags gebannt zu fasten in der Glut,
Bis die Verbrechen meines Erdenwandels
Hinweggeläutert sind. Und so weiter, du kennst ja die Fortsetzung, haha! Und jetzt, Burschen, in die andere Richtung.»

Er verschwand mit derselben majestätischen Langsamkeit, seine Stimme wurde immer tiefer.

«Der Glühwurm zeigt, daß nun die Frühe naht,
Und seine kalte Glut ist am Verglimmen.»

Sein hallendes *«Rache, Hamlet, Rache! Gedenke meiner»* ging im Applaus der Anwesenden unter.

Freitag, 5. August

Eines Abends erlabte ich mich nach einem anstrengenden Tag, an dem wir eine völlig überarbeitete Fassung der *Komödie der Irrungen* gespielt hatten, im Freien an der Kühle der Dämmerung. In den Gärten des Schlosses wimmelte es von Leuten; ich zog es vor, den Park zu verlassen. Da lief ich Rob und Ned über den Weg, die in ein lebhaftes Gespräch verwickelt waren.

«… ich versichere dir, wenn wir nicht eingreifen, bringen sie einander noch um», sagte Ned.

Ich war beunruhigt. Dennoch wollte ich mich entfernen, um nicht indiskret zu erscheinen, als Rob mich anredete.

«Tom, gib uns einen Rat, du kennst ja Master Shakespeare gut.»

«Was für einen Rat könnte ich euch denn geben?»

«Wir möchten vermeiden, daß Master Will und Lord Southampton handgreiflich werden.»

«Wegen Frau Lanier?»

«Ganz genau.»

«Ich weiß nicht, was ich euch raten soll. Wenn es zu einer Konfrontation kommt und Master Shakespeare seinen Rang vergißt, könnten sie sich wirklich schlagen. Diese Befürchtung hege ich schon seit langem. Was ist denn vorgefallen?»

«Emilia Lanier», sagte Bob mit wütender Stimme, «ist in gewisser Hinsicht wirklich eine bemerkenswerte Frau. Aber im Umgang mit Männern ist sie eine Hexe. Was trieb sie bloß dazu, Lord Southampton auf die Nase zu binden, daß sie Master Shakespeare ihre Gunst gewährt?»

«Es ist allgemein bekannt, daß sie nicht imstande ist, den Mund zu halten. Und er, wie hat er es aufgenommen?»

«Schlecht. Er hat sie aus Angeberei eingeladen, und ich nehme an, daß er als Mensch, der keinerlei Rücksicht auf andere zu nehmen pflegt, nicht an Master Will gedacht hat. Lanier hat ihm eines Tages gesagt, zwischen Shakespeare und ihr sei es aus, worauf er annahm, er könne die Rechnung ohne ‹seinen Dichter› machen. Weiter hat er gar nicht gedacht, dafür ist er zu oberflächlich.»

«Ich kann es nur wiederholen, meine Freunde: Ich weiß nicht, was ich euch raten soll. Hat Master Will überhaupt eine Ahnung von der Situation?»

«Eben nicht!» explodierte Ned. «Diese Frau wickelt ihn um den kleinen Finger. Sie müßte ihm nur sagen: ‹Wo denken Sie denn hin, mein Freund, ich war nie Lord Southamptons Mätresse›, und schon würde er ihr aufs Wort glauben. Ich kenne keinen scharfsinnigeren Menschen als ihn, aber in ihrer Gegenwart ist er ein Kind. Kommt noch dazu, daß er an Lord Southampton hängt. Wir haben Angst vor dem, was passieren könnte.»

«Schau dir das an», sagte Young Ned. «Schau, was er schreibt.»

Ich warf einen Blick auf das Blatt, das er mir hinstreckte. Ein Sonett. Ich überflog es.

Wie Fieber ist mein Lieben, sich verzehrend
Nach dem, was Fieberhitze steigern muß,
Sich stets das giftige Naschwerk selbst gewährend,
Die kranke Gier zu stillen im Genuß.
Verstand, der meiner Liebe Arzt gewesen,
Er ging, weil ich verachtet sein Gebot,
Verzweifelnd fühl ich's, nie werd ich genesen,
Kein Mittel hilft, Begierde ist der Tod.
Verloren, da ich die Vernunft verlor,
Und toll gemacht von wilder Unrast Qual,
Denk ich und sprech ich wie ein irrer Tor,
Sinnlose Worte, lügenhaft und schal,
Und schwör auf deiner Schönheit lichte Pracht,
Die schwarz wie Hölle, finster wie die Nacht.

Ich hob die Augen.

«Das sind harte Worte.»

«Er schreibt dutzendweise Sonette. Einige davon läßt er Frau Lanier zukommen oder bringt sie ihr, andere sind für Lord Southampton bestimmt, einige behält er für sich. Ich gestehe, daß ich sie lese, wann immer sich die Gelegenheit bietet. Nur so kann ich wissen, wie es um ihn steht. Er vertraut sich niemandem an.»

Wir gingen seufzend auseinander und versprachen gegenseitig, auf der Hut zu sein.

Für mich war es nicht viel mehr als ein frommer Wunsch. Die Zeiten hatten sich geändert. Mit Ausnahme der Proben und der Vorstellungen bekam ich Master Will nur noch zu Gesicht, wenn er mir eine Textänderung brachte.

Manchmal unterhielten einige von der Truppe die Herrschaften nach dem Abendmahl mit Tänzen und Jonglieren. Die Vorführungen fanden im großen Saal auf leerer Bühne statt. Nur die Musiker und einige Schauspieler beteiligten sich daran. Gelegentlich tanzte ich mit. Master Will beobachtete uns strengen Blickes, denn oft war er es, der diese Zerstreuungen organisierte. Ihm fiel immer etwas ein. Diese Darbietungen waren die einzigen, an denen ich als Schauspieler teilnahm.

Meistens waren die Gräfin und Sir Thomas Heneage anwesend, und direkt hinter der Gräfin waren die schwarzen Haare und die glühenden Augen von Mistress Emilia auszumachen. Sie war eine Zofe, sie verhielt sich wie eine solche und war bescheiden gekleidet. Trotzdem war sie ein leuchtender Mond am dunklen Himmel. Sie war ganz einfach eine große Dame.

Wenn Schwarz die Stirne meiner Liebsten schmückt,
So trauert sie, daß Schminke, falsches Haar
Verliebte reizt trotz ihrer Künstlichkeit;
Das Schwarz ward Schönheit, als sie kam zur Welt,
Ihr Anblick läßt die Moden ganz vergessen,

sagte Master Will in seinen Gedichten. Ich konnte ihn verstehen.

Sonntag, 9. August

An jenem Nachmittag war die Hitze plötzlich so drückend geworden, daß die Gräfin und ihr Sohn übereinkamen, die Vorstellung zu verschieben. Da ich nichts zu tun hatte, schwankte ich zwischen einem Nickerchen und einem Spaziergang durch den Park, der um diese Zeit verlassen war. Schließlich entschied ich mich für den Park. Für die Aufführung war alles vorbereitet, vor mir lagen drei freie Stunden; ich schlenderte ohne Ziel und Eile umher – ein seltener Umstand.

Gut eine Stunde mochte ich so spaziert sein, als ich hinter einem Gebüsch auf eine gestikulierende Frau stieß, die ich zuerst nur von hinten sah. Sie wandte sich mit dumpfer, drohender Stimme an einen imaginären Gesprächspartner.

Vor Überraschung blieb ich wie angewurzelt stehen: Es war Frau Lanier.

Sie war so in ihre Rede vertieft, daß sie mich nicht hatte kommen hören. Ich wagte mich nicht zu rühren.

«Sie spielen den Stolzen, aber Sie sind nicht so anders als wir. Wir wurden alle als gleiche Wesen geschaffen, und was unterscheidet uns voneinander, außer der Tugend? Wir stammen alle von der gleichen Frau und vom gleichen Mann ab. Was macht den Adel aus? Und wer kann von sich behaupten, seine Vorfahren seien etwas anderes gewesen als Dreckbauern? Der Adel kommt von der Tugend, mein guter Herr! Hören Sie auf mit Ihrem Hochmut! Sie mögen Reichtum und Titel besitzen, doch Ihre Niederträchtigkeit erweckt starke Zweifel, ob Sie der legitime Erbe Ihrer Titel sind.»

Sie erregte sich immer mehr; ich sah sie nun von vorne, einer zügellosen Raserei ausgeliefert. Ich zitterte beim Gedanken daran, daß außer mir noch jemand ihre Rede hören konnte. Es war tollkühn von ihr, so laut zu sprechen.

Ich mußte sie unterbrechen, wollte jedoch nicht den Eindruck erwecken, ich belausche sie im versteckten wie ein Spion. Ich zog mich geräuschlos zurück, und sobald ich außer Sicht war, sorgte ich dafür, daß sie mich nicht überhören konnte. Als ich wieder zur Lichtung gelangte, die ich soeben verlassen hatte, drehte Mistress Emilia sich um. Die Lippen zusammengepreßt, ein zerknülltes Taschentuch umklammernd, richtete sie den Blick ihrer großen schwarzen Augen auf mich.

Als sie mich erkannte, zogen sich ihre Brauen in die Höhe, und ihre Augen wurden noch größer.

«O mein Gott ...»

«Guten Tag, gnädige Frau. Verzeihen Sie, ich wollte nicht ...»

«Ich traue meinen Augen nicht, mein Herr ...»

Zu meinem größten Erstaunen schien sie einer Ohnmacht nahe. Ich half ihr, sich auf einen umgestürzten Baumstamm zu setzen, und trat einen Schritt zurück.

«Es tut mir wirklich leid, gnädige Frau, ich wollte Sie nicht erschrecken.»

«Sie brauchen sich nicht zu entschuldigen, mein Herr, Sie konnten ja nicht wissen ... Ich habe Sie schon seit längerer Zeit nicht mehr gesehen, Master Thomas ... Oder war ich zerstreut ...? Einen Augenblick lang hielt ich Sie für ein Gespenst. Sie gleichen je länger, je mehr ... Nun, das spielt keine Rolle. Nehmen Sie doch Platz.»

Sie klopfte neben sich auf den Stamm. Das zerknüllte Taschentuch war verschwunden. Ihr Gesicht war glatt und freundlich. Daß ich mich in einem Wäldchen neben eine unbegleitete Dame setzte – noch dazu eine Dame ihres Rufes –, verstieß gegen sämtliche Anstandsregeln. Ich hätte es nicht tun sollen. Aber ich konnte nicht widerstehen und ließ mich gegen jede Vernunft und gegen meinen Willen neben ihr nieder.

Wir schwiegen eine Weile.

«Es fällt mir schwer, mich über den Verlust unserer lieben Marianne hinwegzutrösten», sagte sie.

«Mir auch, gnädige Frau.»

«Aber Sie sind jung und gutaussehend; sie werden bald eine andere Gefährtin finden.»

Ich muß gestehen, daß ich nicht die geringste Lust hatte, auf das Thema einzugehen. Mein Protest wäre zwecklos gewesen. Ich schwieg und machte sogar Anstalten, mich zu erheben.

«Wie dem auch sei», fuhr sie plötzlich fort, «ihr Männer seid ohnehin alle wankelmütig.»

In ihrer Stimme lag eine gewisse Heftigkeit.

«Oh, gnädige Frau! Das trifft nicht für alle zu.»

Bei meinen Worten dachte ich an Will und an den jungen Edelmann, der lieber sterben wollte, als ohne sie zu leben. Das konnte ich natürlich nicht sagen, denn ich durfte davon ja gar nichts wissen. «Es gibt launische Männer, aber es gibt auch launische Frauen», setzte ich hinzu, ohne zu wissen, weshalb.

Sie blickte mich schräg von der Seite an, ein Lächeln um ihre Mundwinkel.

«Glauben Sie, ich verallgemeinere auf Grund meiner eigenen Launen?»

«Nein, gnädige Frau, dieser Gedanke liegt mir fern. Ich wollte bloß sagen, daß es auch beständige Männer gibt.»

«Was halten Sie von Herrn Shakespeare?»

«Mit Ihrer Erlaubnis möchte ich lieber nicht über meinen Meister sprechen, gnädige Frau.»

Sie lachte leise und strich mir über die Wange. Als ich dabei errötete, lachte sie frei heraus.

«Sie sind wirklich ein schüchterner Mensch, wie ich sehe. Ein richtiger Grünschnabel.»

Sie ergriff meine Hand.

Mit einer letzten Willensanstrengung konnte ich sie ihr entziehen. Ich stand auf, verbeugte mich, stammelte irgend etwas und ging weg, verfolgt von ihrem spöttischen Lachen. Ich stand von Kopf bis Fuß in Flammen, und sie wußte es, dessen bin ich mir sicher. Erst nach einer guten Stunde tüchtigen Marschierens fand ich meine Fassung wieder.

Um nicht an den Fenstern des Schlosses vorbeizukommen, machte ich einen großen Umweg über die Stallungen, wo ich auf Rob traf. Er blickte finster drein.

«Ist etwas nicht in Ordnung?»

«In der letzten Nacht hat Lord Henry Frau Lanier in ihren Gemächern aufgesucht, dabei hatte ich doch der Gräfin versprochen, genau das zu verhindern. Immerhin glaube ich nicht, daß das Unerwünschte geschah. Sie haben sich ziemlich bald gestritten. Und soviel ich weiß, hat niemand außer mir Kenntnis von diesem Besuch. Du bist der einzige, der es erfährt, damit du deinerseits aufpassen kannst ...»

Seine weiteren Worte hörte ich nicht mehr, denn ich wurde von den widerstreitendsten Gefühlen überschwemmt. Entrüstung (wie konnte sie nur?), Hoffnung (also war sie ihrem Mann und Master Will nicht sonderlich zugetan), Erleichterung (nach dem, was ich im Wäldchen vernommen hatte, war die Begegnung wohl nicht gerade herzlich gewesen), Scham (was dachte ich denn da?), und über allem lag ein dumpfer Schmerz – heute weiß ich, daß es Eifersucht war, aber damals erkannte ich es nicht, weil ich mir meine Liebe noch nicht eingestanden hatte.

«He Tom! Wo bist du mit deinen Gedanken? Hörst du mir überhaupt zu?»

«Äh ... Verzeihung. Was sagtest du?»

«Ich habe dich gebeten, mich zu warnen, falls du merken solltest, daß Master Will ... Lassen wir das, du bist so wenig bei der Sache, daß du ohnehin nichts merken würdest.»

Der Nachmittag endete mit Spielen, Aufräumen und Essen.

Ich verbrachte noch eine Stunde mit Master Will, um einen Text durchzusehen.

Ich hatte Gefallen gefunden an dieser Arbeit hinter den Kulissen. Sie war für mich ungleich interessanter als das Schauspielermetier. Meine Bühnenerfahrung war mir von Nutzen, doch das Gefühl, das wir unter uns als Spielfieber bezeichneten, war bei mir ziemlich bald verflogen. So fiel es mir nicht schwer, auf meine ursprüngliche Berufung zu verzichten. Wie auch immer, als Schauspieler hätte ich ohnehin das Fach wechseln müssen. Ich war fast zwanzig Jahre alt und beinahe sechs Fuß groß. Die Zeiten, als ich Master Will nur gerade bis zur Schulter reichte, waren vorbei; nun überragte ich ihn um zwei oder drei Zoll. Seit einiger Zeit wuchs mir sogar ein Bartflaum.

Doch zurück zu jenem Abend.

Nachdem Master Will gegangen war, machte ich eine letzte Runde durch den Saal und vergewisserte mich, daß kein Feuer mehr brannte und alles in Ordnung war. Im Lichte meiner Kerze sah ich nur eine Ratte vorbeihuschen, die von einer Katze verfolgt wurde.

Ich schloß die Türe und betrat den langen Gang, der zu unserer Unterkunft führte.

Plötzlich tauchte eine Gestalt auf, die ich nicht erkennen konnte, blies meine Kerze aus und packte meine freie Hand. Ich kam gar nicht dazu, mich zu beunruhigen: Die Hand, die mich mit sich zog, war die Hand einer Frau.

Sie führte mich zu einem Eckgemach am hintersten Ende eines Ganges. Im schwachen Sternenlicht, das durch das weit geöffnete Fenster in den Raum drang, nahm ich die Umrisse eines Bettes wahr. Die über das Zimmer verstreuten hellen Flecken erwiesen sich als achtlos hingeworfene Kleidungsstücke und Sitzgelegenheiten. Die Frau, die mich hierher gebracht hatte, blieb stumm. Sicher würde sie gleich eine Kerze anzünden. Blitzartig ging mir das Bild von Marianne an der Wandöffnung durch den Kopf. Was wußte ich von diesem Gemach? Wie viele Türen hatte es? Wie viele Gucklöcher? Ich ergriff die Initiative und zog die Frau ans Fenster. Es war Mistress Emilia, was mich nur halbwegs überraschte.

Das war mein letzter klarer Gedanke, an den ich mich erinnere. Ich nahm sie fest in meine Arme, dann geriet ich in einen Sog, der stärker war als die Wirbel der Themse. Über diese Stunden der Wollust kann ich nur eines sagen: In ihnen empfand ich das größte Glücksgefühl meines Lebens.

Es war noch tief in der Nacht, als ich wieder zu mir kam.

Seit wir im Zimmer waren, hatten wir noch kein Wort gewechselt. In einem bestimmten Augenblick jedoch hatte sie einen Vornamen geseufzt, der nicht der meine war.

«Robert, Robert ...»

«Wer ist dieser Robert?»

«Robert existiert leider nicht mehr», hauchte sie. «Eines Tages habe ich diesen Mann leidenschaftlich geliebt, und Sie sehen ihm sehr ähnlich.»

«Dann haben Sie also soeben mit ihm ...»

Mit einer heftigen Gebärde verschloß sie mir den Mund.

«Es war mit Ihnen ... Nein, ich will Sie nicht belügen. Sie beide waren es.»

Still begann sie zu weinen. Mit dem Zipfel des Leintuchs wischte ich ihr die Tränen ab und dachte, daß auch ich in gewisser Weise «mit ihnen beiden» zusammengewesen war, mit Emilia und Marianne, die sich doch in nichts ähnlich waren.

Emilia schmiegte sich an mich und flüsterte schließlich kaum hörbar: «Sie haben ihn mir genommen, und nun verlangen sie alle, daß ich sie liebe. Doch ich habe nur ihn geliebt. Was gehen mich die anderen an? Ich wette, daß dein Herr, der vorgibt, er bete mich an, und dessen Sonette an mich ein ganzes Buch füllen würden, mich verachten und als Dirne behandeln wird, sobald er erfährt, daß ich eine Nacht oder zwei mit Lord Southampton verbracht habe.»

«Er wird es nicht erfahren.»

«O doch. Alles, was Lord Southampton tut, kommt früher oder später aus. Unter seinen unzähligen Dienern findet sich immer einer, der den Mund nicht halten kann.»

«Aber Master Shakespeare ist ein guter Mann.»

«Mag sein. Doch auch er denkt wie alle anderen, die Frauen seien verdorben, wenn ihre Tugend nicht ohne jeden Flecken ist. Es ist zu einfach, immer alles auf uns zu schieben.»

«Es wäre mir lieb, wenn niemand erfahren würde, daß ich hier gewesen bin», wagte ich zu bemerken. «Nicht weil ich mich Ihrer schämen würde. Aber ich habe keine Lust, daß man mir Ihretwegen die Leviten liest. Zudem müßte ich wohl die Schauspieler von Lord Strange verlassen, wenn die Sache ruchbar würde, und das würde mir schwerfallen.»

«Auch ich möchte, daß es unter uns bleibt. Ich habe es aus Liebe getan. Es geschah wegen … wegen Robert. Sie sind mir deswegen doch nicht böse? Sie sind nicht eifersüchtig?»

«Nein. Aber ich kann Ihnen nicht versprechen, daß ich keine Liebe für Sie empfinde.»

«Ich verlange nur, daß Sie nicht eifersüchtig sind.»

Von widerstreitenden Gefühlen hin und her gerissen, tastete ich nach meinen Kleidern. Ich sagte mir, ein solches Ereignis könne nur einmal, nur überraschend stattfinden, und spürte gleichzeitig ein übermächtiges Verlangen nach einer Wiederholung, andernfalls glaubte ich sterben zu müssen.

Es war mir unmöglich, die Gedanken, die mir durch den Kopf gingen, in Worte zu fassen. Ich beugte mich über sie, drückte einen letzten Kuß auf ihre roten Lippen, die in der Dunkelheit nicht zu sehen waren, und legte mich dann zum Schlafen unter die Bühne, wo ich schon mehr als eine Nacht verbracht hatte. Ich hatte das Bedürfnis, allein zu sein.

Ich schlief mit geschlossenen Fäusten, als Master Will mich am nächsten Morgen schüttelte.

«Hier hast du dich also versteckt! Ich suchte dich überall.»

Ich sprang auf und bat Master Will, mir eine halbe Stunde Zeit zu geben, damit ich mich waschen konnte. In diesen Augenblicken am Bachufer stellte ich fest, daß ich weder Scham noch Gewissensbisse empfand.

Wir machten uns an die Arbeit.

«Ich möchte einige Änderungen am Stück *Verlorene Liebesmüh'* anbringen, um die letzten Neuigkeiten einzubauen. Ich nehme an, du bist auf dem laufenden?»

Seine Augen funkelten.

«Um ehrlich zu sein, ich glaube nicht.»

«Hast du die Neuigkeit über den König von Frankreich nicht vernommen?»

«Nein.»

«Er hat sich zum Katholizismus bekehrt.»

«Er ist ... Mein Gott!»

«Ich glaube, Gott hatte mit seiner Entscheidung wenig zu tun. Es ist eine politische Angelegenheit.»

«Und was ist mit Spanien?»

«Soweit ich unterrichtet bin, steht eine Allianz mit Spanien außer Frage. König Heinrich IV. ist es mit diesem Überraschungscoup vor allem gelungen, seiner Opposition, der Partei der Liga, das Rückgrat zu brechen, deren einziges Ziel es war, einen protestantischen König in Frankreich zu verhindern. Er hat versucht, das Unmögliche zustande zu bringen. Hätte er sich nicht bekehrt, hätte er nicht der König seines ganzen Volkes werden können. Frankreich hätte sich in zwei Lager gespalten.»

Er schaute mich nachdenklich an.

«Solche Dinge sagt man besser nicht allzu laut außerhalb der Mauern dieses Landguts, wo alle katholisch sind. Unsere Königin muß vor Wut außer sich sein, sie muß den Eindruck haben, sie sei verraten worden, und ich kann sie ebenso gut verstehen wie den König von Frankreich.»

Wir nahmen die Arbeit in Angriff. Soviel ich weiß, erhielt damals der König der *Verlorenen Liebesmüh'* den Namen «Navarro». Es ist zu sagen, daß sich die Nachricht mit Blitzesschnelle verbreitete und von den Küchen bis zur herrschaftlichen Tafel das einzige Gesprächsthema war.

Für mich bleibt dieser politische Überraschungscoup unauflöslich verbunden mit meiner Leidenschaft für Emilia. Fast jede Nacht kam sie mich unter der Bühne holen, wo ich mir nun mein Nachtlager eingerichtet hatte. Einmal blieb sie sogar da.

Ich entdeckte mit Entzücken die Wonnen der Fleischeslust. Bücher, Gedichte, Scherze, Geflüster, das Beobachten der Leidenschaft anderer hätten mich darauf vorbereiten müssen, doch diese Dinge versteht man nur, wenn man sie selber erlebt.

Das Merkwürdigste war, daß diese Emilia, die als kapriziös, berechnend, launisch und flatterhaft verschrieen war, in meinen Armen eine normale junge Frau war, bar jeder Koketterie, wortkarg und hingebungsvoll. Ich hatte den Eindruck, die Frau, in die ich verliebt war, und die «düstere, geheimnisvolle» Emilia seien zwei verschiedene Personen. Wickelte sie mich um den kleinen Finger, um Robs Worte zu zitieren? War ich der Dumme? Ich merkte bald, daß mir das gleichgültig war. Ich wollte nur den gegenwärtigen Augenblick genießen, ohne Kalkül und ohne auf die Zukunft zu schielen. Unter unseren seltenen Wortwechseln ist mir einer in Erinnerung geblieben, denn er erklärt, so glaube ich, was damals geschah.

«Hätte ich dich bloß früher gekannt, dann wäre es nicht zu dieser törichten Heirat gekommen.»

«Aber ein wenig liebtest du ihn schon, Master Alfonso?»

«Ja, sicherlich. Ich kenne ihn fast seit meiner Geburt. Wie du weißt, hat sein Vater in zweiter Ehe meine Cousine Lucretia geheiratet. Er ist sozusagen mein Vetter; seine Halbbrüder und Schwestern sind sogar echte Verwandte. Er ist gutaussehend und manchmal amüsant. Doch bevor ich ihn heiratete, sah ich ihn kaum je von nahem, und heute hat er nichts mehr mit dem liebenswürdigen Jungen zu tun, der mir das Flötenspiel beibrachte, als ich noch ein Dreikäsehoch war. Nun ist er ein Mann von vierzig Jahren, zynisch, verdorben und nicht anders als meine Onkel: Er würde mich jederzeit verkaufen, wenn es seiner Karriere dienlich ist. Heute denke ich, daß er in erster Linie meine Rente geheiratet hat. Ich muß kämpfen, damit mir etwas übrigbleibt.»

Sie seufzte.

«Er beschuldigt mich, alle Männer zu hassen, aber das ist nicht wahr. Ich verteidige mich nur. Ihr Männer seid es, die unser Geschlecht verachten.»

«Ich habe keinen Grund, dich zu verachten.»

«Ach! Das lernt sich leicht! Sieh dir Lord Southampton an. Noch vor einem Jahr hielt er mich für das siebente Weltwunder, er hätte mich um ein Haar geheiratet. Und nun ...»

«Die hohen Herren sind nun einmal so. Du weißt genau, daß er nicht die Freiheit hat zu heiraten, wen er will.»

«Ja, ich weiß. Vielleicht wäre die Heirat eine begehrtere Einrichtung, wenn die Liebe den Ausschlag gäbe.»

«Da ist Master Will. Er liebt dich.»

«Komm mir nicht mit deinem Master Will. Was er liebt, das bin nicht ich; er liebt seine eigene Bestätigung, das Bild, das er sich von mir gemacht hat. Wenn ich mich nicht genauso verhalte, wie er es sich vorstellt, überhäuft er mich mit Vorwürfen.»

Ich wußte nicht, was ich darauf entgegnen sollte, denn ich hatte so oft miterlebt, wie er litt ... Und in seinen Stücken hatten die Frauen so oft den besseren Part ...

Sie fuhr fort, als hätte sie meine Gedanken gelesen: «Ich habe *Der Widerspenstigen Zähmung* gesehen und sehr wohl bemerkt, daß er aus deiner Figur – aus Catherine, will ich sagen – das einzige Wesen gemacht hat, das Respekt verdient. Am Ende trägt sie den Sieg davon. Doch von der Phantasie zur Realität ist es ein weiter Weg. In Wirklichkeit möchte Will eine Frau, die sich seiner Phantasie unterwirft. Gegenwärtig verzehrt er sich vor Liebeskummer. Aber warte, bis ich ihm einmal zu oft widersprochen habe. Dann wird er zu den dunkelsten Farben greifen, um mich zu beschreiben. Aber laß uns von etwas anderem sprechen.»

Und wir fielen einander in die Arme.

Von Zeit zu Zeit erzählte sie mir, daß Master Will versuche, einige Stunden mit ihr zu verbringen.

Doch sie öffnete ihm ihre Türe nicht.

«Gib nach», sagte ich ihr eines Tages. «Ich verspreche dir, daß ich es dir nicht nachtragen werde. Du würdest ihn so glücklich machen!»

Sie sah mich mit runden Augen an.

«Thomas, ich bin noch nie einem Mann wie dir begegnet.»

Was sollte ich darauf antworten? Ich schämte mich fast, ich warf mir einen Mangel an Gefühlen vor. Denn alle redeten von Eifersucht, und ich konnte mich noch gut an Master Wills Würgegriff erinnern, als er entdeckt hatte, daß Emilia ihre Gunst Lord Southampton schenkte. Nur war ich abgesehen vom leisen Stich am ersten Tag nicht im geringsten eifersüchtig. Ich liebte Emilia von ganzem Herzen, aber wenn sie Master Will, den ich auch liebte, wenngleich auf ganz andere Art, eine Freude machen konnte – warum nicht?

Emilia streichelte meine Stirne mit unendlicher Zärtlichkeit.

«Siehst du, wenn du mich zu behalten versuchtest, würde ich wahrscheinlich nur daran denken, dich zu verlassen. Doch so ... Nein, ich kann dir diesen Gefallen nicht erweisen. Ist es denn mein Fehler, wenn ich diesen Mann nicht liebe? Zudem macht er mir ständig Vorwürfe, als wäre ich die Alleinschuldige. Und er? Ist er etwa nicht verheiratet? Inwiefern bin ich schlechter als er? Nein, dränge nicht.»

Wir wußten beide, daß unsere Beziehung nicht von Dauer sein konnte.

«In London wäre es unmöglich», sagte sie.

Sie hatte recht.

Aber wir konnten nicht voraussehen, daß unsere Liebe ein so grausames Ende finden würde.

Der Sommer ging seinem Ende entgegen. Hätten wir nicht gehört, daß in London jede Woche fast zweitausend Leute an der Pest starben, wären wir wohl schon längst nicht mehr in Titchfield gewesen.

Es begann mit einem Gewitter oder vielmehr mit dem

Ausbleiben eines Gewitters. Zwei Tage lang war der Himmel tief verhängt und von Wetterleuchten durchzuckt. Es war, als wären die himmlischen Sphären zusammengeschrumpft. Sir Thomas Heneage hatte davon gesprochen, trotz der Seuchengefahr in die Hauptstadt zurückzukehren, wohin ihn dringende Geschäfte riefen. Die Gräfin würde nach Southampton House gehen, das nach wie vor von der Pest verschont blieb – das Haus befand sich sozusagen auf dem Land. Emilia fürchtete sich vor Westminster, wo es zwar weniger Tote gab als in der Innenstadt; die Epidemie blieb aber präsent. Dennoch mußte sie wohl oder übel mit der Gräfin abreisen.

Es war uns gelungen, unsere Beziehung geheimzuhalten: Niemand hatte Wind davon bekommen, nicht einmal ihre neue Zofe, die Emilia unter dem Vorwand eines Nervenleidens nicht in ihrem Gemach übernachten ließ. Tagsüber vermieden wir jeden Blickwechsel; wir wußten nur zu gut, wie verräterisch die Sprache der Augen sein kann. Ich fürchtete vor allem Master Florio und seinen durchdringenden Blick.

An jenem Abend ging ich in Emilias Gemach, ohne zu warten, bis sie mich holte. Wir lagen uns lange schweigend in den Armen. Es war unser zweitletztes Zusammensein, schlimmstenfalls sogar das letzte.

Durch eine Wolkenlücke fiel ein schwacher Mondschein in den Raum.

Wir hatten nicht einmal eine Kerze angezündet (inzwischen hatte ich Emilia vom Spalt in der Wand erzählt, und sie hatte ihr Gemach genauestens untersucht, um sich zu vergewissern, daß es hier keine Wandöffnung gab). Plötzlich kratzte jemand an der Türe. Wir rührten uns nicht. Nach einer Pause wurde das Kratzen dringlicher, eine Stimme ließ sich vernehmen: «Emilia! Öffnen Sie mir, Emilia!»

Es war Master Will.

Emilia erstarrte in meinen Armen. Während einer Zeit, die mir wie eine Ewigkeit vorkam, rührten wir uns nicht. Master

Will versuchte den Türknauf zu drehen, aber die Türe war abgeschlossen. Er ließ nicht locker.

Erst nach langem entschloß er sich, wegzugehen. Endlich entfernten sich seine Schritte: Zum einzigen Mal empfand ich Gewissensbisse, zum einzigen Mal kam mir der schöne Liebesakt als etwas Verwerfliches vor.

Einen Augenblick lang schien alles in der Schwebe zu sein. Weder Emilia noch ich machten eine Bewegung. Dann begann sie zu weinen. Ich versuchte nicht, sie zu trösten; ich glaubte zu verstehen, was ihre Tränen bedeuteten.

Als sie sich wieder beruhigt hatte, begann sie mir kaum hörbar ins Ohr zu flüstern.

«Als man mich Henry Carey in die Arme warf, mußte ich lernen, wie … wie ich den alten Mann befriedigen konnte. Ich war ein unerfahrenes Gänschen. Während langem hatte ich keine Ahnung, daß es noch etwas anderes geben konnte als DAS. Der Körper flößte mir Angst ein, mir ekelte davor. Ich versuchte mich mit schönen Kleidern, mit Schmuck, Kutschen und Festen darüber hinwegzutrösten. Ich kokettierte mit den jungen Männern, die über mich die Gunst des Lordkämmerers zu erlangen trachteten, aber wenn einer mich berührt hätte, hätte ich ihn getötet.»

Sie verstummte. Sie hatte das Bedürfnis zu reden, aber es fiel ihr schwer.

«Und dann lernte ich diesen Shakespeare kennen. Er war ganz anders. Feurige Augen, schöne Worte, stets in der Laune, sich und andere zum Lachen zu bringen. Er bestand darauf, mich zu sehen, aber lange Zeit hat er nicht einmal versucht, mich zu berühren. Schließlich beging ich den schrecklichen Fehler …»

Ihre Stimme klang erstickt.

«Ich muß gestehen, daß ich zuerst keineswegs dachte, es sei ein Fehler. Glaub mir oder glaub mir nicht, aber abgesehen von dem, was ich für Carey tun mußte, hatte ich keine Ahnung von der Liebe. Will hat mir alles beigebracht. Doch nach und nach begann ich mir die Sache zu überlegen, und ich merkte, daß ich diesen Mann nicht genügend liebte, um seine Mätresse zu werden. Und da ihm meine platonische Liebe zuwenig war, ging es schief ... Ich wollte nicht mehr. Marianne hatte mich gewarnt, sie hatte mir gesagt, mein Ruf leide darunter, der Lordkämmerer werde sich meiner entledigen ... Kurz und gut, als ich etwas auf Distanz gehen wollte zu Will, führte er sich schlimmer auf als ein gekränkter Ehemann, sein Sinn für Humor löste sich in Luft auf. Anfänglich schrieb er mir bezaubernde Liebesgedichte. Wenn ich heute eines seiner Sonette erhalte, habe ich beinahe Angst, es zu lesen. Ich hätte es niemals zulassen dürfen ... niemals ... weder mit ihm noch mit Lord Southampton. Ich liebe weder den einen noch den anderen.»

«Und weiter?»

«Ich wollte ... Ich weiß nicht, was ich wollte. Vielleicht wollte ich mich rächen. Will hat mir gezeigt, daß es andere Liebkosungen gibt als jene von Henry Carey, und Lord Southampton hat davon gesprochen, mich zu heiraten. Ich glaubte ihm, denn eine Zeitlang glaubte er selbst daran. Ich habe etwas spät begriffen, wie unberechenbar er ist.»

Sie brach erneut in Tränen aus.

Wir hörten Schritte im Gang, dann versuchte jemand die Türe zu öffnen. Es wurde geklopft, eine herrische Stimme befahl: «Öffnen Sie!» Es war Lord Southampton.

Emilia klammerte sich an mich. Wir verhielten uns wie bei Master Will: Wir rührten uns nicht, bis er wegging. Es dauerte eine ganze Weile.

Als sie wieder zu sprechen begann, war es, als hätte dieser Zwischenfall nicht stattgefunden.

«Sie werfen mir alle vor, ich sei eine flatterhafte, frivole Frau, ‹dunkel wie die Nacht›, hat Will einmal geschrieben. Mit welchem Recht? Ich möchte gern wissen, was an mir dunkler sein soll als an ihnen. In London kennen sie beide ein halbes Dutzend Frauen, die nach ihnen schmachten, doch sie verhalten sich völlig rücksichtslos. Hat es sie etwa gestört, mit der einen oder anderen von ihnen zu schlafen, während sie meine Liebhaber waren? Nicht im geringsten.»

Sie stützte sich auf die Ellbogen.

«Warum sollten immer die Frauen an allem schuld sein? Wir machen Fehler, zugegeben. Aber wir machen sie aus Unwissenheit. Die Männer, die uns zu einem Fehltritt verleiten, profitieren von unserer Unwissenheit, anstatt uns zu helfen; ausgerechnet sie, die es doch besser wissen sollten. Sie behaupten, wir hätten sie in der Hand: Dabei sind sie es, die schwach werden, nicht wahr. Niemand zwingt sie dazu. Wenn dann unser Ruf darunter leidet und wir Kummer haben, fühlen sie sich in keiner Weise dafür verantwortlich. Weshalb sollten wir per definitionem Dienerinnen ihres Vergnügens sein? Eva hat zwar Adam den Apfel angeboten, aber er hat ihn genommen. Er war das siebente Wunder der Natur, von Gott nach seinem Ebenbild geschaffen und mit Vernunft begabt. Die arme Eva war bloß eine seiner Rippen. Mit der Ausrede dieser ‹Erbsünde› haben die Männer uns zu Sklavinnen gemacht. Doch ihre Sünde wiegt ungleich schwerer, denn ihr Wissen ist viel größer. Ihrer Argumentation zufolge sollten wir in der Lage sein, uns vernünftiger zu betragen als sie: Warum gelten wir dann nicht als gleichrangige Menschen und werden erlöst von ihrer Tyrannei? Und wenn ihr uns in allen Belangen überlegen seid, wenn wir uns schuldig machen, weil wir euch in Versuchung führen: Was soll man dann über eure Sünde wider uns Frauen sagen? Gemessen an ihr sind selbst unsere schlimmsten Sünden harmlos; sie ist unentschuldbar und grenzenlos.»

Sie zitterte vor Zorn.

«Sei nicht zu hart …»

Ich dachte voller Mitleid an den armen Master Will.

«Nicht zu hart? Und weshalb nicht? Genieren sie sich denn

vielleicht? Sie wurden von einer Frau geboren und gestillt; ohne Frauen wäre ihr Geschlecht erloschen, aus und vorbei. Doch in ihrer Niedertracht sind sie den Schlangen gleich und schlagen ihre Giftzähne in den Busen, der sie genährt hat. Und immer hört man auf sie, immer glaubt man ihnen. In wessen Namen sollte ich nicht hart sein? In wessen Namen sollte ich angesichts der Unverschämtheit dieser Herren die andere Wange hinhalten? Der einzige Mensch außer dir, der gut zu mir war, ist die Gräfin. Stell dir vor, daß sie sich bei mir entschuldigt hat für das Benehmen ihres Sohnes! Ich versprach ihr, die intimen Beziehungen mit ihm abzubrechen, und als er mich trotz ihres Verbots aufsuchte, machte ich ihm eine fürchterliche Szene, um ihn zu entmutigen. Er war ohnehin nur gekommen, um seine Mutter zu ärgern, das sah ich ihm so deutlich an, als könnte ich seine Gedanken lesen.»

Das alles sagte sie in einem Zug, ohne Atem zu holen. Ich war um eine Antwort um so verlegener, als mir ihre Argumente einleuchteten. Sie schmiegte sich an mich und ließ ein leises Lachen hören.

«Und der einzige Mann, dem ich meine geheimsten Gedanken enthüllen kann, ist auch der einzige, der meine Vorwürfe nicht verdient hat. Würde ich solche Dinge öffentlich aussprechen, würde ich in Bedlam landen. Sie ist reif fürs Irrenhaus, würden sie sagen.»

Ein tiefer Seufzer.

«Wenn Will vernünftig wäre, könnte ich ihm meine Dankbarkeit bezeugen: Ohne ihn wäre ich ohne geistige Nahrung geblieben, ich hätte nicht über all diese Dinge nachgedacht und würde nichts Interessantes tun. Abgesehen von der Musik, die man bei uns mit der Muttermilch aufsaugt, war ich völlig ungebildet. Ich konnte kaum lesen, als ich ihm begegnete. Er hat mir die Rhetorik, das Verseschreiben und tausend andere Dinge beigebracht. Ich könnte ihn lieben wie einen Bruder, wenn er einverstanden wäre. Aber als Liebhaber kommt er für mich nicht in Frage. Ich habe es noch einmal versucht, als wir hierher kamen, doch ich habe ihm nur wehgetan und feststellen müssen, daß es sich wirklich nicht lohnt ... Selbst Lord Southampton sagt mir nichts mehr.»

Wir schwiegen lange.

«Thomas?»

«Ja, Emilia?»

«Wir werden uns wahrscheinlich nicht mehr sehen. Jedenfalls nicht mehr so wie jetzt.»

«Ich weiß».

«Glaubst du, daß du mich auch weiterhin lieben wirst? Gott sei Dank bist du kein Mann der hohlen Worte, also antworte mir nicht aus Gefälligkeit, sondern damit ich weiß, woran ich bin.»

«Kürzlich hat mir jemand einen Satz über die Freundschaft vorgelesen. *Müßte ich sagen, warum ich ihn liebte, gäbe es für mich nur eine Antwort: ‹Weil er es war und weil ich es war.›* Ich fordere nichts und kann dir nichts geben außer meiner Zuneigung, aber ich werde dich weiterhin lieben, ‹weil du es warst und weil ich es war›. Was die anderen sagen, kümmert mich nicht.»

«Auch du hast mich etwas Wichtiges gelehrt, Thomas.»

«Ich?»

«Weißt du, der Mann, den ich in meiner Jugend geliebt habe, Robert ... Wir wurden so bald getrennt ... Hinterher habe ich gedacht, ich hätte ihn vielleicht nur darum geliebt, weil mir keine Zeit blieb, seine schlechten Seiten kennenzulernen. Ich begann anzunehmen, alle Männer seien bloß egoistische Schwätzer, die sich in leeren Versprechungen ergehen. Du hast mir gezeigt, daß es Männer wie Robert wirklich gibt. Ich bin dir zu spät begegnet.»

Sie unterbrach sich.

«Oder besser gesagt: als ich dir zum ersten Mal begegnete, warst du noch ein Kind.»

Ich hätte tausend Einwände vorbringen können; als erstes ging mir durch den Kopf, daß diese Person, die redete, als wäre sie eine alte Frau, nur drei oder vier Jahre älter war als ich. Doch der Gedanke an die bevorstehende Trennung erstickte meine Worte im Keim. Ich zog es vor, sie fest an mich zu ziehen.

Am nächsten Morgen (ich war noch vor Tagesanbruch zu meinem Strohsack zurückgekehrt) weckten mich laute Tritte über meinem Kopf. Ich öffnete die Versenkung.

Auf der Bühne ging Master Will mit starrem Blick und zusammengepreßten Lippen hin und her. Das Gewitter war noch immer nicht ausgebrochen, die Atmosphäre blieb drükkend. In einer Ecke lehnte sich Dick Burbage mit gekreuzten Armen an einen Pfeiler. Während Master Will uns den Rükken zukehrte, zwinkerte er mir schelmisch zu und winkte mich mit dem Finger herbei.

Master Will wandte sich um und entdeckte mich.

«Ah, Thomas! Du kommst wie gerufen.»

«Was gibt es, Master Will?»

«Die Gräfin hat ihre Abreise verschoben, um nicht vom Gewitter überrascht zu werden. Und Lord Southampton, der sie begleiten sollte, hat mich gebeten, eine letzte Vorstellung zu geben. Man wünscht *Der Widerspenstigen Zähmung* zu sehen.»

«Aber Master Will …»

«Ich weiß, ich habe ebenso wenig Lust wie du, dieses Stück zu spielen, ich tue es sogar höchst widerwillig, aber Lord Southampton will von nichts anderem hören, folglich besteht auch die Gräfin darauf. In solchen Dingen respektiert sie stets seinen Willen.»

«Aber Master Will, Sandro ist nicht hier …»

«Ich weiß. Also ist es an dir, die Rolle der Catherine zu übernehmen.»

«Master Will! Ich kann doch niemanden mehr täuschen mit

meinem Bart, und selbst wenn ich es wollte, kann ich meine Stimme nicht mehr beliebig in die Höhe schrauben.»

«Das habe ich Lord Southampton auch gesagt. Aber du hast diese Rolle hervorragend gespielt, Thomas. Dein Talent wird die Mängel aufwiegen.»

«Ich habe keine Lust dazu, Master Will. Hinter den Kulissen fühle ich mich wohler. Es liegt mir viel besser, für die Vorbereitung der Bühne und der Aufführung zu sorgen, zu soufflieren und zu organisieren.»

«Deine diesbezügliche Begabung ist unbestritten. Es wird dein letzter Auftritt sein, das verspreche ich dir. Im übrigen gibt es gar nichts zu diskutieren.»

Er sprang von der Bühne und verließ den Saal ohne ein Lächeln.

«Was ist bloß in ihn gefahren?»

Dick reckte sich.

«Laß mich eine Hypothese anstellen. Seine Dulzinea hat ihn abgewiesen; trotzdem hat sie die Nacht mit einem Mann verbracht, und Will ist überzeugt, daß es sich dabei um Lord Southampton handelt. Er ist das Opfer seiner Eifersucht.»

Ein Schweigen folgte. An der Art, wie Dick mich musterte, merkte ich, daß er Bescheid wußte. Bis zu meinem Umzug unter die Bühne hatten wir das Zimmer miteinander geteilt. Er hatte mein Weggehen und Zurückkommen beobachtet. Er hatte sich wohl einen Reim darauf gemacht, aber er war ein Freund. Er würde mich nicht verraten. Vielleicht täusche ich mich auch, wir haben nie ausdrücklich darüber gesprochen.

«Armer Will! Warum mußte er, den so viele Frauen bewundern, eine Frau heiraten, die ihn anfeindet, und sich an eine Mätresse klammern, die nichts von ihm wissen will», seufzte ich.

«Genau aus diesem Grund.»

«Wahrscheinlich. Nun gut, laß uns diese *Widerspenstige* vorbereiten. Bist du einverstanden mit einer Probe?»

«Und die anderen?»

«Sie sollten jeden Augenblick kommen.»

Ich beeilte mich, meine Morgentoilette am gewohnten Bach zu machen. Eine halbe Stunde später begannen wir mit der Arbeit. Ich mußte alle Konzentration aufbringen, um mich gleichzeitig um die mechanischen Einrichtungen und um die Rolle der Catherine zu kümmern. Als wir uns gegen zehn Uhr in der immer unerträglicher werdenden Hitze zum Essen begaben, war ich so beschäftigt mit den verschiedenen Einzelheiten der Aufführung, daß ich nicht einmal Hunger hatte.

*

Master Will steckte bereits im Kostüm Hortensios, des alten Buhlers um Biancas Gunst, und ich hielt mich in seiner Nähe auf. Ich hatte das Gefühl, ich ersticke unter der Perücke und im Kleid von Catherine. Es wurde immer schwüler, das Gewitter mußte jeden Augenblick losbrechen. Es herrschte völlige Stille, jeder konzentrierte sich auf seine Rolle. Man hörte nur die Musiker, die auf der Bühne ihre Instrumente stimmten, und das ferne sporadische Grollen des Donners. Dann erklangen die ersten Takte der Musik, gefolgt von den drei Trompetenstößen.

Plötzlich öffnete sich die Türe mit einer Heftigkeit, die uns alle zusammenfahren ließ, und Lord Southampton betrat den Raum. Er bot einen furchterregenden Anblick, sein Gesicht war kreideweiß vor unterdrückter Wut.

Der erste, der seine Geistesgegenwart wiederfand, war Master Will. Er verbeugte sich gerade so tief, wie es die Höflichkeit erforderte. Wenn man ihn kurz vor dem Auftritt störte, war er im allgemeinen äußerst schlechter Laune.

«Eure Exzellenz …»

«Ich sehe, daß Ihr Kostüm Ihrem momentanen Zustand widerspricht, Herr Shakespeare.»

«Verzeihung, Eure Exzellenz?»

«Sie spielen den abgewiesenen Verliebten, aber das ist eine Lüge, denn in Wirklichkeit genießen Sie höchste Befriedigung.»

Sein Ton war schneidend.

«Sie erfreuen sich der Gunst einer Kurtisane, einer Dirne, die sich für schlau genug hält, ihr Treiben verheimlichen zu können. Aber mir machen Sie nichts vor. Wir waren übereingekommen, Shakespeare …»

«Eure Exzellenz, ich habe keine Ahnung, wovon Sie sprechen.»

Master Will war unter seiner Schminke erblaßt.

«Ich bin nicht blind, Herr Schauspieler …»

«Eure Exzellenz, es kann sich nur um ein Mißverständnis handeln.»

«Fordern Sie mich nicht heraus, Shakespeare!»

«Eure Exzellenz, wir waren übereingekommen, uns wegen dieser Person nicht mehr zu streiten.»

«Wir waren auch übereingekommen, daß keiner von uns mehr um ihre Gunst wirbt.»

«Und?»

«Wo waren Sie in der letzten Nacht, Shakespeare?»

«Ich gebe die Frage an Sie zurück, mein Herr.»

Sie standen einander von Angesicht zu Angesicht gegenüber, Lord Southampton in seinem eleganten, bestickten Rock, einen halben Kopf größer als Master Will, gekleidet in ein unförmiges Kostüm, das Hortensio der Lächerlichkeit preisgab. Aber weder der eine noch der andere hatte ein Auge für das Lächerliche der Situation. Sie dachten nicht einmal daran, daß wir Zeugen ihres Streits waren. Es war zu befürchten, daß sie handgreiflich wurden.

Ich hatte solche Angst, mich zu verraten (wütend wie sie waren, hätten sie sich mit Gewißheit vorübergehend versöhnt, um mich umzubringen), daß ich mich nicht rührte.

Sie überhäuften einander mit Beschimpfungen.

«Wenn die Lilien verfaulen», beendete Master Will seine Tirade, «riechen sie übler als der gemeinste Löwenzahn.»

«Ich lasse dich einsperren», schrie Lord Southampton.

Auf der Bühne spielten die Musiker so laut sie konnten. Ich könnte nicht sagen, wie lange es dauerte. Endlich erschien Dick Burbage im Kostüm des Petruchio. Sein Gesicht war hart.

«Ich dulde niemanden in den Kulissen kurz vor Vorstellungsbeginn», sagte er mit schneidender Stimme. «Eure Exzellenz, begeben Sie sich an Ihren Platz.»

«Sie vergessen wohl, wer hier der Meister ist.»

«Nein, Eure Exzellenz. Sie sind überall und jederzeit der Herr, es sei denn in den Kulissen zu Beginn einer Aufführung. Sie können uns hinterher einsperren lassen, aber jetzt haben Sie sich zu setzen!»

Rot vor Zorn verstummte Lord Southampton. Zu meiner Überraschung gab er Fersengeld und schmetterte die Türe hinter sich zu.

Dick brüllte los.

«Ihr seid wohl alle verrückt geworden! Will, mußtest du dich unbedingt eine Viertelstunde vor der Vorstellung in einen Streit verwickeln lassen? Lord Southampton hat ja nichts Gescheiteres zu tun. Aber wir ... Und du, Tom, bleib nicht wie angewurzelt stehen. Bist du bereit?»

«Ich bin bereit.» Meine Stimme zitterte.

Gott sei Dank war mein Gesicht hinter einer dicken Schicht Schminke versteckt.

Dick warf mir einen kurzen Blick zu.

«Geh kurz an die Luft, ich lasse die Musiker etwas länger spielen.»

Mit schlotternden Beinen ging ich hinaus. In der Galerie mit den hohen Fenstern fragte ich mich, ob ich spielen, sterben oder nach Amerika fliehen solle, um einem Schicksal zu entgehen, das noch grausamer war als der Tod. Wenn ich in Gefahr war, so war es Emilia erst recht. Ich mußte sie retten, sie vielleicht auf meine hypothetische Flucht mitnehmen. Offensichtlich hatte bislang noch niemand den «anderen Liebhaber» identifizieren können. Doch durften wir hoffen, daß es dabei blieb? Und warum hatte Lord Southampton mit seinem heftigen Auftritt bis um zwei Uhr nachmittags gewartet?

Heute mag es übertrieben scheinen, aber in jenem Augenblick war für mich die Tragödie vollkommen. Ich zitterte beim Gedanken an meinen Auftritt. Das war keine Frage des Textes. Das Gedächtnis hat mich noch nie im Stich gelassen. Es war eine Frage der Kraft.

Unter den Augen von Master Will und Lord Southampton sollte ich in Emilias Gegenwart eine Frau spielen, für die sie (so dachte ich zumindest) das Vorbild abgegeben hatte, und zwar so, wie sie war – die Rebellin am Anfang des Stückes –, und so, wie man sie sich gewünscht hätte: gefügig. Ich schickte mich an, um diese Frau zu trauern, und das hätte ich am liebsten in aller Stille und Zurückgezogenheit getan. Die Rolle unter diesen Umständen zu spielen, erschien mir so, als würde ich geräuschvoll und in aller Öffentlichkeit von ihr Abschied nehmen.

Eine Hand legte sich auf meine Schulter. Dick stand neben mir.

«Glaubst du, daß es jetzt geht?»

«Die Mechanik wird funktionieren, aber für die Qualität kann ich nicht garantieren.»

«Die Gräfin hat uns ausrichten lassen, sie würde es verstehen, wenn wir nicht spielen wollten. Ich habe sie noch nie so wütend gesehen. Sie hätte ihren Sohn am liebsten geohrfeigt. Im Vorbeigehen habe ich Worte aufgeschnappt wie ‹Nichtswürdigkeit›, ‹Entehrung Ihres Namens›. Er schmollt in seinem Sessel wie ein kleiner Junge.»

Sein schelmisches Lächeln verwandelte sich nach und nach in ein herzhaftes Lachen, und zu meinem Erstaunen ließ ich mich davon anstecken. Wir wurden beide von einem Lachkrampf geschüttelt, und dabei beruhigte ich mich. Meine Befürchtungen lösten sich in Luft auf.

«Wie steht es um Master Will? Wird er spielen können?»

«Fünf Minuten lang hat er wütend die Feder auf seinem Hut angestarrt, dann hat er mir zugelächelt und gesagt: ‹Wäre es nur schon morgen früh! Dann reisen wir hier ab, und ich will diese Frau und diesen Mann nie mehr sehen. Sie gleichen einander, sollen sie doch zusammenkommen. Aber ohne mich.› Er hat tief durchgeatmet und gefragt, worauf wir warten. Wir können also loslegen, wenn du zum Spielen bereit bist.»

«Geh und sag der Gräfin, es sei uns eine Ehre, für sie aufzutreten. Deine Bemerkung zum Grafen, wer hier der Meister sei, hat mich entzückt.»

Wir begannen erneut zu lachen.

«Wie dem auch sei», schloß Dick, «ich möchte den Kerl erwischen, der dem Grafen fünf Minuten vor der Vorstellung die Worte ins Ohr geflüstert hat, die diesen Wutanfall hervorgerufen haben.»

«Ich wette auf Florio, das sähe ihm ähnlich.»

«Nun gut, Schwamm darüber. Komm.»

Wir kehrten hinter die Kulissen zurück.

Aus dem Saal drang schallendes Gelächter an unsere Ohren. Fragend hoben wir die Augenbrauen.

Master Will erklärte ruhig und gefaßt, als wäre nichts geschehen: «Ich habe Will Kempe auf die Bühne geschickt, damit er das Publikum mit einigen Possen unterhält. Musiker, seid ihr bereit? Gesellt euch zu ihm. Nur für einen kleinen Tanz. Und du, Tom, bist du bereit?»

«Ich bin bereit.»

Die Musiker gingen auf die Bühne, stellten sich im Kreis

um Kempe und hoben mit einer wilden Gigue an. Dann kehrten sie tanzend hinter die Kulissen zurück.

Der Student Lucentio und sein Diener Tranio traten auf und sprachen ihre ersten Sätze:

Tranio, du weißt, wie mich der heiße Wunsch,
Padua zu sehen, der Künste schöne Wiege,
In die fruchtbare Lombardei geführt,
Des herrlichen Italiens prächt'gen Garten ...

Meine Erregung hatte sich gelegt, ich war ganz bei der Sache und vergaß beinahe Emilias Anwesenheit, obwohl mein erster Satz genau auf sie zugeschnitten schien:

Sagt mir, mein Herr, ich bitte Euch, wollt Ihr
mich vor den Freiern hier zur Dirne machen?

Das Stück ging ohne Zwischenfälle über die Bühne, bis zum Augenblick, wo Catherine bei ihrem Akt der Unterwerfung beteuert:

Die Pflicht, die der Vasall dem Fürsten schuldet,
Die ist die Frau auch schuldig ihrem Gatten.
Und ist sie trotzend, launisch, trüb und bitter,
Und nicht gehorsam billigem Gebot –
Was ist sie als ein finsterer Rebell,
Verräterin an ihrem lieben Herrn?
Wie schäm' ich mich der Dummheit dieser Frauen,
Sie künden Krieg und sollten knien um Frieden!
O daß sie herrschen, lenken, trotzen wollen,
Wo sie nur schweigen, lieben, dienen sollen.

Während ich Kates Worte aufsagte, begegneten meine Augen jenen Emilias. Ich hatte sie bis dahin nicht wahrgenommen. Und plötzlich war ich wie in Trance. So etwas ist mir weder vorher noch nachher je passiert. Ich war plötzlich nicht mehr Thomas Vincent, der eine Rolle spielte. Ich war eine männliche und weibliche Person zugleich, die unter dem Mantel des Gehorsams die Konventionen und die ihr gesetzten Schranken anprangerte. Mir schien, als würde sich unvermittelt eine Türe auf die Unendlichkeit einer unbekannten Welt öffnen.

Dann kehrte ich zur Emilia aus Fleisch und Blut zurück: Im Halbdunkel sah ich ihr kreideweißes, von Tränen überströmtes Gesicht. Völlig hingerissen rezitierte ich die letzten Zeilen der Catherine (sie erinnerten mich an einen Vers von Kit Marlowe, was meine Rührung noch steigerte):

Drum laßt den Trotz, eilt eurem Mann entgegen,
Ihm unter seinen Fuß die Hand zu legen:
Wenn er es wünscht, zum Zeichen meiner Pflicht,
Verweigert meine Hand den Dienst ihm nicht.

Gewöhnlich fährt dann Petruchio heiter fort:

Das nenn ich eine Frau! Komm, Kate, und küß mich!

An jenem Abend war Dick von meinem leidenschaftlichen Vortrag überrascht. Er zögerte kurz, in diesem Augenblick erhob sich die Gräfin mit entzücktem Lächeln, begann zu applaudieren und riß das ganze Publikum mit. Ich sagte mir, daß meine Rezitationsweise einer Beichte gleichgekommen war, mit der ich allen die Augen geöffnet hatte ... Doch das kümmerte mich nicht. Ich war fortgerissen von einem Gefühl jenseits aller Angst.

Als ich hinter die Kulissen zurücktrat, stürzten sich alle auf mich: «Thomas, du willst doch nicht wirklich mit dem Spielen aufhören?»

«Du bist unglaublich talentiert!»

«Das war schlicht und einfach überragend», sagte Master Will.

«Du bist ein wahrer Tragöde!» setzte Will Kempe hinzu. «Ich warte nur noch darauf, dich in der Rolle des Königs Richard oder des Juden von Malta zu sehen.»

Selbst die Gräfin ließ uns zu sich rufen: «Herr Vincent, Ihre vielfältigen Gaben entzücken uns alle. Ihre Interpretation war ergreifend, ich bin hingerissen.»

Hinter ihr lächelte verstohlen und bewegt Emilia. Sie allein verstand, worum es bei dieser Aufführung wirklich gegangen war, vielleicht hatte sie als einzige die wahre Natur meiner Rührung gespürt. Ich selbst konnte kein Wort mehr sagen. Bis zum Schluß hatte ich mich angestrengt, mit hoher Stimme zu sprechen. Nach dem letzten Satz brachte ich keinen Ton mehr hervor; im Augenblick war ich völlig stumm.

Lord Southampton ließ sich nicht blicken.

Nachdem die Gräfin mich beglückwünscht hatte, wandte sie sich an Master Will.

«Herr Shakespeare, die Seuche wütet noch immer in London, und ich mache mir Sorgen Ihretwegen. Was werden Sie tun?»

«Wir werden auf Tournee gehen, gnädige Frau.»

«Aber wie sieht es mit dem Schreiben aus?»

«Gnädige Frau, ich weiß es nicht. Ich werde in Stratford zu arbeiten versuchen, wenn ich dorthin gehen kann oder wenn die Pest mich dazu zwingt.»

«Dürfte ich Sie um einen Gefallen bitten, Herr Shakespeare?»

«Gnädige Frau, ich stehe zu Ihren Diensten.»

«Sobald die Pest vorüber ist, werde ich Master Heneage heiraten. Ich bitte Sie, meine Herren, behalten Sie diese Information für sich. Ich erwähne die Angelegenheit, weil es uns außerordentlich freuen würde, wenn Sie, Herr Shakespeare, für diesen Anlaß eine ihrer köstlichen Komödien schreiben könnten und sie mit Ihrer vorzüglichen Truppe während der Hochzeitsfeierlichkeiten sowohl in London als auch hier aufführen würden, wo wir ein großes Fest veranstalten werden.»

«Gnädige Frau, wir fühlen uns sehr geschmeichelt ...»

«Im übrigen bedaure ich, daß Sie Ihr großes Talent als Dichter nicht nützen, Herr Shakespeare. *Venus und Adonis* ist ein bewundernswertes Gedicht. Ich fragte mich ...»

Sie errötete wie ein junges Mädchen.

«Ich fragte mich, ob Sie nach Ihrer Darstellung einer Frau

auf der Suche nach der Liebe eines Mannes nicht eine für unser Geschlecht leider viel alltäglichere Situation schildern könnten: die Lage einer Frau, die sich verweigert und genötigt wird.»

«Gnädige Frau, Ihr grenzenloses Wohlwollen ermutigt mich dazu, Ihnen zu versprechen, daß ich es versuchen werde. Alles, was ich bisher gemacht habe, gehört ganz allein Ihnen, das wissen Sie hoffentlich. Ich bedaure nur, daß mein Wert so gering ist, gemessen an Ihrer Güte.»

«Aber auch dieses Gedicht werden Sie meinem Sohn widmen, nicht wahr? Trotz seines Verhaltens, das eines Edelmannes unwürdig ist? Versuchen Sie es zu vergessen, und versöhnen Sie sich mit ihm, wenigstens bis zu seiner Volljährigkeit. Ich bitte Sie darum, Herr Shakespeare.»

«Gnädige Frau, Ihr Wunsch ist mir Befehl.»

Wir versammelten uns im Theatersaal, um unsere Sachen zu packen; die Abreise der Truppe war für den folgenden Tag geplant. Dann würde ich wieder wie zu Beginn allein sein mit den Zimmermännern, um die Bühne abzubauen.

Master Will war heiter und erleichtert. Er behandelte mich so freundschaftlich wie eh und je. Er hat nie den leisesten Verdacht gegen mich geschöpft.

«Ist dir klar, Thomas, daß wir nicht werden Hunger leiden müssen?»

«Werden Sie ein schönes Gedicht schreiben, Master Will?»

«Ob es schön wird, weiß ich nicht, aber ich habe eine Idee.»

Wenn Master Will von einer Idee sprach, bedeutete das im allgemeinen, daß er eine ganze Geschichte im Kopf hatte.

«Trotzdem vergessen Sie hoffentlich nicht, ein hübsches Stück mit Feen und Kobolden zu verfassen, Master Will.»

«Ich verspreche dir, daß all deine Maschinen Verwendung finden werden, vielleicht kannst du sogar noch einige dazu erfinden.»

Nach dem, was geschehen war, hätte ich es nie gewagt, in Emilias Gemächer zurückzukehren. Damit hätte ich uns beide nur unnötig gefährdet. Ermüdet von meinem Auftritt, von der Arbeit rund um die Vorstellung, der Aufregung und der gewittrigen Schwüle – noch immer hatte es nicht geregnet –, legte ich mich auf meinem Strohsack unter der Bühne schlafen. Ich war erschöpft. Ich wollte gerade meine Kerze löschen, als sich die kleine Türe unter der Bühne öffnete. Im schwachen Licht, das von draußen kam, zeichnete sich in der Türöffnung der Umriß einer Männergestalt ab. Zuerst dachte ich, es handle sich um einen der Brüder Danvers, die großen Freunde des Grafen, bis mir einfiel, daß sie schon einige Tage zuvor abgereist waren. Erst als der junge Mann nähertrat, erkannte ich ihn: Es war Emilia, angetan mit Beinkleid, Umhang und Federbusch, einen Degen an der Seite.

«Alle sind der Überzeugung, ich würde die Männer dutzendweise empfangen. Ich habe also nichts mehr zu verlieren, wenn man bei mir einen Mann ein- und ausgehen sieht.»

Sie lachte hell auf, dann stürzte sie sich in meine Arme, und eine Zeitlang liebkosten wir uns schweigend. Die Blitze waren so zahlreich und gleißend, daß sie sogar unseren Verschlag erleuchteten. Das Gewitter war ganz nah, der Donner krachte immer häufiger und ohrenbetäubender zu unseren Seufzern und Worten.

«Ich weiß, daß ich verrückt bin, hierher zu kommen», sagte Emilia, «aber nach diesem schrecklichen Tag war mir der Gedanke unerträglich, dich nie mehr zu sehen. Du weißt, daß wir Abschied nehmen müssen?»

«Ja, ich weiß. Ich bin traurig, aber ich spüre keine Reue.»

Ihre Hand streichelte mein Gesicht.

«Ich auch nicht. Es war schön. Es war anders. Niemand wird uns das je nehmen können.»

«Ich habe manchmal befürchtet, diese Abwesenheit von … von Leiden sei ein Zeichen meiner Gefühlslosigkeit.»

«Ich werde dir ewig dankbar sein dafür, daß du mich nicht verurteilt und auch nicht versucht hast, mich zu besitzen. Das ist mir noch nie passiert, und wenn ich an die Männer denke, die ich kenne, wird es sich wohl auch nie mehr wiederholen.»

Im hellen Schein eines langen Blitzes konnte ich einen Augenblick lang ihr leidenschaftliches Gesicht sehen wie bei Tage. Ein betäubender Donnerschlag folgte ihren letzten Worten. Ich drückte sie an mich. Ganz in der Nähe war ein unheimliches Krachen zu vernehmen, dann stürzte etwas schwer zu Boden – wohl der Ast eines vom Blitz getroffenen Baumes. Und auf einen Schlag erhob sich der Wind, der Himmel öffnete sämtliche Schleusen, und der Regen prasselte mit voller Wucht hernieder. Blitze, Donner, rauschende Bäume, das Brausen von Wind und Wasser – in dieser apokalyptischen Atmosphäre umschlangen wir uns zum letzten Mal.

Unsere Leidenschaft beruhigte sich mit den Elementen, und kurz vor Tagesanbruch, als Emilia im Gang verschwand, war der rosarote Himmel wieder wolkenlos. Kaum waren ihre Schritte verklungen, hörte man die Lerche, dann die ersten Rufe der Mägde im Hof. Ich trat auf die Galerie hinaus und schaute durchs Fenster. Von der schattenspendenden Eiche stand nur noch eine Hälfte. Der Blitz hatte den Baum von der Krone bis zu den Wurzeln gespalten. Die andere Hälfte lag am Boden, gefällt wie meine Liebe.

Der erste Tag meines restlichen Lebens hatte begonnen.

John Lowin mit vierundsechzig Jahren

Nach der Weihnachtsfeier
in den Drei Tauben
verlasse ich Brentford

Hier brach das dritte und letzte Heft von Thomas Vincent ab. Auf der Innenseite des Einbandes fand ich noch ein aufgeklebtes Blatt, das eine andere Handschrift trug, die verblaßte Schrift eines Kanzlisten; ich nahm an, es könnte vielleicht von Master Shakespeare stammen:

Der kleine Liebesgott lag schlafverloren,
Zur Seite ihm der Liebesfackel Brand,
Da kamen, die der Keuschheit sich verschworen,
Die Nymphen trippelnd an. Der Schönsten Hand
Ergriff die Fackel, die der Liebe Kummer,

Der Liebe Glut schon tausendmal entfacht;
So ward der Liebeswünsche Herr im Schlummer
Wehrlos durch einer Jungfrau Hand gemacht.
Das Feuer löschte sie in kühler Quelle,
In die nun ewige Wärme niedersank,
Ein heilend Bad ward, wundertätige Welle;
Doch ich, der Liebsten Knecht, blieb liebeskrank.
Denn eher heizt die Liebe eisige Flut,
Als Wasser löschen mag der Liebe Glut.

Damit hatte es sich. Ich machte mich auf die Suche nach Master John Lowin, um meiner Enttäuschung Ausdruck zu geben.

«Mein junger Freund, Hamlet sagt: *Der Rest ist Schweigen»*, gab er mir zur Antwort. «Wir wollen es damit halten wie er. Es ist ein Privileg, wenn man so nah am Intimsten eines Menschen teilhaben kann. Was wollen Sie noch mehr?»

«Ich möchte wissen, wie es endete.»

«Es endete genau da, wo Thomas aufgehört hat. Er hat sich nie mehr mit dieser Frau getroffen, Will Shakespeare auch nicht. Und selbst wenn es zu einer flüchtigen Begegnung kam, haben sie nicht mehr mit ihr gesprochen. Sie hat keine Anstalten gemacht, sich ihnen zu nähern, und dabei blieb es.»

«Aber diese große Liebe ...»

«Emilia Lanier war die große Leidenschaft im Leben beider Männer. Es könnte auch sein, daß Thomas Emilias große Liebe war. Doch sie wußten alle von Anfang an, daß diese Liebe nicht von Dauer sein würde. Es war ihre Wahl, sich diesem verzehrenden Feuer auszuliefern, und mehr als einer würde sie darum beneiden, denn bei allem Leiden ist es nicht jedem gegeben, ein so starkes Gefühl zu erleben. Vielleicht wird Ihnen niemals etwas Vergleichbares zustoßen. Was Will betrifft, so hat er die Inspiration zu fast allen seiner Stücke der Intensität seines Gefühls zu verdanken, und wenn Ihnen so sehr daran liegt, zu erfahren, was ihm danach widerfahren ist, brauchen Sie nur zu lesen, was er geschrieben hat: Lesen Sie seine *Purgatio,* die nach meiner Ansicht im *Sommernachtstraum* und in *Romeo und Julia* zu finden ist, aber auch in *Wie es euch gefällt,* in *Viel Lärm um nichts,* im *Kaufmann von Venedig* … Überall stößt man auf Emilias Spuren. In *Othello* tritt sie sogar persönlich auf – er zitiert sie wörtlich.»

«Ich habe all diese Stücke gelesen.»

«Lesen Sie sie nochmals, jetzt, da Sie Emilias Geschichte kennen, dann werden Ihnen die Augen aufgehen. Der Rest ist nebensächlich. Was nützt es, wenn ich Ihnen erzähle, daß Will als tüchtiger Geschäftsmann ziemlich reich geworden ist, daß er sich das schönste Haus von Stratford gekauft hat, daß er einen Adelstitel erworben hat und daß er, als der Schreibkrampf ihm das Arbeiten verunmöglichte, in seine Heimatstadt zurückgekehrt und dort gestorben ist? Das ist bloß eine Geschichte wie viele andere.»

«Aber was ist aus seiner Freundschaft mit dem Grafen von Southampton geworden?»

«Als der junge Graf volljährig wurde, ist Will zu ihm auf Distanz gegangen. Machen Sie sich auf die Suche, und Sie werden entdecken, daß auch Southampton, der ebenso launische wie wankelmütige junge Adlige, der Aufschneider und Verräter, überall auftaucht. Etwa in seinem zweiten epischen Gedicht, *Die Schändung der Lukretia,* in welchem Tarquin, um Lukretia zu besitzen, die sich ihm verweigert, seinen besten Freund verrät – Lukretias Ehemann. Im *Sommernachtstraum* hintergehen sich die beiden Freunde gegenseitig, indem sie sich mit der Verlobten des anderen verbinden möchten, in *Othello* ist es der Ratgeber, der seinen Herrn verrät, in *Viel Lärm um nichts* verrät der Bruder den Bruder, im *Kaufmann von Venedig* macht sich Bassano auf Kosten von Antonio breit und würde ihn sterben lassen, wäre da nicht Portia … In den Augen von Master Shakespeare war dies das zentrale Thema, nicht das Verhalten von Shylock, mit dem man sich so oft beschäftigt hat. Ich könnte noch lange fortfahren. Der Graf und Shakespeare standen einander nie mehr nahe. Lord Southampton hat nicht Lady Elisabeth Vere geheiratet, sondern Lady Elisabeth Vernon, eine der Ehrendamen Ihrer Majestät. Er fiel deswegen in Ungnade, doch diese Liebesheirat bescherte ihm zweifellos eine lange und glückliche Ehe, wie er es sich gewünscht hatte. Die Gräfin hat trotz allem Will ihre Dankbarkeit bezeugt, indem sie ihm eine beträchtliche Geldsumme gab, die es ihm erlaubte, Teilhaber der Truppe zu werden. Die Pest fand schließlich ein Ende, und Lord Strange, unser Beschützer, wurde ermordet, wie einige es befürchtet hatten, zweifellos von jenen Leuten, die ihn verdächtigten, mit dem Katholizismus zu sympathisieren, und verhindern wollten, daß er unser nächster König werde. Wir wurden die Schauspieler des Lordkämmerers und später, nach dem Tod von Königin Elisabeth, die Schauspieler von König Jakob I. Dick Burbage und Will Shakespeare waren die bekanntesten Leute der Truppe, der eine wegen seines Spiels, der andere wegen seiner Stücke. Mehr gibt es nicht zu sagen.»

«Und Dame Bassano Lanier?»

«Baptiste, ich habe zu tun.»

«Master John, ich bitte Sie! In aller Kürze!»

«Gut. In aller Kürze. Soviel ich weiß, bekam sie keine Kinder mehr. Dafür hatte sie viel Ärger mit ihrem flatterhaften, verschwenderischen Mann. Sie war die Gesellschaftsdame vornehmer Adelsfrauen, unter ihnen die Gräfin von Cumberland. Als sie zur Witwe wurde, beabsichtigte sie eine Schule zu eröffnen. Später, nach dem Tod ihres Sohnes, hat sie ihre Enkel aufgezogen, und ihr Enkelsohn wäre noch heute Musiker, wenn es die Puritaner erlauben würden. Sie lebte wohl von den Erträgen einer Vergabung an sie oder an ihren Mann – beide verkehrten in den Kreisen hochgestellter Leute. Jedenfalls war sie bis zum letzten Mal, als ich sie sah, nie ohne Diener unterwegs, der ihr den Weg bahnte; sie war also nicht gänzlich mittellos. Nun aber Schluß. Ich habe wirklich zu tun, ich muß meine Bestellungen aufgeben; überlassen Sie mich bitte meiner Arbeit.»

Er setzte sich wieder hinter seine Papiere, und ich ging unzufrieden weg.

Die Kälte hatte noch nicht nachgelassen, doch ich fühlte mich entschieden besser, und Mistress Joy hatte mir die Erlaubnis erteilt, jeden Tag einen kurzen Spaziergang zu machen. Ich zog mich warm an und ging bis ans Ufer der Themse, das nur einige Schritte entfernt war. Der Fluß war völlig zugefroren; einige Fischer hatten Löcher in die Eisdecke gebohrt, um so Fische an Land zu ziehen, und sie hatten einigen Erfolg damit. Ich konnte nicht anders, als an Thomas, Emilia und Master Shakespeare zu denken. Und ungeachtet Master Lowins Weigerung, nochmals auf das Thema zurückzukommen, wagte ich eine letzte Frage, als wir wieder bei Tische saßen: «Master John, hat Thomas Vincent je geheiratet?»

«Aber ja, Master Baptiste, und zwar nicht lange nach der Beendigung seiner Hefte. Er war ein hingebungsvoller Ehemann. Er hatte einen Sohn, der ebenfalls Thomas Vincent hieß und der sogar ein, zwei Stücke für uns schrieb, bevor er leider viel zu jung an der Pest starb.»

Er schenkte mir ein amüsiertes Lächeln.

«Wenn Sie um jeden Preis mehr über die Protagonisten der Geschichte wissen wollen, die Sie gelesen haben, empfehle ich Ihnen den *Hamlet.* Will hat dieses Stück von den Anfängen bis zum Ende seiner Karriere mindestens zehnmal umgeschrieben. Das Beste von ihm steckt darin. Er hat seinen Helden nach dem Namen seines Sohnes Hamlet getauft, und der verblichene König von Dänemark, Hamlet der Ältere, sieht dem alten John Shakespeare, soweit ich etwas über ihn weiß, verteufelt ähnlich – streitsüchtig, tyrannisch, starrsinnig und ein Trunkenbold. Ich würde sagen, daß alles, was Will über junge launische und alte selbstsüchtige Herren, über Söhne und

Väter, über das Theater, über gute und schlechte Schauspieler, gute und schlechte Stücke, Freundschaft, Frauen, Himmel und Erde dachte, sich in diesem Stück findet. Und in den Sonetten, die ich Ihnen zu lesen geben will und deren Geschichte ich Ihnen erzähle, wenn Sie es möchten.»

«Diese Sonette wurden veröffentlicht!»

«Ja, gerade darin liegt die Geschichte.»

«Aber doch nicht von Master Shakespeare selbst, sie sind so vertraulich.»

«Natürlich nicht. Weder von ihm noch von Lord Southampton noch von Lady Lanier. Niemand mehr hat an sie gedacht, dafür würde ich meine Hand ins Feuer legen, als sie Jahre später unglücklicherweise wieder zum Vorschein kamen. Die Protagonisten wünschten nichts weniger, als an jene stürmische Periode ihrer Jugend erinnert zu werden. Ich dachte schon, Master Will würde der Schlag treffen, als ihm eines Tages das schmale Buch in die Hände geriet. Er bekam einen seiner gefürchteten Wutanfälle. ‹Das war nichts als die Makulatur unserer Gefühle und keineswegs dafür gedacht, den Neugierigen und Übelwollenden zum Fraß vorgeworfen zu werden›, bemerkte er abschließend. Er suchte Lord Southampton auf, mit dem er sonst kaum mehr Kontakt hatte, um sich zu vergewissern, daß dieser nichts mit der Veröffentlichung zu tun hatte. Er wurde sehr kalt empfangen. Lord Southampton, inzwischen einer der einflußreichsten Adeligen des Königreichs, ließ alle unverkauften Exemplare beschlagnahmen. Aber natürlich waren einige Bücher schon in Umlauf. Thomas jedenfalls hat sich eines davon beschafft.»

Belustigt schlug er sich auf die Schenkel.

«Die einzige Person, die nicht glauben wollte, daß Will nichts mit der Publikation zu tun hatte, war Mistress Emilia. Einige dieser Sonette schildern sie als treulose, laszive Herzensbrecherin. Für sie war es die Rache des verschmähten Liebhabers. Eine etwas späte Rache, muß man sagen, denn die

Sonette wurden mehr als fünfzehn Jahre nach den Ereignissen veröffentlicht. Aber man hat mir erzählt, sie sei zutiefst gekränkt gewesen, und dann schrieb sie das Buch, von dem ich Ihnen vor einigen Tagen erzählt habe – darin preist sie ihre Tugend und prangert die Männer an.»

«Aber wer hat denn Ihrer Meinung nach diese Sonette einem Drucker ausgehändigt?»

«Man hat es nie herausgefunden. Der einzige Mensch, der für mich in Frage kommt, ist John Florio. Er verachtete Lord Southampton, dem er nur deshalb diente, weil es ihm von seinem wirklichen Herrn, Lord Burghley, befohlen worden war. Er haßte Shakespeare, der sich in *Verlorene Liebesmüh'* über ihn lustig gemacht hatte. Mit beiden hatte er eine Rechnung zu begleichen. Als Lord Southampton kurz nach der Heirat der Gräfin mit Sir Thomas Heneage und nach der Premiere des *Sommernachtstraums* volljährig wurde, hat Shakespeare seine Stellung bei den Southamptons aufgegeben und ist Florio aus dem Weg gegangen. Ohnehin war er seit längerer Zeit nur noch bei ihnen gewesen, um der Gräfin einen Gefallen zu tun. Doch die Sonette, die veröffentlicht wurden, scheinen mir alle aus jener Zeit zu stammen. Will hat sein ganzes Leben lang Gedichte geschrieben, und er pflegte sie nicht unter Verschluß zu halten. Bevor ich zu Beginn des Bürgerkriegs fast meine gesamte Habe verlor, hatte ich selbst zwei oder drei Gedichte aus seiner Hand besessen. Nach dem Bruch zwischen Will und Lord Southampton hatte Florio keine Gelegenheit mehr für seine flüchtigen Abschriften – dieses Büchlein ist besonders schlecht gedruckt, das Manuskript muß miserabel gewesen sein. Auf keinen Fall kann es sich um ein Original von Will handeln, war er doch, solange er noch schreiben konnte, unglaublich pedantisch.»

«Wissen Sie, was mich nach alldem am meisten reut?»

«Daß Sie Will Shakespeare nicht persönlich gekannt haben, nehme ich an.»

«Selbstverständlich, das auch. Vor allem aber, daß ich nie eines seiner Stücke gesehen habe und nicht die geringste Aussicht habe, je eines zu sehen.»

Er schenkte mir einen schelmischen Blick.

«Seien Sie nicht so kategorisch, mein lieber Baptiste; dem könnten wir vielleicht abhelfen, nicht wahr, Jonas?»

«Und wie!»

*

«Was würden Sie dazu sagen», rief er mir am nächsten Morgen zu, sobald er mich erblickte, «wenn wir Ihnen zu Weihnachten einen kleinen Shakespeare schenken würden? In verhüllter Form natürlich, denn der Name von Master Will ist in diesen Tagen mit einem Bann belegt.»

Ich wandte mich vom Kamin ab. Jonas und ich hatten die Asche des Vorabends ausgeräumt und versuchten die verbliebene Glut wieder zu entfachen, bevor wir Holz nachlegten. Jonas war wortkarg, er war immer sehr beschäftigt. Meine Mithilfe war die einzige Möglichkeit, ihm meine Freundschaft zu bezeugen.

«Was meinen Sie mit verhüllt?»

«Ha! ha! Das möchten Sie nur zu gerne wissen, nicht wahr? Sie werden sehen! Danach können Sie wieder zum tugendhaften Leben zurückkehren, das in Genf sicher ebenso langweilig ist wie in London. Sollten Sie sich dazu entschließen, ein Ausbund an Frömmigkeit zu werden, dann wenigstens in Kenntnis der Dinge. Was mich am meisten stört an den Leuten, die ständig den Teufel an die Wand malen, ist die Tatsache, daß sie meist keine Ahnung haben, wovon sie reden.»

Mit einem Lächeln um die Lippen schritt er beschwingt durch den Saal und verschwand in der Küche.

«Weißt du, was er vorhat?»

«Keine Ahnung. Aber Rob Cox kommt heute.»

«Und wer ist dieser Rob Cox?»

«Ein Schauspieler. Er schreibt die *Drolls* und tritt auch auf. Er hat zwar einigen Ärger damit gehabt, aber es hielt sich in Grenzen. Er pflegte die Sittenwächter mit einem Zaubermittel zu schmieren, das alles arrangiert, das *aurum palpabile*, wie er es nennt. Er hat einiges von Shakespeare zusammengefaßt. In London, in der Provinz und selbst an den Universitäten ist er sehr bekannt und geschätzt.» Er lachte aus vollem Hals. «Du solltest ihn sehen, wenn er den Toren spielt.»

«Du hast sicher schon solche *Drolls* von Rob Cox gesehen?»

Er warf mir einen schalkhaften Blick zu.

«Gesehen und gespielt. Das Stück hieß *Die heiteren Späße von Bottom dem Weber.*»

«Du *spielst?*»

Wieder lachte er schelmisch.

«Natürlich. Der Form halber bin ich Lehrling im Gastgewerbe. In Wirklichkeit bin ich ein Schauspielschüler. Du hast es ja gehört: Master John ist mehr als nur überzeugt davon, daß die Theater wieder öffnen werden. Ich teile seine Ansicht. Trotz des Machtwortes des Parlamentes und auch wenn man öffentlich ausgepeitscht wird, wenn man beim Spielen erwischt wird: in London hat es immer Vorstellungen gegeben, obwohl es theoretisch weder Theater noch Truppen gibt. Das Verlangen der Leute ist zu stark.»

«Und Master John bringt dir seine Kunst bei?»

«Ich sei sein Vermächtnis, pflegt er zu sagen. Außer mir unterrichtet er noch zwei, drei weitere Schüler. Er hat seine Rollen gemeinsam mit Shakespeare, Jonson, Fletcher und anderen gelernt. Wenn wir diese Tradition nicht fortführen, wird sie verlorengehen. Es ist für mich eine große Ehre.»

Am Tag, als der *Droll* im zum Bersten vollen Herbergshof aufgeführt wurde, fror es Stein und Bein. Durchs Fenster sah man auf die erstarrte Themse, ein eisiger Wind pfiff einem um die Ohren, und die Kälte war selbst im Haus zu spüren, doch das schien niemanden zu kümmern. Ich war hin und her gerissen zwischen Entzücken und Verblüffung. Beim dritten Satz von *Bottom der Weber* wurde mir klar, daß Master John sein Wort gehalten hatte: Der *Droll* von Robert Cox bestand aus den komischen Szenen des *Sommernachtstraums,* den ich inzwischen mehr als einmal gelesen hatte.

Im Hof, aus dem die Kutschen und Wagen für zwei Wochen verbannt waren, hatte man eine Gerüstbühne errichtet. An den beiden Toreinfahrten kassierten Platzanweiser von den Zuschauern einen Penny, bevor diese sich vor der Estrade aufstellten. Die Herberge war von Holzgalerien gesäumt, durch die man zu den Zimmern gelangte, und auch hier drängten sich die Leute.

Die Vorstellung begann mit einer Gigue, zu der einige Burschen, die ich nie zuvor gesehen hatte, tanzten, jonglierten und halsbrecherische Akrobatik zeigten. Die Musiker waren vor der Bühne, in Tuchfühlung mit dem stummen, offensichtlich entzückten Publikum.

Dann brach die Musik ab, und aus einer kleinen Flöte erklangen drei lange, hohe Töne (zweifellos als bescheidener Ersatz für die «drei schmetternden Trompetenstöße», von denen Master John mir erzählt hatte).

Im Hintergrund der Bühne befand sich eine Art Hütte, die von zwei mit Bäumen bemalten Vorhängen verschlossen war, hinter denen man ein hektisches Treiben erahnte. Rob Cox, ein eher dünner Mann mit tiefschwarzem Haar, trat in die Mitte. In der Hand hielt er eine Papierrolle, die er mit gespannter Aufmerksamkeit studierte.

Hinter ihm erschien überraschend der völlig verwandelte Master John. Auf Zehenspitzen folgte er Robert Cox, der ihm nur bis zur Brust reichte, und reckte den Hals, um über dessen Schulter mitlesen zu können; man hatte den Eindruck, er würde Rob unter seiner Masse begraben. Jetzt, da er vor einem echten Publikum auf einer wirklichen Bühne stand, war er in seinem Element. Und er war als Komödiant ebenso gut wie als Tragöde. Er eröffnete den Dialog.

«Hören Sie, Nachbar, ich werde Ihnen etwas verraten, und Sie können mir glauben, daß ich meine Worte zu wählen weiß.» Er verstummte und versetzte Cox einen Hieb auf den Rücken, der diesen beinahe niederstreckte. «Folgendes habe ich Ihnen zu sagen: Wenn unsere Sache den hohen Herren gefällt, ist unser Glück gemacht. Für immer.»

Er wollte Cox einen zweiten freundschaftlichen Schlag auf die Schulter versetzen, doch dieser wich ihm aus (der Schlag ging unter allgemeinem Gelächter ins Leere) und antwortete in beißendem Ton: «Ich glaube Ihnen aufs Wort, Nachbar.» Sorgfältig bürstete er seinen Umhang aus und rief in die Kulissen: «Ist die Kompanie vollzählig?»

Alsbald erschienen am Fenster zwischen den Vorhängen vier Köpfe übereinander mit runden Augen und verkniffenen Mündern. Die Zuschauer brachen in schallendes Gelächter aus.

«Du solltest besser ein Verlesen abhalten, Mann um Mann, gemäß deiner Liste», sagte John Lowin und versuchte sich der Papierrolle zu bemächtigen.

«Und hier», verkündete Cox und trat so schnell beiseite, daß Lowin fast auf die Nase gefallen wäre, «die Namenliste all jener, die wir für geeignet halten, unseren *Droll* vor den hier versammelten Herzögen und Herzoginnen an diesem herrlichen Abend, der in Wirklichkeit ein Nachmittag ist, aufzuführen.»

John Lowin mischte sich ein.

«Zuerst, lieber Peter Quince», sagte er und deutete auf das Papier, das Cox hastig wegzog, «erklären Sie uns, worum es in diesem Stück denn geht, dann lesen Sie die Namen der Schauspieler.» Drohend fügte er bei: «Und nun zur Sache!»

«Zum Henker, unser Stück heißt *Die Äußerst Betrübliche Farce und der Entsetzlich Grausame Tod von Pyramus und Thisbe.»*

Die beiden Männer umkreisten einander; Lowin versuchte das Papier an sich zu nehmen, Cox versuchte es zu behalten. Die Szene war so glänzend gespielt, daß das Publikum vor Lachen brüllte, und die beiden mußten warten, bis sie das nächste Stichwort anbringen konnten.

«Ein hübsches kleines Stück, einverstanden, und heiter dazu. Und nun, lieber Peter Quince, konsultieren Sie Ihre Liste, und verlesen Sie die Namen Ihrer Darsteller. Meine Herren, ein wenig Disziplin, wenn ich bitten darf, stellt euch in einer Reihe auf.»

Der Vorhang ging auf, und die vier Männer traten in einer Reihe vor – allerdings nicht nebeneinander, sondern der eine auf den Schultern des anderen. Der unterste machte eine Achtungstellung, und die drei übrigen versuchten sich über ihm auszurichten. Man hatte den Eindruck, die Pyramide könnte jeden Augenblick in sich zusammenbrechen (daß dem nicht so war, wurde mir klar, nachdem ich die Vorstellung mehrmals gesehen hatte). Gelächter.

Quince schaute sich suchend nach Lowin um, der am anderen Bühnenende stand. Beruhigt wandte er sich seinem Papier zu und begann zu lesen: «Antwortet, wenn ich euch aufrufe. Nicolas Bottom, der Weber.»

«Anwesend», sagte Lowin und ging mit großen Schritten nach vorn. «Sagen Sie mir, welches meine Rolle ist, und fahren Sie fort!»

Das Spiel mit dem Papier wiederholte sich.

«Sie, Nick Bottom, sind für die Rolle des Pyramus vorgesehen.»

«Wer ist das, Pyramus? Ein Verliebter oder ein Tyrann?»

«Ein Verliebter, der sich als Kavalier aus Liebe umbringt.»

«Das wird nicht ohne Tränen abgehen, damit die Darstellung überzeugend wirkt. Wenn es mir gelingt, wird kein Auge trocken bleiben. Ich werde im Publikum einen Sturm des Mitgefühls entfesseln. Gut, mach weiter.»

«Francis Flöte …»

Lowin-Bottom unterbrach ihn: «Warte mal … offen gestanden würde ich mich als Tyrann wohler fühlen: Ich könnte als Herkules ein wahres Blutbad anrichten.»

Und er begann ein Liedlein zu trällern, während die vier anderen, die immer noch eine Pyramide bildeten, bedrohlich wankten und mit großen Gebärden um das Gleichgewicht zu ringen schienen, womit sie dem Publikum wahre Lachsalven entlockten, die sich noch verstärkten, als Quince-Cox nach dem Ende des Liedes von Bottom-Lowin mit dem Appell der Schauspieler fortzufahren versuchte.

«Francis Flöte …»

«Sie werden zugeben, daß ich verteufelt gut gesprochen habe!» unterbrach ihn Bottom. «Wie steht es nun mit diesem Appell der Schauspieler? Ah! Ich habe das Temperament eines Herkules, das Temperament eines Tyrannen. Für die Rolle des Liebhabers braucht es mehr Zärtlichkeit.»

«Francis-Flöte-der-Gebläseflicker!» schrie der arme Quince außer sich.

Der oberste Mann der Pyramide sprang zu Boden.

«Hier, Peter Quince!» Überraschung: Es war Jonas.

«Flöte, du übernimmst die Rolle der Thisbe.»

«Wer ist Thisbe? Ein umherirrender Ritter?»

«Es ist die Dame, die Pyramus lieben soll.»

«Bei allem, was recht ist, nein! Sie wollen mich doch nicht etwa als Frau auftreten lassen! Mit meinem Bartwuchs.»

«Das ist belanglos. Du wirst mit einer Maske spielen, und mit hoher Stimme sprechen kannst du ja. Robin Hungerleider …»

Bottom trat vor und klopfte ihm auf die Schulter.

«Aber wenn man sein Gesicht verdecken kann, kann ich doch ebensogut die Thisbe spielen. Ich werde mit kolossal hoher Stimme sprechen. ‹Ah, Pyramus, mein Herzallerliebster! Hier ist deine geliebte Thisbe, dein Schatz.›»

«Nein, nein, und nochmals nein. Du spielst Pyramus! Und du, Flöte, spielst Thisbe!»

Alle Späße waren bekannt, aber sie wurden so komisch und aussagekräftig gemimt, daß man sich das Lachen nicht verklemmen konnte. Bottom wollte um jeden Preis alle Rollen spielen, und Quince blieb schließlich nichts anderes übrig, als ihn wie ein kleines Kind zu behandeln: «Du kannst nichts anderes spielen als Pyramus, Bottom. Pyramus ist ein bezaubernder Mann, so heiter wie ein prächtiger Sommertag; er ist ein wunderbarer Gentleman: Für diese Rolle kommst nur du in Frage.»

Als sie sich endlich einigen konnten und die Rollen verteilt waren – einer spielte die Mutter von Thisbe, der andere den Löwen, der um ein Haar Thisbe verschlungen hätte, der dritte schließlich die Mauer, welche die Liebenden trennt –, präsentierten sie ihre unwiderstehliche Version von *Pyramus und Thisbe* mit verpatzten Auftritten und Abgängen, Verwechslungen, Getuschel und Wortwechseln zwischen Quince und Bottom, der bis zum Finale nicht von seinen Versuchen abließ, sich des Textes zu bemächtigen. Pyramus brachte sich aus Verzweiflung um, weil er glaubte, die Löwin habe Thisbe zerrissen.

«Sie war die liebste, fröhlichste Dame,
Am meisten geliebt auf der Welt,
Kommt Tränen zu mir, zu mir mein Schwert ...»

Er versetzte sich einen gewaltigen Schwerthieb und sank auf die Knie.

«Nun bin ich tot, meine Seele ist in den Himmel gegangen,
Sonne, erlösche, Mond, geh weg,
Denn ich sterbe, ich sterbe, ich sterbe.»

Reglos lag der massige Körper von Bottom-Lowin am Boden.

In diesem Augenblick trat Thisbe-Jonas auf. Sie sah ihn und kniete neben ihm nieder.

«Schläfst du, Geliebter,
Bist du tot, meine Taube?
O Pyramus, steh auf!
So rede doch. Kein einziges Wort?
Tot, tot. Ein Grab
Wird deine sanften Augen bedecken.»

Und als Thisbe ihr Lied beendet hatte, stieß sie sich mit übertriebener Gebärde einen Dolch in die Brust und deklamierte mit unglaublich hoher Stimme, die ich Jonas nie zugetraut hätte:

«So endet Thisbe,
Adieu, adieu, adieu.»

Sie brach zusammen, Robert Cox trat vor.

«Wertes Publikum, so endet *Die Äußerst Betrübliche Farce und der Entsetzlich Grausame Tod von Pyramus und Thisbe.* Wir verzichten auf ein Nachspiel, denn diese Unterhaltung bedarf keiner Entschuldigung.» Musik. «Soeben hat die scharfe Zunge der Mitternacht die Stunden ausgerufen. Liebende, ins Bett! Bald kommen die Kobolde aus ihren Verstecken. Doch bevor wir auseinandergehen, möchten wir Ihnen noch einen Tanz widmen und unseren Jongleuren Gelegenheit geben, ihr Talent zu demonstrieren. Danach wünsche ich Ihnen allen eine gute Nacht. Morgen und daselbst können Sie den Türken auf dem hohen Seil bewundern. Und wir versprechen Ihnen, daß wir bald wieder auftreten werden.»

Die Leute klatschten lachend Beifall, und unter den Augen von Bottom, der den Takt schlug, und von Robert Cox, der zwischen den Tänzern herumwirbelte, um ihre Kostüme in Ordnung zu bringen, an den Kappen zu zupfen und ihre Aufstellung zu dirigieren (die Wirkung war ungemein komisch), tanzten die anderen eine ausgelassene Bergamasca.

«Das ist gut über die Bühne gegangen», bemerkte Master John, als wir wieder am Herbergstisch Platz genommen hatten. Cox, die Burschen und die Musiker pflichteten ihm bei. «Wie

Sie sehen, Baptiste», fuhr der Gastwirt flüsternd fort, «haben wir Wort gehalten.»

«Sie hatten mir aber verschwiegen, daß Sie ein ebenso großer Komiker wie Tragöde sind, Master Lowin.»

«Ha, ha, ha! Unter den gegenwärtigen Umständen muß man eben alles beherrschen. Aber um ehrlich zu sein, ich habe für die Rolle von Bottom aus einem bestimmten Grund schon immer eine besondere Vorliebe gehabt.»

Er hing einen Moment lang seinen Gedanken nach. In seinen Augen blitzte der Schalk.

«Will hat damals die Rolle geschrieben, um sich ein wenig über Edward Alleyn lustig zu machen. Er war es, der in *Tamerlan* den brüllenden Tyrannen spielte und sich gern damit brüstete, daß er für jede Rolle geeignet sei. Heute weiß das keiner mehr, aber mich inspiriert dieser Gedanke immer noch, nicht zuletzt, weil ich Ed Alleyn im Grunde gut mochte. Ich habe den Eindruck, ihn wiederauferstehen zu lassen. Natürlich machte sich Will auch über sich selbst lustig: Im armen Teufel Bottom, dem Dreckbauern und Esel, der sich in ein flatterhaftes Weibsbild verguckt, steckt auch ein Teil von ihm, nicht wahr ...»

Er neigte sich Rob Cox zu.

«Dieser Bursche kommt aus Genf», wisperte er, «und wir hielten es für unsere Pflicht, ihn zum Theater zu bekehren.»

«Gute Idee. Vielleicht gelingt es ihm später, die Genfer davon zu überzeugen, und vielleicht werden die Genfer uns ermuntern, ins Theater zu gehen. Wir zählen auf Sie.»

Am nächsten Tag war ich Zeuge einer der unerhörtesten Glanztaten, die ich je gesehen habe.

Als erstes war ich erstaunt, in welcher Höhe zwei Zimmermänner unter der Anleitung eines kleinen, hageren Mannes, dessen hervorstechendste Merkmale die gegerbte Haut und die tiefblauen Augen waren, das Seil befestigten: fast über dem Dach.

In den Drei Tauben war der Türke das Tagesgespräch.

«Wer ist er, dieser Türke?» fragte ich Jonas nach einer Weile.

«Er ist in ganz London bekannt, vielleicht sogar in ganz England. Man nennt ihn auch den Mauren von Albion, denn trotz seines Namens ist er ebensowenig ein Türke wie ich. Du wirst sehen, er ist unglaublich.»

Einer der Gäste mischte sich ein.

«Er ist eine Ausgeburt der Hölle, das sieht man schon an der Art, wie er aufs Seil klettert. Nur ein Abkömmling von Beelzebub ist zu so etwas fähig.»

«Was erzählen Sie denn da?» empörte sich ein anderer. «Ich kenne ihn so gut wie der Bettler den Hunger. Er stammt aus Blackfriars wie ich. Er hat seine Kunst als Seefahrer auf der langen Schiffsreise zwischen Plymouth und Virginia gelernt. Als er von seinen Reisen zurückkehrte, war er zuerst Fährmann auf der Themse. Dann hat ihm ein Akrobat in Long Lane Taschenspielerkunststücke beigebracht. Und da er begabt ist, wurde er zum Türken.»

«Kennen Sie die Ballade?»

«Welche?»

Der Mann begann mit heiserer Stimme zu singen:

«Ihr werdet ihn auf einem schrägen Seil klettern sehen,
Und zwar vom Boden ganz unten
Bis zu einer Höhe von zehn Fuß,
Was ich für mein Teil nie tun würde,
Selbst wenn man mir tausend Pfund dafür zahlen würde.
Von dort oben dreht er den Leuten eine lange Nase,
Die er in der Tiefe sieht ...»

Zur Stunde der Vorstellung am folgenden Nachmittag wimmelte es in der Herberge und im Hof von Leuten. Die Darbietung war wirklich atemberaubend. Der Türke ging mit bloßen Füßen über ein fast im rechten Winkel gespanntes Seil, ohne sich je irgendwo halten zu können; er tanzte auf einer

Höhe von nicht nur zehn, sondern dreißig Fuß mit verbundenen Augen: Um das eine Fußgelenk trug er ein Lederband mit einem Ring an beiden Seiten. An diesen Ringen war ein Seil befestigt, an dessen Ende ein Bürschchen von zwölf Jahren etwa zwanzig Fuß unter dem Türken im Takt der Tanzschritte lässig hin und her baumelte. Die Bewegungen des Türken blieben anmutig; dieser Junge, der an ihm hing, schien so leicht zu sein wie eine Feder. Auf diese Weise führte er tausend Kunststücke vor, das eine tollkühner als das andere. Als Höhepunkt machte er den Kopfstand auf der Spitze eines Mastes und tanzte danach noch auf einem kleinen Schlappseil, bei dem man den Eindruck hatte, es könnte jeden Augenblick reißen. Dann glitt er auf dem rechtwinkligen Seil in Bauchlage dem Boden entgegen, die Arme ausgebreitet wie Flügel. Er hatte so viele unglaubliche Dinge vorgeführt, daß meine Schilderung sicher unvollständig ist.

Als sich die Menge nach der Vorstellung zerstreut hatte, setzte er sich zu uns. Er trug nun einen ganz gewöhnlichen Umhang aus Leinen, und statt des Turbans hatte er eine Mütze aufgesetzt. Er lachte und scherzte mit dem Akzent von Billingsgate; er unterschied sich so wenig von jedem anderen Engländer, daß ich meinen Augen und Ohren kaum traute.

«Was für eine schlechte Saison», begann er, nachdem Master John ihm seinen Teil der Einnahmen ausgehändigt hatte. «Man könnte glauben, Wind und Regen hätten sich in diesem Jahr gegen mich verbündet. Nun, heute war es glücklicherweise zwar kalt, aber trocken und schön. Tag allerseits!»

Nicht einmal seinem Gang war anzumerken, welche Wunder seine Füße zustande brachten.

Das Stück *Bottom der Weber* sollte am übernächsten Tag wieder aufgeführt werden, und eine gewisse Nervosität war nicht zu leugnen: Würden die Soldaten kommen, um die Vorstellung zu verhindern?

«Ich glaube nicht», vertraute mir Jonas an. «Anfänglich waren sie sehr pingelig, aber heute geht es ihnen vor allem darum, daß die Leute zufrieden sind. In London sollen sie nach wie vor ziemlich streng sein, doch hier ...»

Und tatsächlich: Es gab noch ein halbes Dutzend Aufführungen bis zum Dreikönigstag. Die Herberge war zum Bersten voll, die Stadt war voller Marktstände. Die Zuschauer strömten in die Theatervorstellungen und zum Türken, und wie man ihren Gesprächen entnehmen konnte, waren sie hell begeistert. Sollte sich irgendein Puritaner darüber geärgert haben, hat er es jedenfalls nicht gezeigt.

*

Als die Feiertage vorüber waren, mußte ich mich langsam mit dem Gedanken meiner Abreise in die Hauptstadt befassen. An einem etwas weniger frostigen Tag Mitte Januar machte ich mich auf den Weg. Mein Vetter war als Bote seines Vaters gekommen, um mich abzuholen. Es war vorgesehen, daß ich in Begleitung des jungen Pierre Bordier nach London kommen und dort auf besseres Wetter und meine völlige Genesung warten sollte.

Master John drückte mich an seine breite Brust.

«In meinem Alter ist man nie sicher, ob man die Leute wiedersieht, von denen man sich verabschiedet, aber ich bin optimistisch und hoffe auf ein Wiedersehen, mein lieber Baptiste. Sie haben uns einen Hauch der weiten Welt in diesen verlorenen Winkel gebracht, und ich bin überglücklich, daß der Herr Sie zu den Drei Tauben geführt hat.»

«Ich bin fest entschlossen, auf meiner Heimreise hier vorbeizukommen, und diesmal wird es nicht versehentlich geschehen, sondern um Ihnen die Ehre zu erweisen, Master John.»

Ich verschwieg, daß ich von ihm heimlich ein Bleistiftporträt angefertigt hatte, das ich auf Emaille zu malen gedachte, um mich für seine Großzügigkeit zu bedanken.

«Kommen Sie doch im Hochsommer hierher, wenn Sie dann noch in England sind, denn dann ist hier einiges los, sofern uns die Konformisten nicht die Hölle heiß machen.»

«Ich werde daran denken, Master Lowin. Und ich werde mein Möglichstes tun.»

«Wenn in London die Theater ihre Tore wieder öffnen, denken Sie hoffentlich beim Besuch der Vorstellungen manchmal an uns, Master Baptiste.»

Ich hatte Tränen in den Augen.

«Master John, ich werde Sie nie vergessen. Von Ihnen habe ich mehr gelernt als von sämtlichen Schulen und Hauslehrern.»

Er trat nahe an mich heran und setzte sein Verschwörergesicht auf.

«Was haben Sie eigentlich mit Ihrer Übersetzung der Hefte von Thomas gemacht?»

«Sie befindet sich in meinem Gepäck; ich möchte sie behalten als Erinnerung an unsere Begegnung.»

«Sie passen doch auf, daß niemand die Nase hineinstreckt?»

«Sie haben mein Ehrenwort, Master John. Niemand wird sie zu Gesicht bekommen, weder in London noch in Paris oder in Genf, sollte ich je dorthin zurückkehren, denn dort würde man sie ebenso mißbilligen wie hier.»

Mein Vetter Pierre trat ein.

«Das Gepäck ist aufgeladen, die Pferde sind gesattelt. Reisen wir ab, bevor es zu schneien beginnt, der Himmel verheißt nichts Gutes.»

Zum zweitenmal umarmte ich alle Leute von Master John bis zum Küchenmädchen, bevor ich mich in den Sattel schwang. Wir verließen den Hof im Schritt; mit feuchten Augen wandte ich mich mehrmals um und winkte zum Abschied.

*

Ich habe Master John zweimal wiedergesehen. Das erstemal im Hochsommer jenes Jahres: Jeder Vorwand kam mir gelegen, um bis dann in England bleiben zu können. Master John war sehr gerührt über sein Porträt, das ich mit aller mir damals zur Verfügung stehenden Sorgfalt angefertigt hatte.

«Ich behalte es eine Zeitlang als Erinnerung an Sie, dann möchte ich es meinem Sohn schenken als Erinnerung an mich, wenn Sie erlauben.»

«Dafür sind diese Emaillen da, Master John.»

Als ich Brentford nach einigen Festtagen verließ, tat ich es diesmal wirklich schweren Herzens, denn eine Rückkehr nach England hielt ich für höchst unwahrscheinlich, und Master John war schon ein alter Mann.

Dennoch stand es geschrieben, daß ich ihn vier Jahre später nochmals sehen sollte.

Ich hatte mich in Paris niedergelassen, wo ich für etliche Herren und Damen des Hofes arbeitete. Ich war nicht so bekannt wie mein anderer Onkel, Jacques Bordier, oder dessen Teilhaber Jean Petitot, auch er ein Genfer, aber ich hatte doch meine kleine Stammkundschaft.

Meine Übersetzung der Hefte von Thomas hatte ich mehrmals wiedergelesen, ich hatte sie überarbeitet und wegen der Streichungen sogar nochmals ins reine geschrieben. Dabei hatte ich jeweils an Master John gedacht, dem ich schrieb, wann immer sich die Gelegenheit dazu bot, und der mir gelegentlich antwortete, es gehe ihm gut, aber er werde alt. Jonas kritzelte stets auf die Rückseite dieser Briefe, in Wirklichkeit habe sich Master John überhaupt nicht geändert, es stehe alles zum besten.

Als mein Onkel Pierre eines Tages einen Brief aus London sandte, in welchem er um ein Material bat, das in England nicht mehr aufzutreiben war, wo seine Kunst trotz aller Nüchternheit der Zeit florierte, zögerte ich keinen Augenblick: Unter der Bedingung, daß die Familie sich um meine Geschäfte kümmerte, anerbot ich mich, ihn aufzusuchen.

Gesagt, getan: An einem Wintertag (das Schicksal wollte es noch einmal, daß ich bei kaltem Wetter nach England aufbrach) ging ich in Calais an Bord und landete nach einer stürmischen Überfahrt in Dover.

Ich dachte nicht einen Augenblick daran, zuerst nach London zu gehen. Ich verließ den Konvoi, dem ich mich angeschlossen hatte; mit meinem einzigen Diener umging ich London im Süden. Ich wußte nicht, weshalb, aber es zog mich mit aller Kraft nach Brentford.

Unterwegs begann ich es zu bereuen, daß ich meine Reise nicht schon früher angetreten hatte – wir befanden uns mitten in der Fastenzeit. Ich hätte gerne an den Karnevalsfestivitäten teilgenommen. Nicht weil mir das Theater besonders gefehlt hätte: In Paris war ich trotz der Vorhaltungen meiner Familie, die sehr genferisch und sehr puritanisch geblieben war, ein fleißiger Theatergänger und hatte unlängst eine Komödie von Herrn Molière gesehen, die mich an Master Lowin erinnerte.

Wir gelangten in der Nähe von Brentford Ferry an die Themse – ich fürchtete schon, ich hätte mich verirrt wie beim ersten Mal –, und Ende des Nachmittags befanden wir uns vor den Stallungen der Drei Tauben.

Niemand war da.

So banden wir unsere Pferde selber an und stießen die Tür auf. Einige Gäste saßen schweigend im Saal. Kein Master John war am Kamin, um die Gespräche zu beleben. Ich warf einen Blick in die Küche. Mit heftiger Gebärde warf eine Frau Scheiter in ein Feuer, über dem ein Wasserkessel dampfte. Mit dem Schürzenzipfel wischte sie sich die Augen trocken. Sie kam mir bekannt vor.

«Mistress Jane?»

Sie drehte sich um und sah mich mit roten Augen an.

«Mein Herr?»

«Erkennen Sie mich nicht, Mistress Jane? Ich bin Baptiste aus Genf, der Kranke von damals ...»

«Master Baptiste! Wie groß Sie geworden sind! Entschuldigen Sie vielmals ...»

Ich trat zu ihr und küßte sie ohne Umstände.

«Ach, mein Herr, sind Sie wegen Master John gekommen?»

«Was ist denn los?»

«Seit einigen Tagen verläßt er das Bett nicht mehr. Am letzten Fastnachtstag ist er wie üblich als Bottom aufgetreten, doch am Ende der Vorstellung brach er während der Tänze auf der Bühne zusammen, und seither schwinden seine Kräfte zusehends.»

«Er ist also ernstlich krank?»

«Er ist nicht einmal krank, mein Herr, er ist einfach auf einen Schlag sehr alt geworden.»

«Glauben Sie, daß ich ihn sehen kann?»

«Wenn er Sie erkennt, wird er sich riesig freuen, mein Herr. Wissen Sie, er sprach oft von Ihnen.» Ihre Tränen verdoppelten sich. «Sie sind sein kleiner Baptiste, sein Genfer; er sagt, er habe Sie vor der Tugend gerettet.»

Ich konnte mir ein Lächeln nicht verkneifen.

«Ich sehe nach ihm, wenn Sie es erlauben.»

«Gehen Sie nur, mein Herr. Master Jonas ist gerade gekommen, auch er ist hinaufgegangen.»

Ich stürzte die Treppe hinauf.

Die Zimmertüre war angelehnt, ich stieß sie auf.

Sofort begegnete ich seinem Blick.

«Treten Sie näher, treten Sie näher ...», forderte er mich auf. Seine Stimme klang nicht wesentlich schwächer als früher.

Jonas, der sich über ihn gebeugt hatte, wandte sich um.

«Baptiste!»

«Guten Tag, Jonas.»

«Die Vorsehung hat dich hergeschickt! Master John hat

gerade vor einem Augenblick nach dir gefragt. Es ist Baptiste, Master John.»

«Hab ich dir nicht gesagt, er werde kommen, mein kleiner Jonas? Ich habe sein Pferd gehört. Komm hierher, Baptiste.»

Ich trat an sein Bett und sah ihn endlich von nahem. Seine große Masse war geschmolzen. Sein Haar war vollkommen weiß, sein Gesicht runzlig wie ein alter Apfel, seine Augen sahen wohl nicht mehr sehr gut. Er lag im Sterben, das war offenkundig. Sein Sohn, ein ebenso imposanter Mann wie er es gewesen war, saß bleich in einer Ecke und starrte vor sich hin. Er stand auf und legte mir die Hand auf die Schulter.

«Sind Sie der Maler, von dem mein Vater uns oft erzählt hat? Stammt sein Porträt von Ihnen?»

«So ist es.»

«Ich freue mich, daß Sie gekommen sind.»

Master John drückte meine Hand, die ich auf die seine gelegt hatte.

«Du weißt doch noch, was ich dir gesagt habe? Die Theater werden wieder öffnen, ich weiß es. Ich wollte durchhalten, um diesen Tag noch zu erleben, aber mit zweiundachtzig Jahren auf dem Buckel kann man nicht erwarten … Es könnte noch einige Jahre dauern. Aber es wird dazu kommen. Jonas erinnert sich an alles, siehst du, und die Burschen von Rob Cox auch. Ihr werdet die Fackel weitertragen …»

Zuerst verstand ich nicht, warum er mich so eng mit dem Theater verband.

«Erinnerst du dich an Thomas' Hefte?»

«Selbstverständlich, Master John. Ich habe meine Übersetzung oft wiedergelesen.»

«Siehst du die Originale hier in der Nische?»

«Ja, ich sehe sie.»

«Nimm sie an dich, und behalte sie. Ich will nicht, daß sie in die Hände eines Spitzbuben fallen, der das Andenken an die beteiligten Personen beschmutzt.»

Ich holte die Hefte und steckte sie unter mein Wams.

«So, Master John, jetzt brauchen Sie sich keine Sorgen mehr zu machen.»

«Und in Paris? Gehen Sie dort ins Theater?»

«Aber sicher. Es gibt sogar eine neue Truppe, bei der mir oft in den Sinn kommt, was Sie mir von der Ihrigen erzählt haben. Auch die haben einen Schauspieler-Autor. Er nennt sich Molière, und der König findet Gefallen an ihm. Was für eine Ehre, können Sie sich das vorstellen?»

«Was schreibt er denn?»

«Kleine Komödien, doch die ganze Welt lacht darüber. Eine heißt *Die lächerlichen Preziösen* und macht sich auf köstliche Art über gewisse Salons lustig. Bei ihm werden die Frauenrollen von Frauen gespielt.»

«Sie werden sehen, das wird auch im neuen englischen Theater nicht anders sein. Eine neue Ära kündet sich an; für mich ist der Augenblick gekommen, abzutreten.»

Master Johns Sohn (er trug denselben Vornamen wie sein Vater) ging hinunter, um sich um die Herberge zu kümmern. Jonas und ich blieben bei ihm. Ich weiß nicht, wie lange wir dort saßen, vielleicht die ganze Nacht hindurch. Master John Junior gesellte sich später wieder zu uns. Er hielt die eine Hand seines Vaters, Jonas und ich hielten abwechslungsweise die andere. Mistress Jane, die Mägde und die Knechte brachten Bouillons, Bettwärmer und warme Steine, denn Master Johns Körper kühlte sich mehr und mehr ab. Doch er atmete immer noch.

So verging die Nacht, und bereits dämmerte der Morgen, als er wirre Worte zu murmeln begann. Jonas kam schließlich dahinter, worum es ging.

«Es ist *Heinrich V.*, Falstaffs Tod …»

Master Johns Stimme gewann an Kraft.

«Er endete nicht in der Hölle, sondern in den Armen des guten Königs Arthur; das hat er auch verdient. Er ist gegangen wie ein

Christenkind, zwischen Mitternacht und ein Uhr, beim Rückgang der Flut. Als ich sah, wie er an seinem Leintuch zupfte, mit Blumen spielte und seine Fingerspitzen anlächelte, wußte ich, daß das Ende nahte, denn seine Nase war so spitz wie ein Federkiel, und er redete von grünen Weiden. Dreimal rief er: Mein Gott! Mein Gott! Mein Gott! Sagt das nicht, noch ist es nicht Zeit, an Gott zu denken, bemerkte ich zu ihm. Was haltet ihr von meinen Händen, Burschen?»

«Was soll mit Ihren Händen sein?»

Sie waren eiskalt, und wir hatten nicht den Mut, es ihm zu sagen. Doch er wußte es.

«Mistress Quickly hatte den gleichen Eindruck wie ihr: *kalt wie Marmor.*»

Weder Jonas noch ich konnten die Tränen zurückhalten. Es kam mir vor, als wäre ich nie abgereist, und dieser Greis, den ich doch lange Zeit hatte entbehren können, wurde mir plötzlich sehr teuer.

Im Moment, da ich ihn verlieren sollte, wurde mir klar, daß ich ihn viel inniger ins Herz geschlossen hatte als den ernsten, stets um das Seelenheil bekümmerten Mann, der mein wirklicher Vater war.

Er drückte meine Hand.

Ich beugte mich über ihn. Er lächelte.

«Komm, laß uns gehen. Liebste, reiche mir deine Lippen,
Behalte meine beweglichen und unbeweglichen Sachen.
Kopf hoch. Die Devise heißt: ‹Gebend, gebend!›
Vertraue niemandem,
Ihre Predigten sind leeres Stroh, ihre Worte hohl,
Und ein ‹Nimm› ist viel mehr wert als zweihundert ‹du wirst es bekommen›.
Caveto soll dich mit Ratschlägen überhäufen, mein Liebes.
Nun trockne deine Augen; Kameraden, Soldaten,
Gehen wir …»

Sein Gesicht lächelte noch immer, als er meine Hand losließ, und so ist er gestorben: im Geist auf der Bühne, beim Spielen einer der Rollen, die für ihn geschrieben worden waren.

*

Fünfzig Jahre sind verflossen seit diesem traurigen Märztag. Auch ich bin inzwischen ein alter Mann geworden. Jene Reise, die mit Master Johns Tod begann, war einer der großen Wendepunkte in meinem Leben.

Mein Onkel Pierre teilte Master Johns Meinung: Er dachte, die Rückkehr des Königs stehe unmittelbar bevor und damit der Beginn einer neuen Epoche. Man würde die Theater brauchen, aber auch die Maler, davon war er überzeugt. Er überredete mich, in England zu bleiben. Zu jener Zeit war ich nicht verheiratet, ja, nicht einmal verlobt. Ich willigte ein.

Einige Monate später kam es wirklich zur Restauration der Monarchie. Und die Theater öffneten wieder ihre Tore. Sie waren ständig überfüllt. William Davenant, der immer noch behauptete, der illegitime Sohn von Shakespeare zu sein, der aber wahrscheinlich bestenfalls sein Neffe war, verschaffte sich ein gutes Dutzend Stücke des Meisters, und bald sah ich das großartigste von allen: *Hamlet,* gespielt von Thomas Betterton, dem «jungen Betterton», auf dessen Schultern ich früher einmal geklettert war, als Master John uns einige Grundlagen beibrachte. Für mich waren diese Übungen nur ein Zeitvertreib gewesen, doch für ihn waren sie der Auftakt zu einem Beruf, den er mit außergewöhnlicher Begabung ausübte.

Ich habe ihn als Falstaff, Macbeth und in vielen anderen Rollen gesehen. Aber Hamlet war zweifellos seine größte Rolle. Seine spektakulärsten Auftritte waren die Szenen mit dem Geist seines Vaters, bei denen es dem Publikum kalt über den Rücken lief. Er, dessen Gesichtsfarbe von Natur aus eher rötlich war, wurde beim Erscheinen des Geistes im vierten Akt leichenblaß und zitterte vom Kopf bis zu den Füßen. Und wenn Hamlet sagte: *Seht ... seht, wie er fortgeht ... da ... in diesem Augenblick tritt er durch die Tür,* erstarrte der ganze Saal in einem langen Schweigen, bis sich das Publikum mit donnerndem Applaus von der Lähmung befreite, in die es von Hamlet versetzt worden war.

Bei all diesen Stücken nahmen sich die Schauspieler gegenüber den Texten große Freiheiten heraus. Da ich sie in der Originalfassung wieder und wieder gelesen hatte (ich hatte ein zerblättertes, an den Rändern leicht angebranntes Exemplar aufgestöbert, das mich seither stets begleitet hat), merkte ich es. Doch das hat mein Vergnügen niemals geschmälert. Seit fast fünfzig Jahren habe ich keine Aufführung verpaßt. Ich habe mich manchmal gefragt, woher ich diese große Theaterleidenschaft habe. Und ich bin zur Erkenntnis gelangt, daß ich sie meiner Lungenentzündung und Master John, vor allem aber Thomas Vincent zu verdanken habe.

Unglücklicherweise habe ich sein Manuskript beim verheerenden Brand verloren, der London im Jahre 1666 verwüstete. Wenigstens bleibt mir die Übersetzung, die ich in Paris zurückgelassen hatte. Ich habe sie oft gelesen; kürzlich habe ich sie zum x-tenmal abgeschrieben, begleitet von einigen Erinnerungen.

Jonas wurde die rechte Hand der Schauspieler des Herzogs von York, der berühmtesten Truppe der Restauration, deren Zugpferde William Davenant und Thomas Betterton waren. Er hat mich in dieses Milieu eingeführt, und ich habe unzählige Porträts von Schauspielern und Schauspielerinnen gemalt – wie vorausgesagt, hatten sie die Bühne im Sturm erobert –, was mir die Gelegenheit verschaffte, nicht nur das Theater, sondern auch das Leben hinter den Kulissen kennenzulernen.

Master Lowin war der Grund dafür, daß ich mich nie mehr in Genf niedergelassen habe. Er hat mir die Augen dafür geöffnet, daß das, was er als «Tugend» bezeichnete, nicht meine Bestimmung war.

Ich verliebte mich in eine junge englische Schauspielerin, und sie erwiderte meine leidenschaftlichen Gefühle. Wir lieben uns noch heute. Wir sind verheiratet und haben vierzehn Kinder gehabt, von denen Gott uns fast keines genommen hat. Ich habe so viele Enkelkinder, daß ich den Überblick verloren habe.

Nach dem Tode König Karls II. von England, vor etwa zwanzig Jahren, wäre ich beinahe nach Frankreich zurückgekehrt. Sein Bruder und Nachfolger Jakob II. wollte die Engländer dazu zwingen, dem reformierten Glauben abzuschwören und in den Schoß der katholischen Kirche zurückzukehren. Doch ausgerechnet in jenem Moment widerrief Seine Majestät Ludwig XIV., der König von Frankreich, das Edikt von Nantes, welches den Protestanten ein unbehelligtes Dasein ermöglicht hatte. Somit war es nicht der Augenblick, nach Frankreich zurückzukehren, und nach Genf wollte ich nicht gehen, weil ich dort den einzigen Beruf, von dem ich etwas verstand, nicht hätte ausüben dürfen. Meine eigene Familie war schrecklichen Verfolgungen ausgesetzt. Die gleichen Leute, die König Ludwig XIV. am Vortag noch seine «Freunde» genannt hatte, wurden über Nacht zu seinen schlimmsten Feinden, weil sie Protestanten waren. Ich nahm einen Vetter und dessen Familie bei mir auf, die alles im Stich lassen mußten und sich glücklich schätzten, daß sie wohlbehalten in London angekommen waren. Anderen ist die Flucht nach Genf oder nach Holland gelungen. Einige kamen ums Leben. Wir duckten uns und ließen das Gewitter vorüberziehen. Wir rechneten fest damit, daß sich das englische Volk nicht wieder zum Katholizismus bekehren läßt: Bei jedem Versuch erhebt es sich wie ein einziger Mann. Unsere Rechnung ging auf. Ich will nicht behaupten, daß die Engländer mit der Thronbesteigung von Königin Maria und von König William, dann von Königin Anne, unserer gegenwärtigen Herrscherin, die uneingeschränkte Religionsfreiheit erlangt haben, aber wir leben in einer Zeit der Toleranz.

Was mich betrifft, so gedenke ich den Rest meines Lebens hier zu verbringen, in einem Land, das mir ein reiches Leben ermöglicht hat und an dessen Ende auch ich sagen kann:

«... laß uns gehen. Liebste, reiche mir deine Lippen,
Behalte meine beweglichen und unbeweglichen Sachen ...»

Beendet in London am 14. September 1710,
im neunten Jahr der Königin Anne

COTSWOLD GAMES.

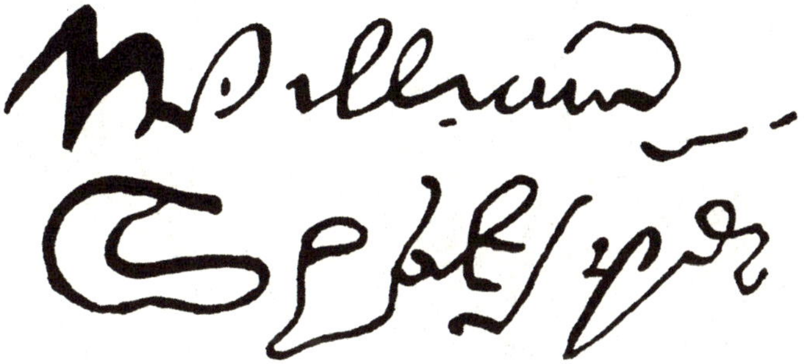

Ein Maulbeerbaum mit seinen Seidenraupen
und seinen schwarzen Früchten

Die Entdeckung von Emilia

Stehn sich Musik und holde Poesie
Wie Schwester und wie Bruder gern zur Seite;
Dann sind wir eins, dann trennen wir uns nie,
Weil du die eine liebst, und ich die zweite.

. . .

Ein Gott ist beider Gott, wie Dichter schrieben:
Als Ritter sollst du beide innig lieben.

William Shakespeare
Der verliebte Pilger

Die Idee zu diesem Buch ist nicht von mir. Sie kommt von A. L. Rowse, dem englischen Historiker, mit dem ich vor einigen Jahren einen Handel abgeschlossen hatte.

Ich suchte ihn auf, bevor ich mein Buch über Francis Tregian *(Der Lauf des Flusses)* schrieb, und zwar aus gutem Grund: Francis Tregian stammte aus Cornwall und hatte in der elisabethanischen Epoche gelebt, und A. L. Rowse – selbst aus Cornwall – war der einzige englische Historiker, der ein Buch über diese Zeit und diese Gegend publiziert hatte.[1]

«Einverstanden», sagte er. «Ich werde Ihnen helfen. Aber

nichts ohne Gegenleistung.» Ich nahm an, er wünsche, daß ich für ihn einige Dokumente über Zürich oder Genf im elisabethanischen Zeitalter lese, zwei Städte, die rege Beziehungen mit London unterhielten, und antwortete ohne Zögern: «Selbstverständlich!»

«Haben Sie mein Buch über Simon Forman gelesen?»

«Nein.»

«Dann können Sie nicht wissen, daß ich im Laufe meiner Nachforschungen ganz unerwartet auf die Identität von Shakespeares Mätresse, seiner *Dark Lady,* gestoßen bin.»

«Ach ja?»

Ich wußte nicht recht, worauf er hinauswollte. Shakespeares Mätresse war nicht meine Hauptsorge, ich muß sogar zugeben, daß sie mich nicht sonderlich interessierte.

«Verstehen Sie», fuhr A. L. Rowse unerschütterlich fort, «ich bin Historiker, ich könnte keinen Roman schreiben. Doch ich habe des langen und breiten erklärt, wer die *Dark Lady* ist, auf welche Quellen ich gestoßen bin, und habe dafür bestenfalls Ungläubigkeit, teilweise gar Verachtung geerntet. Ich denke, man muß es auf andere Weise versuchen. Ich schlage Ihnen also einen Handel vor: Ich helfe Ihnen bei Ihrem Buch über Francis Tregian, weil Sie sich für ihn interessieren, dafür werden Sie meinen Roman über die Dunkle Dame schreiben.»

Ich hatte noch keine Zeile über Francis Tregian geschrieben und sagte mir, der Handel koste mich nichts, also habe ich es versprochen.

Von der *Dark Lady* war nicht mehr die Rede, bis ich eines Tages A. L. Rowse mit einem Exemplar des Buches *Der Lauf des Flusses* aufsuchte, das ihm viel zu verdanken hat. Er blätterte darin, bedankte sich und knüpfte dann an unsere früheren Gespräche an: «Geh in meine Bibliothek, auf diesem und jenem Regal findest du diese und jene Bücher; sie werden dir nützlich sein für den Roman über die *Dark Lady.*»

So kam es also dazu, daß ich, die ich bei aller Bewunderung

für sein Talent niemals eine Shakespeare-Spezialistin gewesen bin und nicht die geringste Absicht hatte, mich mit seinem Leben auseinanderzusetzen, plötzlich mit einer Last auf den Armen dastand, die mich nötigte, ihn in den Mittelpunkt eines Romans zu stellen. Die Bemerkung des Autors Arthur Quiller-Couch (einer der bedeutendsten Shakespeare-Herausgeber zu Beginn dieses Jahrhunderts), den ich durch A. L. Rowse kennengelernt hatte, dessen Lehrer er gewesen war, war mir nur allzu gegenwärtig: *Für einen Schriftsteller ist der Erfolg nur eine (mehr oder weniger bequeme) Brücke auf dem Weg zur nächsten Erfahrung. Sein folgender Versuch ist vielleicht weniger gelungen, das Resultat vielleicht der vorangegangenen Werke unwürdig: Trotzdem setzt er seinen Weg fort. Aus den Höhen dessen, was wir als Erfolg beklatschen, springt er ohne Netz zu etwas anderem, das zu erreichen unmöglich scheint. Er läuft Gefahr, sein Ziel zu verpassen und in den Abgrund zu stürzen. Doch er hat keine Wahl. Vielleicht scheitert er, aber er ist immer noch dabei zu lernen.*[2] Ich war gewillt, diese neue Erfahrung zu machen.

*

Shakespeare ist Gegenstand eines nahezu zwanghaften Interesses. Jedes seiner Worte, jede seiner bekannten Taten und Gesten wurden *ad nauseam* interpretiert. Wenn man mit der Fülle von widersprüchlichen Theorien über ihn konfrontiert wird und selbst keine von ihnen speziell bevorzugt, fühlt man sich etwas verloren. Es gibt nur einen Trost: Was auch immer die Annahme oder Theorie ist, die man vorbringt – sie wurde mit Sicherheit schon von einem anderen formuliert. Man ist also nie ganz allein.

Ich habe beschlossen, von der Grundlage auszugehen, zu der mir A. L. Rowse selbst verhalf. Rowse ist in den französischsprachigen Ländern unbekannt, aber er ist ein hervorragender, in den englischsprachigen Ländern sehr geschätzter Historiker:

Neben seiner intimen, bis in die kleinsten Details gehende Kenntnis der elisabethanischen Epoche verfügt er über ein ausgesprochenes Gespür für geschichtliche Zusammenhänge.[3] Ich hatte die Gelegenheit, mit Büchern aus seinem Besitz zu arbeiten. In den Randnotizen fanden sich Vermutungen, manche darunter vor vierzig, fünfzig Jahren angestellt, die sich hinterher – wenn entsprechende Dokumente zum Vorschein kamen – als vollkommen zutreffend erwiesen. Seine Porträts von Persönlichkeiten der Renaissance sind faszinierend: Es gelingt ihm, eine ganze Epoche wiederauferstehen zu lassen. Seine Synthesen sind oft überraschend und fast immer bereichernd. Er sagt gerne von sich, er sei ein zu spät gekommener Elisabethaner, und man kann ihm nur beipflichten.

Da er ein durchaus origineller Mensch ist, der mit seiner Meinung nicht hinter dem Berg hält, hat er bei den englischen Intellektuellen einen ausgesprochen schlechten Ruf, während die Amerikaner ihn im allgemeinen bewundern und respektieren. Was die Shakespeare-Spezialisten betrifft, so machen sie ihm, dem Historiker, zum Vorwurf, daß er es gewagt hat, Shakespeare zu interpretieren: Auf diesem Gebiet nennen sie A. L. Rowse einen Scharlatan. Doch seine Methode (die ich von ihm gelernt habe und gewissenhaft anwende) ist außerordentlich bereichernd: Wenn man die Zeitgeschichte mit ihren Einzelheiten und Umständen in eine Literaturanalyse einbezieht, trägt dies zu ihrer Vertiefung und soliden Absicherung bei, da sie dank diesem Vorgehen immer wieder auf reale Situationen zurückgeführt wird.

Als ich Rowse aufzusuchen beabsichtigte, hat man mir dringend davon abgeraten und behauptet, er würde mich beschimpfen, er würde mir nichts Brauchbares sagen können und tue alles, um sich ins Gerede zu bringen. Ich hörte nicht darauf und habe es auch nie bereut. Ich beschloß, ihm zu vertrauen, und unsere Beziehungen sind von Anfang bis Ende freundschaftlich geblieben.

Ihm zu vertrauen, das hieß zunächst, seine Bücher zu lesen.

Er hat eine bemerkenswerte Biographie über Shakespeare geschrieben, eine andere über Marlowe und überdies eine Reihe von Büchern über die elisabethanische Renaissance, die sämtliche Aspekte des Lebens zur damaligen Zeit umfassen (einige der Titel sind in der Bibliographie erwähnt). Leider liegt keines seiner Werke in deutscher Übersetzung vor.

Im Laufe seiner Nachforschungen hat Rowse einige glückliche Funde gemacht; auch dazu gibt es Bücher oder Artikel von ihm.

So war er es, der die Idee hatte, die Anamnesen von Simon Forman, einem Arzt und Astrologen, der um die Wende vom 16. zum 17. Jahrhundert in Mode war, gründlich zu studieren. Forman erweist sich in seinen umfassenden Aufzeichnungen als sehr exakter Beobachter, bei dem wir folglich viele unbekannte Dinge über zahlreiche Persönlichkeiten seiner Epoche erfahren. Unter diesen fanden sich sogar eine von Shakespeares Vermieterinnen und Familienmitglieder seines Gönners, des Lordkämmerers Carey. Forman widmete sich auch dem Freundeskreis des Bühnenautors (Adelige wie Bürgerliche). Und eines Tages ...

Doch Ehre, wem Ehre gebührt; ich überlasse das Wort A. L. Rowse.

Am 17. Mai [1597] *erscheint Emilia, die Tochter von Battista Bassano und von Margaret Johnson. (...) Sie war mit einem Lanier verheiratet ... Emilia war siebenundzwanzig Jahre alt. Forman sagt uns, «sie habe eine unglückliche Jugend gehabt; ihr Vater starb, als sie noch ein Kind war, sein Vermögen war geschmolzen, und vor seinem Tod war er völlig verarmt». Er fügt bei, daß sie die Mätresse des Lordkämmerers Henry Carey gewesen war, der sie mit großem Prunk aushielt. «Doch da sie schwanger war, wurde sie der Form halber mit einem Spielmann verheiratet.» ... Das ereignete sich (...) 1593 – im Jahr, als Shakespeare seine Sonette für seine Dark Lady und Musikerin verfaßte ...* Rowse geht anschließend auf die Notizen ein, die Forman bei ihren folgenden Besuchen machte. Wir erfahren, daß Emilia hochfahrend und launenhaft ist, daß sie ihren Mann nicht liebt, der ihre ganzen Einkünfte verschwendet, daß dieser Mann in den Krieg gezogen ist in der Hoffnung, geadelt zu werden, und daß Emilia selbst sich von ihrem Arzt streicheln läßt, ohne ihm jedoch ihre Gunst zu gewähren – sie interessiert sich erst für ihn, als er sich nicht mehr für sie interessiert. Sobald er sich ihr nähert, zieht sie sich zurück. *Shakespeare und Forman stimmen völlig überein, ihre Schilderungen decken sich, beide haben mit ihr im Abstand von drei, vier Jahren dieselbe Erfahrung gemacht. (...) Ich war stets der Ansicht, daß das Geheimnis um die Dark Lady, wenn es denn eines Tages gelüftet werden sollte, nur von einem Mitglied des Kreises um den Grafen von Southampton erhellt werden kann.* Zudem hat diese Frau, die einer großen italienischen Musikerfamilie entstammt, die sowohl in London wie in Venedig ansässig ist, ein Buch mit dem Titel *Salve Deus Rex Judeorum* geschrieben und sogar – zu Beginn des 17. Jahrhunderts ein äußerst ungewöhnliches, ja sogar einzigartiges Vorkommnis – veröffentlicht. *Denkt man an den in ihrem Gedicht offenbarten Charakter mit seinem Schuldbewußtsein, seiner Bekehrung, aber auch seinen Resten von Stolz, berücksichtigt man ihr Ressentiment gegen die Männer, die fatale Rolle, die ihre Schönheit in ihrer «leichtsinnigen Jugend» gespielt hat, und den kleinen Kreis, in dem sie sich bewegte – die Hofmusiker, der Lordkämmerer –, (...) gelange ich zur Überzeugung, daß wir es bei dieser Frau italienischer Abstammung mit der Dark Lady zu tun haben.*[4]

Man hätte annehmen können, daß die Hypothese von Rowse, die er erstmals im Jahre 1973 in einem Artikel in der *Times* darlegte, zwar durchaus kritisch, aber doch ernsthaft geprüft würde. Dem war nicht so. Rowse wurde vom shakespearschen Establishment sogleich in der Luft zerrissen.

Einige vereinzelte Stimmen erhoben sich zugunsten der Hypothese, darunter Roger Prior, Professor an der Universität von Belfast und Spezialist für die Familie Bassano, die er seit langer Zeit studierte. Er hatte insbesondere Emilia Bassano Laniers Buch *Salve Deus Rex Judeorum* studiert, das Rowse zum Zeitpunkt seiner Identifizierung unbekannt war. Zu allem, was Rowse durch den Vergleich der Aussagen von Shakespeare und Forman herausgefunden hatte, verfügte man nun über die Stimme von Emilia selbst.

Diese Stimme ist jener des Bühnenautors erstaunlich ähnlich. Natürlich hat Emilia Bassano Lanier kein Stück geschrieben, sondern ein religiöses Gedicht, in dem sie ihre Tugendhaftigkeit preist: Nur mit solchen Mitteln konnte eine schreibende Frau sich Geltung verschaffen. Rowse hat einige Verwandtschaften in Sprache und Assoziationen aufgezeigt.[5] Eine *systematische* vergleichende Untersuchung der Sprache Emilias in *Salve Deus Rex Judeorum* mit jener Shakespeares steht aber noch aus (was voraussetzt, daß man zumindest die *Möglichkeit* einräumt, A. L. Rowse und die Verfechter seiner Theorie könnten recht haben).

Wie Rowse richtig feststellt, sieht man unter der Frömmigkeit ständig das Temperament durchschimmern, die hohe Meinung von sich selbst, die Wut darüber, als minderwertig behandelt zu werden, Stolz, Hoffart, Verachtung der Männer – diese «Herren der Schöpfung», die nicht einmal fähig gewesen waren, den Sohn Gottes zu erkennen, als er unter ihnen weilte, und die sich erlaubten, die Frauen als unterlegene Geschöpfe zu betrachten.

Es gibt bei Emilia Bassano Lanier eine Originalität und Freiheit des Denkens, die – auf einer anderen Ebene – Shakespeares Denken entspricht. Niemand zu ihrer Zeit hat das Leiden der unterdrückten Frauen mit solchem Feuer und solcher Präzision ausgedrückt wie sie – fast vier Jahrhunderte vor dem Mai 68 hat sie Äußerungen gemacht, die in der Frauenbewegung durchaus am Platz gewesen wären. Und ich möchte betonen, daß die Worte, die ich ihr in den Mund lege, von ihr selbst stammen.

Es gibt in der Literatur andere «Titelanwärterinnen». Aber keine davon ist überzeugend. Die eine (vor allem von George Bernard Shaw – der selbst nicht recht daran glaubte – für die Zwecke eines kurzen Theaterstücks propagiert) entpuppt sich als Rothaarige mit blauen Augen, und das entspricht nicht der von Shakespeare wiederholt gegebenen Beschreibung ihres Äußeren. Die andere ist eine schwarze Prostituierte, doch Shakespeare sagt ganz klar, daß es sich um eine verheiratete Bürgerliche handelt. Und so weiter. Keine der vorgebrachten Identitäten ist stichhaltig. Dagegen gibt es in Shakespeares Werk mehrere Emilias, und zumindest eine unter ihnen (Desdemonas Dienerin) sagt in fast identischen Worten die gleichen Dinge wie Emilia Bassano Lanier in ihrem Buch.[6]

Ich habe Emilia Bassano Lanier nicht nur deshalb als Dark Lady übernommen, weil ich es A. L. Rowse versprochen hatte, sondern auch weil mir seine Hypothese zuerst vertretbar und später immer einleuchtender erschien.

Es gibt natürlich keinen wissenschaftlichen Beweis, daß es sich bei Shakespeares Mätresse um Emilia handelt, aber die Kette von Indizien (deren Zahl so groß ist, daß es unmöglich war, sie alle hier anzuführen) ist beeindruckend. Bei den anderen Kandidatinnen läßt sich nichts Vergleichbares feststellen. Oft werden Theorien, die sich auf viel weniger «Beweise» stützen können, für gesicherte Tatsachen gehalten.

Wenn man die Argumente von Roger Prior, der die Bassanos gründlich und Shakespeare gut kennt, *zusammen* mit jenen von Rowse betrachtet, der Shakespeare und seine Epoche gründlich kennt (die beiden Wissenschaftler haben lange unabhängig voneinander gearbeitet), stellt man eine bemerkenswerte Reihe von Übereinstimmungen fest, die einen originellen und bereichernden Zugang zur Lektüre von Shakespeares Werk ergeben. Unter dem Blickwinkel der Emilia «sieht» man die Stücke plötzlich in einem anderen Licht.[7]

*

Einige abschließende Worte zur Methode dieses Buches.

Die Geschichte ist mit den Augen eines Jünglings gesehen, der an der Schwelle zum Erwachsenen steht. Natürlich hätte man für die Beschreibung dieser Zeit andere Themen, andere Leute und andere kulturelle oder politische Ereignisse auswählen können. Ich habe mich bewußt auf die Sichtweise eines aufgeweckten, intelligenten, findigen und großherzigen Burschen beschränkt, der von seiner Arbeit sehr in Anspruch genommen ist und die Geschehnisse unter dem Blickwinkel des Liebesabenteuers gewichtet, das er unbedingt erzählen möchte.

Bei Emilia Bassano Lanier, William Shakespeare und den anderen Schriftstellern, die in dieser Geschichte erscheinen, habe ich mich bemüht, sie mit ihrer eigenen Stimme sprechen zu lassen. Ich wollte die Geschichte nicht aus Emilias Sicht beschreiben, weil sie dadurch zu sehr auf ein einziges Boudoir beschränkt geblieben wäre, und es wäre mir selbstverständlich auch nicht möglich gewesen, als Shakespeare zu schreiben. Und um «Master Will», «Mistress Lanier», «Master Greene», «Master Marlowe», «Master Florio» und andere dennoch sprechen zu lassen, habe ich ausgiebig Gebrauch von ihren eigenen schriftlichen Äußerungen gemacht.

Was den erzählerischen Rahmen betrifft, so habe ich beschlossen, John Lowin in den Vordergrund zu stellen, jenen von Shakespeares Gefährten, der am längsten gelebt hat. In der Zeichnung seines Charakters stützte ich mich auf Anekdoten, auf die von Shakespeare und vielen anderen Autoren für ihn geschriebenen Rollen sowie auf Dokumente, Porträts und beiläufige Bemerkungen über diesen bedeutenden Schauspieler, der ebenso berühmt war wie Richard Burbage oder Shakespeare selbst: Er spielte Hunderte von großen Rollen – von Falstaff über Volpone, Sejanus und Jago bis zu Heinrich VIII. –

in Tausenden von Aufführungen und leitete die Schauspieler des Königs mehr als zwanzig Jahre lang, geriet jedoch später in Vergessenheit und endete in den Drei Tauben in Brentford. Bis heute hat ihm noch niemand eine Studie gewidmet.

Baptiste Bordier ist keine historische Figur, er ist die einzige Hauptperson des Buches, die (fast) gänzlich erfunden ist: Die Emaillierer Bordier, die man im 17. Jahrhundert in Paris wie in London antraf, sind eine durchaus reale Genfer Familie; Pierre Bordier und Jacques Bordier waren berühmte Handwerker. Ersterer lebte in London, der andere in Paris. Ihr Neffe Baptiste dagegen ist eine Erfindung aus Elementen, die ich über die Tätigkeit und Geschichte dieser Familie zusammentragen konnte.

Was die zentrale Handlung betrifft, bin ich im wesentlichen Shakespeare selbst gefolgt. In den *Sonetten* schildert er sein Verhältnis zum jungen Lord Southampton und sein Abenteuer mit Emilia sozusagen wörtlich. Das einzige, was fehlt, ist der Name der Frau. Aber ihr Charakter, ihr Aussehen, ihre Vorlieben, Launen und Zurückweisungen werden ausführlich beschrieben.

Mit Ausnahme der Diener, von denen die Geschichte ohnehin nie spricht (Ned und sein Hund sind nicht irgendwelchen Archiven entnommen, sondern stammen von Shakespeare selbst), findet man in den *Heften* von Thomas Vincent ausschließlich historische Personen. Sie haben alle existiert, angefangen mit Thomas Vincent selbst, obwohl über ihn nicht viel verzeichnet ist: nur gerade, daß er Londoner war, Sohn eines Zimmermanns und *Book-keeper,* was in der Sprache jener Zeit eine Kreuzung zwischen Regisseur und Souffleur bezeichnet. Er hat wahrscheinlich einen Sohn gleichen Namens gehabt, der für das Theater schrieb. Sein Geburts- und Todesdatum habe ich willkürlich festgelegt.

Ich habe versucht, ein möglichst präzises und lebendiges Bild des Theaters der damaligen Zeit und seines Milieus zu zeichnen. Obwohl unzählige Bücher über dieses Thema geschrieben wurden und man von Einzelheiten geradezu überschwemmt wird, gibt es erstaunlicherweise keines, das einen wirklichen Gesamtüberblick herstellt, und es bleiben beträchtliche Lücken (über das Leben der Lehrlinge beispielsweise gibt es keine Untersuchung, nur vereinzelte Angaben).

Nach der Lektüre von zahlreichen Büchern über Shakespeare und von Stücken anderer Autoren aus dem 16. und 17. Jahrhundert habe ich schließlich meine Auswahl getroffen: Ich habe einige Autoren bevorzugt, die mir besonders «vernünftig» erschienen (man könnte auch sagen, daß sie meiner Sichtweise am ehesten entsprachen).

An erster Stelle ist natürlich A. L. Rowse zu nennen. Dann kommen Ian Wilson mit seinem *Shakespeare: The Evidence* und Marchette Chute mit ihrem *Shakespeare of London,* die einen lebendigen Shakespeare vermitteln und nie aus den Augen verlieren, daß er nicht in erster Linie das Genie war, das wir aus ihm gemacht haben, sondern ein gewöhnlicher Sterblicher mit seinen alltäglichen Sorgen, die nicht sehr verschieden sind von den unseren. Außerdem stütze ich mich auf Eric Sams und sein *The Real Shakespeare, Retrieving the Early Years 1564–1594,* der von Shakespeares sogenannten «verlorenen» Jahren – von denen in diesem Buch die Rede ist – ein besonders zusammenhängendes Bild zeichnet.[8] Was die *Sonette* und namentlich ihr plötzliches Auftauchen in gedruckter Form fünfzehn Jahre nach den Ereignissen betrifft, folgte ich *The Book known as* Q von Robert Giroux.

Für die Chronologie und die Verteilung der Rollen schließlich habe ich die von T. W. Baldwin in *The Organization and Personnel of the Shakespearean Company* formulierten Hypothesen übernommen; sie sind die Früchte einer Benediktinerarbeit dieses amerikanischen Forschers, die heute mehr und mehr Zustimmung finden.

Von den Theorien dieser Autoren bin ich nur in zwei

Punkten abgewichen: bezüglich des Ursprungs der *Sonette* und der epischen Gedichte und hinsichtlich der Reise nach Venedig. Ich habe mir vorgestellt, die Sonette seien nicht von Lord Southampton, sondern von dessen Mutter Mary Browne, der Gräfin von Southampton, in Auftrag gegeben worden. Es ist kaum bekannt und wird auch selten erwähnt, doch Mary Browne war eine entfernte Verwandte von Shakespeares Mutter Mary Arden: Ich habe angenommen, daß die Gräfin, die sich mit der Aufgabe konfrontiert sah, einen ungestümen Sohn, der sie verachtete, zur Vernunft zu bringen, einen Verwandten um Hilfe gebeten hatte. Dessen Gaben konnten möglicherweise einen günstigen Einfluß auf den schwierigen Jungen haben, Shakespeare erwies ihr diesen Freundschaftsdienst – selbst als er dazu offenkundig keine Lust mehr hatte (in den Sonetten kommt es zu einem Augenblick, an dem man merkt, wie schwer es Shakespeare fällt, die Beziehungen zum jungen Southampton fortzusetzen). Verwandtschaftliche Bande, selbst entfernte, könnten die außergewöhnliche Freimütigkeit von Shakespeare erklären: Anfänglich schmeichelt er dem jungen Mann in konventionellen Wendungen, um seine Gunst zu erwerben. Doch als er sich verraten fühlt, beschimpft er ihn ohne Zögern. Er sagt ihm offen, was er denkt, er liest ihm die Leviten – in erlesenen und poetischen Worten, aber unmißverständlich.

Die schaden können und es doch nicht tun,
Die immer anders handeln, als sie scheinen,
Die, andere bewegend, reglos ruhn,
Kalt, unverführbar, fühllos gleich den Steinen,
Die erben stets mit Recht des Himmels Gaben
Und wahren vor Verschwendung der Natur,
Sind Herren über alles, was sie haben,
Wo andre Diener und Verwalter nur.
Der Sommer liebt des Sommers lichte Blüte,
Obgleich sie für sich selbst nur liebt und stirbt,

Doch es beschämt das Unkraut sie an Güte,
Wenn gift'ger Rauch sie anrührt und verdirbt.
Süßes, das schlecht ward, schmeckt am herbsten immer,
Und Lilie, die verdirbt – kein Sumpf riecht schlimmer.[9]

Das ist nicht der Text eines Schmeichlers, sondern eines Mentors.

Bezüglich der Reise nach Venedig habe ich mich den Autoren angeschlossen, die annehmen, er habe diese Reise tatsächlich unternommen; den Weg habe ich auf Grund von Shakespeares eigenen Andeutungen festgelegt. Ich kenne den Norden Italiens und die Gegenden, von denen er spricht, gut. Ich habe den Eindruck, daß diese paar Bemerkungen – die immer exakt sind, selbst wenn sie ausgefallen scheinen – genau jene Details enthalten, die man nur gesehen haben kann.[10]

Man sieht: Ich war genötigt, Partei zu ergreifen, und auch ich operiere mit meinen kleinen Vermutungen. Bei Shakespeare geht es nicht anders. Aber ich bin keine eingefleischte Anhängerin einer bestimmten Theorie oder Chronologie: Natürlich ließ ich mich nicht von Quellen inspirieren, die ich nicht überzeugend fand, und von meiner Neigung und Ausbildung her zog ich die geschichtliche einer zu abstrakten analytisch-literarischen Annäherung vor. Ich maße mir nicht an, in eine Debatte auf diesem Gebiet einzugreifen, das im Laufe der Jahrhunderte mit Minen gespickt wurde. Das interessiert mich auch nicht. Ich bin meinem gesunden Menschenverstand und den jeweiligen Erfordernissen des Textes gefolgt. Denn letztlich, um nochmals Arthur Quiller-Couch zu zitieren, hat … *ein Schriftsteller nicht mehr Einfluß auf die Entwicklung einer von ihm geschaffenen Figur als eine Mutter auf die Zukunft ihres Kindes, das sie zur Welt gebracht hat. Es lebt sein eigenes Leben; je größer es wird, um so unabhängiger wird es.*[11] Und, so möchte ich beifügen, es drängt einem seine eigene Logik, seine Bedürfnisse und seine Realität auf.

*

Abschließend muß ich – wenn auch ungern – noch auf die zwei großen Gemeinplätze zu sprechen kommen, die über Shakespeare verbreitet werden, sobald sein Name fällt: Er sei nicht der Autor seiner Stücke, und er sei homosexuell gewesen (in dem Sinne, in dem das Wort zumeist gebraucht wird: daß ein Mann im Sexuellen die Männer den Frauen vorzieht).

Sagen wir zunächst, daß alle anderen Kandidaten für Shakespeares Werke diese nicht hätten schreiben können, und zwar mangels Übereinstimmung der Daten, des Stils oder der Umstände. Keiner von ihnen hält einer ernsthaften Prüfung stand.

Das Argument, demzufolge Shakespeare nicht als Autor seiner Stücke in Frage kommt, weil er der Sohn von «Analphabeten» war, taugt nicht: Die Generation von John Shakespeare ist die letzte, die noch nicht von der *Grammar School,* der öffentlichen Schule, profitierte, und die Notabeln, die das Schreiben «Spezialisten» überlassen mußten, deren Kinder aber Latein gelernt haben, sind in dieser Generation äußerst zahlreich.

Die Legende, derzufolge man nichts über Shakespeare weiß, ist wirklich bloß eine Legende: Man weiß viel mehr über ihn als über die meisten anderen Autoren seiner Zeit. Das 1961 erschienene Buch von Mark Eccles, *Shakespeare in Warwickshire,* hätte diese Legende eigentlich endgültig begraben müssen. Er zitiert Hunderte von Dokumenten über die Familie Shakespeare (William eingeschlossen) und ihr Umfeld. Die Zweifel an Shakespeare gründen hauptsächlich in einem elitären Snobismus. Man macht ihm den gleichen Prozeß, den ihm früher die Schöngeister gemacht haben: Man stempelt ihn zum Emporkömmling aus der Gosse, zum *Johannes fac totum,* zum Hochstapler. Wie kann der Sohn eines Handschuhmachers mit bäuerlichen Vorfahren ein solches Werk geschrieben haben?

Dazu ist zu bemerken, daß die Genies dort aufzutauchen pflegen, wo man sie am wenigsten vermutet, wie uns die Geschichte oft genug gezeigt hat. Ob jemand zum Genie wird, ist keine Frage der sozialen Klasse. Um die Snobs zufriedenzustellen, möchte ich zudem unterstreichen, daß Shakespeare entgegen anderslautenden Behauptungen aus einer sehr angesehenen Familie stammte. Im 16. Jahrhundert zählte ein Handschuhmacher zum Bürgertum, er war Mitglied einer Zunft und hatte in Stadtgeschäften ein Wort mitzureden. Ab einem gewissen Einkommen (fünf Pfund) durfte er den Titel eines Gentlemans tragen. John Shakespeare, Williams Vater, Sohn und Enkel von Bauern und selber Bauer und Landbesitzer (das Leder für seine Handschuhe stammte von seinen eigenen Tieren, um die er sich kümmerte – damals existierte die Arbeitsteilung noch nicht), war Mitglied der Notabeln, dann Schöffe und schließlich Bürgermeister von Stratford gewesen. Seine Mutter entstammte einer uralten Familie, deren Wurzeln bis in die Zeit vor der normannischen Eroberung zurückreichten, und war mit den meisten großen Familien der Gegend verwandt. Selbst im Moment, als finanzielle Probleme auftauchten (vielleicht weil John Shakespeare katholisch war und ihn jemand mit Denunzierungsdrohungen erpreßte), lebte die Familie in einem stattlichen Haus in der Stadt. John Shakespeare wurde stets mit Respekt behandelt, und als William nach Stratford zurückkehrte, war er ebenso angesehen wie sein Vater.

Einige zweifeln daran, daß William Shakespeare mit dem Bühnenautor identisch ist, weil er ein äußerst tüchtiger Geschäftsmann war. Ein «echter Dichter» sollte von solchen Dingen nichts verstehen. Erinnern wir uns zunächst daran, daß Shakespeare selbst sich in erster Linie als Schauspieler sah, der von der Fähigkeit profitierte, Texte schreiben zu können, um seiner Truppe, an der er wie andere auch beteiligt war, den finanziellen Erfolg zu sichern. Im weiteren muß man betonen, daß die Bühnentexte zu seiner Zeit nicht als Literatur galten; es wäre niemandem in den Sinn gekommen, einem Theaterstück einen mehr als momentanen Wert beizumessen. Sie wurden im gleichen Geiste produziert, in dem viele Journalisten ihre Artikel schreiben: für den Augenblick gedacht und ausschließlich aktualitätsgebunden. Erst um 1620, nach Shakespeares Tod, hatte Ben Jonson als erster die Idee, seine eigenen Stücke in Buchform herauszubringen (und wurde deswegen auch verspottet!). Man darf legitimerweise annehmen, daß er in der Folge Heminges und Condell gedrängt hat, den *Ersten Folioband* dieses Shakespeare zu veröffentlichen, den er *fast abgöttisch* bewunderte.[12] Ohne diese Ausgabe wäre mehr als die Hälfte der Stücke verlorengegangen.

Shakespeare hat sich stets nur um eines bemüht: sein Theater zu füllen. Man kann darauf wetten, daß er keine Ahnung von seiner Genialität als Dramatiker hatte, auch wenn er sich sicher als effizienter Stückeschreiber verstand.

Man kann darüber streiten, ob dieses oder jenes Stück ganz am Anfang oder ganz am Ende seiner Karriere von Shakespeare allein oder in Zusammenarbeit verfaßt wurde. Aber es bleiben immer noch rund dreißig Stücke, die unzweifelhaft aus ein und derselben Hand stammen.

Deren Autor kennt das Land, die Feldarbeit, die Jagd aus Erfahrung und verwendet Namen und Vornamen von Leuten aus Stratford; seine Sprache ist geprägt von den Lauten von Wild und Haustieren, von den Jahreszeiten und den Launen des Wetters, sie steckt voller Volksweisheiten und Sprichwörter. Ganz zu schweigen von der Qualität der zahllosen Wortspiele und der Schöpfung neuer Worte, die eine Verwechslung mit den vorhandenen Schriften der anderen Kandidaten ausschließen. *Seine Universität war die Natur: Wälder, Felder und Bauernhöfe, Hochweiden mit Schafschur und Festen, sonnenvergoldete Hügel, brückenüberspannte Flüsse mit Schwänen, ländliche Sportarten und Freizeitvergnügen, Hasenwettläufe, Falknerei, Bogenschießen und, ganz besonders in den frühen Werken, die Hirschjagd.*[13] Die Bilder und Assoziationen sind die eines Mannes, der eng verbunden ist mit der arbeitenden Bevölkerung und der Natur, und nicht jene eines vornehmen Herrn wie des Grafen von Oxford oder gebildeter Stadtbewohner wie Bacon.

Wenn man das Werk systematisch liest, nimmt man bald einen charakteristischen Tonfall wahr, man hört eine einzigartige Stimme – bis hin zu den Reimen, die manchmal etwas von der Aussprache verraten, vom Akzent des Warwickshire. Seien wir also versichert, daß es sich bei William Shakespeare aus Stratford-upon-Avon (1564–1616) wirklich um den in den Annalen erwähnten Theatermann handelt und daß es bei den meisten Stücken, die ihm von seinen Zeitgenossen zugeschrieben werden, keinen Zweifel gibt: Er ist tatsächlich ihr Verfasser.[14]

Was die aus einigen Gedichten abgeleitete Homosexualität betrifft, setzt sie eine ahistorische und sehr unvollständige Lektüre der *Sonette* voraus, und mit Ausnahme von *Troilus und Cressida* (wo die Figur des Achilles explizit als päderastisch geschildert wird – Akt V, 1. Aufzug) taucht sie in den Stücken kaum je auf. Die *Sonette* sind in einem Stil geschrieben, der zur Zeit, als Shakespeare sie schrieb, sehr in Mode war. Man sprach von Liebe und meinte Zuneigung. Man verwendete liebevolle Übertreibungen, um den jungen Herren zu schmeicheln, deren Gunst man zu erlangen hoffte. Es war ein Jargon der Konventionen, und Shakespeare bediente sich seiner mit meisterhaftem Geschick. Man kann die *Sonette* nicht lesen, als wären sie heute geschrieben worden.

George Bernard Shaw hat die Frage ausgezeichnet zusammengefaßt:

Die Sprache der an den jungen Herrn gerichteten Sonette mag einem heute extravagant vorkommen, aber es ist die Sprache des Kompliments, das in Mode ist, zweifellos verwandelt durch Shakespeares Wortmagie ...; dennoch handelt es sich ganz klar um die

Sprache einer Freundschaft, die so zart ist, daß sie verletzlich ist, und um eine männliche Loyalität, die so tief ist, daß sie sich entrüsten kann. Die Sprache der an die Dark Lady *gerichteten Sonette jedoch ist die Sprache der Leidenschaft: Ihre Grausamkeit beweist es. Es gibt keine Belege dafür, daß Shakespeare aus Kaltblütigkeit verletzend sein konnte. Aber in seinem Liebesleid war er bitter, kränkend, sogar grausam; er kannte keine Gnade, weder sich gegenüber noch gegenüber der Unglückseligen, deren einziges Unrecht darin bestanden hat, den großen Mann auf den gemeinsamen Nenner der gewöhnlichen Sterblichen zurückzubringen.*[15]

Wie Ian Wilson richtig bemerkt, muß man sich daran erinnern, daß zur Zeit von Shakespeare *die Homosexualität eine Todsünde war und daß die Anhänger sämtlicher Religionen sie als direkten Paß zur Hölle betrachteten.* Doch ... *alles bis zu seinem Grabstein beweist, daß Shakespeare ein tiefgläubiger Mensch war.*[16]

Eric Partridge, Psychiater und herausragender Linguist, hat Shakspeares gewagte Sprache, seine anstößigen Wortspiele und seinen Humor sehr genau untersucht und ist zu folgendem Schluß gelangt:

Ich glaube, daß die Behauptung, Shakespeare sei homosexuell gewesen, ... lächerlich ist. (...) Shakespeare spricht nur sehr selten und nur nebenbei von der Homosexualität. Marlowe, dessen Reputation als Homosexueller aus der Zeit seines Lebens datiert und bei dem sie direkt oder indirekt im ganzen Werk präsent ist (in *Eduard II.* steht sie sogar im Zentrum des Stückes), spricht oft über die männliche Anatomie, während sie *Shakespeare nicht im geringsten interessiert, wogegen die weibliche Anatomie Gegenstand unzähliger Andeutungen und Wortspiele ist. Wäre Shakespeare homosexuell gewesen,* meint Partridge, *er, der so offen und mutig war, hätte er es subtil, aber deutlich zu verstehen gegeben.*[17]

In seiner gewagtesten Sprache, in seinen anstößigsten Kalauern beweist Shakespeare ausnahmslos heterosexuellen Appetit.

*

Wenn sich die anfängliche Scheu vor diesen großen Persönlichkeiten gelegt hat, stellt man fest, daß bei allen großen Veränderungen der Welt im Laufe von vier Jahrhunderten die menschlichen Leidenschaften dieselben geblieben sind. In den Qualen, Sorgen und Freuden unserer Vorfahren finden wir unverkennbar das Echo, vielleicht den Ursprung der unseren. Theoretisch wußten wir es. Doch wenn man sich in ihre Geschichte vertieft, beweisen uns Emilia Bassano Lanier, William Shakespeare und ihre Zeitgenossen über die Jahrhunderte hinweg, daß es nicht bloße Theorie ist.

1 *Tudor Cornwall* (1940, *Cornwall der Tudors).*

2 Arthur Quiller Couch, *Shakespeare's Workmanship,* 1918, S. 230–231.

3 Geboren 1903 in St. Austell in Cornwall, zeichnete sich A. L. Rowse, Sohn von Werktätigen in einer Porzellanfabrik der Gegend, schon als kleines Kind durch Intelligenz und eine außergewöhnliche Begabung aus. Seine ganze Schulzeit wurde ihm durch Stipendien ermöglicht, die er immer problemlos gewann, und mit 22 Jahren schaffte er den Eintritt in das sehr exklusive Oxforder College of All Souls, an dem er bis zu seiner Pensionierung im Jahre 1975 blieb. Er hat seine Kindheit in zwei Büchern erzählt, die im englischsprachigen Raum zu Bestsellern wurden: *A Cornish Childhood* und *A Cornishman at Oxford.* Seit 1930 hat er rund hundert Bücher zu den verschiedensten geschichtlichen Themen geschrieben. Doch seine große Spezialität ist das Elisabethanische England in seiner ganzen Komplexität und unter all seinen Aspekten (Politik, Kultur, Alltag). Auf diesem Gebiet verfügt er zweifellos über einmalige Kenntnisse. Seine diesbezüglichen Intuitionen verdienen den größten Respekt. Nach mehreren Jahren der Zusammenarbeit mit ihm darf ich feststellen, daß er, abgesehen von seltenen Irrtümern, fast immer recht hat, auch dann, wenn die Tatsachen ihn auf den ersten Blick zu widerlegen scheinen.

4 A. L. Rowse: *Simon Forman* … 1974, S. 99–117.

5 A. L. Rowse: *The Poems of the Dark Lady,* 1978, Einleitung.

6 *Othello* IV/3.

7 Roger Prior hat ein besonders überzeugendes Argument zugunsten dieser These vorgebracht: Es bezieht sich auf die Wappen. Man weiß, daß im Elisabethanischen England die Leute so eng mit ihrem Wap-

pen in Verbindung gebracht wurden, daß man ihnen den Namen ihres Familiensymbols gab. Eine der Gesellschaftsdamen von Königin Elisabeth, deren Wappen einen Raben aufwies, wurde von der Königin stets «mein Rabe» genannt. Das Wappen der Bassanos zeigt einen Schwarzen Maulbeerbaum (auf Lateinisch *morus,* auf Italienisch *moro,* was gleichzeitig für den Baum, einen braunen Teint und dunkle Haare und für die Farbe Schwarz steht). Emilia Bassano war also heraldisch mit der Farbe Schwarz verbunden, und das erklärt noch besser, warum Shakespeare darauf beharrte, aus ihr eine *Dark Lady* zu machen. (Roger Prior in *The Bassanos ...,* 1995, S. 133.)

8 Sams stützt sich namentlich auf eine Ansicht, die ich mir vor etwa zehn Jahren gebildet habe, als ich die Gelegenheit hatte, mich für das Theater vertieft mit *Hamlet* auseinanderzusetzen: Es besteht überhaupt keine Notwendigkeit, die Existenz eines *«Ur-Hamlets»* (oder des 1589 bezeugten Stücks eines anderen Autors) anzunehmen. Shakespeare selbst hat das Stück flüchtig geschrieben, als er noch jung, unerfahren und in Eile war, um es fünfzehn Jahre später wieder aufzunehmen. Dasselbe gilt für andere Stücke, deren Existenz ohne Namensnennung des Autors bezeugt ist und die in der Folge in Shakespeares Handschrift wieder auftauchen. Für Sams stammen schon die Erstfassungen dieser Stücke von ihm. Im Falle von *Hamlet* ist es um so offensichtlicher, als Hamlet der Vorname ist, den Shakespeare 1585 seinem Sohn gibt. Er ist nicht dänischen Ursprungs, sondern ein Vorname und Name zugleich, dem man im Warwickshire begegnete. Wie es der Brauch war, hat Shakespeares Sohn den Vornamen von seinem Paten Hamlet Sadler, einem Freund der Familie, erhalten. Übrigens ist eine Catherine Hamlett 1579 im Avon bei Stratford ertrunken, und es bedurfte eines langen Prozesses, um darzulegen, daß es sich nicht um einen Selbstmord handelte, sondern um einen Unfall. Sams weist auch überzeugend nach, daß die «schlechten» zeitgenössischen Ausgaben der Stücke nicht auf Gedächtnisrekonstruktionen von Schauspielern für Verlagspiraten beruhen können; viel logischer ist die Annahme, daß Shakespeare wie so viele andere seine Texte ständig umschrieb, anpaßte und überarbeitete, um Ideen, die er noch nicht für ausgeschöpft hielt, weiterzuentwickeln. Das steht nicht im Widerspruch zu Shakespeares nachlässigem Umgang mit seinen Manuskripten. Als er seine Truppe verließ, hat er sie ihr zweifellos verkauft, wie ein Handwerker am Tage der Pensionierung seine Werkzeuge verkauft. Vielleicht hat er sie sogar schon nach ihrer jeweiligen Fertigstellung verkauft.

9 Sonett 94.

10 Man zitiert oft den «Segeltuchhändler von Bergamo» oder den «Hafen von Padua» der *Widerspenstigen* oder auch den direkten Zugang zum Meer von Mailand aus *(Der Sturm)*, um zu beweisen, daß Shakespeare nicht besonders gut informiert war. Dabei vergißt man, daß Kanäle und Flüsse die Autobahnen der damaligen Zeit waren, und an allen Gewässern gab es auch einen Hafen und einen oder mehrere Segeltuchhändler. Das trifft für Bergamo zu – der Kanal am Fuß des Hügels ist noch heute sichtbar. Es traf auch auf Mailand zu, das von einem beachtlichen Kanalnetz durchzogen war, das leider zu Beginn dieses Jahrhunderts fast gänzlich zugeschüttet wurde. Es gestattete den Verkehr innerhalb der Stadt und den Transport von Leuten und Waren durch die ganze Poebene bis ans Meer. Was den Hafen von Padua betrifft, so ist sein Standort noch heute direkt hinter den jahrhundertealten Gebäuden der Universität zu bewundern.

11 Arthur Quiller-Couch, *Shakespeare's Workmanship,* 1918, S. 230–231.

12 Ben Jonson, Vorwort zum Ersten Folioband der Werke von Shakespeare, 1632.

13 A. L. Rowse, *In Shakespeare's Land,* 1986.

14 Vor einigen Jahren strengten die Nachkommen des Grafen von Oxford einen symbolischen Prozeß an, um im Namen ihres adeligen Vorfahren die Urheberrechte an den Werken geltend zu machen. Nach der Anhörung zahlreicher «Zeugen» ging erneut der Nichtadelige William Shakespeare als Sieger hervor.

15 George Bernard Shaw, *The Dark Lady of the Sonnets,* 1910, Vorwort, S. 115 der Ausgabe Penguin 1988.

16 Ian Wilson, *Shakespeare: The Evidence,* 1993, S. 146.

17 Eric Partridge, *Shakespeare's Bawdy,* 1940, S. 11–16.

Nachwort zur deutschen Ausgabe

«What I have done is yours;
what I have to do is yours;
being part in all I have,
devoted yours.
Were my worth greater,
my duty would show greater.»

William Shakespeare
Widmung zu *Die Schändung der Lucretia*

Nach dem Erscheinen der Originalausgabe der *Dark Lady* ist Alfred Leslie Rowse einige Wochen vor seinem 94. Geburtstag gestorben.

Ich machte seine Bekanntschaft vor acht oder neun Jahren, gegen den Rat des englischen Universitätsestablishments, das ihn als Großmaul abtat und ihm überdies einen «schlechten Charakter» attestierte.

Ich fand mich einem brillanten, scharfzüngigen und äußerst gebildeten 86jährigen Mann gegenüber, der mir nach zwei Begegnungen liebenswürdigerweise seine Bibliothek und sein unerschöpfliches Gedächtnis zur Verfügung stellte. Er kannte das England der Tudors bis in die kleinsten Einzelheiten und besaß eine außergewöhnliche geschichtliche und politische Intuition. Ich denke, seine Sensibilität auf diesem Gebiet hatte etwas Geniales.

Als er mir versicherte, Emilia Bassano sei die «Dark Lady» von Shakespeare, weil alles zusammenpasse, auch wenn ein wissenschaftlicher Beweis fehle, glaubte ich ihm aufs Wort. Er brachte mich dazu, seine Geschichte zu schreiben – von mir aus wäre ich nie auf diese Idee gekommen. Später, als ich die

Aufzeichnungen von Emilia mit jenen von Shakespeare verglich, als ich allem nachging, was Shakespeare über seine Dark Lady sagt, als ich die Behauptungen des Dichters den Ereignissen im Leben Emilias, ihrer Familie, ihres Mannes und anderen Personen aus ihrer Umgebung gegenüberstellte, gelangte ich zur persönlichen Überzeugung, daß A. L. Rowse recht hat.

Es ist nicht erstaunlich, daß man ihm eine solche Entdekkung zu verdanken hat: Beim Lesen der Bücher voller Randbemerkungen, die er mir auslieh, stellte ich fest, daß er vor vierzig, fünfzig Jahren auf den verschiedensten Gebieten der Geschichte und der Politik Vermutungen angestellt hatte, die sich hinterher als vollkommen zutreffend herausstellten, auch wenn sie im Augenblick, als er sie formuliert hatte, äußerst unwahrscheinlich schienen.

«Du wirst sehen», versicherte mir Rowse, «eines Tages wird der wissenschaftliche Beweis auftauchen, daß Emilia die Dark Lady ist. Ich werde meinen Triumph nicht mehr genießen können, aber du wirst den Dummköpfen, die solche Beweise brauchen, in Erinnerung rufen, daß der alte A. L. sich nicht getäuscht hat.»

Die Identität der Dark Lady läßt sich noch nicht mit neuen Beweisen untermauern; dafür stellt man ein sonderbares Phänomen fest. Zu seinen Lebzeiten wurde A. L. Rowse heftig angegriffen und als Scharlatan hingestellt, weil er die Behauptung gewagt hatte, Emilia sei die Dark Lady, und mit ganz wenigen, bemerkenswerten Ausnahmen wurde er überall diffamiert. Jetzt, da er tot ist, liest man aus der Feder von Shakespearespezialisten und Kritikern immer wieder den Satz: «Emilia Bassano, die Dark Lady von Shakespeare», als wäre es ganz selbstverständlich, als hätte man immer gewußt, daß Rowse im Recht war, ihm aber das Anrecht auf seine Entdeckung nicht zugestehen wollen.

Von hier aus kann ich sein homerisches Lachen aus dem Jenseits hören.

Ich habe mit A. L. Rowse nie ein Problem gehabt; ich habe ihm von Anfang an vertraut. Meine Bücher «Der Lauf des Flusses» und «Dark Lady» haben ihm sehr viel zu verdanken. In den sechs Jahren unserer Zusammenarbeit hat er mich immer wieder ermutigt, mich mit wertvollen Informationen und Ratschlägen überhäuft und mir unablässig Briefe geschrieben, in denen er mich an die Prinzipien der geschichtlichen Rekonstruktion erinnerte, vor den Fallen der Shakespeare-Interpretation warnte oder mich zum Tee einlud, um mich schonungslos zu kritisieren, wenn er eine meiner Schlußfolgerungen als «zweitklassig» beurteilte (aus seinem Mund kam «second rate» schon einer sehr schlechten Zensur gleich; «third rate» war absolut vernichtend).

Mit seiner bedingungslosen Unterstützung, seinem brillanten Geist und seinem scharfen, erfrischenden Humor hat A. L. Rowse meine Arbeit interessant, begeisternd und auch amüsant gemacht. Ich wollte es nicht versäumen, diesem großen Historiker nochmals die Ehre zu erweisen. Ihm verdankt dieses Buch seine Existenz und seinen Inhalt.

Anne Cuneo
Zürich/Genf, Juli 1998

SHAKE-SPEARES, SONNETS.

FRom faireſt creatures we deſire increaſe,
That thereby beauties *Roſe* might neuer die,
But as the riper ſhould by time deceaſe,
His tender heire might beare his memory:
But thou contracted to thine owne bright eyes,
Feed'ſt thy lights flame with ſelfe ſubſtantiall fewell,
Making a famine where aboundance lies,
Thy ſelfe thy foe, to thy ſweet ſelfe too cruell:
Thou that art now the worlds freſh ornament,
And only herauld to the gaudy ſpring,
Within thine owne bud burieſt thy content,
And tender chorle makſt waſt in niggarding:
  Pitty the world, or elſe this glutton be,
  To eate the worlds due, by the graue and thee.

2

VVHen fortie Winters ſhall beſeige thy brow,
And digge deep trenches in thy beauties field,
Thy youthes proud liuery ſo gaz'd on now,
Wil be a totter'd weed of ſmal worth held:
Then being askt, where all thy beautie lies,
Where all the treaſure of thy luſty daies;
To ſay within thine owne deepe ſunken eyes,
Were an all-eating ſhame, and thriftleſſe praiſe.
How much more praiſe deſeru'd thy beauties vſe,
If thou couldſt anſwere this faire child of mine
Shall ſum my count, and make my old excuſe
Proouing his beautie by ſucceſſion thine.

Chronologische Anhaltspunkte

Nachstehend ein summarischer historischer Überblick über die Zeit von den Rosenkriegen – von denen mehrere Stücke des jungen Shakespeare inspiriert sind – bis zum Ende des Berichtes von Baptiste Bordier; einige Anhaltspunkte außerhalb Englands schlagen einen Bogen zur Geschichte und Kultur Europas.

Ein Fragezeichen hinter einer Jahreszahl bedeutet, daß die Angabe nicht belegt ist. Willkürlich festgelegte Daten (Geburt und Tod von Thomas Vincent, Geburt von Baptiste Bordier) sind kursiv gesetzt.

Ereignisse, die sich direkt auf William Shakespeares Biographie beziehen, sind fett gesetzt. Die ausgewählten Daten aus den zahlreichen Hypothesen der Wissenschaft folgen der Logik des Berichtes.

1455–1485	Rosenkriege zwischen rivalisierenden Gruppen des englischen Adels. Diese Auseinandersetzungen schwächen das Land.
1483	Richard, Herzog von Gloucester, wird König von England unter dem Namen Richard III. Er ist der letzte König aus der Dynastie der Plantagenets. Nachträglich werden ihm alle möglichen Schandtaten zugeschrieben, die geschichtlich jedoch nicht belegt sind.
1485	22. August: Richard III. stirbt in der Schlacht von Bosworth. Henry Tudor tritt unter dem Namen Heinrich VII. seine Nachfolge an. Ende der Rosenkriege, die für Shakespeare eine wichtige Inspirationsquelle darstellen.
1492	Entdeckung Amerikas.
1509	Tod Heinrichs VII., Thronfolger wird sein Sohn Heinrich VIII., der die Witwe seines Bruders, Prinzessin Catherine d'Aaragon, heiratet.
1515	Franz I. wird König von Frankreich.
1516	18. Februar: Geburt von Maria, dem einzigen überlebenden Kind von König Heinrich VIII. und von Catherine d'Aaragon. Sie wird streng katholisch erzogen werden.
1517	Martin Luther wendet sich gegen den Ablaß: die Reformationszeit beginnt.
1519	Von Erasmus erscheint das *Lob der Torheit.*
1520	Treffen zwischen Heinrich VIII. von England und Franz I. von Frankreich.
1525–1530	Die Reformation hält in den Schweizer Kantonen Einzug.

1530? Geburt von James Burbage.

1531 Heinrich VIII. läßt sich gegen den Willen Roms von Catherine d'Aragon scheiden. Er ruft sich zum Oberhaupt der englischen Kirche aus und bricht mit dem Papsttum.

1532 Veröffentlichung des *Fürsten* von Machiavelli.

1533 Geburt von Elisabeth, Tochter von Heinrich VIII. und seiner zweiten Frau Anne Boleyn.

1536 Calvin ruft in Genf die Reformation aus.

1537 Geburt von Eduard, Sohn von Heinrich VIII. und Jeanne Seymour.

1540 Gründung des Jesuitenordens.

1542 Rom führt die Inquisition ein.

1547 Tod von Heinrich VIII. von England, neuer König wird der sehr junge Eduard VI. Er ist Protestant.

1553 Tod von Eduard VI., der Thron fällt an seine Halbschwester Maria, die in England wieder den Katholizismus einführt. Hunderte von Protestanten müssen auf ihren Befehl ihr Leben lassen, was ihr den Haß des Volkes und den Spitznamen Bloody Mary einträgt und ein tiefes Mißtrauen gegenüber dem Katholizismus aufkommen läßt, dessen Spuren noch heute anzutreffen sind.

1553 Geburt von John Florio.

1553 Geburt von Mary Browne, der künftigen Gräfin von Southampton.

1556 John Shakespeare kauft das Haus von Henley Street in Stratford-upon-Avon, wo alle seine Kinder geboren werden. Das Haus (heute ein Museum unter dem Namen «Shakespeare's Birthplace») bleibt bis zum 18. Jahrhundert im Familienbesitz.

1556? Geburt von Anne Hathaway, der künftigen Gemahlin von William Shakespeare.

1557 John Shakespeare heiratet Mary Arden, die einer sehr alten Familie des Kleinadels entstammt und eine nahe oder entfernte Verwandte vieler Adelsfamilien der Gegend ist.

1558 17. November: Tod von Maria der Katholikin. Die neue Herrscherin ist ihre Halbschwester Elisabeth. Sie ist protestantisch.

1558 Geburt von Thomas Kyd und von Robert Greene.

1559 Publikation des *Magistratenspiegels,* einer wichtigen Quelle des jungen Shakespeare.

1560 Publikation der *Genfer Bibel.*

1564 Tod von Michelangelo.

1564 Geburt von William Shakespeare.

1564 26. April: Taufe von William Shakespeare.

1564 Geburt von Galilei.

1564 Geburt von Christopher (Kit) Marlowe.

1565 Wahl von John Shakespeare in die Exekutive von Stratford («alderman» oder Magistratsbeamter).

1566 Geburt von Claudio Monteverde.

1567 Geburt von Richard (Dick) Burbage.

1568 Wahl von John Shakespeare zum Bürgermeister von Stratford.

1569 27. Januar: Taufe von Emilia Bassano.

1570 Papst Pius V. exkommuniziert die Königin Elisabeth.

1572 James Burbage gründet seine erste offizielle Truppe unter dem Patronat von Lord Leicester, Günstling der Königin. Sie trägt den Namen «Schauspieler von Lord Leicester» («Leicester's Men»).

1572 Paris: Massaker der Bartholomäusnacht; die Katholiken ermorden mehrere tausend Protestanten, wahrscheinlich auf Befehl des Königs Karl IX. oder jedenfalls seiner Mutter, Katharina von Medici. Die protestantischen Länder, insbesondere England, sehen darin die letzte Bestätigung ihrer Befürchtungen für den Fall einer Rückkehr zum Katholizismus.

1573 6. Oktober: Geburt von Henry, dem künftigen Grafen von Southampton.

1573 Geburt von Thomas Vincent.

1574 Geburt von Francis Tregian, dem künftigen Kompilator des *Fitzwilliam Virginal Book,* das den größten Teil der im shakespearschen Theater verwendeten Musik enthält.

1574 James Burbage erhält die Genehmigung zur Eröffnung eines Theaters in London.

1576 9. Dezember: Taufe von John Lowin.

1576 James Burbage errichtet in Shoreditch, einem kleinen Ort im Norden der Hauptstadt, die erste Spielstätte von London, das Theater.

1577 Geburt von Rubens.

1578 Finanzielle Notlage von John Shakespeare; nach und nach verzichtet er auf all seine Ämter.

1580 Erstveröffentlichung der *Essais* von Montaigne (Bücher I und II).

1582 **28. November: William Shakespeare heiratet Anne Hathaway.**

1583 **26. Mai: Taufe von Williams Tochter Suzanna Shakespeare.**

1585 **2. Februar: Taufe der Zwillinge Hamlet und Judith Shakespeare, Kinder von William.**

1585? **Shakespeare verläßt Stratford.**

1585–1589? **William Shakespeare ist wahrscheinlich in London, wo er zu schreiben beginnt, vielleicht in Zusammenarbeit mit anderen. Man vermutet in ihm den Verfasser von *Edmund Ironside*. Er könnte Kanzleischreiber gewesen sein. Möglicherweise hat er an einem der englischen Feldzüge zur Unterstützung der protestantischen Niederlande (Vereinigte Provinzen) teilgenommen, vielleicht als Unteroffizier. Über diesen Zeitabschnitt gibt es nur Mutmaßungen.**

1585? **Erstaufführung der *Spanischen Tragödie* von Thomas Kyd, sicher die erste moderne Tragödie. Alle bedeutenden Theaterautoren (einschließlich Shakespeare) haben ihre Prinzipien übernommen.**

1586–1587? Der Lordkämmerer Henry Carey, Lord Hunsdon, nimmt sich die junge Emilia Bassano zur Mätresse.

1587 Veröffentlichung der *Chroniken* von Holinshed, einer wichtigen Quelle für die historischen Stücke des jungen Shakespeare.

1587 Marlowe schreibt *Tamerlan der Große.*

1588 Niederlage der Armada, mit der der katholische König von Spanien das protestantische England vernichten wollte.

1588 Veröffentlichung der *Essais* von Montaigne (Band III und überarbeitete Ausgabe) in der Version, die John Florio auf Englisch übersetzen wird.

1588 Henry von Southampton verläßt die Universität Cambridge als Jurastudent und wechselt an die rechtswissenschaftliche Schule von Gray's Inn in London.

1588 Nach dem Tod von Lord Leicester wechseln seine Schauspieler zu Ferdinando Stanley, Lord Strange, Erbe der Grafen von Derby. Bis 1594 ist die Truppe von James Burbage unter dem Namen «die Schauspieler von Lord Strange oder des Grafen von Derby» bekannt.

1588–1592 **Man nimmt an, daß Shakespeare zumindest die ersten Versionen von Stücken wie *Titus Andronicus, Die Komö-***

***die der Irrungen, Der Widerspenstigen Zähmung, Die beiden Veroneser,* die drei Teile von *Heinrich VI.*, eine erste Fassung des *Hamlet* (von Nashe 1589 erwähnt) etc. geschrieben hat. Doch die Meinungen gehen auseinander, es gibt unzählige Theorien. Die hier erwähnten sind ebenso valabel wie andere. Man nimmt (begründeterweise) ebenfalls an, daß er zwischen 1585 und 1592 in irgendeiner Form eine Theaterlehre absolviert hat.**

1588–1589? Marlowe schreibt den *Juden von Malta* und seinen *Doktor Faustus*.

1589 Lord Southampton schließt Gray's Inn mit dem Diplom ab.

1591? Marlowe schreibt *Das Blutbad von Paris*.

1592 3. März: Zum erstenmal ist die Aufführung eines Stükkes von Shakespeare *(Heinrich VI.)* belegt.

1592 Wahrscheinliches Entstehungsjahr von *Richard III.*

1592 Publikation der *Spanischen Tragödie* von Thomas Kyd.

1592 (Frühling): Robert Greene reitet eine Attacke gegen *Shakescene*.

1592 4. September: Tod von Greene.

1592 18. Oktober: Heirat von Emilia Bassano mit Alfonso Lanier.

1592 Pestepidemie, mehr als 15 000 Tote. Abgesehen von einer kurzen Wiederaufnahme sind die Vorstellungen während mehr als einem Jahr verboten.

1592–1593 Auftauchen und Verschwinden einer Truppe, von der man nur gerade weiß, daß sie mehrere Stücke von Shakespeare gespielt hat: die Schauspieler von Lord Pembroke.

1593 Februar oder März: Geburt von Emilias Sohn Henry Lanier.

1593 Wahrscheinliches Entstehungsjahr von *Verlorene Liebesmüh'*.

1593 April bis Juni: Publikation von Shakespeares epischem Gedicht *Venus und Adonis,* dem Grafen von Southampton gewidmet.

1593 30. Mai: Marlowe wird ermordet.

1593 Juli: Heinrich IV. von Frankreich beschließt, daß «Paris eine Messe wert ist», und bekehrt sich zum Katholizismus.

1594 April: Genehmigung zur Veröffentlichung des epischen Gedichts *Die Schändung der Lukretia,* dem Grafen von Southampton gewidmet.

1594 2. Mai: Heirat der Gräfin von Southampton mit Sir Thomas Heneage. Man nimmt allgemein an, *Der Som-*

***mernachtstraum* sei aus diesem Anlaß geschrieben worden.**

1594 Tod von Thomas Kyd, der sich von den im Jahr zuvor erlittenen Folterungen nicht mehr erholt hat.

1594 Herbst: Nach dem Tod ihres Schutzherrn Ferdinando Strange, Lord Derby (unter ungeklärten Umständen ermordet), stellen sich die Schauspieler unter den Schutz des Lordkämmerers Henry Carey, der Emilias Liebhaber gewesen war. Sie werden nun «The Chamberlain's Men» genannt. Shakespeare kauft sich wahrscheinlich als Teilhaber ein. Von diesem Moment an ist er ein bestätigtes Mitglied der Truppe, hauptsächlich in seiner Eigenschaft als Schauspieler, und wird es sein Leben lang bleiben.

1594 Ende Jahr: *Romeo und Julia.*

1595? *Ende gut, alles gut.*

1596 11. August: Im Alter von nicht einmal zwölf Jahren stirbt Shakespeares Sohn Hamlet in Stratford.

1596 Tod von Henry Carey. Die Truppe wird von seinem Sohn George Carey, der selber bald Lordkämmerer wird, unter die Fittiche genommen.

1596? *Der Kaufmann von Venedig.*

1596 Weihnacht: Aufführung von *Heinrich IV.* am Hofe und erstes Erscheinen von Falstaff auf der Weltbühne. Er erobert das Publikum, zuvorderst die Königin Elisabeth, im Sturm.

1597 Januar: Tod von James Burbage.

1597? *Die lustigen Weiber von Windsor.*

1598 William Shakespeare, in den Adelsstand erhoben, läßt sich in New Place nieder, einem der schönsten Häuser von Stratford, das er im Vorjahr gekauft hat. Von da an wechselt er zwischen Stratford und London.

1598 Heinrich IV. erläßt das Edikt von Nantes, das die Kultusfreiheit und die Zivilrechte der Hugenotten (der französischen Protestanten) garantiert.

1598 Die Schauspieler des Kämmerers führen *Jedermann auf seine Art* des vielversprechenden jungen Autors Ben Jonson auf. William Shakespeare ist Teil der Besetzung.

1598 28. Dezember: Wegen Schwierigkeiten mit dem Grundstückbesitzer, der den Pachtvertrag nicht verlängern will, brechen die Schauspieler des Kämmerers das Theater (dessen Gebälk ihnen gehört) in einer Nacht ab und transportieren die Balken nach Shoreditch am gegenüberliegenden Flußufer, wo sich bereits das Theater der Rose und ein oder mehrere Bärengraben befinden.

1599 Einweihung des Globe-Theaters, bei dessen Bau die Balken des alten Theaters verwendet wurden; Shakespeare ist wiederum Teilhaber.

1599 *Heinrich V.*

1599? *Viel Lärm um nichts.*

1599 *Wie es euch gefällt.*

1601 8. Februar: Komplott von Essex. Der Graf von Essex, einstiger Günstling der Königin, versucht Elisabeth vom Thron zu stürzen. Lord Southampton ist am Komplott beteiligt.

1601 19. Februar: Prozeß in Westminster. Essex und Lord Southampton werden zum Tode verurteilt.

1601 25. Februar: Essex wird enthauptet. Southampton wird begnadigt, jedoch im Londoner Tower eingekerkert, wo er bis zum Tod von Königin Elisabeth im Jahre 1603 bleibt.

1601? *Dreikönigsabend, oder Was ihr wollt.*

1601 *Julius Caesar.*

1601–1605 *Hamlet* (mehrere Fassungen).

1601 8. September: John Shakespeare, Williams Vater, wird in Stratford beigesetzt.

1601 Geburt von Ludwig XIII.

1601–1603 Die *Essais* von Montaigne erscheinen auf Englisch in der Übersetzung von John Florio. Sein Text gilt als eine der Grundlagen der modernen englischen Sprache.

1602 Der Herzog von Savoyen versucht die Genfer Republik zu stürzen, das Herz des europäischen Protestantismus. Im letzten Augenblick gelingt es der Genfer Garde insbesondere dank der von Dame Royaume angeführten Frauen, die Savoyer in die Flucht zu schlagen. Das Ereignis geht unter dem Namen «Escalade» in die Geschichte ein.

1603? *Troilus und Cressida.*

1603 März: Tod von Königin Elisabeth, Jakob VI. von Schottland besteigt den Thron als Jakob I. von England. Die Schauspieler des Kämmerers unterstellen sich dem König selbst und werden die Schauspieler des Königs («The King's Men»). Diesen Namen behalten sie bis zur Schließung der Theater im Jahre 1642.

1603 John Lowin tritt in die Truppe der Schauspieler des Königs ein, bei der er während seines ganzen Schauspielerlebens bleibt.

1603? *Othello.*

1603 *Maß für Maß.*

1605? *Macbeth.*

1605 *König Lear.*

1605 Tod von Augustin Phillips, Schauspieler des Königs.

1605 Verschwörung zum Sturz des Königs Jakob I. durch einen geplanten Schießpulver-Anschlag. Sie hat eine verstärkte Verfolgung der Katholiken zur Folge, die als Anstifter verdächtigt werden. Die Historiker streiten sich noch heute über die wahren Hintergründe dieses Komplotts.

1607 *Timon von Athen.*

1607 *Perikles.*

1607 *Antonius und Cleopatra.*

1608 Tod von Shakespeares Mutter Mary Arden.

1608 *Coriolan.*

1609 *Cymbeline.*

1609 Die *Sonette* werden vom Verleger Thorpe veröffentlicht, wahrscheinlich als von Shakespeare nicht autorisierter Raubdruck.

1610 *Das Wintermärchen.* Shakespeare läßt sich definitiv in Stratford nieder.

1610 Tod des Königs von Frankreich, Heinrich IV. Ihm folgt sein Sohn Ludwig XIII. nach, ein Kind von neun Jahren.

1610 Herbst: Erscheinung von *Salve Deus Rex Judeorum* von Emilia Bassano Lanier (das Buch ist von 1611 datiert).

1610 *Der Sturm.*

1611 *Heinrich VIII.*

1611 *Die beiden edlen Vettern* (in Zusammenarbeit mit Fletcher).

1611 Tod von John Florio.

1614 Tod von Alfonso Lanier, Emilias Ehemann.

1616 23. April: Tod von Shakespeare.

1619 Tod von Richard Burbage.

1621–1648 Dreißigjähriger Krieg in Europa. England beteiligt sich nur am Rande.

1622 Geburt von Molière.

1623 Heminges und Condell, zwei der Schauspieler des Königs, publizieren die *Gesamtausgabe* von Shakespeares Werken *(Erster Folioband),* vielleicht angeregt von Ben

	Jonson, der kurz davor seine eigene *Gesamtausgabe* veröffentlicht hat.
1625	Tod von Jakob I., sein Sohn Karl I. folgt ihm nach.
1625	Tod von Henry, Graf von Southampton.
1627	Tod von Henry Condell, Schauspieler des Königs, Herausgeber der *Gesamtausgabe* von Shakespeares Werken.
1630	Tod von John Heminges, Schauspieler des Königs, Herausgeber der *Gesamtausgabe* von Shakespeares Werken.
1630	*Tod von Thomas Vincent.*
1635	*Geburt von Baptiste Bordier.*
1635	Geburt von Thomas Betterton.
1638	Geburt von Ludwig XIV.
1642	Das Unterhaus, in dem die Puritaner dominieren, übernimmt die Macht. An der Spitze der puritanischen Revolution steht Oliver Cromwell. Seine Männer werden Rundköpfe genannt. Damit beginnt der Bürgerkrieg. Sämtliche Theater werden per Dekret geschlossen und eines nach dem anderen abgerissen. Ein Vorstellungsverbot wird verhängt und bleibt bis zum Beginn der Restauration 1660 in Kraft. Doch das Theaterleben erlöscht nie gänzlich – es blüht einfach im verborgenen.
1643	Tod von Ludwig XIII., dem sein Sohn Ludwig XIV., ein Kind von fünf Jahren, nachfolgt.
1644	Das Globe-Theater wird zerstört.
1645?	John Lowin übernimmt die Herberge der Drei Tauben in Brentford.
1645	Tod von Emilia Bassano Lanier.
1649	Hinrichtung des Königs Karl I. von England.
1655	Tod von Robert (Rob) Cox.
1657	Tod von Oliver Cromwell. Es folgen zwei Jahre der Instabilität.
1659	14. März: Tod von John Lowin, dem zweifellos letzten Überlebenden der Schauspieler des Königs. In den Annalen sind drei John Lowin verzeichnet, alle zur selben Zeit geboren. Der eine ist 1649, der andere 1659 und der letzte 1669 gestorben. Für den Schauspieler wird im allgemeinen 1659 als Todesjahr angenommen.
1659	Molière schafft den Durchbruch und wird über Nacht berühmt.
1660	Restauration der Monarchie. Karl II., Sohn von Karl I. und Enkel von Jakob I., besteigt den Thron. Sofortige Wieder-

eröffnung der Theater – sie werden nie wieder geschlossen und genießen seither einen ungebrochenen Erfolg.

1660 21. August: Karl II. erteilt die Bewilligung zum Bau von zwei Theatern. Das eine wird von William Davenant geleitet, Patenkind von Shakespeare und vielleicht sogar dessen unehelicher Sohn, auf alle Fälle sein Theatererbe. Er verschafft sich die Aufführungsrechte an rund fünfzehn Stücken von Shakespeare, für die sich sonst niemand interessiert.

1661 24. August: William Davenant inszeniert *Hamlet;* der junge Thomas Betterton spielt die Rolle des Prinzen mit sensationellem Erfolg. Doch abgesehen von dieser Ausnahme finden Shakespeares Stücke in ihrer ursprünglichen Form kein Gefallen. Sie werden umgeschrieben, adaptiert, vertont – nur auf diese Weise sind sie erfolgreich.

1666 Großbrand von London.

1685 Tod Karls II. von England. Er hat keine Kinder; sein Bruder Jakob II. folgt ihm nach. Er ist Katholik und leitet sogleich die Rückkehr des Landes zum Katholizismus ein. Der Widerstand ist einhellig.

1685 Ludwig XIV. widerruft das Edikt von Nantes, das die Kultusfreiheit garantierte. Die Protestanten werden unerbittlich verfolgt.

1688 Die Engländer verjagen Jakob II. Seine Tochter Maria herrscht gemeinsam mit ihrem Mann, Wilhelm von Oranien.

1702 Tod Wilhelms III. von Oranien. Anne I. besteigt den englischen Königsthron und regiert bis 1714.

1710 Tod von Thomas Betterton.

Das Wappen der Bassano
(mit Bienen und Maulbeerbaum)

Das Wappen der Shakespeare

Summarische Bibliographie

Eine vollständige Shakespeare-Bibliographie würde zahlreiche Bände beanspruchen. Es ist also nur eine fragmentarische und willkürliche Lektüre möglich. Ich weise hier auf Bücher hin, die mir zur Erhellung bestimmter Punkte besonders hilfreich waren oder deren Schlußfolgerungen ich übernommen habe.

Um diese Bibliographie nicht ausufern zu lassen, verzichte ich auf das Zitieren von Referenzwerken wie dem Dictionary of National Biography *oder dem* Schweizer Künstlerlexikon *ebenso wie auf die Erwähnung von Zeitungs- und Zeitschriftenartikeln ohne direkten Bezug zu dem, was ich geschrieben habe.*
Ich verzichte auch auf Hinweise auf Stücke von Bühnenautoren, die im vorliegenden Buch nicht erwähnt werden, die mir aber mit ihren Angaben über das Theater und die Schauspieler nützlich waren.

Akrigg, G.P., Shakespeare and the Earl of Southampton, 1968

Baldwin, T.W., The Organization and Personnel of the Shakespearean Company, 1927

Bandello, Matteo, Giulietta e Romeo 1554/1993 (Text Daria Perocco)

Bassano Lanier, Emilia, Salve Deus Rex Judeorum, 1611, in: The Poems of the Dark Lady, Hrsg. A.L. Rowse, 1978; The Poems of Emilia Lanyer, Salve Deus Rex Judeorum, Hrsg. Susanne Woods, 1993

Bates, Jonathan, Shakespeare and Ovid, 1993

Bentley, Gerald Eades, The Jacobean and Caroline Stage (7 Bde.), 1940–1956; The Profession of Dramatist in Shakespeare's Time, 1972; The Profession of Player in Shakespeare's Time, 1984

Bootle, Robin L., Emilia Bassano at Cookham, unveröffentlicht

Bruno, Giordano, La Cena de le Ceneri, 1584/1956 (Text Augusto Guzzo)

Burford, E.J., The Bishop's Brothels, 1993

Burgess, Anthony, English Literature, 1974

Chambers, E.K., The Elizabethan Stage, 4 Bde., 1923

William Shakespeare, A Study of Facts and Problems, 2 Bde., 1930

Chippendale, Neil, The Battle of Brentford, 1991

Chute, Marchette, Shakespeare of London, 1949/1977

Cowling, G.H., Music and the Shakespearian Stage, 1913/1976

Cox, Robert, The Wits or, Sport upon Sport, a collection of «drolls», 1665/1932 (Hrsg. Francis Kirkman 1665, John James Elson 1932)

De Groot, John Henry, The Shakespeares and the Old Faith, 1947

Dover Wilson, John, Life in Shakespeare's England, 1911; The Essential Shakespeare, 1932

Downes, John, Roscius Anglicanus, 1708/1928
Eccles, Mark, Christopher Marlowe in London, 1934; Shakespeare in Warwickshire, 1961
Einstein, Lewis, The Italian Renaissance in England, 1902
Ferrone, Siro, Attori, Mercanti, Corsari, 1993
de Fischer, Beat, 2000 ans de présence suisse en Angleterre, 1980
Fleay, Frederic Gard, Chronicle History of the London Stage 1559–1642, 1890
Florio, John (Giovanni), First Fruits, 1585; Second Fruits, 1592; A World of Words, 1598; Montaigne's Essays, translated by John Florio, 1601 bis 1603/1931 (Hrsg. J.I.M. Stewart)
Foakes, R.A. & Rickert, R.T., Henslowe's Diary, 1961
Giordano-Orsini, Gian Napoleone, L'Inghilterra di Shakespeare descritta da Giovanni Florio, 1932
Giroux, Robert, The Book known as Q. A Consideration of Shakespeare's Sonnets, 1982
Greene, Robert, Complete Works, 1881–1886 (Hrsg. P. Grosart)
Gurr, Andrew, Playgoing in Shakespeare's London, 1987; The Shakespearean Stage, 1970/1990; Shakespeare, 1995
Harrison, G.B., The Elizabethan Journals, 1933/34; Shakespeare at Work, 1931/1980
Holmes, Martin, Shakespeare and Burbage, 1978
Honigmann, E.A.J., Shakespeare: the «lost» Years, 1985
Hotson, Leslie, Commonwealth and Restauration Stage, 1928
Jonson, Ben, The Complete Plays, 1981–82 (Text G.A. Wilkes)
Kyd, Thomas, The Spanish Tragedy, 1612/1970 (Text J.R. Mulryne)
Lafontaine, Charles (Hrsg.), The King's Musik (Records from 1460 to 1700), 1909/1973
Lane, Frederic C., Venice, a Maritime Republic, 1973
Lasocki, David & Prior, Roger, The Bassanos, Venetian Musicians and Instrument Makers in England 1531–1665, 1995
Lasocki, David R.G., Professional Recorder Players in England 1540–1740, Ph. D. 1983
London, The Survey of London, Bd. 8: Shoreditch, 1922
Marlowe, Christopher, The Complete Plays and Poems, 1976 (Text E.D. Pendry)
Montaigne, Michel de, Les Essais, 1588/1929 (Text Pierre Villey); Voyage en Italie, 1899/1980
Moryson, Fines, Shakespeare's Europe, 1594/1903 (Text C. Hugues)
Nagler, A.M., Shakespeare's Stage, 1958
Nashe, Thomas, The Unfortunate Traveller and other Works, 1972

Nicholl, Charles, The Reckoning, 1992

O'Connor, Garry, Shakespeare, A Life, 1991

Ovid, L'Art d'aimer, Hrsg. Henri Bornecque, 1924; Les Métamorphoses, Hrsg. Georges Lafaye, 1992

Partridge, Eric, Shakespeare's Bawdy, 1947

Plautus, Théâtre complet, Hrsg. Pierre Grimal, 1971

Prior, Roger, The Bassanos of Tudor England in: Jewish Chronicle, Juni 1979; Shakespeare, the Bassanos and the Merchant, in: Jewish Chronicle, Juni 1981; Shakespeare's other Moor, new Evidence on the Dark Lady, unveröffentlicht; Some Shakespearean Puns and Implications, in: Cahiers Elisabéthains, ohne Datum; The Bassanos, Venetian Musicians ..., 1995 (mit David Lasocki)

Procter, Adrian & Taylor, Robert, The A to Z of Elizabethan London, 1979

Quiller-Couch, Arthur, Shakespeare's Workmanship, 1918

Raymond, Joad, Hrsg., Making the News 1641–1660, 1993

Rollins Hyder, Edward Shakespeare's Sonnets, a new Variorum, 1944; The Commonwealth and the Theatre, in: Studies in Philology, Bd. XVIII, 1921/Bd. XX, 1923

Rowse, A.L. William, Shakespeare, 1963/1995; Christopher Marlowe, 1964/1981; Simon Forman, Sex and Society in Shakespeare's Age, 1974; The Elizabethan Renaissance: The Life of the Society, 1971, und The Cultural Achievement, 1972; Eminent Elizabethans, 1983; Shakespeare's England, 1986

Sabbattini, Nicola, Pratica di Fabbricar scene e Macchine ne'Teatri, 1638/1942 (Hrsg. Louis Jouvet)

Saint Clare-Byrne, M., Elizabethan Life in Town and Country, 1925/1987 (Hrsg.) Hollyband Claudius & Erondell Peter: The Elizabethan Home, 1930

Sams, Eric, Shakespeare's Edmund Ironside, 1985; The Real Shakespeare, Retrieving the Early Years 1564–1594, 1995

Schoenbaum, Samuel, William Shakespeare, A Compact Documentary Life, 1987

Shakespeare, William, The Sonnets, 1972 (Text A.L. Rowse); The Complete Works (Der Alexander Text), 1951; The Two Noble Kinsmen (Text Eugen Waith), 1989

Speaight, Robert, Shakespeare, The Man and his Achievement, 1977

Spenser, Edmund, The Fairy Queen, 1596

Stow, John, The Survey of London, 2 Bde., 1603/1972

Taylor, Gary, Reinventing Shakespeare, A Cultural History ..., 1989

Taylor, John, A Brief Relation of Inns, Ordinaires, Hostelries ..., 1637

Thomson, Peter, Shakespeare's Theatre, 1983

Tieck, Ludwig, Der Junge Tischlermeister, 1854; Das Buch über Shakespeare, 1920
Tylliard, E.M.V., Shakespeare's History Plays; Shakespeare's Problem Plays
Urry, William, Christopher Marlowe and Canterbury, 1988
Walford, Edward, Brentford, in: Village London, Bd. 1, 1883/1983
Wallace, Charles William, The First London Theatre, 1913
Willobie his Avisa, Hrsg. G.B. Harrison, 1929
Wilson, Ian, Shakespeare: the Evidence, 1992
Woodfill, Walter L., Musicians in English Society, 1953
Wraight, John, The Swiss and the British, 1987
Wright, James, Historia Histrionica: A Dialogue of Plays and Players, 1699, in: A Select Collection of Old English Plays, 1744/1876
Yates, Frances, John Florio, 1936; A Study of Love's Labour Lost, 1938/1969
Zimmermann, Mark, Shakespeare on HyperCard, 1992-1996

Dank

Mein Dank geht in erster Linie an jene Leute, ohne die dieses Buch nicht geschrieben worden wäre. Ihre Unterstützung und ihre Ratschläge ermöglichten mir den Zugang zu Unterlagen, an die ich von mir aus nicht herangekommen wäre.

Mein erster, besonders warmer Dank geht an den großen Historiker A. L. Rowse, St-Austell, dem dieses Buch seine Existenz verdankt. Daß er mir den Anstoß dazu gab, ist eines der schönsten Geschenke in meinem Leben. Während des Schreibens hat er mich ständig ermutigt und beraten und mich auf alle Arten von intellektuellen Fallen aufmerksam gemacht, in die ich ohne ihn blindlings getappt wäre.

Mein Dank gilt im weiteren Roger Prior, Lehrbeauftragter an der Universität von Belfast, der mich auf Spuren über die Bassanos und über Emilia im besonderen hingewiesen hat, mir Dokumente zur Verfügung stellte, mich die Abzüge seines Buches in einem Augenblick lesen ließ, als ich es besonders nötig hatte. Er hatte auch die Güte, die Abzüge meines Buches durchzusehen.

Dank auch an Peter Bassano, Musiker in London, Abkömmling der berühmten Familie und selber Königlicher Flötist, der mir seine Archive geöffnet und wertvolle Ratschläge gegeben hat.

Ich bedanke mich bei Valerie und Robin Bootle, Journalisten in Cookham on Thames, die in ihrer Gegend über Emilia Bassano nachgeforscht und mir entscheidend dabei geholfen haben, sie zu einem Menschen aus Fleisch und Blut zu machen.

Ebenfalls bedanke ich mich bei Frau Andrea Cameron, Bibliothekarin in Hounslow bei London, die mich auf die Spuren von Shakespeare und von Schriftstellern und Schauspielern des 16. und 17. Jahrhunderts in der Gegend von Brentford hingewiesen hat.

Mein Dank gilt schließlich Ian Wilson, Historiker in Bristol und Bellbowrie (Australien); seine Briefe haben mir mindestens so sehr geholfen, Shakespeare als Alltagsmenschen zu sehen, wie sein Buch *Shakespeare: The Evidence*.

Im übrigen bedanke ich mich von Herzen bei den hilfsbereiten Freunden, die den Text in seinen verschiedenen Entwurfsstadien gelesen und mit ihrem Rat dazu beigetragen haben, daß er an Klarheit und Kohärenz gewinnen konnte:

Tiziana Mona, Zürich
Charles Edward Brooks, Zürich
Christiane und Roger Cuneo, Genf

Françoise und René Schnorf, Dommartin
Anne und Gabriel Fragnière, Brüssel und Brügge
Adrienne Burrows, London
Dusty Wesker, London

Ganz zum Schluß geht mein Dank an die Institutionen, die für meine Arbeit unerläßlich waren:

Brentford Library, Brentford
British Library, London
Hounslow Library, Hounslow
Bibliothèque cantonale et universitaire, Lausanne
Museumsgesellschaft, Zürich
Zentralbibliothek, Zürich

Abbildungen

Vorsatz vorne: Plan von London zu Zeiten Shakespeares, nach Ian Wilson. Die vereinfachte Karte beruht auf Dokumenten aus jener Epoche. In Wirklichkeit war London ein Gewimmel von Gäßchen und Alleen, die hier zugunsten der besseren Übersicht weggelassen wurden. Die Gebäudestandorte sind nur ungefähr gekennzeichnet. Die eigentliche Stadt (oder City) London befand sich innerhalb der alten Festungsmauern (hier mit einem dicken Strich markiert).

Vorsatz hinten: London und Umgebung 1654.

Der Übersetzer

Peter Sidler, geboren 1950, Journalist, Redakteur bei einer Tageszeitung und einer Presseagentur, Redakteur an der Pressestelle vom Schweizer Radio DRS. Hörspielübersetzungen. Seit 1995 freiberuflich als Übersetzer und Lektor tätig. Übersetzte u.a. C.F. Ramuz, «Pastorale»; Gérald Froidevaux, «Ich bin Ramuz – nichts weiter»; die Sachbücher «Die neue Ära des Schweizer Comics»; «Montreux: Dreißig Jahre Musikgeschichte» und von Anne Cuneo die Werke «Portrait der Autorin als gewöhnlicher Frau: Vor Tau und Tag», «Portrait der Autorin als gewöhnlicher Frau: Die Zeit der weißen Wölfe» und «Der Lauf des Flusses».

Brokeley Hills
Tatteridg
North End
East End
Fryth
Driverhill
Highwood hill
Milhill
Finchley
Dilis
Brownswell
Edgeworth
Cannons
Little Stamer
Hendon
Hendon house
FYN
Lodge
ARE HVNDRED
Brentstret
Childes hill
Kenton
Kinsbury
Preston
OBANTES
Harrowe on the hill
Uxenden
Daleson hill
Nesedon
West Twyford
Brent fl.
East Twyford
Kilborne
Wembly Hill
Wilsedon
AND
Harleston Grene
Paddington
Hanger Woode
Deane Woode
Westborne
Perivale
WENLAXBARNE
East Acton
West Acton
Well
Hanwell
Kensington
Gunnersbury
Padingwike
Boston
LIBERTIES
Brompt
Eling
The Hospitall
Turham Grene
Great Brentford
Cheswike
Hamersmith
Little Brentfort
Strand
TLEWORTH
Syon
HVND.
Fulham
Barnes
Mortlake
Hunslow
Thistleworth
Barnelms
Shene
Worton